天津社会科学院2012年度重点项目
天津社会科学院学术著作出版基金2019年度资助项目
天津社会科学院天津文化传承与城市品位提升创新团队成果(团队编号:20180325)

天津经典文学文本分析

TIANJIN JINGDIAN WENXUE WENBEN FENXI

田淑晶 著

天津社会科学院出版社

图书在版编目（CIP）数据

天津经典文学文本分析 / 田淑晶著. -- 天津 : 天津社会科学院出版社, 2019.12
ISBN 978-7-5563-0623-7

Ⅰ. ①天… Ⅱ. ①田… Ⅲ. ①地方文学史—文学史研究—天津 Ⅳ. ①I209.921

中国版本图书馆 CIP 数据核字(2019)第 300084 号

天津经典文学文本分析
TIANJIN JINGDIAN WENXUE WENBEN FENXI

出版发行： 天津社会科学院出版社
出 版 人： 张博
地　　址： 天津市南开区迎水道 7 号
邮　　编： 300191
电话/传真： （022）23360165（总编室）
（022）23075303（发行科）
网　　址： www.tass-tj.org.cn
印　　刷： 北京盛通印刷股份有限公司

开　　本： 710×1000　毫米　1/16
印　　张： 20.5
字　　数： 315 千字
版　　次： 2019 年 12 月第 1 版　2019 年 12 月第 1 次印刷
定　　价： 68.00 元

令我们吸收了养分的这些小说不会教给你们用来处理生活中任何显而易见的问题的方法；它们也不会在办公室或军营、厨房或婴儿室里帮上什么忙。事实上，我试图和你们分享的这些知识不过是纯粹的奢侈品。这些知识既不会帮助你去理解法国的社会经济，也不会帮助你去明白一个少女或少男的内心秘密。但是，如果你听从了我的教导，感受到了一个充满灵感的精致的艺术品所提供的纯粹的满足感，这些知识就帮到了你们。而这种满足感转过来又建立起一种更加纯真的内心舒畅感，这种舒畅一旦被感觉到，就会令人意识到，尽管生活中有各种各样的跌跌撞撞和愚笨可笑的错误，生活内在的本质大概也同样是灵感与精致。

——弗拉基米尔·纳博科夫《文学讲稿》

只要我们还处于一种文学之内，说同一种语言，而且根本上还拥有产生了过去文学的同一文化时，我们希望能保持两样东西：对我们在文学上已经取得的成就的自豪感，对它未来仍能做出成就的信心。如果我们不再相信未来，过去就不再完全是我们的过去；它将成为一个死亡文明的过去。

——T·S·艾略特《什么是经典作品》

序一

刘俐俐

田淑晶副研究员主持的课题“天津经典文学文本分析”是一部兼具文学批评和文学理论两方面性质的著作。文学批评性质体现在讨论均为天津本地作家的经典作品。文学理论性质体现在超越了感悟层面进入学理层面,对经典所以为经典的机制做了理论阐述;阐述有意识地运用20世纪以来新兴的文艺理论和研究方法,以此挖掘其经典的当代意义;探求意义的文本形式因;为天津文学史撰写以及地域文学研究观念方法提供了有价值的参照和积累。

“文本(text/texte,亦译为本文)”是20世纪文论概念。从“作品”到“文本”概念转换的背后是文学观念、研究方法、研究角度的巨大变化。这种变化使得对文学的认识以及研究更为精细和专业。文本分析是基于文学观念变化产生的文学研究方法之一。它致力于揭示文学文本的结构机制,试图贡献一种客观科学的、纯美学的研究。课题将文本分析法及其背后的文学观念、文学研究诉求运用到天津文学研究中,促进了天津文学研究在研究观念和方法方面的更新。课题虽然主要运用文本分析法,但是并没有全然切断文本与作者、读者的关联。综合运用形式主义、阐释学、读者反应批评等文论资源是文学研究当有的方法,课题在这个方面做了一定的探索和尝试。此书读者适应面广,对于一般文学爱好者、文学研究者和高校在读本科生、研究生都是很好的理论读物和参考书。

总之,田淑晶副研究员主持的课题《天津经典文学文本分析》在研究方法和观念方面推进了天津文学研究,一些分析令人耳目一新,对于经典文本的聚焦有利于展示天津文学之杰出和优秀,其研究具有进一步拓展和实践的空间。

序二

闫立飞

现代文论的一个重要发展是摒弃“作家中心论”而坚持“文本中心论”“文本分析”(close reading)是随之出现的文学研究方法。这种研究方法不同于以往基于主观经验的文学批评,它致力于客观、科学地揭示文学文本的语言和形式结构。自产生以迄当下,“文本分析”已经成为文学研究必不可少的构成部分。“经典”自20世纪70年代开始成为文学以至文化的重要研究域。《天津经典文学文本分析》主要运用文本分析法对天津经典文学文本进行系统研究,是天津文学研究的重要创新,把天津文学以至地域文学研究推到了一个新的高度。

文本分析是基于现代文艺观念出现的研究方法。《天津经典文学文本分析》一方面接受现代文艺观念,视文学文本为独立的客体存在,努力把握文本内部具有生成性的诸种文学要素;另一方面,吸收学界关于文学文本特性以及文学研究方法的最新思考,没有完全割裂文本与作者、读者的关联,在以文本分析法为主的同时,综合运用阐释学、符号学、接受美学等理论资源和研究方法,力图对文本进行较为客观、全面的分析,具有很强的学理性。如对李叔同的名曲《送别》的分析,分别从文本语言、叙事结构和抒情性主体的心理层次探讨其诗性的铸造,分析有理有据,逻辑严密,叙述合理充分,极具理论价值。聚焦文本的经典性,兼用诗歌学和阐释学模式,或从意义和效果出发,着力探寻经典性的文本成因,或立足于地域叙述这种独特的叙述形式,探讨其意义与意味,这样的研究设计新颖别致,极具创新价值。

总之,本书是天津文学研究中的一部创新之作,其研究使天津文学和天津作家的丰富性和创造性得以展现,在文本分析方面亦多有新的探索和思考,为天津文学研究和文本分析实践方面的重要收获。

目　　录

导论:走进天津经典文学文本分析

本书对十四部天津经典文学作品展开分析。十四部作品都非新作,每部作品自问世迄今,都已经有一定量的研究,有鉴于此,有必要申明本书的特点与分析的目的。

一、文本与文本分析

本书所进行的分析名为"文本分析"。首先有必要说明的是因何言"文本分析",而不言"作品分析"或者"作品论""作品研究"①。"文本(text/texte,亦译为本文)"是20世纪文论概念②。从有形的物质性存在看,"文本"与"作品(work)"并无分别,其所指都是那个特定语言构成物。罗兰·巴尔特(Roland Barthers)有篇论文名为《从作品到文本》,论文题目让人一目了然,"文本"与"作品"为不同的概念。而之所以在"作品"之外又别立"文本"的概念,根源于文学和文学研究观念的变化。

刘若愚《中国文学理论》勾勒出文学活动的基本构成要素及其之间的关系,图示如下:

---

① "文本"是一个文化概念,其使用领域并不局限于文学领域。除非特别注明,本书中的"文本""文本分析"都立足于文学论域,特指文学文本和文学文本分析。

② 朱立元主编《美学大辞典》认为,译作"本文"有另外的意义强调。详见朱立元主编《美学大辞典修订本》"本文"词条,上海:上海辞书出版社,2014. 第424页。

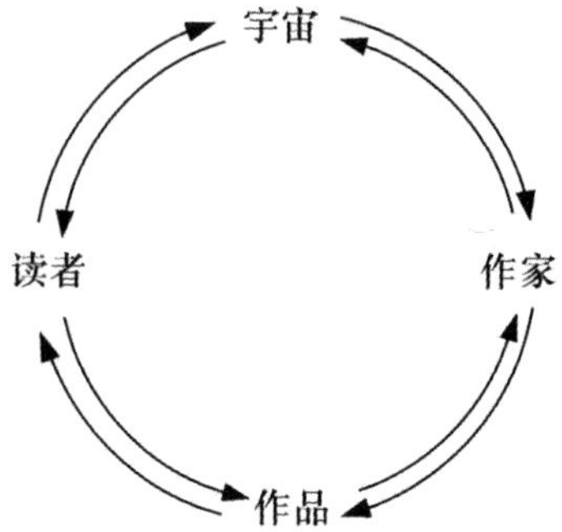

刘若愚勾勒的文学活动要素图

刘若愚勾勒这个结构图并没有以此呈示作品与文本区别的意图,但是借助它能够比较容易和清楚地说明二者的区别。结构图由正向、反向两个向度上的封闭的圆形构成,内外两个圆的节点表示出文学活动的四个构成要素:宇宙、作家、作品和读者。结构图显示,每个节点并非独立存在,都处于与其他要素的联系(关系)当中,“作品”是其中之一。刘若愚的结构图源自艾布拉姆斯(Meyer Howard Abrams)的著名作品《镜与灯:浪漫主义文论及批评传统》,是基于传统文学观念的勾勒。“文本”与处于联系链条中的“作品”不同。悬置或者割断作品与作者、读者的联系,“文本”概念由之诞生。联系的悬置、割断是基于这样的观念:作家完成了创作,在“文本”的场域中他已经退场;读者尚未注入他的意向,他亦不在“文本”的场域中,文本是一个独立自主的意义系统。基于这样的文学观念,文学研究被分为内部研究和外部研究。内部研究聚焦的对象为文本,研究的方式为文本分析。由此可见,“文本”概念的产生和运用,缘于对于文学的全新认知,“文本分析”是新的文学认知催生出的一种不同于传统的文学研究方法。

“文本”概念背后隐匿的是对文学的全新认知,一方面,对文学有重要的揭示;另一方面,有其窄狭之处。在研究方法方面,20 世纪西方文论有所谓从“作品中心论”到“文本中心论”的研究转向。之所以有此转向之说,是因为一些文学流派专注于文本分析,认为唯有文本分析才能揭示文学奥秘。文学研究不能仅仅专注于文本,文本分析并非文学研究全部或者仅有的方法。关于文本背后的文学观念、文本分析这种研究方法,需要明晰以上内容,并形成客观理性的判断。

新的观念与新的方法往往带来新的观照视角,文本与文本分析有其揭示功能和实践价值,所以本书言“文本”,引入“文本分析”的方法。在这个过程中,本书立足于学界对文本背后的文学观念、学界对文本分析这种研究方法的反思以及笔者的一点浅薄思考,秉持以下观念立场:文学文本是独立自主的存在,但对于文学的探讨与追问,不能完全无视或者彻底割断它与作者、读者、宇宙之间的关联,“文本”不是文学研究唯一应该关注的对象,涵带着对于文学全新认知的文本分析也不是文学研究的唯一方法。但是,文本分析在文学研究中居于基础和核心地位。有鉴于此,在研究方法上,本书以文本分析为主,关注文本形式,同时,兼用其他文学研究法。

文论家乔纳森·卡勒(Jonathan Cullero)在《当代学术入门:文学理论》中提出存在两种有着根本区别的文学研究:“一个根据语言学的模式,认为意义就是需要解释的东西,并且努力证明为什么意义会成为可能。另一个与其相反,它从形式开始,力图解释这些形式,从而告诉我们这些形式意味着什么。”①语言学模式形成文学研究中的诗歌学模式,与它相区别的是阐释学模式。两种模式表现为不同的立足点和研究路径:诗歌学模式立足于意义,寻找意义生成的结构机制;阐释学模式立足于形式,阐释形式,寻求形式的意义。因为本书选择的文本丰富各异,所以在分析上兼用诗歌学和阐释学两种模式。

二、文学性与经典性

文本分析意欲探讨什么?能够揭示什么?关于文学的基本提问之一是“文学是什么”。既有的文本分析试图回答这个基本提问。悬置或者割断与作家、读者的关联生成的文本,带有文本即为文学自身的意味,文本分析因此具有揭示或者能够揭示文学自身的功能,至少,它能够剖解文学文本。如新批评派认为,文学文本是一个独立自主的有机整体,依据作者意图、读者的感受等外部因素展开批评都不足以揭示文学自身,故而,他们提出文本“细读法”(close reading)。

---

① [美]乔纳森·卡勒:《当代学术入门:文学理论》,李平译,沈阳:辽宁教育出版社,1998.第64页。

文学文本是怎样的存在物,对这个问题的解答决定了文本分析的入手处和关注点。最显而易见的答案是文学文本是一个语言构成物。产生较早的俄国形式主义流派便致力于分析文学语言,以瑞恰兹为代表的语义学批评关注文学文本的语词,试图以此达到对文学文本整体、文学文本意义的掌握。俄国形式主义流派的后继学派布拉格学派认为文学作品不只是言语或文学性的东西,而是一种系列结构。基于这样的文学文本观念,布拉格学派除了分析文学文本的语言,还着力阐释文学文本的结构。结构主义文论本着事物的真正本质不在于事物本身而在于"构造"和"关系"的观念,探寻文学文本的深层结构。不管是致力于分析文本语言,还是探寻文本的深层结构,这些文本分析都表现出一种试图揭示文本本身的本体论倾向,而它们对于文学文本也确实提供了具有揭示意义的阐释,如文学文本的层级构成、复义现象、张力结构等。

"文学性(Literariness)"这个概念在当下早已没了新鲜感,但是它包含的关于文学存在方式的思考具有知识学的性质。俄国形式主义批评家、结构主义语言学家罗曼·雅各布森(Roman Jakobson)在 20 世纪 20 年代提出了"文学性"概念。雅各布森认为:"文学研究的对象并非文学而是'文学性',即那种使特定作品成为文学作品的东西。"①在雅各布森和他同时代的俄国形式批评家那里,文学性主要存在于文学文本的语言层。文学性使文学语言不同于日常语言。文学性概念在接受中内涵发生了扩大,有研究者梳理文学性概念,概括出三种文学性:其一,"作为文学客观本质属性和特征的文学性";其二,"作为人的一种存在方式的文学性";其三,"作为一种意识形态实践活动和主体建构的文学性"②。就作为文学客观本质属性和特征的文学性而言,其内涵远不止雅各布森关注的文学语言问题。但是,雅各布森以文学性为文学研究对象的主张有其现实基础。在现实生活中,一些被称为文学的文本没有或者没有明显的文学味道、文学价值,一些非文学文本却让人有一种文学的感觉。这种现象表明雅各布森以文学性为

---

① [法]茨维坦·托多罗夫编选,蔡鸿滨译:《俄苏形式主义文论选》,蔡鸿滨译,北京:中国社会科学出版社,1989. 第 24 页。

② 周小仪:《文学性》,赵一凡、张中载、李德恩主编:《西方文论关键词》,北京:外语教学与研究出版社,2006. 第 592 页。

研究对象的主张有其合理性和必要性。接受雅各布森的这种文学研究主张,同时,暂且不论文学性的具体内涵,只是把它理解为使文学文本成为文学文本的性质或者要素,“文学是什么”这一基本追问可以转换为对文学性的追问。具体到文本分析上,除了揭示文学文本的本体形式、深层结构,文本分析探讨且能够探讨文学性在文学文本中的形式因。

综合以上,既有的文本分析表现出两重目的指向:其一,试图揭示文学文本的本体结构;其二,探讨文学性的文本形式因。本书中的文本分析,探讨所分析文本文学性赖以生成的文本形式因。

文学文本不必然具有文学性,经典文学文本具有文学性大多毋庸置疑。本书选择的都是经典文学文本。自20世纪70年代起,“经典(Canon)”成为学者反思、论争的对象。据研究者考证与整理,经典一词“最初来自希腊文Kanon,指用于度量的一根芦苇或棍子。后来它的意义延伸,用来表示尺度。公元1世纪基督教出现后,经典逐渐成为宗教术语。公元4世纪,它开始代表合法的经书、律法和典籍,特别与《圣经》新、旧约以及教会规章制度有关”①。1979年,一些学者聚集在哈佛研讨“经典”问题,两年后,著名学者莱斯利·菲德勒(Leslie Fiedler)和休斯敦·贝克尔(Houston Baker)将会议论文编辑成书,取名《打开经典》(*Opening Up the Canon*)。由此开始,关于经典的论争正式进入西方学术界,并传入东方。经典重读曾一度成为研究者热议的话题。在热烈的讨论中,经典重读的意义和价值得到肯定。经典重读有各种各样的缘由,如经典重估、修正经典、重建经典等。本书属于经典重读范畴,但没有经典重估的主观意向。

仿照“文学性”的概念,可以提出“经典性”概念。经典性使文学文本成为经典,但经典性与文学性不总是重合。与文学性重合的经典性与文学性无别。不与文学性重合的经典性,仍然是使文本成为经典的原因。有鉴于此,本书把探寻经典性的文本形式因作为分析的重要任务。由于认知局限,经典性的文本形式因没有完全彻底的、可以就此终止的阐释,那是一个始终开放的论域。而新观

① 刘意青:《经典》,赵一凡、张中载、李德恩主编:《西方文论关键词》,北京:外语教学与研究出版社,2006.第280页。

念、新方法会推进、丰富相关阐释。本书的文本分析，探讨经典性的文本形式因。

“经典”就其存在语境而言，属于评价论域。在这个论域，经典的形成与流变非常复杂。有的经典在某一个时期被视为经典，而在另外的一些时段丧失经典地位，甚至被攻击、鄙弃；有些经典在产生之初并不被视作经典，经过长期的沉淀被置于经典行列。一个文本跻身经典行列，往往是多方面因素作用的结果。对于有些经典、有些历史时期，“评价”起着至为关键的作用。有鉴于此，尽管本书把探寻经典性的文本形式因作为分析的重要任务，然而并没有因有此设定便机械执行。有些文本，从外部探讨其经典性成因别具兴味。本书对于梁斌的《红旗谱》即尽力以一种“零度介入”的态度，考察它在经典视域中的变动，关注每一次变动缘于哪些力量主体的参与、各种力量主体如何寻觅和诠释文本的经典性，尤其是诠释与诠释之间、力量主体与力量主体之间的作用关系。

三、天津经典文学文本分析

天津是一个独特的地域。文学，是天津富于魅力的构成部分。在原始生成上，很难说清楚“文学”与“天津”谁建构了谁。然而，通过天津文学，能够管窥天津的独特及其魅力；立足于天津，能够品读属于这个地域的文学。本书选择的文学文本不避古今、不论诗还是小说，仅依据两个标准：其一，属于天津文学范围；其二，属于经典文学文本范围。

仔细分析起来，“天津文学”“经典”都有难定义的地方。就天津文学而言，从作家角度论，天津文学通常或者首先被认为是天津作家创作的文学。按照习惯理解，天津作家应该出生、生活在天津。但是，如果作家曾经在天津有过停留，那么他这个时期的创作算不算天津文学，如果不算，应该算哪里的文学？从文学书写的内容论，如果作品书写的是天津，作家却非天津籍或者创作的时候不在天津，那么这部作品算不算天津文学？诸如此类难定义的地方还有很多。经典问题亦然，即使是像《红楼梦》这样的文学作品，也有人不喜欢，更不要说认其为经典。经典该由谁确定？换言之，谁确定的经典有效？其实，一旦有统一和严格的分类标准，便会有纷争，便会有难以分类的对象。执着、纠结于分类而不开展相应研究也非应该之法。本书对于天津文学、经典,或依从主流,或依从集体共识。另外,本书不以分析之“全”为目的,因此,必然有似乎“应该”分析而未被本书分析的天津经典文学文本。本书亦非择优分析,因此,所分析的文本完全没有它们是天津经典文学文本中至高至优者的判定。本书只依据“天津”与“经典”两条标准选择文本来分析。

行动者对于自己的某些行动会有意义和价值的祈望。本书的分析也有类似的祈望。尽管究其实际可能没有达到,然而,仍想叙述出来,或供方家批评指正,或待后学,或作为阅读的参考。从天津文学的研究方式看,以“作家中心论”为主导模式的研究已有一定的历史,并结出了硕果,引入文本、文本分析等新的文学观念和文学研究方法的研究模式在成果上相对不足,本书试图在这方面做些探索。

关注天津经典文学文本,有助于了解天津文学的文化底蕴,天津文学在表现人生、书写人类存在、文学形式创新等方面的探索,天津文学展示和塑造的天津城、天津人与天津文化。李叔同是天津的文化名人之一,曹禺是著名的天津作家。李叔同的《送别》古雅幽沉。外来文化对曹禺《原野》有着不同程度的影响。本书对两个文本的分析尽管没有致力于钩沉其文化构成因子,然而,至少对于李叔同的《送别》而言,本书认为,文本所植根的文化是其诗性生成的原因。关于天津文学,“津味儿”文学最为著名,被许多人津津乐道。大体说来,“津味儿”文学在语言方面惯用天津方言,叙述有一种天津人说话的腔调,书写的内容也多为民国时期的天津。本书分析的冯骥才的《三寸金莲》、林希的《天津闲人》、肖克凡的《天津俗人》在叙述语言方面都是一副津腔。无可否认,“津腔”别有其味,关于民国时期天津城的书写也有独特的文学魅力,然而,有滋味的天津文学语言不只津味儿,有魅力的天津文学不只是对民国时期天津的书写。天津作家有着丰富的文学视野,天津文学有着广阔的书写空间,其中不乏深沉的人文关怀。如:天津文学中有对绵延数代的传统陋习的展示和思索,如冯骥才的《三寸金莲》;有对人之生存状况的关注,如方纪《来访者》对病态知识分子“病态生存”的书写,吴若增《盲点》对“末人”的关注。从作家性别的角度看,天津有航鹰、赵玫、谷应等女性作家。她们的文学书写涉及城市与农村的隔膜、天津独特的风貌建筑“小洋楼”、中国百年间爱情观与恋爱方式的变化等。小洋楼是天津城中闻名世界的人文景观。如果去天津的五大道，你就会看到一座座具有异域风情的小洋楼。一些小洋楼旁边会有简要的文字介绍，介绍中把小洋楼定义为“历史风貌建筑”。从景观介绍的角度讲，这种定义没有大的问题。但是，它也有遮蔽小洋楼丰富、生动的历史文化内涵的嫌疑。天津小洋楼优美的庭院楼阁中，发生过许多动人的故事。小洋楼能够引发多向度的文学与文化沉思。天津或许可以发展出“小洋楼文学”。赵玫《朗园》写的就是小洋楼的故事。《朗园》文本不是按照时间顺序叙述的，而是将时间剪开条陈的叙述方式，使得叙述着落到小洋楼这种空间存在上。它不是在讲朗园的故事，而是在讲朗园。《朗园》文本自有不尽人意的地方，但是从小洋楼文学的角度论，这个文本值得关注。

跳出天津文学、天津文化来看，经典文学文本往往具有多方面的创造性，经典文学文本分析常常会激发出理论灵感、导引出新的理论或方法，故此，西方文论美学常常以经典文学文本分析为新理论、新方法建构的途径和基础。分析天津经典文学文本，在理论上同样具有启示出新思考的可能性。关于经典文学文本分析，如前文所论，国内还存在着如何分析、如何实现理论方法与文本艺术价值揭示、阐释完满结合等问题，这些问题的解决需要长期的探索和实践，希望天津经典文学文本分析能够为探索与实践有所贡献。

第一章　走进天津诗歌、话剧经典文本

第一节　悠悠传唱为哪般

——李叔同《送别》诗性探源[①]

大家之作，其言情也必沁人心脾，其写景也必豁人耳目，其辞脱口而出无矫揉装束之态。以其所见者真，所知者深也。[②]

——王国维《人间词话》

“长亭外，古道边，芳草碧连天。晚风拂柳笛声残，夕阳山外山。天之涯，地之角，知交半零落。一瓢浊酒尽余欢，今宵别梦寒。”[③]李叔同的这首创作于民国时期的歌词至今广为传唱。《送别》之所以传唱不衰，固然有传播方面的原因，如被收入各种歌集，著名女作家林海音的自传体小说《城南旧事》反复提到它，根据小说改编的电影将其作为主题曲等。然而，比较起来，《送别》文本内蕴的优美动人的诗性应是更为根本的原因。

① 李叔同(1880～1942)，名文涛，又名广涛，字叔同，号漱筒，别署有70余个，法名演音，号弘一，人称弘一法师，祖籍浙江平湖，生于天津。李叔同工诗、词、书、画、篆刻，音乐以作词配曲为主，有《春游》《早秋》《送别》等。中华人民共和国成立后有《李叔同歌曲集》《寒笳集》《四化律比丘相表记》等出版。

② 王国维著，滕咸惠译注：《人间词话》，长春：吉林文史出版社，2000. 第89－90页。

③ 丰子恺：《中文名歌五十曲》，上海：开明书店，1949. 第10－11页。附：《送别》的一些版本将“瓢”写成“觚”，孙继南先生认为应根据最早版本确认此字，丰子恺《中文名歌五十曲》为最早版本，本文同之。

一、语言层诗性探源：经典意象铺排与感受的被延长

《送别》让人低回回味，是怎样的文本机制催生出这样的接受效果？俄国形式主义文论提出，诗歌语言的“陌生化”将读者的感受延长。什克洛夫斯基是俄国形式主义重要文论家，他认为诗歌作品的生命是从视像到认知。然而，对于“经过数次感受过的事物，人们便开始用认知来接受：事物摆在我们面前，我们知道它，但对它却视而不见。因此，关于它，我们说不出什么来。”①认知式的接受使语言的能指直接滑向概念式的抽象所指，从而掩蔽了事物鲜活具体的存在，无法形成视像。语言的陌生化则能够打破这种自动感知，使人们对符号所指的感觉就像看到的一样。什克洛夫斯基考察诗歌语言发现，诗歌语言无论哪个方面，都“是专为使摆脱机械性而创造的”，他进一步提出：“艺术中的视像是创造者有意为之的，它的‘艺术的’创造，目的就是为了使感受在其身上延长，以尽可能地达到高度的力量和长度，同时一部作品不是在其空间性上，而是其连续性被感受的。‘诗歌语言’就是为了满足这些条件。按照亚里士多德的说法，诗歌语言应具有异国的和可惊的性格；而实际上诗语也常常是陌生的。”②陌生化手法消除机械的认知式接受，创造“视像”，唤回接受者对语言所指的形象感受，在这个过程中，文学接受被延长，什克洛夫斯基的这个观点适用于很多作品，然而，《送别》是个例外。

《送别》被延长的感受在语言层的原因，不是因为语言的陌生化，反而是通过铺排“经过数次感受、已经熟悉的”意象达成的。《送别》铺排的意象包括两类：一类是来自古典文学的经典送别意象，一类是古典文学中的经典忧伤情感意象。

《送别》描述的送别地是长亭外、古道边，当时的景象是晚风拂柳，残笛夕阳，远处碧草连天，夕阳西落处山势连绵。在这个描述中，“长亭”“古道”“柳”都是

① ［苏］什克洛夫斯基：《作为手法的艺术》，引自方珊等译：《俄国形式主义文论选》，北京：生活·读书·新知三联书店，1992. 第7页。

② ［苏］什克洛夫斯基：《作为手法的艺术》，引自方珊等译：《俄国形式主义文论选》，北京：生活·读书·新知三联书店，1992. 第8页。

古典文学中经典的送别意象。“长亭”最早是古代的基层行政单位，秦已经设立，汉延续秦制，《汉书·百官公卿表上》言汉代的亭制：“大率十里一亭，亭有长。十亭一乡。”①作为行政单位的“亭”有其建筑实体，由此也成为休憩宿会的馆所，《格致镜原》：“亭，留也，行旅宿会之所馆也。”②古代送别礼以送出十里为最高规格，这种文化风习使长亭频现于文学中的送别场景，成为经典送别意象。唐王昌龄《留别郭八》：“长亭驻马未能前，井邑苍茫含暮烟。醉别何须更惆怅，回头不语但垂鞭。”唐王初《送王秀才谒池州吴都督》：“池阳去去跃雕鞍，十里长亭百草干。衣袂障风金镂细，剑光横雪玉龙寒。晴郊别岸乡魂断，晓树啼乌客梦残。南馆星郎东道主，摇鞭休问路行难。”唐罗隐《江亭别裴饶》：“行杯且待怨歌终，多病怜君事事同。衰鬓别来光景里，故乡归去乱罹中。乾坤垫裂三分在，井邑摧残一半空。日晚长亭问西使，不堪车马尚萍蓬。”元王实甫《西厢记》“长亭送别”：“恨相见得迟，怨归去得疾。柳丝长玉骢难系，恨不倩疏林挂住斜晖。马儿迍迍的行，车儿快快的随，却告了相思回避，破题儿又早别离。听得道一声去也，松了金钏；遥望见十里长亭，减了玉肌：此恨谁知？”③《醒世恒言·三孝廉让产立高名》提道：“许晏、许普谢恩辞朝，公卿俱出郭，到十里长亭，相饯而别。”④送君十里，终有一别，长亭是最后的离别之所，故此，长亭与种种别情联系到一起，在家人见长亭思念远行客，远行客见长亭而满腹思归之情，恰如李白《菩萨蛮》中的感怀：“何处是归程，长亭更短亭。”经过文人骚客的反复吟咏，“长亭”成为古典文学中经典送别意象，正所谓“天下伤心处，劳劳送客亭”⑤。

“柳”是古典文学中另一经典送别意象。“柳”较早与送别相联系见于《诗经·采薇》：“昔我往矣，杨柳依依；今我来思，雨雪霏霏。”⑥诗中，柳虽为离家之景，但若不与今时被抛弃的情境对比而单看，本身并未含蕴愁情。其后，柳成为满载离情愁绪的经典送别意象。而柳之所以成为经典送别意象，一说是缘于古

---

① （西汉）班固：《前汉书》卷十九，文渊阁《四库全书》本。
② （清）陈元龙：《格致镜原》卷十九，文渊阁《四库全书》本。
③ （元）王实甫著，王季思校注：《西厢记》，上海：上海古籍出版社，1981. 第151页。
④ （明）冯梦龙：《三言·醒世恒言》，济南：齐鲁书社，1995. 第16页。
⑤ （唐）李白：《劳劳亭》，王琦注《李太白集注》卷二五。
⑥ 程俊英：《诗经译注》，上海：上海古籍出版社，1985. 第304页。

代送别时候折柳相赠的风习。《雍录》载:“汉世凡出函、潼,必自灞陵始,故赠行者于此,折柳相送。”①《三辅黄图》卷六“桥”:“灞桥在长安东,跨水作桥。汉人送客至此,折柳赠别。”②唐人是否亦延续折柳赠别的风俗暂不论,唐人诗中多写此风俗,如孟郊的《折杨柳》:“杨柳多短枝,短枝多别离。赠远屡攀折,柔条安得垂。”诗人书写折柳相赠的风俗,书写中往往赋予柳细腻的情思,李商隐《离亭赋得折杨柳二首》之一:“含烟惹雾每依依,万绪千条拂落晖。为报行人休尽折,半留相送半迎归。”诗中人由惜柳含蓄表达对游子的期待。再如白居易《忆杨柳》:“曾栽杨柳江南岸,一别江南两度春。遥忆青青江岸上,不知攀折是何人。”通过感慨不知何人攀折昔时栽种的杨柳,诗人以别样的笔触表达出思归的幽情。施肩吾《折杨柳》:“伤见路旁杨柳春,一重折尽一重新。今年还折去年处,不送去年离别人。”抚昔时攀折之柳而思念离别之人,柳成为相思的寄托。

“柳”之所以成为古典文学的经典送别意象,另一说是缘于“柳”的谐音“留”。然而,从诗词中的具体描写看,与其说缘于柳的谐音,不如说因于诗人词客由纤纤袅袅的柳丝萌生的“巧思”。雍裕之《江边柳》:“袅袅古堤边,青青一树烟。若为丝不断,留取系郎船。”吴文英《唐多令》:“垂柳不萦裙带住,漫长是,系行舟。”③柳丝盈盈不断,是为系住远行之舟吗?如此思想真是新巧!再如罗隐的《柳》:“灞岸晴来送别频,相偎相倚不胜春。自家飞絮犹无定,争解垂丝绊路人?”邓剡《疏影·瑶尊蘸翠》:“短长亭送别,风恋晴袂。腊树迎春,一路清寒,能消几日羁思。霜华不惜阳关柳,悄莫系、行人嘶骑。”④柳丝垂绊要远行的人、系住远游人的坐骑同柳丝系行舟一般新奇巧妙。

《送别》中的“古道”亦是传统诗词中的经典送别意象。如李白《送袁明府任长江》:“别离杨柳青,樽酒表丹诚。古道携琴去,深山见峡迎。”高濂《玉簪记·追别》:“夕阳古道催行晚,听江声泪染心寒。”⑤马致远《天净沙·秋思》:“枯藤老

① (南宋)程大昌:《雍录》卷七,文渊阁《四库全书》本。
② 《三辅黄图》卷六,著作者不详,文渊阁《四库全书》本。
③ 吴文英:《唐多令》,《梦窗稿丁稿》卷四,文渊阁《四库全书》本。
④ (南宋)邓剡:《疏影·瑶尊蘸翠》,《御选历代诗余》卷八七,文渊阁《四库全书》本。
⑤ (明)高濂:《玉簪记》,引自王季思主编:《中国古典十大喜剧集》,上海:上海文艺出版社,1982.第421页。

树昏鸦，小桥流水人家，古道西风瘦马。夕阳西下，断肠人在天涯。”远游人所行处是沧桑古道。

除了铺排经典送别意象，《送别》还在短短数句中连用几个古典文学中经典的忧伤情感意象。首先是黄昏夕阳。自古文人最难消遣的是黄昏，钱钟书曾特别对其原因进行阐发：“死别生离，伤逝怀远，皆于昏黄时分，触绪纷来，所谓‘最难消遣’。”①黄昏时候因其迟暮幽暗的景致而种种愁思纷至沓来，清人杨恩寿《坦园日记》描述此情此景：“归鸦噪而落日黄，野钟鸣而江月白，眷言益友，弥切离愁，双丸不居，三春易逝。”②文人因其敏感的心灵常常因景伤情，所以文学中表达黄昏时候的怨伤比比皆是，如刘长卿《出丰县界寄韩明府》：“疲马顾草青，行人看夕阳。”③如果说疲惫的远游子遥看夕阳更多的是惆怅，那么“暝色入高楼，有人楼上愁”则是一腔愁肠，④马致远《天净沙·秋思》更进一步，已然为断肠人。

芳草本是经典送别意象，然而，这个送别意象传达得更多的是离别的感伤，如《楚辞·招隐士》：“王孙游兮不归，春草生兮萋萋。”⑤脍炙人口的白居易《赋得古原草送别》：“远芳侵古道，晴翠接荒城。又送王孙去，萋萋满别情。”《送别》中芳草碧连天，其萋萋别情让人自然联想到李煜《清平乐》中的句子：“离恨恰如春草，更行更远还生。”⑥

与芳草类同，“柳”作为经典送别意象也往往着上哀戚的色彩，如白居易《青门柳》所言：“青青一树伤心色，曾入几人离恨中。”《送别》共陈柳与笛音两种意象借以表达深切哀情在古诗词中极为常见。就笛本身论，它堪称怀旧感伤的经典意象。向秀闻笛作《思旧赋》，《思旧赋·序》：“邻人有吹笛者，发声寥亮。追思曩昔游宴之好，感音而叹，故作赋。”⑦向秀感音而叹纵然与嵇康向来善音律密切相关，然而，闻笛而思旧感怀确乎为古人“常情”。笛曲悠扬，其中有哀婉感伤

---

① 钱钟书：《君子于役》，引自钱钟书：《管锥编》，第一册，北京：生活·读书·新知三联书店，2010. 第174页。

② （清）杨恩寿：《坦园日记》，上海：上海古籍出版社，1983. 第2页。

③ （唐）刘长卿：《出丰县界寄韩明府》，《全唐诗》卷一四九。

④ （唐）李白：《菩萨蛮》，俞平伯《唐宋词选释》，北京：人民文学出版社，2005. 第8页。

⑤ （南宋）朱熹：《楚辞集注》，上海：上海古籍出版社，2001. 第162页。

⑥ （南唐）李煜：《清平乐》，《词综》卷二，文渊阁《四库全书》本。

⑦ （魏晋）向秀：《思旧赋·序》，李善《文选注》卷十六。

之曲，唐代皮日休言其听笛曲《梅花落》："三奏未终头已白。"[1]离人闻笛曲胸中常常涌上悠悠离情。北朝乐府民歌《折杨柳歌辞》："上马不捉鞭，反折杨柳枝。蹀做吹长笛，愁杀行客儿。"[2]李白《春夜洛城闻笛》："谁家玉笛暗飞声，散入春风满洛城。此夜曲中闻折柳，何人不起故园情。"李益《夜上受降城闻笛》："回乐峰前沙似雪，受降城外月如霜。不知何处吹芦管，一夜征人尽望乡。"《送别》中晚风轻拂，柳丝摇曳，晚风柳色中有笛音渐渐残破，这样的景象出现在黄昏离别的场景中，其哀情幽隐绵长。

长亭饯别是古代送行的经典场面，其中"酒"每每出现在描写送别的文学中。李白《金陵酒肆留别》："金陵子弟来相送，欲行不行各尽觞。"离别之酒情谊满满。"一瓢浊酒尽余欢"，《送别》中出现了酒，而且这酒是蕴蓄无尽人生沧桑的"浊酒"。"浊酒"在古典诗词中传达的是落魄之象：或年岁老去，或生活困窘，然而，又常常是二者兼有。范仲淹《渔家傲》："浊酒一杯家万里，燕然未勒归无计。羌管悠悠霜满地。人不寐，将军白发征夫泪。"[3]落魄困顿、年岁老去，加上离乡背井，凄凉感伤无以言表。《送别》由"知交半零落"句揣度，送行的人应有些年纪。沧桑老去的年纪，知交渐次零落而今又遭遇分别，在这样的背景中，"一瓢浊酒"让人感受到了人生的悲凉。由这悲凉，《送别》的文本书写由别景、别情延伸到人生的景况与遭际。

《送别》铺排了一系列来自古典文学的经典意象，这种文本机制显然与什克洛夫斯基的陌生化手法完全相反。陌生化手法去除机械自动认知，形成"视像"，使人们对于符号的体验如同看到符号的所指一样；经典意象铺排指向的却不是现实中的"视像"，它有意创造文化中的自动感知，导引出对符号所指的文化意味的玩味。这种对文化意味的玩味，需要文化上的回溯，而回溯与玩味自然延长了感受时间。因此，《送别》通过铺排经典送别意象，唤起接受者的"文化记忆"，催生出接受者的文学联想，创造出让人低回辗转、回味悠长的效果。而古典意象的铺排以至与多个古典文学经典离别文本相近似的情境，又使《送别》显示出一种

---

① （唐）皮日休：《夜会问答十》，《全唐诗》卷六一六。

② 《折杨柳歌辞》，《古乐苑》卷十三。

③ （北宋）范仲淹：《渔家傲》，《词综》卷四，文渊阁《四库全书》本。

古雅之美。

二、叙述结构层诗性探源:“空白”与千古送别情境

来自古典文学的经典意象铺排虽然使《送别》显示出一种古雅之美,但是并没有将其时空拉回到古代,《送别》创造出了一个古今四海共有的送别情境。探究这种情境形成的文本机制,其一,通过叙述者的眼光,文本世界中的空间达于无尽;其二,通过“空白”结构,文本世界中的空间、时间趋向普遍化,送别情境因此具有了普遍性。

诗歌同样是一种叙述,有叙述者。中国古典诗词所描述的“景”通常是叙述者所见或遥想的景,《送别》亦然。“长亭外,古道边,芳草碧连天。晚风拂柳笛声残,夕阳山外山”,这是《送别》中的景语。由此景语可知叙述者的眼光指向无限深远处。“长亭外”的“外”字表明文本世界中的空间不在狭小拘束的一亭之内,而是亭外广阔的天地;“古道边”的“边”字同样起到延展空间的作用,古道即使再宽阔也终不如道外的天地广大;芳草萋萋直到天际,似乎空间上已经达到最远处,然而,“夕阳山外山”把看似已到极处的空间推向了更深处、更远处。古人有句云:“山映斜阳天接水,芳草无情,更在斜阳外。”①“山外山”恰似“更在斜阳外”的芳草,虽目力不及,但“它”在。由此,借助叙述者的眼光,《送别》文本世界中的空间至深至广。

《送别》不仅展示出一个无限深远的空间,而且运用“空白”法使时间、空间趋向于普遍化,借此使送别情境具有了普遍性。“空白”是一种叙述的节略。节略的确定依据既往已经固化的叙述习惯或结构,比如西方现代小说的“主题”空白。小说总是有其特定的主题,或者说,小说总是能够被置于某一主题之下,但是现代小说节略了“主题”,在“应该”或“通常”具备的构成要素——“主题”这一项上表现为“空白”。再如《红楼梦》将具体朝代略去。按照通常的故事讲述习惯,应该交代故事发生的时间,《红楼梦》却将此节略,称读者尽可假借汉唐添缀。

---

① (北宋)范仲淹:《苏幕遮》,《词综》卷四,文渊阁《四库全书》本。

叙述的节略具有重要功能。以《红楼梦》对朝代的节略为例，正因为文本节略了具体的朝代，所以读者才能够假借汉唐添缀，从而创造出非汉非唐、亦汉亦唐的效果。因而，叙述的节略以其“空位”实现了意义的最大化、普遍化。《送别》文本中存在多处空白。

首先，时间上的空白。送别在何朝何代，文本中没有叙述。然而，《送别》并不是全然没有时间交代，它给出的时间是“黄昏”。“黄昏”是一个不断“轮回”的时间。在时间上，中国古人有一种循环、轮回的意识，如采用干支纪年、纪月、纪日、纪时。十天干配十二地支，周而复始、轮回计算。因为是典型的农业社会，所以古代的人们根据四季的轮回安排生产生活，“春生夏长、秋收冬藏”。中国古人对于时间的轮回当是有最清晰的认识、最深刻的感触，诗词中常有这样的吟咏，《春江花月夜》中诗人看着滟滟江波、随波摇曳的江月感叹：“江畔何人初见月？江月何年初照人？人生代代无穷已，江月年年只相似。”①每年四季轮回，每天则晨、午、昏轮回不休。具体到“黄昏”这个时段，古今四海人人皆经历黄昏：不知经历过多少黄昏，也不知还要经历多少个黄昏。黄昏送别从古至今以迄将来不知要上演多少回。《送别》将具体的纪年节略代以轮回的时间，在时间上达成了“普遍”。

其次，地点上的节略。在哪一省哪一城哪一乡送别，文本没有叙述。类同于时间上的空白法，《送别》文本给出一个在中国文化中“至为广在”的送别地点——长亭。

再次，送别缘由、别后去向等文本皆是空白。人生当中，有各种原因的离别，别后有各样的去向，“君言不得意，归卧南山陲”（王维《送别》），《送别》并没有似这样明确交代离别原因和别后去向，唯有别情、别景的叙述能包囊各种离别。不仅是送别缘由、别后去向，《送别》在送别人上也显得含混，“今宵别梦寒”的是远行人还是送行人？随着前面语势尽可推断为送行人，但是把“梦寒人”推想为已然远行之人也有其道理。

节略具体送别时间、送别地点，代之以古今共有的送别时、四海共有的送别

---

① （唐）张若虚：《春江花月夜》，《全唐诗》卷二一。

地；节略具体送别缘由与别后去向，只叙述忧伤别情，《送别》以空白创造出一个“古今皆有此情、四海皆有此景”的送别情境。

三、心灵层诗性探源：人生是走向孤独的行旅

语言、结构固然成就诗性，但是，诗性的高格还在于“心灵”。如果没有独特的人生之思以及建立在这种思考上的特殊情感姿态，《送别》算不得上品。

关于送别，比较常见的情感表达不外安慰，如“海内存知己，天涯若比邻”；别后美好前景的祝愿，如“但去莫复问，白云无尽时”“莫愁前路无知己，天下谁人不识君”；对再相见的期待和对聚首难的忧伤，如“远送从此别，青山空复情。几时杯重把？昨夜月同行”①。李叔同在《送别》中的情感表达与上面那些惯常的送别感怀相比可称高格。

《送别》表达出指向整个人生的思索：“天之涯，海之角，知交半零落。”人的一生，因为空间上的转换，曾经的知己常常会分散在各地；因为人生的种种遭际，可能与亲朋好友阴阳相隔，就像向秀与嵇康。知交半零落以至全部零落是人生必然的历程。而且，零落的何止是知交，亲人、自我生命，都将归于“无”。人生就是一个走向孤独的行旅，人终将归于孤寂。

渐次孤独的人生历程与孤寂的人生境况让人悲，然而，《送别》表现出的情感姿态并不颓废凄惨。表露情感，文本只用了一个“寒”字：“一瓢浊酒尽余欢，今宵别梦寒。”在中国文化中，由离别而生发的情感姿态有两种很典型：其一，因为认识到人生离散不可避免、沉陷在离别的烦恼苦痛中亦是枉然而看空一切，独自悠然淡然；其二，因于离别而相思甚至生出恨怨，抑或悲戚自怜，痴于离情不能自拔。《送别》将离别放到整个人生中观照，感悟到了人生的孤独，但是，感悟者既不像上面第一种那样对于俗世情感无动于衷，也不像上面第二种那样一味凄凉痴怨，他的情感有哀伤，但淡淡的、悠悠的。

语言、结构以至诗人的心灵，《送别》文本诗性所依托的文本机制已然了然。

---

① （唐）杜甫：《奉济驿重送严公四韵》，《全唐诗》卷二二七。

再由这三个层次反观《送别》，能看出：它有古雅的语言，悱恻的离情，有基于自我景况与敏感心灵而指向人生的思索，以及建立在这种思索上的幽淡但不激烈怨伤的情感。《送别》可谓优雅的、丰富的、深刻的，至情至性却不怨恻，孤独寂寞而又非不沾人间烟火。

第二节　心灵的“多声部”与人的困境

——曹禺《原野》文本分析[①]

此事知之者甚少：可是要睡得好，必须具备一切道德。

你须使它们不致互相争执，那些小爱宠！不为着你争执，你这不幸者！[②]

——尼采《查拉斯图拉如是说》

曹禺是中国现代杰出的剧作家，很早就接触了戏剧。他在天津南开中学学习期间参加戏剧活动，曾担任易卜生《玩偶之家》等剧的主角。1929年考入清华大学外文系，广泛钻研从古希腊悲剧到莎士比亚戏剧及契诃夫、易卜生、奥尼尔的剧作。1933年大学即将毕业前夕，他创作了四幕话剧《雷雨》，于次年公开发表，很快引起强烈反响。《雷雨》被公认为是中国现代话剧成熟的标志，它与《日出》《原野》《北京人》被称为“四大名剧”。曹禺亦因23岁创作《雷雨》、25岁创作《日出》、27岁发表《原野》而被称为“戏剧天才”，获得“剧坛巨匠”的美誉。

在曹禺的著名剧作当中，《原野》是很特别的一部。在《原野》中，曹禺的视线首次从城市转向农村。曹禺称《原野》不适宜舞台演出，然而，根据《原野》改

---

① 曹禺（1910年9月24日～1996年12月13日），原名万家宝，字小石，小名添甲，湖北潜江人，生于天津。著有剧本《雷雨》《日出》《北京人》《原野》《家》《蜕变》《桥》《胆剑篇》《王昭君》《明朗的天》，电影文学剧本《雷雨》《日出》（均已拍摄发行），散文集《迎春集》，作品集《曹禺剧本选》《曹禺选集》等。现天津有“曹禺故居纪念馆”对外开放。

② ［德］尼采：《查拉斯图拉如是说》，北京：文化艺术出版社，1994. 第24－25页。

编的歌剧第一次叩开西方歌剧宫殿的大门,成为国际保留剧目。①《原野》是一部享誉世界的经典剧作,其经典地位的确立有诸多因素。就文本而言,一个复仇故事不足以成就它的经典性。当下,《原野》的介绍和赏析往往会提及它对人生困境的展示和对神秘宇宙的关注。无须讳言,展示人生困境是《原野》经典性的重要构成因子之一。只是,人有诸多困境,《原野》展示的困境缘何而起,那是怎样的一种困境,他们如何成就了《原野》的经典性?这些都让人好奇并值得进一步追问。

一、复仇的狂热和迷醉

《原野》是一部悲剧,悲剧之因不是复仇者复仇失败,而是复仇者复仇成功后没有快意轻松,奔向另一种新生活,反而内心痛苦不堪、不断出现幻象,最终因此葬送了性命。李扬《论曹禺悲剧观念的转向》一文言道:“在抗日战争爆发之前,曹禺所追求的是一种极具形式意味的内向化戏剧,在其戏剧中着力于开掘人物的内在心理,表现着他对人的悲剧命运的关怀。”②《原野》的“内向化”特征极为突出,剧中情节推进以至达到高潮完全在于复仇者的心理及其变化。《原野》展示的人生困境实际上是一种“心理困境”。这种心理困境,缘于仇虎心中交杂着复仇和反复仇这两种相互矛盾的想法和情感,并且,无论是复仇还是反复仇,对仇虎而言都十分“合情合理”,以致二者无法在一心之中调和。

仇虎一家的悲惨遭遇压迫着仇虎的心灵,使他不复仇便无以驱遣那些遭遇激发的情感。仇虎切齿痛恨的仇人焦阎王为了得到仇虎家的良田,诬陷仇虎的父亲仇荣是土匪。在这场诬陷中,仇荣被活埋;仇虎的妹妹在十五岁的年纪被卖到妓院,不堪折磨上吊自杀;仇虎则蒙冤入狱,在狱中屈打成招,罚做苦力,时时遭遇虐打,一条腿竟然生生被打瘸。父子情、兄妹情以及自己的惨痛经历铸就仇

① 四幕歌剧《原野》由曹禺的女儿万方改编,音乐名人金湘作曲,1987 年 7 月 25 日在北京天桥剧场首演,1992 年 1 月在美国华盛顿肯尼迪中心艾森豪威尔剧院上演,演出获得成功。《华盛顿邮报》称,《原野》将成为在国际保留剧目占有一席之地的中国歌剧。

② 李扬:《论曹禺悲剧观念的转向——兼谈曹禺创作的分期问题》,《文艺理论研究》,2004 年第 1 期。

虎滔天仇恨。在仇虎的世界里，他无法通过政府和社会的力量解决自家的冤苦，他要通过复仇的方式实现个人正义。话剧开始，仇虎出场便是这样一个决心通过复仇实现个人正义的“人”：

> 他蓦然跳起来，整个转过身来，面向观众，屏住气息瞩望。——这是一种奇异的感觉，人会惊怪造物者怎么会想出这样一个丑陋的人形：头发像乱麻，硕大无比的怪脸，眉毛垂下来，眼烧着仇恨的火。右腿打成瘸肢，背凸起仿佛藏着一个小包袱。筋肉暴突，腿是两根铁柱。身上一件密结纽拌的蓝布褂，被有刺的铁丝戳些个窟窿，破烂处露出毛茸茸的前胸。下面围着“腰里硬”——一种既宽且大的黑皮带——前面有一块瓦大的钢带扣，贼亮贼亮的。他眼里闪出凶狠，狡恶，机诈与嫉恨，是个刚从地狱里逃出来的人。①

正义渴求在形式上常常表现为酒神式的狂热和迷醉。“眼烧着仇恨的火”，可见出仇虎复仇执念的狂热；“他眼里闪出凶狠，狡恶，机诈与嫉恨”，这是迷醉中生出的智巧。

如果说个体遭际激发出的愤恨不平是驱使仇虎复仇的心理力量，那么仇虎复仇方式的选择依循的却是民间俗例。杨国祯《明清福建土地契约租佃的民间俗例》有一段关于民间俗例的简要解释：

> 民间俗例，即所谓“乡俗”“乡例”，是一种地方性的习惯法，在特定的地域范围内，约束人们的社会行为。它是传统的承继，即不易受社会变迁打破的文化积淀；又有新传统的创造，带有时代的烙印。乡俗、乡例在长期发展、演变的过程中，有一部分被其他社会吸收、接纳，提升为县例、府例，甚至方言区内通行的俗例，成为地方官解释法律的一种依据。②

---

① 曹禺：《雷雨 日出 原野 北京人》，成都：四川出版集团巴蜀书社，2014. 第 336 页。

② 杨国祯：《明清福建土地契约租佃的民间俗例》，《台湾与福建社会文化研究论文集》，台湾“中央研究院”民族学研究所 1994 年版。

民间俗例带有道德上的约束性，同时也有行动上的劝导和诱导性。“父债子还”是民间俗例之一。它不知起于何时，其文化渊源或与儒家特别重视家族宗法有关。从字面看，最初的“父债子还”当只是指经济上的债务，但不知自何时起，“债”的含义扩大，将父辈的罪孽也包括在内。焦阎王是仇虎一家苦难的直接祸首。但是，当仇虎有能力复仇的时候，焦阎王已不在人世。对此，仇虎失望但并没有就此终止复仇，他把复仇的对象转移到焦阎王的儿孙。追溯这种行为的观念之源，当为流播广泛、深入人心的父债子还的民间俗例。

父债子还的民间俗例，使仇虎的复仇方式在道德上具有合理性，民间讲：“父债子还，天经地义”；父亲、妹妹的惨死及其个人的苦痛，使仇虎的复仇合乎人情。复仇及其方式的合情、合理，意味着不复仇违背人情、世理，故而，复仇的情感和念头成为仇虎内心当中无法驱遣的压迫力量。可悲的是，复仇之后，反复仇的情感和念头成为仇虎内心当中另一种无法驱遣的压迫力量。

二、复仇之后的痛苦与惊惧

反复仇的情感和念头缘于仇虎与焦大星的兄弟情以及他淳朴善良的本性。焦大星是焦阎王的儿子，也是与仇虎一起长大的好兄弟。与焦大星从小结下的情谊是反复仇的重要情感力量。更加让仇虎不忍、难做的是，焦大星始终当仇虎是好朋友、好兄弟。面对复仇而来的仇虎，他无知无觉，以民间好兄弟、好朋友的模式与仇虎相处。

当焦大星得知妻子外面有男人的时候，他向仇虎坦诚自己的窝囊，向仇虎求助，而且以为仇虎是来帮他，他向仇虎说道：“哦，虎子，你要帮我；你想帮我来抓他，是不？你怕我动不下手，你怕我还是从前那个（嘲弄自己）‘窝囊废’，（更痛恨地）还是那个连蚂蚁都怕踩的‘受气包’？”①焦大星的反应是民间好兄弟之间自然的反应。在民间，好兄弟之间无话不谈，即便是自己的弱点、缺点；好兄弟之间互相帮助，就是牺牲钱财、性命也在所不惜。仇虎试图解释，焦大星却固执地

---

① 曹禺：《雷雨 日出 原野 北京人》，成都：四川出版集团巴蜀书社，2014. 第430页。

坚持自己的想法，感激地阻止仇虎说下去：

> 我明白，我明白。虎子，我们是(用手比高矮)这么大的朋友，你是个血性汉子，我知道。吃了官司，瘸了腿，哼都不哼，现在你自己的事都没有完，又想把人家的事当作自己的管……你吃了官司，我爸爸只让我看了你两次，再找你，你就解走了。上十年找不着你。今天见了你，你还是我的热诚哥儿们。可是虎子，许你待你老弟好，就不许你老弟也有点心么，虎子，这是我的一件丢——丢人的事，我不愿意别人替我了("了"作"了结"解)。不过我找着他，万一对付不了他，我不成了，虎子，我死后你得替我……你不用说，我知道。万一我有了长短，虎子，我——①

在焦大星看来，仇虎是他的热诚哥儿们，他有困难，仇虎定然帮他；他若因此死掉，仇虎还会为他报仇。焦大星认为，作为好朋友，他也不能总让仇虎替他解除繁难，所以他不让仇虎帮。可见，焦大星真诚地将仇虎当成他的好兄弟、好朋友，以好兄弟、好朋友之间应有的心思和行为去理解和推测仇虎的一言一行。

焦大星对仇虎的信任和依赖，使仇虎对焦大星下不去手，以致他试图通过说出真相激怒焦大星的方式实施他的复仇计划。然而，焦大星的反应先是"不信"，继而是放仇虎走，就当什么事情都没有发生。忍气吞声、不做任何伤害仇虎的事情，甚至在仇虎杀他的时候也没有怨恨，这样的焦大星让仇虎无法心安理得地让他偿还他父亲的罪孽。因此，杀死焦大星后，焦大星的死成为仇虎心中反复仇的巨大力量。

除了焦大星的死，焦阎王的孙子、焦大星的儿子——小黑子的死也对仇虎造成指向反复仇的巨大心理压迫，而这种心理压迫缘于仇虎淳朴善良的本性。让焦母误伤小黑子本在仇虎的复仇计划之中，可是当杀死焦大星之后，他认为"这就够了"。然而，小黑子到底死了，他的死使仇虎的内心无比煎熬。因为这种心理煎熬，仇虎寻找各种理由试图说服自己小黑子不是他害的：

---

① 曹禺：《雷雨 日出 原野 北京人》，成都：四川出版集团巴蜀书社，2014. 第430页。

> 小黑子不是我害的，小黑子不是我害的。（跳到井石上，举起两手）啊，天哪！我只杀了孩子的父亲，那是报我仇门两代的冤仇！我并没有害死孩子，叫孩子那么样死！我没有！天哪！（跳下，恳求地）黑子死得惨，是她奶奶动的手，不怪我，这不怪我！（坐在井石上低头）①
>
> （对着焦母的人形，哀求地）："不是我！不——不是我！我没有打算害你的黑子，大星是我——我害的。可我——（喘息）我已经觉得够了，你别这么看着我，你别这么看着我！我并没害死你的孙孙！我说，我没有！我没有！我没有！我没有！我没有！……"②
>
> 我没想到，我原来只是恨瞎子！我只想把她顶疼的人亲手毁了，我再走路，可是大星死后我就不成了，那一会儿工夫，我什么心事都没有了，我忘了屋里有个黑子，我看见她走进去，妈的！（敲自己的脑袋）我就忘记黑子这段事情，等到你一提醒，可是已经"砰"一下子——（痛苦地）你看，这怪我！这怪得了我吗？③

另外，发誓要一直跟着仇虎的焦母和黑森林的夜，带给仇虎无限的恐惧。这种恐惧源于生命对外在的感知本能。如果说情感和道德对人的作用自然而又必然，那么对外在环境的恐惧则是生命体的本能。

与焦大星的兄弟情以及焦大星对仇虎的信任和依赖，使仇虎的复仇变得不那么"合情"；小黑子的死，使得仇虎的复仇变得不那么"合理"，这种不合情不合理与黑森林的夜和焦母要一直跟着仇虎的誓言交织在一起，使仇虎的心灵无法驱遣复仇带来的懊悔、罪恶感和恐惧。

---

① 曹禺：《雷雨 日出 原野 北京人》，成都：四川出版集团巴蜀书社，2014. 第 456 页。

② 曹禺：《雷雨 日出 原野 北京人》，成都：四川出版集团巴蜀书社，2014. 第 467 页。

③ 曹禺：《雷雨 日出 原野 北京人》，成都：四川出版集团巴蜀书社，2014. 第 467－468 页。

三、走不出的心理困境

按照悲剧冲突的性质分，悲剧可分为性格悲剧、命运悲剧、社会悲剧和伦理悲剧等。所谓性格悲剧，指造成悲剧冲突的关键性要素来自人物性格的弱点或者缺陷。仇虎的悲剧有其性格因素，如果他像焦大星那般懦弱，那么他会选择隐忍，后续的心理困境不会出现。但是仇虎刚毅坚强，情感充沛热烈，这种性格决定了他不会忍气吞声的苟活。刚毅坚强、情感热烈非但不是人的性格弱点和缺陷，反而让人敬佩、颇为可爱，然而，在仇虎那里，这种性格却成为悲剧之因，这一点很值得思索。命运悲剧把悲剧之因归于无法抗拒的命运。仇虎复仇成功后陷入的心理困境，使他的悲剧在性格悲剧之外又表现出命运悲剧的色彩。

对仇虎而言，无论他怎样坚定刚毅，人之为人必然拥有的情感和道德属性都使他的心理困境带有无法抗拒的必然性。驱使仇虎复仇的心理因素是父子情、兄妹情和个体对于自身遭遇的情感反应，这些情感和情感反应属于人之必然。人之为人必然有情感，这种必然，有针对复数的人的必然，有针对单个人的必然。前一种必然并不具体到每个人身上，比如怜悯之心，不是人人都有；后一种必然则每个人都会拥有，并且，这种拥有以自然而然的形式存在，不需要个体的人发挥怎样的能动性。与父母、兄弟姊妹之间的亲情属于后一种所有单个人必然而自然拥有的情感。

仇虎复仇方式的选择在《原野》构建的世界中也带有必然性。每一个清醒的人都是一个道德人。道德给人以行动的准则与分辨的依据。道德分辨对与错、善与恶、职权与义务，它教导“我们应该怎样处理此类处境”“我们为什么又依据什么这样处理”，以一种行动法则的形式存在于人类历史之中。不同的社会、不同的时代、不同的区域有不同的道德。道德本身亦有层次性。有一种道德有较高的门槛，比如孔子的“仁”、王阳明心学的良知，习得的人需要知识文化的底蕴。以存在形式和对人的影响力而言，民间道德俗例泛泛存在，没有什么严密的理论体系，不需要特殊的方式习得，它的作用范围非常广大，人往往是自然习得、遵守这种道德，并且对该种道德有着坚定的心理认同。促成仇虎复仇方式选择的道德属于后一种。他浸润其中,在内心中认同并以之为行动准则。在《原野》构建的世界中,仇虎没有也不具备对这种道德的反思和超越。从这个角度看,仇虎选择父债子还的复仇方式必然而又自然。

仇虎心中激荡的反复仇的心理力量,究其生成原因,命运弄人的意味浓郁。仇虎与焦大星从小一起长大,不是兄弟胜似兄弟。这种兄弟情建立在先,焦大星的父亲陷害仇虎在后。让仇虎无法释怀的小黑子的死,一方面,是仇虎有意设计;另一方面,在实施过程中出离了仇虎的控制。

尼采《查拉图斯拉如是说·道德的讲座》一节记述了一位善于谈说睡眠与道德的智者,智者说道:

> 尊尚睡眠而羞涩地对待它罢!这是第一件重要的事!……
>
> ……
>
> 很少人知道这个:但是一个人为着要有熟眠,须有一切的道德。我会犯伪证罪吗?我将犯奸吗?我会贪想我邻人的使婢吗?这一切都与安眠不甚调和的。
>
> 纵令你有了一切道德,你还得知道一件事:合时宜地遣道德去睡眠。
>
> 你须使它们不致互相争执,那些小爱宠!不为着你争执,你这不幸者!①

如果睡眠隐喻心灵的平和、灵魂的宁静,那么智者给出的安眠之法是"须有一切的道德"。然而,有了一切的道德还不够,智者说还要"合时宜地遣道德去睡眠",因为道德之间会互相争执。依照智者之说,仇虎若要安眠,务须遣去这些矛盾的要素。复仇后逃进黑森林的仇虎不断出现幻象,幻象中所有与仇虎复仇相关的人物和事件一一重现,剧中写道:"他代表一种被重重压迫的真人,在林中重演他所遭受的不公。"②此处的"真人",当为有着白板一样赤子之心的人,"重重压迫"是各种驱使仇虎复仇和反对复仇的情感与判定。所有涂抹在这颗心上的符号色

---

① [德]尼采:《查拉图斯拉如是说》,北京:文化艺术出版社,1994. 第 24 – 25 页。

② 曹禺:《雷雨 日出 原野 北京人》,成都:四川出版集团巴蜀书社,2014. 第 453 页。

彩，它们激烈冲突对仇虎的心灵造成重重压迫。仇虎刚毅果敢，但他终未如智者所说，遣去这些压迫。他纠结应不应杀了焦大星、小黑子的死怪不怪他、该不该为小黑子的死负责、复仇到底是对还是错：

> 我在狱里做苦力，叫人骗了老婆，占了地，打瘸了腿，嗯，对！对！我仇虎是好百姓，苦汉子，受了多少欺负，冤枉，委屈，对！对！我现在杀他焦家一个算什么？杀他两个算什么？就杀了他全家算什么？对！对！大星死了，我为什么要担待？对！他儿子死了，我为什么要担待？对！我为什么心里犯糊涂，老想着焦家祖孙三代这三个死鬼，对！对！我自己那年迈的爹爹，头发都白了……①
>
> 啊，大星，我没有害死他，小黑子不是我弄死的，大星，你不该跟着我！大星！我们俩是一小的好朋友，我现在害了你，不是我心黑，是你爹爹，你那阎王爹爹造下的孽！小黑子死得惨，是你妈动的手！我仇虎对得起你，你不能跟着我！你不能——（不知不觉拿出手枪）②

复仇是对的，又是错的，这不是牵强、迷乱的考量。复仇之正当和不当力量均等，没有一方能够压倒另一方，仇虎因之深陷心理困境、痛苦不堪，当金子让他洗掉手上的血的时候，他痛苦地说："血洗得掉，这'心'跟谁能够洗得明白。啊，这林子好黑！没有月亮，没有星星。（叹一口气）心陷入黑暗。"剧中描述陷入困境无法解脱的仇虎："腿上满是刺伤，血殷殷流下。他肩上背着小包袱，手里拿着一根树杆，他的形状更像个野人，头发藏满草梗，汗珠向下滴，两脚赤光光，脚趾为硬石磨破，裹着破布条。黑茸茸的胸膛沾腻一块一块的泥土，如同一个恐怖的困兽，他的胸剧烈地起伏着。"

一心之中力量相当而又矛盾的判定和情感交织激荡，每一种都无法遣去，仇虎不堪其扰，最终以肉身为祭。

---

① 曹禺：《雷雨 日出 原野 北京人》，成都：四川出版集团巴蜀书社，2014. 第 468 页。

② 曹禺：《雷雨 日出 原野 北京人》，成都：四川出版集团巴蜀书社，2014. 第 458 页。

结　语

《原野》中的心理困境以肉身的死亡为收束，这是文学家对心理困境的处理。哲学家如尼采给出不一样的看法。查拉斯图拉听完智者之说是“心里暗笑起来”，他在心里认为那个智者“颇有些傻劲”，但是，他相信智者是“善于睡眠的”。尽管查拉斯图拉认为，这样的安眠，“生命丧失了其他的更妙的意义”，然而，智者“遣去一切道德”不使其争执的方法能够让人安眠。① 宗教中如佛教也是提倡“遣去”的方法，如贪空、嗔空、痴空之说。以这种“遣去”观念衡量，如果仇虎不贪图正义，不嗔怨仇家对他一家的残害，既不会为复仇迷醉和痴狂，也不会有后来的沉陷困境。在尼采的哲学中，有着更高信仰的人也崇尚这种遣去，他们认为“善与恶，乐与悲，我与你”，都是“在创造者眼前飘荡的彩色的烟”，受苦的人“把目光离开自己的苦恼，忘却自我”，能够“像陶醉一样的快乐”。② 遗忘自我或许能够在世界中陶醉，然而，寻常人在日常生活中很难遗忘自我，更不要谈有仇虎那样的遭际、基于这种遭际由人之为人必然拥有的情感和道德激起的复仇冲动。哲学家、宗教家给出的安眠之法不适于寻常人，《原野》中仇虎没有遣去那些相冲突的情感和道德，最终以悲剧收场。仇虎的悲剧虽然收场，但是为了避免悲剧重复上演，对于如何摆脱那悲剧的思索应当继续，如：假若像仇虎一样无法避免又无法遣去相冲突的道德与情感的时候，如何不以肉身为祭让心灵和谐、灵魂宁静；这是否注定是无法走出的心理困境。这是仇虎的悲剧牵引出的困惑和思索，也是曹禺《原野》应该长期被阅读、被珍视、被思索的原因之一。

---

① ［德］尼采：《查拉图斯特拉如是说》，北京：生活·读书·新知三联书店，2016. 第 24 页。

② 尼采：《查拉图斯特拉如是说》，北京：生活·读书·新知三联书店，2016. 第 27 页。

原 野①

（节选）

曹禺

序幕

秋天的傍晚。

大地是沉郁的，生命藏在里面。泥土散着香，禾根在土里暗暗滋长。巨树在黄昏里伸出乱发似的枝芽，秋蝉在上面有声无力地振动着翅翼。巨树有庞大的躯干，爬满年老而龟裂的木纹，矗立在莽莽苍苍的原野中，它象征着严肃、险恶、反抗与幽郁，仿佛是那被禁锢的普饶密休士，羁绊在石岩上。它背后有一片野塘，淤积油绿的雨水，偶尔塘畔簌落簌落地跳来几只青蛙，相率扑通跳进水去，冒了几个气泡；一会儿，寂静的暮色里不知从什么地方传来一阵断续的蛙声，也很寂寞的样子。巨树前，横着垫高了的路基，铺着由辽远不知名的地方引来的两根铁轨。铁轨铸得像乌金，黑黑的两条，在暮霭里闪着亮，一声不响，直伸到天际。它们带来人们的痛苦、快乐和希望。有时巨龙似的列车，喧赫地叫嚣了一阵，喷着火星乱窜的黑烟，风驰电掣地飞驶过来。但立刻又被送走了，还带走了人们的笑和眼泪。陪伴着这对铁轨的有道旁的电线杆，一根接连一根，当野风吹来时，白磁箍上的黑线不断激出微弱的呜呜的声浪。铁轨基道斜成坡，前面有墓碑似的哩石，有守路原野人的破旧的“看守阁”，有一些野草，并且堆着些生锈的铁轨和枕木。

在天上，怪相的黑云密匝匝遮满了天，化成各色狰狞可怖的形状，层层低压着地面。远处天际外逐渐裂成一张血湖似的破口，张着嘴，泼出幽暗的赭红，像噩梦，在乱峰怪石的黑云层堆点染成万千诡异艳怪的色彩。

地面依然昏暗暗，渐渐升起一层灰雾，是秋暮的原野，远远望见一所孤独的

---

① 曹禺：《雷雨 日出 原野 北京人》，成都：四川出版集团巴蜀书社，2014。

老屋,里面点上了红红的灯火。

大地是沉郁的。

〔开幕时,仇虎一手叉腰,背倚巨树望着天际的颜色,喘着气,一哼也不哼。青蛙忽而在塘边叫起来。他拾起一块石头向野塘掷去,很清脆地落在水里,立时蛙也吓得不响。他安了心,蹲下去坐,然而树上的"知了"又聒噪地闹起,他仰起头,厌恶地望了望,立起身,正要又取一个石块朝上——遥远一声汽笛,他回转头,听见远处火车疾驰过去,愈行愈远,夹连几声隐微的汽笛。他扔下石块,嘘出一口气,把宽大无比的皮带紧了紧,一只脚在那满沾污泥的黑腿上擦弄,脚踝上的铁镣恫吓地响起来。他陡然又记起脚上的累赘。举起身旁一块大石在铁镣上用力擂击。巨石的重量不断地落在手上,捣了腿骨,血殷殷的,他蹙着黑眉,牙根咬紧,一次一次捶击,喘着,低低地咒着。前额上渗出汗珠,流血的手擦过去。他狂喊一声,把巨石掷进塘里,喉咙哽咽像塞住铅块,失望的黑脸仰朝天,两只粗大的手掌死命乱绞,想挣断足踝上的桎梏。

〔远处仿佛有羊群奔踏过来,一个人"哦!哦!"地吆喝,赶它们回栏,羊们乱窜,哀伤地咩咩着,冲破四周的寂静。他怔住了,头朝转那声音的来向,惊愕地谛听。他蓦然跳起来,整个转过身来,面向观众,屏住气息瞩望——这是一种奇异的感觉,人会惊怪造物者怎么会想出这样一个丑陋的人形:头发像乱麻,硕大无比的怪脸,眉毛垂下来,眼烧着仇恨的火。右腿打成瘸跛,背凸起仿佛藏着一个小包袱。筋肉暴突,腿是两根铁柱。身上一件密结纽襻的蓝布褂,被有刺的铁丝戳些个窟窿,破烂处露出毛茸茸的前胸。下面围着"腰里硬"——一种既宽且大的黑皮带——前面有一块瓦大的铜带扣,贼亮贼亮的。他眼里闪出凶狠,狡恶,机诈与嫉恨,是个刚从地狱里逃出来的人。

第四景

〔在黑林子里——夜四时半。

〔林内小破庙旁。四面围起黑压压的树丛,由当中望进去,深邃可怖,一条蜿蜒的草径从那黑洞似的树林里引到眼前。眼前是一片高低不平的草地，在那短短的野草下藏匿着秋虫纵情地低唱。沿着那草径筑起粗细不匀的电线杆，靠外面的还清楚，里面的很像那黑洞口里的长牙。靠右偏后立起一座颓落的半人高的小土厢，里面曾经供祀个神祇，如今完全荒废。小庙前面一尺高的小土台原为插放香人，多少年风吹雨打，逐渐夷平。小庙的土顶已经歪斜，远看，小庙像个座椅，前面的土台仿佛是个小桌，有几块石头在旁边树立着。靠左偏前是一棵直挺挺的白杨，树叶在上面萧瑟作响。树前横放一块平整的长石，上面长满青苔，不知哪年香火盛时，虔诚的香客派来石工凿成平面，为人休息的。满林树叶甚密，只正中留一线天空，而天空又为黑云遮满，不见月色，于是这里黑漆漆的，幽森可畏。偶尔风吹过来，树叶和电线的响声同时齐作，仿佛有野生的动物在林中穿过。

〔仇虎扶着焦花氏由当中深邃的草径一步一步地拖过来，两人都是一身水泥。仇虎只剩下一条短短沿边撕成犬齿的布裤，焦花氏的鞋也在水里失去，衣裙滴下水，裤子卷得更高。包袱是在手里。仇虎一手举着手枪和弹袋，一手扶着屹氏，眼里忽然烧起反抗的怒火，浑身水淋淋的。他回头呆望着更深的黑暗，打了一个寒战。忙匆匆地走进。

仇　虎　哦！好黑，（不觉又怕起来）怎么又走进来这么个黑地方。金子，（觉得 花氏向下溜）金子！金子！

焦花氏　（抬头，把眼前的头发掠过去）我——我真走不动了。

仇　虎　（指着眼前一块石头）那么，你坐下。（扶着她坐下）

焦花氏　（打了个寒战）好冷！（希望地）赶过了这道水也许快出林子了吧。

仇　虎　（坐下）也许吧，赶过了河，路好像平整了点似的。

焦花氏　（回头望）我们走的像是一条大路。

仇　虎　（叹一口气）反正鼓是听不见了。

焦花氏　嗯，鼓没有了，（振作地）我们就要出林子。

仇　虎　（忽然兴奋地立起）嗯，出林子，出林子！出林子赶上火车也许——

也许天还没亮。(忽然仰望天空)怪,天上又不见月亮了。

焦花氏 (不自主地也望上去)嗯,刚才好好的,怎么一会儿连个星星也没有?

仇　虎 (忽而惊吓失声)金子!

焦花氏 怎么?

仇　虎 真的,一个星星也没有。

焦花氏 我们不还有一盒洋火。

仇　虎 洋火只剩下两——两根了。

焦花氏 那么我们怎么走?怎么走?

仇　虎 嗯,(失望地)怎么走?(坐在石头)黑,黑,黑得连颗星星的亮都没有。怎么走?怎么走?

焦花氏 (喃喃地)怎么走?(忽然走到白杨树下,跪下)哦,天啊,可怜可怜我们吧,再露一会儿月亮吧,再施舍给我们一点点儿的亮吧!(哀恳地)哦,就一会儿,一小会儿,天,可怜可怜我们这一对走投无路——

仇　虎 (暴声)金子,你求什么?你求什么?天,天,天,什么天?(暴躁地乱动着两手)没有,没有,没有!我恨这个天,我恨这个天。你别求它,叫你别求它!

焦花氏 (觉得身上有洒下来的雨点)虎子!

仇　虎 什么?

焦花氏 (慢慢地)天下了雨了。

仇　虎 你说你身上洒下来了雨点?

焦花氏 嗯,我脸上也有。

仇　虎 那是我的血,我胳膊上的血甩出来的。

焦花氏 (惊愕地)你又流了血了。

仇　虎 嗯!(暗郁地)这就是天!你求他做什么。

焦花氏 (摇头)可怜,虎子,(坐在杨树前的长石上)今天一夜把你都逼疯了。

仇　虎　（愤恨）疯？哼，我得个疯。今天一天我像过了一辈子，我仇虎生来是个明白人，死也做个明白鬼。要我今天死了，我死了见了五殿阎罗，我也得问个清楚：我仇虎为什么生下来就得叫人欺负冤枉，打到阎罗宝殿，我电得跟焦家一门大小算个明白。

焦花氏　（怕他又说胡话）虎子，你听草里头！

〔草里秋虫低吟。

仇　虎　什么？

焦花氏　蛐蛐！

仇　虎　嗯。

〔处远传来"布谷"的鸣声。

焦花氏　（忽然愉快地）"咕姑，咕姑"。"咕姑.咕姑"。

仇　虎　（听了一刻，忽然，叹一口气）完了！没有了！

焦花氏　（明白他的意思所指，然而——）为什么？

〔不等问毕，一阵风吹来，电线鸣响起来，白杨树叶"哗哗"地乱嚎，风飕飕的。

焦花氏　（打寒战）哦，虎子！

仇　虎　你别怕。

焦花氏　（掩饰，打个寒战）不，好冷。（指着右面的荒址上）那——那是什么？

仇　虎　破庙。

焦花氏　虎子，我们走吧。

〔风吹过去，忽由远处悠长地呼出惨厉的声音，由远而近，又由近而远。

那声音：（因为辽远而有些含糊，凄厉地）回来呀，我的黑子！快回来吧我的小黑子。

仇　虎　（突然变了声音，喑哑地）你听，你听，这是什么！这是什么？

〔那声音：（更凄寂地，渐近）回来，我的孙孙！快回来吧，我的小孙孙。

焦花氏 （惊恐）她！——她！——她！

仇　虎 她又跟上我们了。

〔那声音：（怪厉。不似人声，渐远）魂快回来，我的黑子！你魂快回来，我的心肝孙孙。

焦花氏 （忽然抱性仇虎）哦，天！

仇　虎 （颤抖）我们快——快走吧。

焦花氏 嗯，〔刚走了两步，一脚踏在软而有刺的车而上，大叫起来）啊！虎子的脚！

仇　虎 什么？

焦花氏 脚底下，软几几的，刺！刺！乱动！

仇　虎 （由弹袋里取出洋火划燃，二人往下看）哪儿？

焦花氏 这儿！这儿！

仇　虎 （二人围着那个东西，一只人照着他们恐怖的脸）刺猬！

焦花氏 （放下心）刺猬。

〔这时由当中远处怪异地唱起一句"初一十五庙门开，"仇虎蓦回头。

仇　虎 这是谁？

焦花氏 像——像狗蛋！

〔顿时四处和唱着一群低沉幽森的声音："初一十五庙门开"，如同有多少被压迫冤屈的幽灵。

仇　虎 金子，你听，这是哪一堆人唱。

焦花氏 现在？

仇　虎 嗯！

焦花氏 （摇头）没有，——没有人唱。

（接着，当中远处又在森厉可怖地唱："牛头马面两边排。"

仇　虎 谁——谁又在唱？

焦花氏 （谛听）是——是狗蛋。

〔跟随，四面又唱起多少低沉的声音，哀悼地重复着："牛头马面两边排!”这时仇虎忽而看见在右边破庙前黑暗里冉冉立起牛头和马面,如同一对泥傀儡,相对而立。

仇　虎　(惊愕,低声)这——是——什——么?

焦花氏　(不明白)什么?

仇　虎　(更低声)你没看见?

〔当中远处又唱:“殿前的判官哟,掌着生死的簿。”

仇　虎　你听见了没有?

焦花氏　嗯,听见,这一定是狗蛋学的你。

〔紧接,四外阴沉沉地合唱“殿前的判官哟掌着生死的簿”。仇虎的眼里又在庙前边土台旁幻出一个披戴青纱,乌冠插着黑翅的判官,像个泥胎,悄悄地立在那里。

仇　虎　(倒呼出一口气)怎——么——回——事?

焦花氏　虎子!

仇　虎　妈呀!

〔不间断地当中远处又唱:“青面的小鬼拿着拘魂的牌。”

焦花氏　(拉着仇虎)走吧! 虎子!(仇虎不动)

〔立时,四边和起:“青面的小鬼拿着拘魂的牌。”仇虎望见黑地里冉冉冒出一个手执拘牌的青脸的小鬼,立在土台之旁,恰如泥像。

仇　虎　哦!(揩揩头上的汗)

〔当中远处又唱,但是此次威森森地:“阎王老爷哟当中坐。”

〔立刻仿佛四面八方和起那沉重而森严的句子,如若地下多少声音一齐苦痛而畏惧地低吼出来:“阎王老爷哟当中坐。”似乎都等待着那最后的审判。仇虎望见一片昏黑的惨阴阴的雾里渐渐显出一个头顶平天冠,两手捧着玉笏的黑脸的阎罗(地藏王),端坐小土庙之上,前面的土台成了判桌。阎罗正如庙里所见,一丝不动,塑好的泥胎。

仇　虎　(目瞪口张)哦,妈!

焦花氏　(更低的声音,为仇虎的森严态度慑吸)虎子,你——看——见——

什么！

仇　虎　说，说不得。

〔当中远处幽远而悲悼地唱："一阵阴风哟吹了个女鬼来！"

〔立刻，仿佛四面簌落簌落风声阴沉沉地吹起，四处悠长而哀伤地和唱，此次大半是女子的低声："一阵哪阴风哟吹了个女鬼来！"随着四面的风声怨声，一个瘦小，穿着一身月白纺绸衣衫姑娘，轻悄悄由黑暗里露出来。这姑娘的相貌和第二景的所见的毫无二致，只是更为怯弱苍白，鬓角贴上两张薄荷膏，手里拿着一根麻绳。她轻轻飘飘地移过去，像是一阵风，不沾尘埃，到了判桌前面跪下。

仇　虎　（惊愕）哦，我的屈死的妹妹。（花氏一声不响，看音仇虎，惊恐万分，不知怎样对他好）

〔于是阎罗开始审问，他的动作非常像个傀儡，判官在一旁查看手执的案卷。四方仿佛有多少无告的幽灵在呜咽哀号，后面有许多幽昧不明的人形移动，那绸衣的姑娘似乎哀痛地诉说自己生前的悲惨的遭遇，眼泪汪汪，告诉怎样父亲死，哥哥下了狱，自己也卖到妓院，怎样窑主客人一天一天地逼得吊死。说完深深叩头，哀请阎罗做主。

仇　虎　（含着眼泪听她审诉，不自主地泪水流下，他揩了又揩，很低）哦，妹妹！我的可怜的妹妹，你死得好惨！好委屈呀！

〔阎罗似乎对判官略略商议，便命传仇荣过审。桌前的青面小鬼将拘魂牌向里面一举，嘴里仿佛在喊些什么，立时四面八方多少幽灵哀悼地低声应和，于是由黑暗里走出另一个青面獠牙的小鬼带着白发龙钟的老农人，踱到桌前。那老头手铐脚镣，看见女儿，二人抱头大哭——无声。——判官似乎大吼一声，两人同时跪下，那老者叩头如捣蒜，哀哀凄凄地把自己如何被阎王逼死的情形申诉个完全，说完又叩头无数。

仇　虎　（愤恨）哦，爹爹，我的苦命的爹爹！今天我们仇家人再得不到公道，那么世上就没有天理了。

（这时忽然阎罗拍下惊堂木，对着仇虎叫了一声，仇虎抬头。所有判官、小鬼、牛头、马面、阎罗——都一齐恶森森地注视他。他几乎吓得不敢动转。四面的声音阴沉沉喊起，那青面的小鬼把拘魂牌对仇虎一举，仇虎不由自主地向他们走去。

焦花氏　虎子，虎子！你上哪儿去！（拉不住他，由他走去）

〔仇虎看见父妹，忍下眼泪，点点头便跪在案前。阎罗开始审讯，四周喊喊喳喳有多少低低的议论。

仇　虎　（低头，声音诡异）小人仇虎身有两代似海的冤仇，前在阳世，上有老父年迈，下有弱妹幼小，都为那杂种狠心的焦连长所害，死于非命。我的老父弱妹两口，现已拘在阴曹地府，方才他们所供句句是真，无一是假。我在阳间，又被那杂种狠心的焦连长勾结那贪官污吏，陷害小人，把小人屈打成招，下狱八年，害成残废。杀了小人的老父，害死小人的弱妹，打断小人的大腿，强占小人的田产，都是那狼心狗肺的焦连长。小人仇虎此番供禀句句是真，无一是假，如若有半句瞎话，小人情愿上刀山，下油锅，单凭判官大人明断，小人决不埋怨。可是小人两代似海的仇冤，千万请阎王老爷做主，阎王老爷做主。（深深叩头）

〔阎罗突然传叫焦阎王。小鬼一呼，堂下幽灵齐声怒吼。这时焦连长由黑暗中走出，神色非常骄悍。他依然穿着连长的制服，挂军刀，穿马靴，很威武地走到阎罗案前，并不跪下。

〔仇虎见着焦阎王，想站起动手，为判官喝住又跪下。

〔阎罗仿佛以仇虎的话询问焦连长，焦连长句句否认，加以驳斥。

仇　虎　（叩头）启禀阎王老爷，他的话是狡辩，一面之词。

〔焦连长又要申说。

仇　虎　（立刻叩头）小人仇虎没有说错。

〔焦阎王又要辩白。

仇　虎　（又叩头）请阎王老爷把他立刻判罪，不要再听他的。

〔阎罗拍惊堂木令他不要说话。焦阎王走上前去，又发议论，间罗频频点头,表示赞可。

仇　虎　(窥见连喊)阎王老爷不要信他的,你不要信他的,你不要信他的,他在阳间自己就是阎王。

〔阎罗勃然变色,令判官对仇虎的父亲、妹妹宣判。判后二人大哭,为小鬼们拖去。

仇　虎　(大愤)什么,我的爹还要上刀山,我的妹妹还要下地狱。你们这简直是——(被牛头一叉刺背,伏地不语)

〔阎罗又令判官宣判。焦阎王得意扬扬,仇虎气得浑身发抖。

仇　虎　(跳起)啊,你们还要拔我的舌头,叫他(指焦阎王),叫他上天堂。他上天堂!(暴躁地乱喊)你们这是什么法律?这是什么法律?

〔忽然马面一叉把他刺倒地下。这时焦连长大声——听得见的——怪笑起来,每个"鬼"以至于阎罗都狞恶地得意地狂笑,声震天地。仇虎慢慢由地上抬起头来看牛头,牛头止笑,牛头的脸变成焦阎王狞恶的脸;转头看马面,马面止笑,马面也换为焦阎王狞恶的脸;转视小鬼,小鬼止笑,小鬼也化为焦阎王狞恶的脸;回转身望见判官,判官止笑,判官也改为焦阎王狞恶的脸;正面注视阎罗,阎罗止笑,阎罗就是焦阎王狞恶的自己。全场无声,仇虎环顾四面焦阎王的脸,向后退。

仇　虎　(咬牙切齿,低声)好,好,阎王!阎王!原来就是你!就是你们!我们活着受尽了你们的苦,死了,你们还想出个这么个地方来骗我们,(对着那穿军服的阎王,恶狠地)想出这么个地方来骗我们!

〔突然,四面的焦阎王们又得意地大声狞笑起来,声响如滚雷。

仇　虎　(忽而抽出手枪,对准他们,连发三枪)你们这群骗子!强盗!你们笑!你们笑!你们笑!

〔一切景物又埋入黑暗里。

焦花氏　(苦痛地)虎子,你这是闹些什么哟?快走吧?

仇　虎　我!我!(摸着自己的头)

〔远处鸡鸣一声。

焦花氏　（惊吓）天快亮了！

仇　虎　快亮——

〔忽而由右面射来一枪，流弹呜地飞过。

焦花氏　枪！

〔继而由中间向他们身旁射一枪。

仇　虎　（谛听）糟了？侦缉大概又找着我们了。

（忽而由右中枪声乱发。

焦花氏　哦，（抓住虎子）他们要围上我们。

仇　虎　（拉着花氏）冲上去！管他妈！跟他们拼！——（向前放一枪，四周枪声更密）

〔二人由左面跑下。

第五景

〔同序幕，原野铁道旁——破晓，六点钟的光景。

〔天空现了曙白，大地依然莽莽苍苍的一片。天际外仿佛放了一把野火，沿着阔远的天线冉冉烧起一道红光。乌云透了亮了，幻成一片淡淡的墨海，像一条火龙从海底向上翻，云海的边缘逐渐染透艳丽的金红。浮云散开，云缝里斑斑点点地露出了蔚蓝，左半个天悬着半轮晓月，如同一张薄纸。微风不断地吹着野地。

〔大地轻轻地呼吸着，巨树还那样严肃，险恶地矗立当中。仍是一个反抗的魂灵。四周草尖光熠熠的，乌黑铁道闪着亮。远处有野鸟和布谷在草里酣畅地欢鸣。

〔铁道旁哩石后面白傻子呼呼地打着鼾，侧身靠倚哩石，身旁有熄了火的纸灯笼歪歪地躺在土上。白傻子的衣服也为荆棘钩破，脸上沾腻上许多土，脚光光的，破鞋乱放在一旁。白傻子多半做着甜美的梦，脸上是平静而愉快的微

〔远处鸡很畅快地叫了一声。

白傻子　（在梦里，模糊地）吐——兔——图——吐，吐——兔——图——吐……

〔远处火车笛声。

白傻子 （酣睡，含混地）“漆——叉——卡——叉，漆——叉——卡——叉。”

〔远处忽有枪一响，流弹由空气穿过，呜呜地。

白傻子 （吓醒，立起，揉揉眼睛，四面望望，莫名其妙，看见地上的纸灯笼，拿起来，突然想起半夜在林子领着焦母，把焦母丢在后面，以后找不着她的事，惊惧地）哦，坏了！（提着灯笼向东跑）焦大妈，狗蛋在这儿！（想想，方向不对，又向西跑）焦大妈！焦大妈！狗蛋跟灯笼在这儿。焦大妈！（没有应声，愣住，慢慢踱回铁轨当中，摸摸脑袋回想，忽然转过身，向天际喊，对着野塘）焦大妈！焦大妈！（举着灯笼说）灯笼在这儿！（拍拍自己）狗蛋也在这儿，（仍然没有应声，忽然）去你的！（顺着语气，不知地把灯笼扔入塘里）她也许死了！（才望见塘里有自己的灯笼，浮在水面，惊吓）哎呀！水！灯笼！她的灯笼！水！水！（连忙跳下铁轨基道，奔到野塘边。狗蛋在那里“扑腾扑腾”的声音）

〔常五由左面慌慌张张地走上。衣领没有系好，仿佛刚起来的样子。

常　五 （喊）焦大妈！焦大妈！焦大妈！（擦着汗，一个人念叨着）妈，我早就说过那个老神仙是个骗子手，小的在庙里没有活，老的出去叫了一夜的魂也叫不见了。念咒！打鼓！念咒！打鼓！念他妈的鼓！（喊）焦大妈，念咒！打鼓！打他妈的鼓！（四处喊）焦大妈！焦大妈！（没有应声，纳闷）怪，狗蛋这孩子领她跑到哪儿去了呢？（冒叫一声）狗蛋！

白傻子 （忽然由铁轨基道跳出，下半身淋漓着水滴，右手提着浸透了的灯笼，左手拿着十日前仇虎投入塘里的铁镣。笑嘻嘻地）嗯，干什么？

常　五 （吓了一跳，似称呼又似骂）狗蛋！你怎么早不答应我。

白傻子 （唏唏地）你，你刚才就，就没有叫我。

常　五 没有叫你，你就——（忽然转了语气）焦大妈呢？

白傻子 （举起那水淋淋的灯笼）嗯！这儿！

常　五 干什么?

白傻子 这,这是她的灯笼。

常　五 (不耐烦)知道! 个傻王八蛋! 我问你,焦大妈呢? 这一夜晚,你领她到哪儿去了?

白傻子 哦,哦! 昨儿格夜晚!(张目阖眼)她……她叫小黑子,嗯。叫小黑子。我掌灯笼。我,我在前面,她——她在后面,她走,我——我也走,我走,她也就跟着走

常　五 (嫌他说得啰嗦)知道! 知道!

白傻子 (指手画脚)先,先是我扶她。后来她——她就扶着我。她,她越叫越高兴,她,她就不扶我,不扶我。原来我在前面走,她总是跟着我走。后来呀,我,我就——

常　五 (急不可耐)你跑了。

白傻子 (摇头)没,没有。我还是在前面走,可是我一回头,——

常　五 她怎么样?

白傻子 她没有跟着我走。就不见了,就不见了。

常　五 后来你就没有找她?

白傻子 谁说的? 我找,我找,黑天野地里瞎找,找到这儿,我就——(不好意思地)我就睡着了。

常　五 个傻王八蛋,走吧?

白傻子 走?

常　五 快走! 现在四面是官兵,拿着枪搜仇虎,还不快走! 一枪把你打死!

白傻子 (惧怯地)又到庙里去?

常　五 到庙? 庙里的神仙都叫人逮了!

白傻子 怎么?

常　五 那庙里的老家伙是个人贩子,拐人的。县里派人把他抓走了。走吧,跟你说,你也不懂。

白傻子 到哪儿?

常　五　找人！（指着白傻子手里的铁镣）咦。你从哪儿找来这个？

白傻子　你说这副镯子？水塘里捡的，（举起）你不要？

常　五　混蛋！放下！（白傻子扔在铁道里）

常　五　走！（向左走）

〔忽然由左面响了一枪又一枪。四周忽然悄寂。

白傻子　什么？

常　五　（提起脚望，惊慌地，低声）那虎子，虎子！

白傻子　（不懂）老虎？

常　五　（拉起白傻子）快走！

〔常五、白傻子二人反身右面下。

〔枪声再发，流弹呜呜飞过。焦花氏低腰由左面跑入。仇虎一面回头一面扶她向前走；仇虎驼着背，满脸汗，仿佛肩着千斤的重量。臂上肌肉愤怒地突起，两只眼暴出来，一手托着枪，插在腰里的匕首闪着光。现在他更像个野人，在和四周的仇敌争死活。看见了巨树，眉目间露出来好的计算，沉定地望着前面。焦花氏拿着包袱，痛苦地迈着艰难的步，一夜的磨难，使她胆大起来，紧张而沉着地向四面顾望。

仇　虎　（回首恨恨地）这帮狗杂种！四面围上了。

焦花氏　（喘息）虎子，走！向前走。

仇　虎　不用走，前面也是卡子！你刚才没听见四面都放枪？

焦花氏　（抓着他）可他们并不知道我们在这儿。

仇　虎　一会儿他们就来搜的。

焦花氏　（恳求）那么，还不快走！

仇　虎　（摇头）不，不走了，多走两步也是一样地——（忽然）我逃够了！

焦花氏　虎子。怕什么，我们还有枪。

仇　虎　枪是有的，可是不能——再放了。

焦花氏　（惊悸）你说子弹已经——

仇　虎　嗯，就剩下两粒了。

焦花氏　两粒?

仇　虎　在这儿只要放一枪,他们听着声音都会来的。

焦花氏　虎子,难道我们就——就在这儿完了完了!

仇　虎　不!不!不能完,我完了还有弟兄,弟兄完了,还有弟兄。我们不能子子孙孙生下来就受人欺负。你忘了我刚才跟你说的话?

焦花氏　你说——不,虎子,不能够,我不去。我不离开你。

仇　虎　金子,你去!你一个人可以逃得出去,他们并不是抓你。我他们都认识!你先走,包袱里有钱。

焦花氏　虎子,你要我走!

仇　虎　(不顾地)走。

焦花氏　(眼泪流出来)虎子,可你叫我到哪儿去?

仇　虎　(坚硬地)我刚才告诉过你了。

焦花氏　你——你那帮朋友靠得住吗?

仇　虎　他们都是我的好弟兄,干哪行的都有,告诉他们我仇虎不孱头,告诉他们我仇,仇虎走到头,没说过一句求人可怜的话。告诉他们现在仇虎不相信天。不相信地,就相信弟兄们要一块儿跟他们拼,准能活,一个人拼就会死。叫他们别怕势力,别怕难,告诉他们我们现在要拼得出去,有一天我们的子孙会起来的。

焦花氏　虎子你说的是什么?我不走的。

仇　虎　金子!(抓住花氏)你忘了你跟我说的话啦?

焦花氏　(不明白)我说了什么?

仇　虎　你说我跟你这些天里头你也许,——

焦花氏　哦,那个!

仇　虎　说不定的,也许有。(忽然更迫切地)哦,金子,我信一定会有的。你要是不走,连——连这个没出世的也——也——

焦花氏　可是,虎子——

仇　虎　(忽然看见脚下的东西)金子!这是什么?

焦花氏　(惊愕)铁镣!

仇　虎　(拿起来看)嗯,老朋友!(辛酸地)我的老朋友又来了。金子,你知道,(以后一直拿着铁镣)它找我干什么吗?

焦花氏　(故作不知)那干什么?

仇　虎　这次它要找我陪它一辈子。

焦花氏　(忽然抱住仇虎)不,虎子,你不能走。

仇　虎　(怪异地看着花氏)我!我是不走。

焦花氏　你不走?

〔青蛙忽而由塘边鼓噪起来。

仇　虎　嗯,不走,(忽然望望巨树和野塘)怪,你还记得这块地方吗?

焦花氏　记得。

仇　虎　现在又来了。

焦花氏　(悲哀)十天——像一眨眼。

仇　虎　嗯,一眨巴眼。那天我解开这个东西(指铁镣)今天又要戴上了。金子,你后悔吗?

焦花氏　后悔?我一辈子只有跟着你才真像活了十天。哼,后悔!

仇　虎　可是现在——

〔近处有布谷鸟酣适地唱起来。

焦花氏你听!

仇　虎　(一丝微笑)"咕姑咕姑!"

焦花氏　虎子,你听着这个,你不想去吗?

仇　虎　想去什么?

焦花氏　那黄金子铺的地方?

仇　虎　(凄然)嗯,现在那黄金子铺的地方只有你一个人配去了。

焦花氏　(大惊)你说什么?

仇　虎　(忽然举起金子的包袱,坚硬地)金子,我要你走!

焦花氏　(收下包袱)虎子?

仇　虎　你走!

焦花氏　我不。

仇　虎　不走,(用下策逼她离开)我就放枪。(向天举枪)

焦花氏　干什么!

仇　虎　叫他们来。

焦花氏　不,虎子。

仇　虎　(痛苦地喊出来)走!(对天连放二枪,随把手枪扔在塘里,立时有一枪回过来)啊!金子(紧接枪声数响,俱向这边飞来)快跑!金子!

焦花氏　(喊起)哦,我的虎子。

仇　虎　(一手握住匕首,顿足)金子,你不走,我死也不饶你的。

焦花氏　(知道没有办法,眼泪顿时涌出,两手伸出,一面后退,一面望着仇虎)嗯,我走,我走。(枪声更密)

仇　虎　(看着焦花氏,满眶眼泪)记住,金子!孩子生下来,告诉他,他爸爸并没有叫这帮狗们逮住。告诉弟兄们仇虎不肯(举起铁镣)戴这个东西,他情愿这么——(忽用匕首向心口一扎)死的!(停在巨树,挺身不肯倒下)

焦花氏　(大叫,跑回来,抱着仇虎)虎子!我的虎子!

仇　虎　(冒着黄豆大的汗珠,咬住嘴唇)跑啊!金子,告诉弟兄们我的话。

焦花氏　(泣不可抑,匍匐在足下)哦,你,你!(枪声更近)

仇　虎　(喘息)快跑,枪近了,我看着你走。(忽然由焦花氏脑后呜地飞过一颗流弹,中在她的左臂上,花氏回头,仇虎大喊)你还不——(一脚把焦花氏踢在基道下)走!

〔焦花氏滚在下面,抬头望仇虎。仇虎回首不顾。她才用手蒙着眼睛,不忍再看,由左跑下。

仇　虎　(待她离开,忽然回头望着她的背影,看她平安跑走。枪声四下更密更近,他忽然把铁镣举到眼前,狞笑,而快意地——)哼!(一转身,用力把铁镣掷到远远铁轨上,锒铛一声。仇虎的尸身沉重地倒下)

——**幕落**

第二章　走进“津味儿”

小说经典文本

第一节　游弋在传统审美中的反讽

——冯骥才《三寸金莲》文本分析①

错误让动物变成人,真理是否会把人变回动物?②

——尼采《与孤独为伍》

冯骥才《三寸金莲·书前闲话》表示出某种拒绝阐释的姿态:“您自管酽酽沏一壶茉莉花茶,就着紫心萝卜芝麻糖,边吃边喝,翻一篇看一篇,当玩意儿。要是忽一拍脑门子,自以为悟到嘛,别胡乱说,说不定您脑袋走火,想岔了。”③现代文论指出文学文本的自足性,自足的文学文本可能包含多种意义维度和效果,经典文学作品尤其如此,这些意义维度和效果或许超溢出作者的创作意图。就《三寸金莲》的文本而言,它凸显出反讽的效果。

“反讽”的概念源自西方,英文为 irony,德法文为 ironie,概念史可以远溯到苏格拉底。20 世纪,反讽成为欧美现当代思想的重要术语。日本近现代文学史上重要的诗学理论家西胁顺三郎(1894—1982)宣称:“反讽是最大的诗学。”西方的反讽概念纵贯哲学与诗学,含义复杂,并没有统一的定义。在翻译史上,贺麟、王

---

① 冯骥才(1942 ~):祖籍浙江宁波,生于天津,中国当代作家、画家和文化学者;“伤痕文学”代表作家,其“文化反思小说”影响深远。著有《啊!》《雕花烟斗》《高女人和她的矮丈夫》《神鞭》《三寸金莲》《珍珠鸟》《一百个人的十年》《俗世奇人》等。作品被译成英、法、德、意、日、俄、荷、西、韩、越等十余种文字,在海外出版各种译本四十余种。

② [德]尼采:《与孤独为伍》,孙若颖译,北京:中国对外翻译出版公司,2014. 第 4 页。

③ 冯骥才:《三寸金莲》,北京:中国文联出版社,2009. 第 4 页。

太庆曾将反讽译为“讽刺”。① 克尔凯郭尔是西方反讽概念史上的重要思想家之一。他特别强调苏格拉底反讽概念的否定性。在汉语中,“反”也有“否定”的意味。克尔凯郭尔认为反讽无处不在,应在反讽中认识事物。反讽未必如克尔凯郭尔认为的那样普遍存在,但确乎有些事物具有“反讽”的属性或者特点,对于这些事物,反讽是展开认识的途径之一。本文聚焦《三寸金莲》的“反讽”效果,分析文本中的反讽因何形成;取“反讽”的否定与讽刺意义,探讨文本话语在深层次上构成对何者的否定与讽刺。

一、民族审美概念、审美意象在“莲足”上的具象化

民族审美概念、审美意象在“小脚”——这一畸形变态事物上的具体化,创造出一种反讽效果。

所谓“小脚”,专指缠足。小说第四回几个文人雅客比拼关于小脚的学问,来自山西的吕显卿特别强调:“不缠足算不得小脚!”②由缠足而小脚,可见小脚并非自然而是人为。自古的“人为”有的顺应自然,缠足这种“人为”不是顺应自然而为,缠足的人痛苦不堪。小说细致描述了奶奶给戈香莲缠足的残忍与血腥,现截取几段如下:

> 这就要裹了。香莲已经不知该嚷该叫该求该闹,瞅着奶奶抓住她的脚,先右后左,让开大脚趾,拢着余下四个脚趾头,斜向脚掌下边用劲一掰,骨头嘎儿一响,惊得香莲“嗷”一叫,奶奶已抖开裹脚条子,把这四个脚趾头按住……③
>
> 那脚布裹住四趾,一绕脚心,就上脚背,挂住后脚跟,马上在四趾上再裹一道。接着返上脚面,借劲往后加劲一扯,硬把四趾煞得往脚心下头卷。香莲只觉这疼那紧这矮那折,奶奶不叫她把每种滋味都咂摸过来,干净麻利

① [德]黑格尔:《哲学史讲演录》,贺麟、王太庆等译,北京:商务印书馆,2013. 第 54 页。
② 冯骥才:《三寸金莲》,北京:中国文联出版社,2009. 第 27 页。
③ 冯骥才:《三寸金莲》,北京:中国文联出版社,2009. 第 10 页。

> 快,照样缠过两圈。随后将脚布往前一拉,把露在外边的大脚趾包严,跟手打前往后一层层,将卷在脚心下的四个脚趾头死死缠紧,好比叫铁钳子死咬着,一分一毫半分半豪也动弹不了。①
>
> 不下地走,脚趾头踩不断,小脚不能成形。奶奶干脆变成城隍庙里的恶鬼,满脸杀气,操起炕扫帚,打她抽她撵她下地,求饶要赖撒泼,全不顶用。只好赛瘸鸡,在院里一蹦一跳硬走。摔倒也不容她趴着歇会儿。只觉脚趾头嘎嘎断开,骨头渣子咯吱咯吱来回磨,先是扎心疼,后来不觉疼也不觉是自己的了,可还得走。②
>
> (奶奶)拾些碎碗片,敲碎,裹脚时给香莲垫在脚下边。一走碎碗碴就把脚满咯破了。奶奶的扫帚疙瘩怎么轰。香莲也不动劲了。挨打也不如扎脚疼。破脚闷在裹脚条子里,沤出脓来。每次换脚布,总得带着脓血腐肉生拉硬扯下来。其实这是北方乡间裹脚的老法子。只有肉烂骨损,才能随心所欲改模变样。③

经由这样违背自然、残忍血腥的行径裹出来的小脚,其命名和阐说在文人那里无比优美。

在文人那里,小脚雅称“莲足”,爱小脚成癖的称“莲癖”。吕显卿有莲癖,自号“爱莲居士”。在中国文化中,“莲”是著名的美意象。传统文献中有无数盛赞莲花的诗文。在这些诗文中,莲花净美、娇美、淡美。如:“出淤泥而不染,濯清涟而不妖”;“清水出芙蓉,天然去雕饰”;“荷花娇欲语,愁杀荡舟人”(李白《渌水曲》);“无垢自全君子洁,有姿谁想六郎娇”(董嗣杲《荷花》);“轻轻姿质淡娟娟,点缀圆池亦可怜”(元好问《池莲》);“泥根玉雪元无染,风叶青葱亦自香”(范成大《州宅堂前荷花》);“惟有绿荷红菡萏,卷舒开合任天真”(李商隐《赠荷花》)。莲为花中君子,不论是其洁、其娇、其媚,莲之美都非世俗之美。《三寸金莲》中吕显卿卖弄小脚的“金莲”之称的由来,言自南唐后主的宫嫔窅娘金莲台上跳舞开

① 冯骥才:《三寸金莲》,北京:中国文联出版社,2009. 第 10 页。
② 冯骥才:《三寸金莲》,北京:中国文联出版社,2009. 第 10 页。
③ 冯骥才:《三寸金莲》,北京:中国文联出版社,2009. 第 11 页。

始,“宫内外妇女都拿帛裹足,为美为贵为娇为雅,渐渐成风,也就把裹足小脚称作‘金莲’”。[①] 用莲花命名和阐说小脚,小脚成为“莲美”的具体化物事之一,它具有莲花在中国文化中娇、雅等美性。小脚的雅称与文本中对裹足过程的细描并置,文本话语显出反讽意味。

将小脚称为“金莲”并非始自文本中的人物,他们只是继承者、认同者,因而,由其形成的反讽效果也不那么强烈。将小脚置于传统审美观念当中,用传统审美标准品评小脚,辅以大量的审美意象,在倡导天足的进步时代观念中、在充分意识到裹足对女性的戕害的现代阅读视野中,反讽意味极突出。

是否灵秀是民间以至莲癖们用来品评小脚的标准之一。文本中,街北的黄家三姑娘赞叹戈香莲的小脚“又小,又尖,又瘦,透着灵气秀气”[②]。中国文化中,有灵气之物在形体上从不是大、厚、重的,与其相对的小、轻等形体特点同时是“秀”的特点,故而,“灵”与“秀”常常勾连在一起。吕显卿品评小脚的“七字法”第一字就是“灵”。“灵”不属于可触、可付之以目的“形”的层次。中国气论思想认为万物气化而成。“一气交感,化生万物,万物生生而变化无穷焉”[③];天地万物“有气则生,无气则死,生者以其气”(《管子·枢言篇》)。在这样的气论思想中,有“气”充贯方有生命力、有灵魂,否则便是一团死物。化生万物之“气”有类别区分,《说文解字》释“地”:“元气初分,轻清阳为天,重浊阴为地。”[④]此处,“元气”包括轻清者和重浊者两种。在“气”的类别区分中,“灵气”是很特别的一种。史上有思想家认为人所禀之气为“灵气”:“天地之灵气即属之于人,凡人之生孰非受天地之灵者,得其全粹即为圣人。”[⑤]天地灵气属于人,但圣人得其全粹,可见灵气内部存在等级。在传统审美中,灵气的等级并没有充分得到贯彻,大多以有灵气为高。书法品评中,排如算子的字被认为无生气,有灵气的字被认为是大美之字。不独书法品评如此,以“有灵气”为“美”是传统审美观念的重要构成。有

---

① 冯骥才:《三寸金莲》,北京:中国文联出版社,2009. 第 27 页。
② 冯骥才:《三寸金莲》,北京:中国文联出版社,2009. 第 11 页。
③ 周敦颐:《太极图说》,上海:上海古籍出版社,1992. 第 9 页。
④ 许慎:《说文解字》,北京:中华书局,1963. 第 286 页。
⑤ 朱朝英:《读诗略记》卷五,文渊阁《四库全书》本。

灵气的山水、人物和艺术作品鲜活生动有其韵致。

中和之美源生于儒家，是民族审美中另一重要审美观念，这种审美观念也被用到小脚的品评上。吕显卿解释“七字法”中的“尖”和“瘦”：“尖非锥，瘦不贫。”吕显卿的解释强调了“尖”与“瘦”的适度。无不及和过度是中和美的基本原则，如《论语》谓“美”的“乐”与“哀”：“乐而不淫，哀而不伤。”《中庸》释“中和”：“喜怒哀乐之未发，谓之中。发而皆中节，谓之和。中也者，天下之大本也。和也者，天下之达道也。致中和，天地位焉，万物育焉。”据《中庸》的解释，致中和达天下大道，据此，中和当为至美。史上对中和美的崇尚贯彻到传统诗、书、画等文艺审美当中，如提倡温柔敦厚的《诗》教，书法中忌讳剑拔弩张、刻厉劲燥等。小脚要“尖”，但不能如锥一般；小脚要瘦，但不可有贫弱之像，此正是中和之美的法则。

用于小脚品评的疏淡、古朴、古雅、沉静、超逸等，都是传统审美崇尚的美性美态。在佟忍安为戈香莲安排的赛脚会上，戈香莲的装扮着意塑造一种“淡美”。小说中描述，戈香莲的月白丝绸褂子打前襟右下角绣出的一枝桃花“花色极淡”，花朵也不是热闹繁盛，而是“下密上疏”，“星星点点直上肩头，再沿两袖变成一片落瓣，飘飘洒向袖口”，她下身穿的牙黄百褶罗裙“平素没花”，她脸上的“粉儿似擦没擦，胭脂似涂没涂，眉毛似描没描”，“眉毛淡得好比在眼睛上边做梦”，她的头发是“随便一卷”，“没花没玉没金没银更没珍珠”。她全身的装扮，“颜色非浅即淡”，整体的观感是“疏淡”“慵懒”“自在”“洒脱”。[①] 在传统审美中，绚烂至极归于平淡，淡美高于华丽。淡美在效果上显现为自然天真、自在洒脱，但在创造手法上并不反对雕琢、装饰和技巧。戈香莲刻意装饰出的淡美并不违背传统审美中关于淡美的观念。乔六桥“金莲二十四格”中的“神”格包含“淡”字，他认为戈香莲把“淡”字用绝了，罗列出诸多淡美：淡雅、淡远、淡漠、疏淡、清淡、旷淡、淡淡。[②]

小脚品评中有时会一气堆砌铺排出来传统审美中的诸多美学品格，典型如乔六桥的“香莲三十六品”堆砌了圆、媚、韵、雅、逸等三十六种传统美学品格，“金

---

① 冯骥才：《三寸金莲》，北京：中国文联出版社，2009. 第 60 页。
② 冯骥才：《三寸金莲》，北京：中国文联出版社，2009. 第 63 页。

莲二十四格"铺排出闲、文、幽、韵等二十四种传统美学品格。他如戈香莲眼中婆婆的鞋子:"小白碟上放着一对小小红缎鞋,通素无花,深暗又鲜,陈旧的紫檀木头底子,弯得赛个小红浪头,又分明静静停在白碟上。鞋头吐出一个古铜小钩,向上卷半个小圆,说不出的清秀古雅精整沉静大方庄重超逸幽娴。"①其实以戈香莲的学识,根本不会涌出那么多取自民族审美的美学品格,这里显然是隐含作者的越位。

以上诸种美都属静态美,小脚品评中还有对民族审美观念中美的动态展示应该遵循的原则的坚持和贯彻。佟家第一次赛脚,戈香莲落败的重要原因是不懂得展示中的"藏"法。民族审美崇尚含蓄,直露的展示被视为格调不高,甚而平庸乃至丑陋。戈香莲为了展示自己的小脚,刻意把裙腰提高,露出鞋子上的蝴蝶,结果这种"有露无藏"使她惨败给贯彻"藏"法的白金宝。明明是要展示小脚,可白金宝是欲露还藏,欲藏还露,文本中写她从屋子出来,绣花罗裙"就赛打地面上飘过,脚尖在裙子下边,忽然露出忽然不见,逗人眼馋"。她向众人行礼,"右脚没露,只把左脚成心往外一闪","这一闪叫人看个满眼,再多看一眼又不成"。② 相比之下,不"藏"的戈香莲是"两只脚咋咋呼呼直直愣愣,有露没藏赛叉鱼的叉子,劈着两个大尖"③。

除了"藏"法,传统审美中的意境美也被贯彻到小脚的品评中。佟家第二次赛脚,戈香莲力压白金宝便是得益于意境美的贯彻,她反用"万翠丛中一点红",创造出"万红丛中一点翠"的意境:

> 没会儿,众人先后都瞧见,那堆山石脚下有两个绿点儿,好赛两个刚破土的嫩笋尖儿。大冬天哪来的春笋?但在白雪地里,点点红梅间,这绿又鲜又嫩又亮又柔又明眼又扎眼又入眼。嘛东西呢?不等说也不等问,两绿点儿一波一动,摇颤起来,又赛水上漂的叶片儿,上边正托着个女子,绕出山石拐角处,修竹般定住不动。一件银灰斗篷裹着身子,好赛石影,低头侧视,看

① 冯骥才:《三寸金莲》,北京:中国文联出版社,2009. 第 47 页。
② 冯骥才:《三寸金莲》,北京:中国文联出版社,2009. 第 33 - 34 页。
③ 冯骥才:《三寸金莲》,北京:中国文联出版社,2009. 第 33 页。

不见脸。来回来去轻轻挪几步，绿色就在裙底忽闪忽闪，才知道是双绿鞋，叫人有意无意把眼神都落在这鞋上。天寒地冻，红梅疏落，这绿色立时使得满院景物都活起来。

……一晃绿色没了，人影也没了。院子立时冷清得很，眉也无色，雪也无光。①

戈香莲如是创造，品赏的人也如此解读。不论创造者还是品赏者，皆是运用和依循传统审美标准。除此之外，文本中大量用民族审美中那些美的意象形容小脚。如蝴蝶。第一次赛脚前戈香莲看自己的鞋子：“鞋帮上是五彩牡丹，前脸趴着一只十色蝴蝶，翅膀铺开，两条大须子打尖而向两边玩。她穿好试走几步，一步一走，蝴蝶翅膀就一扇一扇，好赛活的。惹得她好喜欢，自己也疼爱起自己的小脚来。”②吕显卿解释“七字法”中的“弯”和“软”，言“弯似月”“软如烟”。“月”无须赘言，在传统审美中它含带着诸多种美。“烟”虽不似月那样突出，但它的美在缥缈中耐人寻味，如著名的古诗句“蓝田日暖玉生烟”。莲癖吕显卿夸赞戈香莲名字中的“香”字极好，认为以“香”换“金”妙极，在他的赏莲七字中也有“香”一字。“香”是民族审美中一个很特别的虚性审美意象。“疏影横斜水清浅，暗香浮动月黄昏”（林逋《山园小梅》），其中的“暗香”表现出幽幽美感。李清照《醉花阴》有句：“东篱把酒黄昏后，有暗香盈袖。莫道不消魂，帘卷西风，人比黄花瘦。”姜夔专有《暗香》词。另外，《红楼梦》中宝钗服用的丸药名为“冷香丸”，林黛玉照此戏称宝玉所称的她身上的幽香为“暖香”。

另外，颇需指出的是佟忍安的以“茶”配小脚。佟忍安用“太平猴魁”招待吕显卿、华琳等人，介绍太平猴魁的来历时说道：“它长在山尖上，整天叫云雾煨着，味儿自然空灵清远。”③画家华琳赞佟忍安“空灵清远”四字用得好，可惜这样的好茶没有这样的好画配。佟忍安却说，并不是要将好茶和好画配，而是把它和小脚配在一起。品级、性德类同的两物方能言“配”，以空灵清远之茶配小脚，暗示

① 冯骥才：《三寸金莲》，北京：中国文联出版社，2009. 第59－60页。
② 冯骥才：《三寸金莲》，北京：中国文联出版社，2009. 第24页。
③ 冯骥才：《三寸金莲》，北京：中国文联出版社，2009. 第56页。

着小脚在他们眼中具有如此性德。

《三寸金莲》中不吝词汇，将畸形的小脚形容为月、烟、笋尖、菱角等民族审美中种种美物，贯以灵秀、清远、中和、古朴、圆直等美好，又以空灵清远的茶来配，在现代阅读视野中形成一种奇异且强烈的反讽。

二、美的品级观念在小脚品鉴上的具体化

朱光潜曾将反讽译为滑稽。莲癖们暗用书画的品鉴方法和品级划分品鉴小脚，这种暗用不仅使话语蕴含讽刺，而且有滑稽之感。

暗用者是顶级莲癖佟忍安。佟忍安好小脚好得书卷气十足，详考其来历，将“爱莲居士”吕显卿驳得哑口无言。他用书画品鉴中的形神之论和相应的等级划分严肃认真地品鉴小脚。第一次赛脚会上吕显卿卖弄学问，说出“顶美”小脚赏鉴的七字法，佟忍安回敬的话是：“得形易，得神难。”①吕显卿抛出“七字法”后，又掷出形态论：

> 小脚美丑，在于形态……形要六字具备，即短、窄、薄、平、直、锐。短指前后长度，宜短不宜长。窄指左右宽度，宜窄不宜宽，还须前后相称，一般小脚，往往前瘦后肥，像猪蹄子，不美。薄指上下厚度，宜薄不宜厚。直指足跟而言，宜正不宜歪，这要打后边看。平指足背而言，宜平不宜突，如能向下微凹更妙。锐指脚尖而言，宜锐不宜秃，单是锐还不成，要稍稍向上翘，便有媚劲儿。都说北莲下弯，南莲上弯，要紧不是简简单单一弯。足心要弯，足尖要翘，还得翘得恰到好处。向上撅得赛蝎子尾巴，或向下耷拉得赛老鼠尾巴，都不足取。这是说小脚的形。②
>
> 态字上要分三等。上等金莲，中等金莲，下等金莲。……上等金莲中间又分三种。两脚缠得细长，好比笋尖，我们大同叫“黄瓜条子”，雅号叫“钗头

① 冯骥才：《三寸金莲》，北京：中国文联出版社，2009. 第27页。

② 冯骥才：《三寸金莲》，北京：中国文联出版社，2009. 第34－35页。

> 金莲”。两脚缠得底窄背平，好比弯弓，雅号叫“单叶金莲”。两脚缠得头尖且巧，好比菱角，雅号叫“红菱金莲”。这三种小脚中间垫高低，又叫“穿心金莲”，后边蹬高低，又叫“碧台金莲”。都是上等。……脚长四五寸，还端正，走起来不觉笨，鞋帮没有棱角鼓起来，叫“锦边金莲”。脚丰而不肥，好像鹅头，招人喜爱，叫“鹅头金莲”。两脚端正，只是走路内八字，叫“并头金莲”；外八字的叫“并蒂金莲”。这都是中等。①

对于吕显卿的形态论，佟忍安以传统绘画品鉴中的品级划分对答：

> 秦祖永《桐荫论画》，把画分作四品。最高为逸品，神品次之，妙品又次之，最末才是能品。我看这逸和神要倒一倒，神为首。能品最易得，也最易品。神品最难得，也最难品。拿我们古玩行说，辨画的真伪，看纸，看墨，看裱，看款，看图章，看轴头，都容易，只要用心记住，走不了眼。可有时候高手造假画，用纸、用墨、用绫、用锦，都用当时的，甚至图章也用真的，怎么办？再有，假宋画不准都是后人造的，宋朝当时就有人造假！看纸色墨色论年份都不错，就没办法了？其实，盯紧更紧要的一层，照样分辨出来，就是看“神”！真画有神，假画无神。这神打哪儿来的呢？比方，山林有山林气，画在纸上就没了。可画画的高手，受山林气所感，淋淋水墨中生出山林一股精神。这是心中之气，胸中之气，是神气。造假绝造不出来。小脚人人有，人人下功夫，可都只求形求态。神品……人世间……不能说没有……这神字，无可解，只靠悟。②

佟忍安品小脚以“神”为最，形态次之，这是传统审美中形神论的基本观点。以书法为例。相传作者为王僧虔的《笔意赞》说道：“书之妙道，神采为上，形质次之。

---

① 冯骥才：《三寸金莲》，北京：中国文联出版社，2009. 第35页。
② 冯骥才：《三寸金莲》，北京：中国文联出版社，2009. 第36页。

兼之者可绍于古人。”①唐代书法理论家张怀瓘《文字论》：“深识书者，唯观神采，不见字形，若精意玄鉴，则物无遗照，何有不通？”又言对历代书家的品评：“智则无涯，法固不定，且以风神骨气者居上，妍美功用者居下。”②传统艺术无不以传神、有神为最上。文人画甚至因重“神”而不在乎或者牺牲“形似”，如雪中芭蕉。由对“神”的重视传统书画美学对书画进行品第划分。张怀瓘《书断》将书法分为神、妙、能三品，《书断序》言其“考穷乖谬，敢无隐于昔贤；探索幽微，庶不欺于玄匠。爰自皇帝、史籀、仓颉，讫于皇朝黄门侍郎卢藏用，凡三千二百余年，书有十体源流，学有三品优劣，今叙其源流之异，著十赞一论；较其优劣之差，为神、妙、能三品，人为一传，亦有随事附者，通为一评，究甚臧否，分成上、中、下三卷，名曰《书断》”③。张怀瓘谓神品中的索靖章草“风神凛然”，张芝章草“精熟神妙，冠绝古今”。书画品评中的逸品是品第划分中有争议的一品，如张怀瓘的划分中没有逸品；关于逸品应居于何种位次也没有统一的说法。形与神的品第高低在民族审美中并没有争议，最初的绘画但求形似，大约自唐时开始强调神采。此后，付之于目的“形”便一直居于付之于心的“神”之下。

佟忍安以画之品第和形神论品鉴小脚，这种叙述的讽刺、滑稽效果醒目卓然。自古书画被视为至雅之事，与文人的德操紧密联系。书、画有其形神，品鉴者能由其“神”领会画者胸臆、志向及其德操。小脚与此类艺术创作决然不同，在女子很少读书、以相夫教子为务的时代，无以论其胸臆志向。“神”只能求之于心会、神悟，这是此心于彼心、此精神与彼精神的契合、觉知，小脚本就缺失精神主体，如何论神悟？然而，佟忍安偏又掷出“悟”字。

佟忍安在众莲癖中是最痴迷者，也是此道中的佼佼者。吕显卿卖弄所知所学，佟忍安从不曾落败，但因华琳一字而无言。第二次赛脚，众人纷纷赞戈香莲的小脚，轮到华琳，他说：“绝顶金莲，只有一字诀，曰：空！”华琳此言之后，“轮到佟忍安，本来他开口就说了，莫名其妙闷住口。事后才知，他是给华琳一个‘空’

---

① （南北朝）王僧虔：《笔意赞》，潘运告编注：《中国历代书论选》，上册，长沙：湖南美术出版社，2010. 第 68 页。

② （唐）张怀瓘：《书议》，潘运告编注：《中国历代书论选》，上册，长沙：湖南美术出版社，2010. 第 162 页。

③ （唐）张怀瓘：《书断》，潘运告编注：《中国历代书论选》，上册，长沙：湖南美术出版社，1997. 第 174 页。

字压住了”。[1] 华琳是史上实有的人物。史上的华琳善画，著有《南宗抉秘》，其绘画主张属“重神”一派。不止如此，他以禅喻画，思想中将“空”视为画之极致。《南宗抉秘》：“浓湿干淡之外加一白字，便是六彩。白即纸素之白。凡山石之阳面处，石坡之平面处，及画外之水天空阔处，云物空明处，山足之杳冥处，树头之虚灵处，以之作天、作水、作烟断，作云断、作道路、作日光，皆是此白。夫此白本笔墨所不及，能令为画中之白，并非纸素之白，乃为有情，否则画无生趣矣。然但于白处求之岂能得乎？必落笔时气吞云梦，使全幅之纸皆吾之画，何患白之不合也。挥毫落纸如云烟，何患白之不活也。禅家云：‘色不异空，空不异色，色即是空，空即是色。’真道出画中之白，即画中之画，亦即画外之画也。……务使通体之空白毋迫促，毋散漫，毋过零星，毋过寂寥，毋重复排牙，则通体之空白，亦即通体之龙脉矣。凡文之妙者皆从题之无字处作来，凭空蹴起，方是海市蜃楼，玲珑剔透。”[2]在“神”之一途，品鉴落到“空”字上似乎已无法言解，亦无法再推进，故而佟忍安无言，而这也表明他处在同样的思想脉络上。

三、反讽之否定与讽刺

以小脚为传统审美观念的具体化，用传统审美中品鉴蕴含民族精神、在艺术上臻于至高境界的诗、书、画等艺术形式的方法、观念鉴赏小脚，创造出奇特而强烈的反讽效果。那么，反讽“反”的是什么？“讽”的又是什么？

小说中运用到小脚上的传统审美概念、意象几乎涵盖了其全部，如果“反”的是这些概念，就否定了整个传统审美。并且，这些概念和意象本身并无不美。小说后半部对天足的肯定亦遵循的是传统审美观念。传统审美崇尚“自然”。《庄子·齐物论》中有天籁、地籁、人籁之分，其中天籁价值等级最高。司空图《二十四诗品》专有“自然”一品，其中言道：“俯拾即是，不取诸邻。俱道适往，着手成

① 冯骥才：《三寸金莲》，北京：中国文联出版社，2009. 第 64 页。

② （清）华琳：《南宗抉秘》，引自俞剑华编著：《中国画论类编》，上卷，北京：人民美术出版社，1986. 第 296 – 297 页。

春。如逢花开,如瞻岁新。真与不夺,强得易贫。"①晚唐书画理论家张彦远《历代名画记》分上、中、下三品,以"自然"为上品之上,以"神"为上品之中,以"妙"为上品之下。"自然"在传统审美中被视为美的最高境界,其核心要义崇尚天然。小脚表现出反自然之态,全无自然之相。小说中第三次赛脚是天足和小脚的比试,文中写道:

> 香莲脸上没表情,心里咚咚响。这天足女子也叫她看怔看惊看呆看傻了,光溜溜腿,光溜溜脚丫子,皮肤赛绸缎,脚趾赛小鸟头,又光又滑又嫩又灵,打脚面到脚心,打脚跟到脚尖,柔韧弯曲,一切天然,就赛花儿叶儿鱼儿鸟儿,该嘛样就嘛样,原本嘛样就嘛样,拿就拿出来看就看,可自己的脚怎么能亮?再说真亮出来一比,还不赛块烤山芋?

小脚女人睡觉时候要穿睡鞋,莲癖赏的从来不是"脚"而是"鞋"。真正亮出脚来比,天足随顺自然,小脚反自然。天足的胜出,其背后隐在的评价标准是崇尚自然的传统审美。

小说讽刺和否定的不是传统审美。而关于小脚,在《三寸金莲》成书的年代早无须专门撰文著书进行否定。小说讽刺和否定的也不是早已被视为糟粕的小脚,它讽刺否定的是佟忍安、吕显卿这些或自诩或有其声名的雅人名士。第一次赛脚会上亮相的牛凤章、乔六桥、华琳和吕显卿,小说介绍他们的身份事迹:牛凤章买佟忍安的画;乔六桥弄诗,"作诗像吐唾沫一样容易";华琳弄画,"大名压倒天津城";乔六桥向佟忍安介绍吕显卿,说他是"山西名士"。② 第二次赛脚会的雅人名士又增加了个陆达夫,文中介绍陆达夫,说"他也是跟大伙常混在一堆儿的名士""也是一肚子杂学""阅历文章比乔六桥老帮得多"。③ "作诗像吐唾沫""混"等已然昭示出对这些人的讽刺和否定。文人雅士有诸多特点和事迹,小说指向雅人名士的否定和讽刺具体言之,是他们的"文人意识"。佟忍安、吕显卿等

---

① (唐)司空图著,郭绍虞集解:《诗品集解》,北京:人民文学出版社,2005. 第 19 - 20 页。
② 冯骥才:《三寸金莲》,北京:中国文联出版社,2009. 第 25 页。
③ 冯骥才:《三寸金莲》,北京:中国文联出版社,2009. 第 52 页。

人的小脚嗜好皆以传统审美观念为标准，被他们用作标准的传统审美观念并非糟粕，但这些观念进入到他们的“意识”当中便成为制造糟粕的工具。小说否定和讽刺的是他们的这种“观念进入意识”以及由此形成的“意识”。

小脚极尽“人工”，天足自然天然。在传统审美观念中，美并非自然美一种。如论诗美，有“清水出芙蓉，天然去雕饰”，亦有润之以丹彩的错彩镂金。《三寸金莲》讽刺和否定的不是据以判定和欣赏小脚的传统审美观念，而是这种观念进入佟忍安、吕显卿等文人心中所形成的畸形审美意识。在女性需要男性的喜欢方能存身或者舒适生存的社会中，那种意识可谓罪恶之源。社会历史中有各种本无罪甚至应予以发扬的观念。在文化愈发普及的当下以至将来，这些观念进入意识后可能会催生出带有罪恶之源功能和色彩的事件，而这些事件可能会发生在任何个体以至群体上。就这一点而言，《三寸金莲》讽刺和否定的内容具有警示意义。

第二节　与“传统”互文的地域书写

——林希《天津闲人》的话语结构与意义生成①

清夜无尘，月色如银。酒斟时、须满十分。浮名浮利，虚苦劳神。叹隙中驹，石中火，梦中身。

虽抱文章，开口谁亲。且陶陶、乐去天真。几时归去，作个闲人。对一张琴，一壶酒，一溪云。②

——苏轼《行香子·述怀》

林希《天津闲人》是地域文学的代表作之一。传统“闲”文化在《天津闲人》文本意义的构造中起着至关重要的作用——正是在这种文化背景中，“天津闲人”才被关注、被叙述并获得其特殊的意义。传统和现代、民族和地域在《天津闲人》文本话语运作中，前者成为后者的意义源，后者因前者生出自家面目、取得意义。

---

① 林希（1935～）：原名侯红鹅，生于天津。天津作协专业作家。1982 年加入中国作家协会，文学创作一级。著有长篇小说《北洋遗怨》《爱、恨、仇》《桃儿杏儿》《买办之家》等，诗集《无名河》《海的诱惑》《柳哨》《高高的白杨树》等，中篇小说集《林希小说精品集》《天津闲人》《天津百年》《林希小说选》（译有英、法文版）。

② 苏轼著，龙榆生校笺：《东坡乐府笺》，上海：上海古籍出版社，2016. 第 428 页。

一、“词源学意义”上的民族国家叙述

从生成源流上推断，民族叙述应该源于地域叙述，地域叙述经过阐释才上升到民族国家层面。然而，《天津闲人》中作为意义源的是民族国家叙述。

在叙述者层次，天津闲人被叙述的理由和价值是因为他们不同于民族国家叙述中的闲人。叙述者称，天津闲人这类人物“只在天津能够找到，大江南北，长城内外，东洋西洋，世界各地，只在天津卫才能找到”①。天津闲人独一无二，具有鲜明的地域特征。这种地域判定从哪里来？叙述者对“闲人”做了一番考证，指出天津闲人不是“闲散之人”，其言道：

> 闲人者，清闲少事之人也。《清会典·八旗都统》：“自十有六岁以上皆登于册，而书其氏族官爵，无职者曰闲散某”，这是指的旗人，不在朝廷当差，不吃皇粮，称之为闲散。这和天津闲人不一样，天津闲人于户籍上没有记载，自古以来，天津人大多没有固定职业，俗称没有个准事由。②

“闲人为清闲少事之人”来自民族叙述，《清会典·八旗都统》中对“闲散”的定义也是处于国家层面。除了闲散，叙述者又举出民族叙述中的另两种闲人，指出天津闲人与他们的不同：“古之孟尝君养食客，门下中下等人，不著业次，称为帮闲”；“荀子曰，闲居可以养志，是以辟耳目之欲，而远蚊虻之声，闲居静思则通”，这两种闲人与天津闲人也是“风马牛不相及”。③ 由此可见，关于天津闲人“独一无二”的地域判定源于他们与民族叙述中闲人的不同。天津闲人之所以被叙述是因为他们的地域性，其地域性特征的获得来自与民族国家叙述中闲人的比照，从这个意义上看，地域叙述以民族叙述为存在前提。

民族叙述不仅使地域叙述获得被叙述的价值，而且赋予其意义。叙述者对

---

① 林希：《天津闲人》，北京：北京出版社，1998. 第360页。
② 林希：《天津闲人》，北京：北京出版社，1998. 第361页。
③ 林希：《天津闲人》，北京：北京出版社，1998. 第361页。

天津闲人的廓清始终在民族叙述的意义维度上。在民族叙述中，闲人的意义之一是清闲少事之人，叙述者由此意义指出天津闲人的“忙碌”：他们“上午还在金城银号当大写，下午就到谦祥益管账去了，还有的上午卖鱼，下午拉洋车，晚上倒泔水，夜里赶晚儿去给死人念经”①。民族叙述中闲人还有“闲居养志”一义，叙述者由此义指出天津闲人的无事生事：“天津有闲人，是因为天津有闲事，闲事多则闲人多，闲人越多闲事也越多。”②叙述者对天津闲人的廓清无不依准民族叙述。民族叙述左右着叙述者对天津闲人的观察和叙述，在民族叙述的意义场域之外没有任何意义建构。也正是因为这一点，叙述者虽然发现天津闲人不同于民族叙述中的各种闲人，但是，并没有别立新名，仍然将其归入“闲人”之列。

在叙述者层次，地域叙述处于民族叙述开拓的意义场域中；在小说人物层次，民族叙述同样表现出“词源学”的意义。天津闲人对闲人身份的选择和情感态度皆取自民族叙述。

侯伯泰是天津闲人中的上等闲人，他之所以做闲人不只是“命中造化好”，出生在财大势大的侯姓人家，主要是因为他“心胸豁达，把世事看得透彻”：“什么是你对？又什么是我错？天热了一起流汗，天冷时一齐打哆嗦，对的也是一日三餐，错的一个个也没挨饿，只要不干昧良心缺德事，马马虎虎相安无事最是聪明。至于金钱、名声、官爵、地位，哪一样也带不到棺材里去，全都是身外之物。有得便有失，有升便有沉，乱哄哄你登场来我下场，谁玩命折腾谁是大傻蛋。人生在世，不求有功，但求无过，不求吃得好，只求吃得饱，不求绫罗绸缎，只求夏有短衫冬有棉袄，不存害人之心，只求做个和事佬，天下太平，八方和好。”③这段文字申明了侯伯泰选择闲人身份的思想原因，而其“原因”皆来自民族叙述。儒家、道家、佛教为中华民族思想观念的主要来源，对民族心理的塑造起到重要作用。侯伯泰“齐是非”，《庄子·齐物论》主张齐物我、泯是非；至于金钱、名声、官爵等“哪一样也带不到棺材里去”则明显来自佛教“空”的哲学中富贵名利皆不恒常的思想。道家与佛教的这些观念是传统文人“闲居”的思想原因。如苏轼有首

① 林希：《天津闲人》，北京：北京出版社，1998. 第 361 页。
② 林希：《天津闲人》，北京：北京出版社，1998. 第 361 页。
③ 林希：《天津闲人》，北京：北京出版社，1998. 第 363 页。

《行香子》，云：“清夜无尘，月色如银。酒斟时、须满十分。浮名浮利，虚苦劳神。叹隙中驹，石中火，梦中身。虽抱文章，开口谁亲。且陶陶、乐去天真。几时归去，作个闲人。对一张琴，一壶酒，一溪云。”①佛教认为世事皆空。名利不恒常，故而称“浮名浮利”。为不恒常的名利劳神属自造烦恼、空劳心神。至于“石中火，梦中身”云云，皆是佛家语。天如惟则禅师《答弟行远》言道：“当念残生如草上露、水上沤、风中烛、石中火，变灭无常。”②再如认为“一闲真是值千金”的范成大言：“花下百杯齐物我，云边一眼尽江湖。”③在文学史上，似这样由佛道思想而以闲居为理想生存方式的叙述有很多。侯伯泰做闲人当然不全然是因为他“看透世事”，但是，民族叙述中“闲”之“应当”与“合理”是他选择闲人身份的重要根据。

下等闲人苏鸿达以及周围人对于闲人身份的情感态度纯粹依照民族叙述，他们完全无视个体实际。小说中有这样一个情节：《晨报》主笔严而信问苏鸿达“哪行恭喜”，苏鸿达回答：“闲人一名。”小说写道：“苏鸿达回答得潇洒自如”，严而信听了连声恭维苏鸿达“福气，福气”。④ 在这一对答中，苏鸿达对自己的闲人身份颇为满意，甚至是十分骄傲；严而信作为“非闲人”中的一员，对于苏鸿达的闲人身份并没有报以嗤笑和贬低，反而是恭维有加，恭维中又似乎羼杂着几分羡慕。苏鸿达这个闲人每天都在琢磨着哪里蹭饭，没有任何可羡慕可恭维之处。苏鸿达的潇洒自如、严而信的恭维完全是因于“闲人身份”，他们针对闲人身份的情感态度依循的是民族叙述中对“闲”这种生活方式的价值评判。

在民族叙述中，“闲”是理想的生活方式之一。儒家对个体的生活方式有一个两极式规划：“用之则行，舍之则藏”⑤；“天下有道则见，无道则隐”⑥；“穷则独善其身，达则兼济天下”⑦。“藏”与“隐”都是“闲”的生活方式：“身”远离朝堂、

---

① （北宋）苏轼著，龙榆生校笺：《东坡乐府笺》，上海：上海古籍出版社，2009. 第 457 – 458 页。

② 《卍新纂续藏经》，第 70 册，第 820 页上。

③ （南宋）范成大：《次韵正夫游王园会者六人》，《石湖诗集》卷三二；另：“一闲真是值千金”出自范成大《偶至东堂》，《石湖诗集》卷九，文渊阁《四库全书》本。

④ 林希：《天津闲人》，北京：北京出版社，1998. 第 374 页。

⑤ （南宋）朱熹集注：《论语集注》，引自朱熹：《四书章句》，济南：齐鲁书社，1992. 第 64 页。

⑥ （南宋）朱熹集注：《论语集注》，引自朱熹：《四书章句》，济南：齐鲁书社，1992. 第 79 页。

⑦ （南宋）朱熹：《孟子章句》，引自朱熹：《四书章句》，济南：齐鲁书社，1992. 第 189 页。

无官无职;“心”只在一己之身。关于个体应当践行的生活方式,儒家除了闲居还有仕途一路,道家与佛教却只以“闲”为存在的真谛。在道家和佛学思想的影响下,“闲”被赋予不计名利富贵的意涵,这种意涵中“闲”的主体是“心”。史上文人结合具体生存实际亦将“闲”分为“身闲”和“心闲”。如张萱《知止》中言:“闲有二:有心闲,有身闲。辞轩冕之荣,据林泉之安,此身闲也;脱略势利,超然物表,此心闲也。”①从理论上讲,“身闲”方能“心闲”,二者不可分离。然而,历史事实是文人有身闲心不闲者,如杜甫无官无职、穷困落魄之际仍然忧国忧民;有身不闲而心闲者,如半仕半隐的王维。无论哪一种闲,在民族叙述中都被给予肯定性评价。

身闲者自在无拘。嵇康《与山巨源绝交书》中列出身不闲者的种种不自在:“人伦有礼,朝廷有法,自惟至熟,有必不堪者七,甚不可者二:卧喜晚起,而当关呼之不置,一不堪也。抱琴行吟,弋钓草野,而吏卒守之,不得妄动,二不堪也。危坐一时,痹不得摇,性复多虱,把搔无已,而当裹以章服,揖拜上官,三不堪也。素不便书,又不喜作书,而人间多事,堆案盈机,不相酬答,则犯教伤义,欲自勉强,则不能久,四不堪也。不喜吊丧,而人道以此为重,已为未见恕者所怨,至欲见中伤者;虽瞿然自责,然性不可化,欲降心顺俗,则诡故不情,亦终不能获无咎无誉如此,五不堪也。不喜俗人,而当与之共事,或宾客盈坐,鸣声聒耳,嚣尘臭处,千变百伎,在人目前,六不堪也。心不耐烦,而官事鞅掌,机务缠其心,世故烦其虑,七不堪也。”②

心闲者即使在喧嚣闹市也能够宁静安适,陶渊明《饮酒》:“结庐在人境,而无车马喧。问君何能尔,心远地自偏。”因为心灵闲适,生活自在、快意。关汉卿《南吕·四块玉·闲适》:

一

适意行,安心坐,渴时饮饥时餐醉时歌,困来时就向莎茵卧。日月长,天

---

① (明)张萱:《知止》,《西园闻见录》卷二一,文渊阁《四库全书》本。

② (三国)嵇康:《与山巨源绝交书》,朱东润主编:《中国历代文学作品选》,上编第二册,上海:上海古籍出版社,1995. 第414页。

地阔，闲快活！

二

旧酒投，新醅泼，老瓦盆边笑呵呵，共山僧野叟闲吟和。他出一对鸡，我出一个鹅，闲快活！

三

意马多，心猿锁，跳出红尘恶风波，槐荫午梦谁惊破？离了名利场，钻入安乐窝，闲快活！

四

南亩耕，东山卧，世态人情经历多，闲将往事思量过。贤的是他，愚的是我，争甚么！①

关汉卿形象描述出心闲者的自在快意。

在民族叙述中，从哲学到文学、从圣人到普通文人都有对“闲者之乐”的申述和肯定。《庄子·逍遥游》中描述闲者栖居于旷达天地中的大树下：“彷徨乎无为其侧，逍遥乎寝卧其下。”②《论语》中孔子问弟子的志向，曾点言其志：“莫春者，春服既成。冠者五六人，童子六七人，浴乎沂，风乎舞雩，咏而归。”③关于这一段有很多不同的理解，但是，很多人认为曾点的志向是不问政治，将其与老庄并列。由此看，“曾点之乐”实为闲居之乐。孔子听到曾点的志向，喟然而叹曰：“吾与点也。”可见，孔子向往闲居的悠游快乐。朱熹也曾表达过对曾点之乐的肯定，尽管他阐释的曾点之乐不是因为“闲”，后来又推翻了这种肯定。大圣大贤肯定、向往闲居生活，普通文人也有很多以闲为乐，故而有“无官一身轻”“偷得浮生半日闲”等词句并且脍炙人口。

在民族叙述中，闲人逍遥、安适、惬意、潇洒。苏鸿达报出闲人身份的潇洒自如、严而信的连声恭维源于闲人的民族叙述，是民族叙述吁请的反应，这种反应悬置、无视天津闲人的实际和特殊内涵。对苏鸿达而言，民族叙述中关于闲人的

---

① 隋树森：《全元散曲》，北京：中华书局，1964. 第 156－157 页。

② 林希逸著，周启成校注：《庄子鬳斋口义校注》，北京：中华书局，2012. 第 12 页。

③ （南宋）朱熹集注：《论语集注》，引自朱熹：《四书章句》，济南：齐鲁书社，1992. 第 112 页。

肯定评价对他的自我身份定位有重要影响。

无论是在叙述者层次还是在小说人物层次，地域叙述都处于民族叙述开辟的意义场域中，民族叙述为地域叙述的展开和意义构建提供了前提。不只如此，《天津闲人》作为地域叙述其意义的激活与构建依赖民族叙述的在场。

二、始终在场的民族叙述

在民族叙述中的闲人叙述场域中，天津闲人的内涵被激活和构造。先看下等闲人苏鸿达。小说描述苏鸿达的装束做派："他身穿着褐色春绸长袍，上身着紫色缎子马褂，一顶礼服呢礼帽端端正正在头上，鼻梁上架着一副圆形水晶养目茶镜，语音有些尖细，斯文得有些忸怩，手里拿着一把大折扇，忽而刷地展开来，忽而刷地合拢上，大折扇一面画着山水，另一面行云流水地写着一首竹枝词。"①苏鸿达的装束根本不符合他的生活实际。他之所以如此，引入民族叙述能够窥见其如此装扮的意图。

以苏鸿达拿扇子为例。扇子在中国源远流长，传说舜的时候就有扇子。扇子在中华文化中不只是扇凉的工具，还象征着身份、地位和趣味。晋代崔豹的《古今注·舆服》载："五明扇，舜所作也。既受尧禅，广开视听，求人以自辅，故作五明扇焉。秦汉公卿士大夫皆得用之。魏晋非乘舆不得用。"②苏鸿达拿的扇子一面画着山水，一面写着竹枝词，这种书画扇最得文人雅士的喜欢，因为扇子能够表明拿扇者的雅情雅趣。自标为闲人的苏鸿达拿着一把书画扇，配以眼镜、长袍、马褂和礼帽，俨然一个有闲情逸致的文人雅士。有必要指出民族叙述中"闲人"的主体人群。儒家的生存规划针对的是"士"阶层，将"闲"作为理想生存方式、实际做闲人的是文人士大夫。因而，在民族叙述中闲人的主体人群是文人。与"闲人"在民族叙述中有特定主体指向相类，"雅"在民族叙述中也有人群归属，这个人群归属仍然是文人。雅与闲在文人那里又常常关联在一起。雅事向

---

① 林希：《天津闲人》，北京：北京出版社，1998. 第367页。

② （西晋）崔豹：《古今注》，上海：上海古籍出版社，2012. 第122页。

来与名利富贵无干。一旦与名利富贵有所干连，雅事亦变得不雅。闲人超尘拔俗，故而常常为雅事，拥有雅情雅趣。如陶渊明闲居时的采菊，白居易隐居洛阳时的煮酒邀友①，林逋隐居西湖时的梅妻鹤子。这些民族叙述是苏鸿达装扮成文人雅士的原因所在。

可惜事与愿违。苏鸿达给人的感觉是“斯文得有些忸怩”。忸怩的感觉和论判来自哪里？苏鸿达依照民族叙述中的闲人意涵摆出一副文人雅士的做派，摇着书画扇、戴眼镜等装束举止将民族叙述带入文本，这种带入自然引发了意义的比较。在民族叙述中，有闲情逸致的文人雅士最是自在、自然。三度出仕三度致仕的袁宏道曾直言这种自在：“计欲来岁乞休，割断藕丝，作世间大自在人。”②在民族叙述的场域中，苏鸿达的刻意与做作凸显出来，其行为的模仿性质清晰显现。而苏鸿达的模仿没有使他靠近民族叙述中的闲人，反而显得忸怩滑稽。

再看上等闲人侯伯泰。侯伯泰“背得半部《论语》，写得一手好字，画得一手好竹，而且抚琴对弈，吟诗作赋”，“凡是文人墨客高雅的游戏”没有玩不来的。③抚琴对弈、吟诗作赋的高雅定性来自民族叙述。在民族叙述中，闲居的文人游身于这些高雅的事情当中。值得注意的是游身其间的文人心态。文人通过抚琴吟诗娱情娱性，这种“娱”在闲居文人那里常常表现为“自娱”。如闲人典范陶渊明《答庞参军》中言：“衡门之下，有琴有书，载弹载咏，爰得我娱。”④《归去来兮辞》言：“悦亲戚之情话，乐琴书以消忧。”⑤《饮酒》诗小序言：“既醉之后，辄题数句自娱。”⑥王维闲居辋川别墅有诗云：“独坐幽篁里，弹琴复长啸。深林人不知，明月来相照。”⑦白居易更是常常于闲中吟哦，所作中专有“闲适诗”一类，直接命名为《闲吟》的诗云：“自从苦学空门法，销尽平生种种心。唯有诗魔降未得，每逢风月

---

① 白居易晚年隐居洛阳时有《问刘十九》，诗云：“绿蚁新醅酒，红泥小火炉。晚来天欲雪，能饮一杯无？”

② （明）袁宏道：《龚惟长先生》，引自钱伯城笺校：《袁宏道集笺校》，上海：上海古籍出版社，2008. 第222页。

③ 林希：《天津闲人》，北京：北京出版社，1998. 第362页。

④ （东晋）陶渊明：《答庞参军》，引自逯钦立校注：《陶渊明集》，北京：中华书局，1979. 第22页。

⑤ （东晋）陶渊明：《归去来兮辞》，引自逯钦立校注：《陶渊明集》，北京：中华书局，1979. 第161页。

⑥ （东晋）陶渊明：《饮酒》，引自逯钦立校注：《陶渊明集》，北京：中华书局，1979. 第86页。

⑦ （唐）王维：《竹里馆》，引自陈铁民校注：《王维集校注》，北京：中华书局，1997. 第424页。

一闲吟。"①在民族叙述中，文人游弋于诗琴书画，目的为娱乐性情，虽然目的在"娱"，但诗琴丹青被专注对待，因为它们与主体的情志联系在一起：或为情志的寄托，或为情志的抒写表露。侯伯泰的心态与民族叙述中的文人心态完全不同，他视吟诗作赋、抚琴对弈等为"高雅的游戏"，以能画得一手好竹、吟得几句诗为炫耀，其中更有表明身份的意图。然而，正是在"高雅"这一标志性语符当中，侯伯泰的高雅意图表现出相反意义。

侯伯泰对住所的布置也凸显出意图与意义的背道而驰。侯伯泰的住处有影壁、回廊、矮墙、假山、小溪，"小溪是清清的流水，水上是点点睡莲，水下是悠悠的游鱼，入时的鲜花摆在青石道路的两旁，阵阵芬芳沁人心脾"②。在深深庭院中置上清溪、睡莲、游鱼等，乍看来很幽雅，然而，书房的陈设泄露了秘密。侯伯泰的书房"布置得像小姐的绣房，里面伺候的都是婷婷玉女"③。侯伯泰依循民族叙述中的雅意布置居所，却掩不住他的淫靡奢华。《玉篇》指出"雅"字具备三义："正也，仪也，素也。"民族叙述中的闲人之雅主要取"简素"之义，郑燮言"三间茅屋，十里春风，窗里幽竹，窗外修竹，此是何等雅趣，而安享之人不知也"④。茅屋修竹便极富雅趣，根本不需其他许多，侯伯泰人为地在庭院中设置清溪、游鱼以及入时鲜花根本与幽雅违背，更不要谈雅趣。因而，在外在做派上，侯伯泰与下等闲人苏鸿达并无根本的不同。他自诩为闲人，故作高雅、幽雅，言行依照民族叙述中的闲人之雅。在依照、模仿中，侯伯泰非但没有显得娴雅，反而暴露了他的虚伪。

民族叙述的在场对天津闲人内涵的激活和构造还表现在道德品性维度。民族叙述中的闲人淡泊名利、至美至善。儒家思想中，闲居者"独善其身"；老庄哲学中，闲人被称为至人、圣人、神人⑤；佛教中能够"放下"而心闲者是彻悟之人；在文人的观念中，闲者淡泊名利，这份淡泊令闲者惬意、旷达、从容，如意欲闲行

---

① 《白氏长庆集》卷十六，文学古籍刊行社 1955 年影印本。

② 林希：《天津闲人》，北京：北京出版社，1998. 第 414 页。

③ 林希：《天津闲人》，北京：北京出版社，1998. 第 414 页。

④ （清）郑燮：《题画》，王锡荣注：《郑板桥集详注》，长春：吉林文史出版社，1986. 第 398 页。

⑤ 《庄子 · 逍遥游》："至人无己，神人无功，圣人无名。"（南宋）林希逸著，周启成校注：《庄子鬳斋口义校注》，北京：中华书局，2012. 第 6 页。

做闲客的范成大有诗言道：“闲客哪知如许事，东斋听雨烂熳睡。”①苏轼的旷达历来为人赞叹，他的这首《定风波》被很多人喜爱，词云：“何妨吟啸且徐行。竹杖芒鞋轻胜马，谁怕？一蓑烟雨任平生。　料峭春风吹酒醒，微冷，山头斜照却相迎。回首向来萧瑟处，归去，也无风雨也无晴。”②“一蓑烟雨任平生”“也无风雨也无晴”的潇洒旷达根源于苏轼的“放下”。司空图《二十四诗品》“清奇”品中淡泊、洁清、惬意、从容的闲者让人印象深刻：“可人如玉，步屧寻幽。载瞻载止，空碧悠悠。神出古异，淡不可收。如月之曙，如气之秋。”③徜徉在山中，寻幽访胜，如玉的可人置身于名利喧嚣之外，淡然悠然，无一丝尘埃气，至美而至善。文人此类叙述还有很多，叙述中对淡泊名利的肯定与诗意十足的语言和心灵的美好体验结合在一起，在“至善”的意义维度之外增加了“至美”这一意义维度。

民族叙述中的闲人在道德品性上不戚戚于贫贱、不汲汲于富贵。天津闲人中的上等闲人侯伯泰也摆出一副视名利富贵为浮云的姿态，实际上他却为了名利富贵不惜引狼入室，与要入侵天津的日本人做军火生意。另外，他还以伸张正义、帮助弱者之名出钱帮人打官司，用这种“善行”掩盖恶行，以致最后得了“护佑一方”的匾。侯伯泰不计名利的姿态源于民族叙述中的闲人内涵。而在民族叙述的闲人内涵中，天津闲人侯伯泰的自私、伪善淋漓显现。下等闲人苏鸿达虽不似侯伯泰那样性质恶劣，但是，他也终日为了私利经营算计。为了能够吃饱肚子，他每天打听哪里有饭局，然后到饭庄前闲逛，装作偶然遇见的样子蹭饭吃；为了赚几个钱，他和晨报主笔无中生有、四处算计挑起官司。

单纯观照侯伯泰与苏鸿达的行径能够见出人性的卑劣，然而，这种观照显然存在重要意义失落。侯伯泰与苏鸿达都自标为闲人，他们依照民族叙述中的闲人内涵、闲人形象向世人做出一副闲人姿态，内里却背道而驰，民族叙述是天津闲人内涵建构的要素，强行令民族叙述退场或硬性无视民族叙述的在场都不能令天津闲人的内涵彰显，天津闲人的滑稽、虚伪、丑陋只有在民族叙述的在场中才能被激活和把握。

---

① (南宋)范成大：《天童三阁》，《石湖诗集》卷二一，文渊阁《四库全书》本。

② 龙榆生校笺：《东坡乐府笺》，上海：上海古籍出版社，2016. 第 157 – 158 页。

③ (唐)司空图著，赵福坛笺释，黄能升参证：《诗品新释》，广州：华城出版社，1986. 第 147 页。

天津闲人[①]

林希

一

若是有个人冷不丁地出来问你：天津卫出嘛？要答不上话茬儿，你还真被人家问“蒙儿”了。天津卫这地方，大马路上不种五谷杂粮，小胡同里不长瓜果梨桃，满城几十万人口，几十万张嘴巴睁开眼睛就要吃要喝，就算天津卫有九条河流横穿而过，即使这九条大河里游满了鱼虾螃蟹，连河岸边的青蛙一起捉来下锅，恐怕也喂不饱这几十万张肚皮。所以，君不见日日夜夜火车轮船不停地往天津运大米白面，城乡公路车拉肩担又不停地往天津送蔬菜瓜果。就这么着，天津爷们儿还吵闹着嘛也买不到，大把的钞票攥在手心里愣花不出去。

你道这天津卫到底出嘛？我心里有数，只是不能往外乱说，张扬出去，我就没法儿在天津待了。天津爷们儿怪罪下来，大不了我一个人拉着家小逃之夭夭，可天津卫还有我的老宅院，还有我的姑姨叔舅，让人家受我连累，我对不起人。说顺听的吧，天津卫出秀才，出圣人。有人说瞎掰，你天津卫千多年没出过一个状元，到清朝政府废除科举，天津卫就没一个人上过金榜，所以直到如今天津的文庙不能开正门，你说寒碜不寒碜。其实天津不出状元是因为天津离京城太近，想考状元的早早搬迁进京城住去了，中了状元甩京腔他也不承认自家是天津人，白喝了天津卫的海河水，白吃了这许多年的煎饼馃子，这叫不厚道。再说天津爷们儿从来没把状元看得有什么了不起，好汉子讲的是独霸一方，状元郎不就是给皇帝老子做驸马吗？没劲，认皇后做丈母娘，这姑爷准不好当。说不中听的话，天津卫出混混儿，出青皮。有这么回事没有？有。这用不着捂着瞒着，天津混混儿有帮有派，打起架来不要命，最能耐的叫“叠”了，一双胳膊抱住脑袋，屈膝躬背

① 林希：《天津闲人》，北京：北京出版社，1998。

侧躺在地上，任你乱棍齐下，血肉横飞，打烂了这边，再翻过身来让你打那边，不许喊叫，不许出声，不许咬牙，不许皱眉头。为什么要这样打人？为什么要这样挨打？说不清缘由，这叫天津气派，后来时兴新潮词汇，叫作“天津情结”。

天津卫还总得有些独一无二的人物吧？有。这类人物只在天津能够找到，大江南北，长城内外，东洋西洋，世界各地，只在天津卫才能见到，告诉你长长见识，这类人物叫天津闲人。

闲人者，清闲少事之人也。《清会典·八旗都统》载：“自十有六岁以上皆登于册，而书其氏族官爵，无职者日闲散某”，这是指的旗人，不在朝廷当差，不吃皇粮，称之为闲散。这和天津闲人不一样，天津闲人于户籍上没有记载，自古以来，天津人大多没有固定职业，俗称没有个准事由。与天津人交有三不问：一不问家庭地址。天津人爱搬家，一个地方住上一年半载，发旺了，到租界地去租房；人缘混臭了，又得赶忙迁居，总住一个地方的，全是窝囊废。第二不许问操何职业。除了军警宪政穿官服，铁路局、邮政局穿制服之外，其余的天津人什么职业都干，上午还在金城银号当大写，下午就到谦祥益管账去了，还有的上午卖鱼，下午拉洋车，晚上倒泔水，夜里赶晚儿去给死人念经。第三不许问收入几何。上个月收入一万，这个月保不齐就挨饿，这叫抽风掷骰子，赚的是没准儿的钱。

那么，天津闲人到底是些什么人物呢？古之孟尝君养食客，门下中下等人，不著业次，称为帮闲。荀子曰：闲居可以养志，是以辟耳目之欲，而远蚊相古无非孑虻之声，闲居静思则通。这等闲人或寄人篱下，或静思修身，与天津闲人风马牛不相及，天津闲人者，就是闲人一个，一个闲人，地地道道、凿凿实实的大闲人。

天津有闲人，是因为天津有闲事，闲事多则闲人多，闲人越多闲事也越多。

前面交代过了，天津人爱打架，打架先要有人去挑，不挑打不起来，打起来了还要有人去劝，不劝打不出个结局。谁去挑？自然是天津闲人，“李爷，昨日南市口上新开张一家南味房，挂出招牌卖香糟牛肉。”岂有此理，李爷带上一干人等打上南味房门去。李爷姓李名顺、大号祥藻，犯了咱爷们儿的名讳，明摆着瞧咱爷们儿好欺，打！两句话不对付，真打起来了。打起来就得有人劝呀，这么着吧，香糟牛肉改名南味牛肉，李祥藻二爷每日来南味房取四斤牛肉，这才握手言和。

天津卫百业兴旺，商号一家毗邻着一家。不知哪家商号一时失于检点，夜半三更来了帮无赖将门脸粉刷一新。你当他是用油漆为你粉刷门面？那多破费呀！他用大粪，从公厕里淘来一桶大粪，连屎带尿，横一扫帚竖一扫帚刷得满墙污秽。第二天太阳出来晒得臭气熏天，倒霉去吧，闹得你三天不开张。怎么办？立即找闲人来了事。先问清是谁干的？不必费事寻访，一准是团头、花子头。这几日去他门前几个叫花子没打点痛快，小伙计无礼，将一张脏钞票隔着门槛抛了出来。佛门底子将门后，慢待了咱乞丐帮，给他点颜色看！成全吧，东说和西说和，讲出条件，明日全天凡是乞丐来“访”，一律每人一角；外加两个馒头一碗粉条炖肉，这样才算冰释前嫌，从此相安无事。你说，天津卫没有闲人行吗？

如今要说到的这位天津闲人，姓侯，名伯泰，是笔者祖上的一位老先贤，因为他在同族弟兄中排行第四十六，众人尊称他为四十六爷。天津人说话习惯省略音节，譬如将“百货公司”的“百货”二字合而为一，叫作“百……公司”，那么杨家大院，便称为杨……大院，四十六爷，说着绕嘴，日久天长，大家便只称他为四六爷。好在四六爷脾气和善，随你称呼我是什么爷全不在意，只要说话时别拍肩膀，别称老哥老弟，四六爷概不怪罪。

公元一千九百三十五年，民国二十四年，仲夏五月，侯四六爷刚刚庆了六十大寿，身子骨硬朗，精气神足壮，日月过得好不惬意，从来不懂得什么叫心腻犯愁。论门第，侯姓人家是诗书传家。书香门第，祖辈上有人刻过稿、著过书、上过前朝史传。侯四十六爷，少敏，可惜只敏到十四岁，便再也不敏了，好在家里也不难为他，愿意读书就读书，爱好丹青就画画，致使四六爷背得半部《论语》，写得一手好字，画得一手好竹，而且抚琴对弈，吟诗作赋，这么说吧，凡是文人墨客高雅的游戏，四六爷没有玩不来的。再说到财势，侯姓人家有多大财势？侯姓人家自己都不知道。若是买房产，侯姓人家虽然未必能买半个天津卫，但买条租界地没问题。四六爷二十岁过生日，正巧府上买了一条胡同，二十套大宅院，给胡同起名字，用的就是侯四六爷的大名，叫伯泰里。至今四六爷侯伯泰还住在伯泰里一号，再造一座金銮殿也不搬家，喜好的是个吉利。只是四六爷没有给侯家财势添加一根柴火棍，天津卫称这类人为“吃儿”，坐吃祖上的财产，从呱呱落地到呜呼哀哉，一辈一辈吃白食，吃得一辈一辈弟兄肩不能挑担，手不能提篮，只以为馅饼全是从天上掉下来的。

侯伯泰大半生坐享清福，相士先生说这和他排行四十六有关系：四平八稳、六六大顺，终生终世不吃苦，不劳累，遇不上坎坷事。其实这倒不能全靠侯伯泰命中注定的造化好，最要紧的是侯伯泰心胸豁达，把世事看得透彻。什么是你对？又什么是我错？天热了一起流汗，天冷时一齐打哆嗦，对的也是一日三餐，错的一个个也没挨饿，只要不干昧良心缺德事，马马虎虎相安无事最是聪明。至于金钱、名声、官爵、地位，哪一样也带不到棺材里去，全都是身外之物。有得便有失，有升便有沉，乱哄哄你登场来我下场，谁玩命折腾谁是大傻蛋。人生在世，不求有功，但求无过，不求吃得好，只求吃得饱，不求绫罗绸缎，只求夏有短衫冬有棉袄，不存害人之心，只求做个和事佬，天下太平，八方和好。

所以，侯伯泰大人一辈子光做好事，除了北洋军阀一场混战，侯伯泰没有劝说调停之外，其余天津卫无论什么大纠纷，没有不求到侯伯泰大人门下来的。侯伯泰不负众望，果然一出面便能使对峙双方心平气和，有的不打不成交，还做了好朋友。

如此说来，天津卫有了侯伯泰，岂不就成了亲善和睦的君子国了吗？倒也未必。侯伯泰大人对于市井纠葛从来不过问，一根葱半头蒜的芝麻谷子官司，随芸芸众生去闹，就算请到侯伯泰大人的头上，四六爷也压根儿不管，轿子马车停在门外，侯伯泰大人就是稳坐在太师椅上不动身。明摆着嘛，这类事，只该请那班晚辈末流闲人去办。

二

上午九点，匆匆忙忙赶到南马路居士林听法师讲了一堂经文，应诸位居士的恳求，四六爷还在佛堂上宣讲了一节《妙法莲华经》，众居士听后人人双手合十连连膜拜，心中自是钦敬侯伯泰修行有素。

从居士林出来，中午十一点，坐上自家的胶皮车，侯伯泰直奔新火车站送前湖南督军王占元乘车南行。虽说是送往迎来，但这个人不能不送，这个浮礼不能不点卯。王占元告别军界之后，寓居天津经商，开了几个洋行公司，如今他早已放下屠刀，立地发财了。为前督军大人送行，侯伯泰也觉得体面，明日报上发条消息，社会贤达侯伯泰的美名又算扬了一遭。

眼看着王占元登上南行列车，挥手告别，汽笛长鸣，火车缓缓而去，侯伯泰匆匆从火车站出来，坐上自家胶皮车，嘱咐车夫直去玉川居饭庄。车夫操起车把，一路小跑行车如飞。

去玉川居饭庄要赶个“饭局”，这个饭局不能不去，设宴的是前北洋政府总理靳云鹏，陪客有天津大律师袁渊圆。什么事？侯伯泰早猜出了七八成，大律师袁渊圆和醇亲王有亲戚关系，袁渊圆大律师见了醇亲王称姑姥爷，在众人向醇亲王施礼之后，袁渊圆还要再施一番家礼，关系自然绝非一般。如今前总理大臣设宴请侯伯泰，还同时请来袁渊圆，不用深究，其间一定是这位下台的总理要和前清的皇室拉点什么关系。现如今小皇帝已在关外满洲国称帝，华北局势变化微妙，传言日军迟早要进关占领平津，早早和日军扶植的傀儡朝廷拉上关系，将来一旦日军进关，免得措手不及。

唉，没办法。坐在胶皮车上，侯伯泰叹息着摇了摇头，心中很是有几分怏怏然，明知道是圈套，明知道是给人家拉皮条做肮脏交易，不情愿也不能推脱，半推半就只能逢场作戏，莫看他们今日扶荷归田，说不准哪天东山再起，赫赫然又是个人物呢。

谁料，四六爷侯伯泰坐在胶皮车上这一摇头，竟摇出了一桩事件，直闹得天津卫满城风雨，鸡犬不宁。

侯伯泰的私用胶皮车，车轱辘大，座位高，车把长。此中有讲究，天津卫市面上跑的胶皮车有两种，一种小轱辘矮座短车把，这种车在华界的只能在华界跑，在租界地的不能出租界。高轱辘胶皮车，车身背后挂着六国的捐牌，在华界和六国租界地通行无阻，而且拉这种车的车夫有权利穿黄号坎，穿上这件黄号坎就证明他注射了法租界的防疫针，打了英租界的免疫苗，种了日租界的牛痘，这么说吧，这类车夫无论进哪国租界地都不会带进去传染病。至于坐在车上的侯伯泰呢，他不穿黄号坎，也不注射各国的防疫针，但因为他乘坐着免疫车夫拉的免疫车，所以也就有了免疫证明，也算是主家沾了仆佣的光。

侯伯泰摇头之前是向左看，彼时胶皮车刚刚走上万国老铁桥，在桥头停车，法国巡捕检查，看是高轱辘胶皮车，敬个外国礼，放行。侯伯泰坐在车上摇头，脑袋向右转过来，彼时胶皮车已经行到桥中，放眼望去，桥下是一条大河。河面很宽,河水潺潺,河岸边黑压压围着一群人,人头攒动,众人正围着一个什么物件议论。

“嘛?”侯伯泰无心地问了一句。

“刚捞上来个河漂子。”车夫没有停步,只目光向桥下望望,赶忙回答侯伯泰的询问。

“这可怎么说的。”侯伯泰发了一声感叹,似是对溺水者表示同情。

也是出于好奇,侯伯泰坐在车上欠了欠身子,向河岸边的热闹处望了一眼,居高临下,桥下的情景他看得清清楚楚。

站在岸上看热闹的有五六十人,大家围成一个长圆的人圈,人圈当中,一领草席苫在一具尸体上,正好一个好事之徒将席子掀开,仰面朝天,地上躺着个大死人。这人似是溺死许多天了,身上泡成雪白的颜色,圆圆的肚子在阳光下发亮,面部五官早腐烂了,一群苍蝇嗡嗡地在上面飞,只看见是个大光头、大胖脸,模糊不清的脸皮令人作呕。

“呸!”车上的侯伯泰恶心地吐了一口唾沫,忙转过脸去,懊悔自己不该细看这种不祥景象。车夫领会主家的心意,急着快跑几步,拉着侯伯泰过了万国老铁桥。

胶皮车停在玉川居大饭庄门外,侯伯泰并没有立即从车上走下来,刚才因为看见河漂子淤在心间的腻味劲,直到此刻还没有化开。这个饭局若不是前总理大臣设宴,若不是关系着华北政局和众人安危,四六爷一准要只道个“常”,施礼便走。今晚上他是一点儿胃口也没有了,无论什么山珍海味也咽不下去,一合上眼睛就似又看见了那个雪白雪白的大死尸,光亮滚圆的肚皮总是在眼前打晃。

“四六爷闲在。”

侯伯泰正坐在车上犹豫发呆,迎面一个汉子走过来,冲着侯伯泰拱手作了一个揖,这人四十几岁年纪,白净脸,脸庞又圆又平,活赛是切成片儿的大苹果。他身穿着褐色春绸长袍,上身着紫色缎子马褂,一顶礼服呢礼帽端端正正顶在头上,鼻梁上架着一副圆形水晶养目茶镜,语音有些尖细,斯文得有些忸怩,手里拿着一把大折扇,忽而刷地展开来,忽而刷地合拢上,大折扇一面画着山水,另一面行云流水地写着一首竹枝词。

“鸿达，你这是去哪儿闲逛？”

侯伯泰比这位鸿达先生长着二十多岁，论辈数，自然不称他是什么爷，什么兄，只是直呼其名；论身价呢，这位鸿达先生更压根儿不能和侯四六爷比，差着十万八千里呢。

鸿达先生姓苏，人称苏二爷，在天津卫，这位苏鸿达二爷只能算是个末等闲人，挑不起来大乱，也成全不了大事，只是每日跟着瞎惹惹，敲锅边架秧起哄，每日混口帮闲饭吃。去年冬天，本来要请侯四六爷出面调停的兴隆颜料局纠纷，侯伯泰不接手，这才轮到苏二爷出面，也不知他后来得了多少便宜。

“赶饭局？”苏鸿达见侯伯泰的胶皮车停在玉川居门外，知道四六爷今日又有一餐美味佳肴，便满面春风躬身站到侯伯泰身旁，只等四六爷说一句：“一块儿来吧。”那时他便会随在四六爷身后大摇大摆地走进玉川居，这玉川居的红烧燕翅，苏鸿达还没吃过呢。

“今日的这个饭局，你就别陪了。”侯伯泰轻轻地拍了拍苏鸿达的肩膀，似是为自己不请他作陪客致歉。“政界的朋友，说话有不方便的地方。”侯伯泰还是向苏鸿达又做了解释。

“不打扰，不打扰，我是从这儿路过。”苏鸿达摇着折扇为自己辩解，似乎遇见侯伯泰完全是偶然。说来也怪，苏鸿达专门在饭庄门外遇见熟人，每日中午、晚上，开饭前他总是在各家饭庄门外闲逛，十次有九次能蹭餐饭吃，都是别人请客，你拉着我，我拉着你，彼此都有个关照。

踱着四方步，侯伯泰缓缓地向玉川居走去，漫过苏鸿达身边时，他嘟嘟囔囔地说着：“若不是总理大臣的饭局，今日我是嘛也吃不出滋味来了。”

“四六爷油腻太厚了。”苏鸿达讨好地接茬儿说，直到此时他还抱着一线希望，盼着侯伯泰一时来神儿捎带脚将他领进去，今日中午他故意在玉川居门前闲逛，等的就是这顿饭。“唉，别提多堵心了。刚才过万国老铁桥，你猜我往下边瞅见嘛了？”侯伯泰说话时还皱着眉头。

“撒网的？”苏鸿达献媚地说。

“那多吉祥呀，网网有鱼，有嘛别扭的？”

“摸鱼的？”说话时，苏鸿达小步随在侯伯泰身边，再有几步一同溜进玉川居大门，侯四六爷就不好意思往外推他了。

突然，侯伯泰停住脚步，他侧过身来脸对脸地冲着苏鸿达述说道：“大河漂！死尸！挺在河岸上，苫着席，正好我往下瞅的时候，有个多事鬼把苫的席子掀起来了，让我看个满眼。呸，这个丧气！”

“这可怎么说的，这可怎么说的。”苏鸿达连声解劝，刚想再说句什么，再抬头，侯四六爷不见了，只听玉川居大饭庄里一声喝喊：“侯大人驾到！”玻璃大门吱咀咀地摇晃了一下，侯伯泰连影儿都看不到了。

玉川居大饭庄，三层高楼，灯火辉煌，雅士满座，一进门就扑面袭来一阵火暴劲。立在前厅迎候侯伯泰的茶房师傅恭恭敬敬地向侯大人打了个千，叭叭两声响，一左一右将挽在手腕间的袖口抖下来，干脆利索，带着十二分的精气神，返身引路上楼，又是一声喝喊：“步步高升啦，侯大人。”

步步高升，一级一级地走上二楼，二楼大厅门外，前总理大臣靳云鹏和大律师袁渊圆早闻声出来迎候，寒暄施礼，分宾主次序进入大客厅，让座，问安，前总理大臣亲自带来侍候饭局的女童子早送上来托盘茶盅盖碗。好一盅清香的碧螺春，掀开碗盖，细细的茸毛正在水中漂动，送到鼻子前嗅一嗅，冲淡一路的疲倦，合上碗盖，女童子将茶盅托走。前总理大臣这才说道：“承蒙侯大人屈尊俯就，翼青不胜荣幸，不胜荣幸。”靳云鹏字翼青，在侯伯泰面前，他都带着几分谦恭。

“总理大臣提携，伯泰只能从命。”

哈哈哈哈，自然是宾主齐声欢笑。

袁渊圆大律师中间凑趣了几句闲话，三个人在沙发上落座。依然是女童子走进来，每人座前摆上了两品下马小吃，下马小吃是酒席前的开胃小食品。今日摆上来的两品小吃，第一品是冰糖槟榔薄荷，镂花雕刻的银盘，一层冰块，一层冰糖，中间放着一枚槟榔，四周镶着薄荷瓣，说是一盘小吃，明明是一朵鲜花，看着就令人心旷神怡。第二品是每人一盏几乎透明的薄瓷盅，里面碧绿的茶水中泡着两枚雪白的鹌鹑蛋，这叫龙井玉圆，一股山香水香花香草香冉冉飘升，立时满屋里都变得幽香怡人。

捏着象牙牙签吃了一片薄荷，啜了一口龙井茶，用小银勺捞起一只鹌鹑蛋，两品小吃尝过，侯伯泰早把万国老铁桥下边的那具河漂子忘到了九霄云外，此时此际他只盼着早一步被让进内厅,那儿一席酒宴早已摆好,想着那诱人的山珍海馐,侯四六爷已是垂涎三尺了。

玉川居里侯四六爷正在燕窝鱼翅地大饱口福,玉川居外,苏二爷正在垂头丧气地扛刀闲逛。扛刀者,挨饿也。天津卫一半人吃了上顿没下顿,说吃不上饭太难听,有伤大老爷们儿男子汉的脸面,说"扛刀",似周仓,看着关老爷享尽荣华富贵,自己只扛着大刀一旁站立。苏二爷扛刀,是常事。他虽然正在年轻,一身子的力气,一肚子的坏下水,在天津卫混事由,他本来也能吃香的喝辣的;但他生性好闲,干吗也没个常性儿,而且他最厌烦按时间给人家当差,什么早晨清扫门面,卯时开门营业,哪是咱们爷们儿干的!一个翻身觉睡到中午十二点,起来漱口刷牙打呵欠,又一个瞌睡,下午四点才来精神。吃什么饭?不知道,缸里没米,袋里没面,灶里没柴,穿上长衫往外走,碰上谁吃谁。所以他专门爱去饭店门外闲逛,这叫打野食。

偏偏今天侯四六爷不开面,将自己"干"在了饭店门外。平日侯伯泰可不是这类人,几时在饭店门外遇见苏鸿达,准准地拉他一同赶饭局,苏鸿达半推半就,含含混混地说着:"你瞧,这多不合适,我还,我还……"侯伯泰可是一腔真情:"鸿达,今天这点面子你得给,无论什么要紧的事,你也得陪我这一场,全是外场人,嘛叫合适不合适呀!"这么着,苏鸿达每月准陪着侯四六爷吃半个月的酒席。

今日算"崴"了,看意思是真要扛刀挨饿了。悔不该来玉川居门外闲逛,玉川居是摆大宴的地方,说不定有自己摆不上高台面的地方,还不如去天一楼、恩来顺去闲逛,牛肉馆门外碰见个卖估衣的,也能吃顿清汤面。如今可怎么办呢?肚子咕噜噜叫,口袋里连买个烧饼的钱都没有,再去小饭铺吧,倒是能遇见熟人,只是人家此时早酒足饭饱,正剔着牙从饭铺往外走着呢。唉,苏鸿达败兴地叹息了一声。

胡思乱想中信步闲逛,鬼使神差,苏鸿达发现自己不知怎么东绕西拐,此时此际,身子已来到了万国老铁桥。哦,他想起来了,刚才四六爷说过万国老铁桥下面挺着个河漂子。手扶着桥栏杆往下望去,黑压压一大片,人山人海,少说也有千八百人。天津人真是爱看热闹,好歹有点什么芝麻谷子热闹,一围上来便是几百几千人,常常闹得交通断阻,急得去医院瞧病的人嗷嗷叫。

按道理说，苏鸿达此时没有闲情去瞧这份热闹，他肚子还饿着呢，找地方去好歹讨碗粥喝是正经。可是，看看热闹也许就把肚子挨饿的事忘了，消磨消磨时间，晚上早早地去个小饭铺门外溜达溜达，抓着个大头，两餐饭合成一餐饭吃，这叫一顿不揭锅，两顿一般多。

走下万国老铁桥，走下河岸，从外层人群挤进去，东推西推，一步步地往里钻。有人不好惹，没好气地呛苏鸿达：“抢孝帽子呀！”苏鸿达不争辩、不抬杠、不拌嘴，只是侧着身子往中间蹭，一层人群、一层人群，费了九牛二虎之力，出了一身汗，鞋掉了，帽子歪了，足足用了半个钟头，苏鸿达终于挤到了人群中心，双手扶着膝盖，他和这具死尸面对面只有三尺的距离了。

三

“哎哟，面熟呀！”苏鸿达惊讶地喊出声来。咔嚓，咔嚓，人圈正当央，小报记者们正忙着拍照。为了查明死者身份，他身上的每一处地方都给翻遍了，什么牌牌什么本本也没有，只穿着白线袜子，阴丹士林布的中式裤子，红布裤带，断定死者不是二十四岁，就是三十六岁，正在本命年。面部五官已是腐烂了，看不出是单眼皮还是双眼皮，嘴巴子的肉早烂了，露出来的后槽牙少了一颗，旁边还有一颗金牙。

“这位先生，这位先生……”

苏鸿达刚说了一句面熟，几十位记者扔掉死人，忙围过来问活人了。镁光灯一闪一闪，上上下下前后左右，不多时早给苏鸿达照了几百张照片，比给死尸照得还多。有的记者更是忙打开小本本，挤过来就向苏鸿达询问：请问先生尊姓大名，哪行恭喜，死者是你的亲戚？朋友？同乡？同学？同事……

苏鸿达不理睬小报记者的询问，他仍然双手扶着膝盖，半弓着身子细细地端详这具死尸。看一阵咂咂舌头，看一阵在鼻腔里哼出点声音，看一阵皱皱眉头，他似真发现了什么。

“你瞧，本家弟兄认尸来了。”看热闹的人们发出了议论，旁边又有位见多识广的人物议论：“不像是手足弟兄，沾上一点亲的，他要先哭后认人，你瞧，这位爷没泪儿。”

苏鸿达确实没有眼泪。他围着这具死尸打转儿，先站在死尸脚下，细细地从头往脚端详，再站在死尸的头顶，细细地从脚往头顶端详，死尸身上散发出一股恶臭，成群的苍蝇飞起来又落下，苏鸿达似是丝毫没有觉察。周围看热闹的人见苏鸿达一副认真的样子，便一个个全屏住了呼吸，唯恐一点点声音打乱了这位爷的思绪，误了辨认死者的大事，给天津地面又添了一个野鬼。

凭那一身被水泡得膨胀的烂肉，苏鸿达能辨认出什么来呢？与其说他此时此际是在回忆自己亲朋的一副副面孔，不如说他是在琢磨从这具死尸身上能捡点什么便宜。大便宜是捡不到呀，能有人管顿中午饭就行，苏二爷此时此刻肚子正咕咕作响呢。

“哎呀！是他?”

故作玄虚，苏鸿达自言自语地叨念，声音不高，让人能够听得见，又不能让人听得太清。故意地，苏鸿达还抖了抖双手，好像为某位知己的落难表示惋惜。

“先生，先生!”呼啦啦，小报记者早把苏鸿达围住了，有人拉他的胳膊，有人抓他的衣襟，还有人用力地往外挤别人，好从苏鸿达身上抢独家新闻，更有人一侧面孔堵在苏鸿达的嘴巴前面，等着他一出声，立即便是一条消息。

“唉!”苏鸿达深深地叹息一声，冲着尸体又嘟囔道，“若不是有点闲事，我该送你回家就是了，多喝了几盅酒，有嘛过不去的事？天津卫，还能没咱爷们儿的活路吗?”

“先生，先生，请你说清楚，死者姓名、籍贯、职业、履历、死因……”一个记者抢先抱住了苏鸿达，一张名片递过来：“《晨报》主笔，我现在聘任你为本报特派记者……”

苏鸿达才不买这些野鸡小报的账，他没好气地把众人推开，返身就往外走，“我该用饭了。”

“洋车，洋车，两辆，登瀛楼!”《晨报》主笔追着苏鸿达从人群跑出来，不讲价钱当即雇好两辆胶皮车，绑票一般先将苏鸿达塞进车里，自己又蹬上第二辆车，车夫跑起来，风一般地直奔登瀛楼大饭庄而去。

“先生，先生!”胶皮车后面，还有一帮小报记者追赶着，一个个跑得满头大汗。

一道全拼什锦，一道红烧大肘海参，一盆醋椒鱼，苏鸿达介绍说自己一日之中就是中午胃口好，早点一杯牛奶，晚上一份三明治，中午能吃头牛，不客气，不客气，苏鸿达挽袖，埋头，狼吞虎咽地吃将起来。

《晨报》主笔并不急于向苏鸿达探听消息，他将雅座单间的房门关牢，嘱咐堂倌万不可泄露自己正在这里宴请挚友。斯斯文文，他先对《晨报》和本人的种种情况作了一番介绍：“《晨报》为华北第一大报，资金雄厚，言论自由，凡属当今名流皆为本报撰稿人。本人姓严名而信，言而有信之谓也，主持正义，思想维新，忧国忧民，服务社会，为民众立言为本人第一要务。先生屈尊与《晨报》及本人合作，必定会身份倍增，且能结识许多当今名士社会贤达，上至前民国大总统徐世昌、前国务总理靳云鹏、津门宿儒侯伯泰大人……”

“好吃，好吃。”苏鸿达将红烧肘子翻过来，两根筷子横着将大块精肉叉起来，张开大嘴，噬溜一声便将半只肘子吞进了肚里。“你不就是想知道那个河漂子是谁吗？”

“不急，不急，事情要原原本本地讲。”严而信打开采访本本，握好钢笔，作好了采访记录的准备。

喂饱了肚皮，苏鸿达才发现自己惹了麻烦，你说那个死尸是谁呢？现如今可不和在河岸边一样了，那时可以装神弄鬼，故作玄虚，此时自己吃了人家的饭，倘再说自己压根儿不认得那具死尸，《晨报》主笔，报棍子，那是好惹的吗？一努嘴，叫来几个凶汉，编派你吃白食，瞧不把你肚里牛黄狗宝掏出来才怪。

“这个人是谁呢？”苏鸿达托托腮帮子自言自语地说着，“大肚子，虽说是河水灌的，可平常人的肚子绝灌不了这么大，大高个儿，宽肩膀，秃脑门，镶着一颗金牙……”苏鸿达一一地回忆着死尸的种种特征。

“请问尊姓大名？”

“苏鸿达。哦哦，是我叫苏鸿达，别往本本上记，这可开不得玩笑，明日消息发出去，苏鸿达投河自尽，得，债主子们非发疯了不可，哦，我是说欠我钱的那些人说该不还债了。”

“苏先生哪行恭喜？”严而信问道。

“闲人一名。”苏鸿达回答得潇洒自如。

“福气，福气。”严而信连声恭维。

堂倌送上来一壶香茶，杯盘收拾干净，严而信要听苏鸿达说正题了。

苏鸿达从衣襟口袋里取出怀表，咯噔一下按开表盖，和昨天晚上一样，还是十点欠一刻，一直没走动，立即合上，又揣回怀里，转动眼球望望严而信的大手表。“哦，都过午两点了。”苏鸿达抹着嘴角说。

“我的表慢。”严而信忙解释说。

“我的表也慢。”苏鸿达赶忙也说。

“苏先生必是不愿透露死者的姓名。”严而信看苏鸿达吞吞吐吐，才迎头出击地说着，“本馆可以对此保守秘密，可以先把事件原委向社会渗透，造成一种疑惑，大家就更想知道内情，十天半个月后再稍做暗示，这其间可以招来许多广告……”

“我也没时间陪你十天半个月，我这人脾气爽脆，快刀切豆腐……”

“好，痛快，痛快，我严而信也对得起朋友，一次两清，你讲明事情原委，我当即付清八元大洋……”说着，严而信就打开了大皮包。

八元大洋，苏鸿达的心动了一下，只是随着又是一沉，这具死尸往哪本账上靠呢？一个人不可能平白无故地跳大河。说是躲债，你苏鸿达何以认识这路穷鬼？说是花案，他的桃色事件你如何知道？怎么办？往哪本账上靠呢？心急如焚，苏鸿达一时乱了方寸。突然，他的眼前一亮，好呀，一条妙计闪过心头，他像是落在水中见到一根枕木，大难之中，他得救了。

“老龙头火车站旁边有一个隆兴颜料局……”苏鸿达早先只和那么个地方有过纠葛，他给隆兴颜料局了过一场官司，隆兴颜料局掌柜陆文宗对他不起，钱看得太死，没让他得什么便宜。

“有！”严而信是何等的精明，一点即破，叭的一声，重重地拍了一下桌子，他心领神会了。“好痛快的苏先生，相见恨晚，从今以后你我引为挚友，有事没事只管去报社找我，三百二百的手头不宽裕，只管去报社支取，每周四晚上报社在登瀛楼这里有聚餐会，苏先生得便请赏光出席，这里，八元现钞请收下，聊表敬意……”说着，严而信将八元钞票推到了苏鸿达的面前。

苏鸿达呆了，他不知道眼前发生了什么事，自己不过东拉西扯，羊胯骨往牛腿上拉,勉强先从隆兴颜料局上扯,谁料严而信竟似得到了什么秘密新闻,一桩交易就这样做妥了。“我苏鸿达立身社会只知‘信义’二字,这不明不白的酬劳,是不能接的。”信手,苏鸿达将八元钞票又推了回去。

“不成敬意,不成敬意。”严而信还是把钱推给了苏鸿达,“我早就料到要出事的,这许多天来我留心各方动态。果然,冤有头,债有主,报应到头上来了。”

“严主笔把话说清楚。”如今是苏鸿达请求严而信说缘由了。

“苏先生讲的隆兴颜料局,掌柜陆文宗,山西人,对不对? 手黑,对不对? 钱把得紧,对不对? 拿钱不当钱,当命,对不对?”

严而信问一句,苏鸿达点一下头,只是他不明白这和河岸上挺着的死尸有什么关系。

“半月之前,隆兴颜料局在本报刊登了一则声明,原文我记得:为声明事,我隆兴颜料局原总账乐无由先生于日前突然出走,今后凡乐无由先生在外一切行为均与本颜料局无关,并自登报声明之日起,断绝本颜料局与乐无由先生的一切关系,今后乐无由先生在外一切升降荣辱概与本颜料局无关,谨此周知,×年×月×日。”

“那又怎么样?”苏鸿达追问。

“那又怎么样? 乐无由先生如今投河自尽了,吃人命官司吧,老醯儿。”严而信说得眉飞色舞,不必询问,那山西财阀陆文宗必是早被严而信盯上,如今该敲他们的竹杠了。

怀里揣着八元大钞,晕晕乎乎,苏鸿达来到东方饭店,找他的相好俞秋娘共度良宵。

俞秋娘芳龄二十四岁,不过也有人对此提出质疑,五年前俞秋娘由扬州来到天津单枪匹马混事由,当时的年龄就是二十四岁,何以这一连五个年头她就不长年龄呢? 真是少见多怪了,天津卫这地方越活越年轻的还多着呢。

俞秋娘的年龄几何,无关紧要,反正姿色不减当年就是了,容貌、身材、气度、神采,全是二十郎当岁的货色,人家不报二十岁,岂不吃了大亏? 倒是俞秋娘的事由才真值得研究,俞秋娘一不登台献艺,二不下海伴舞,更没有丫鬟使女陪伴,就一个人在东方饭店包着房间闲住,哪位大爷有这么大的财势养着她? 人家才不稀罕。俞秋娘凭本事靠能耐，人家干的营生只赚不赔，什么营生？说出来你未必明白：放鹰。

打猎？胡扯去吧！胳膊上架着一只秃鹰，荒草地里去趟兔子？太输面儿了，不明白的事别瞎充大学问，让有身份的人听见了，惹人笑话。那么，放鹰又是一种什么职业呢？天津卫老少爷们儿笑了，这其中有猫腻。

所谓放鹰，就是坑人，瞅冷子看准了门路找准了大头，正儿八经地也禧呀禄地嫁过去，多则三月五月，少则三天五天，卷个包儿跑了，扯个题目散了，刮净你所有的财物，俞秋娘再回到东方饭店来，吃香的喝辣的，至少过三年好日月。

对于苏鸿达，俞秋娘没有一丝情意，走南闯北，见过的经历过的多着呢，谁会将个不成器的苏鸿达看成人物。不过他偶尔来东方饭店玩玩，十元八元，也能沾点碎银子做胭脂钱。今天，外厅里清脆地咳一声，俞秋娘懒洋洋地没起身迎接，苏鸿达早得意扬扬地走进来了。

"泡壶茶喝吧。"苏鸿达理直气壮地将四元现钞放在了桌子上。

"哼！"俞秋娘鼻腔里哼一声、眼皮儿也不撩一下，酸溜溜地说："马路边上大碗茶去吧，是人不是人的也来这儿跟你老娘起腻。"说着，俞秋娘用粉红帕子拭了拭嘴角，嫣然一笑，苏鸿达的魂魄早被勾走了。

"那只是水钱，买茶的钱在这呢。"说着，苏鸿达又将两元钞票放在了桌子上。

"痛痛快快，你就全掏出来吧，别等着我动手，当心撕了你的行头。"行头，指的是苏鸿达身上穿的这件长衫，撕破了，自然就没得换了。

"全在这了。"苏鸿达无可奈何地将最后两元钱掏出来，乖乖地放在了桌上。

"又管了宗什么闲事？"半躺半坐地倚在床上，俞秋娘将手帕在指间缠来绕去，娇滴滴地向苏鸿达询问。

"这事，太哏儿了。"苏鸿达来了精神，炫耀自己的能耐，说得眉飞色舞，"愣从死人身上挤出来了二两油，能耐大了，这叫本事。你说他像谁？说他像谁他就是谁，大河漂子，泡得鼻子眼睛的嘛也看不清了，那个恶心人呀，我刚往隆兴颜料局上拉，人家大主笔就编好了新闻，我算明白了，这大实话全是这么收搜出来的。"接着，苏鸿达将事情一五一十地向俞秋娘仔细地讲述起来。俞秋娘听着，不时地发一阵感叹，似是赞赏苏鸿达的乖巧，又似是在打什么主意。

“茶呢?”说得口焦舌燥,苏鸿达才想起要茶喝,这时俞秋娘欠了欠身子,对苏鸿达吩咐道:“你去找茶房,让他送一壶香片来。”

“回来再跟你细谈。”苏鸿达起身一面往外去,一面还回身冲着俞秋娘做鬼脸,暗示她后面的故事更开心。走出俞秋娘的房间,找到茶房,吩咐过要一壶香片之后,苏鸿达又回到俞秋娘的住房,再推门,门从里面关上了。

“秋娘,秋娘。”无论苏鸿达如何拍门,门里一点儿声音也没有,急得苏鸿达直跺脚。“我的礼帽,礼帽。”

吱咀一声,小窗子突然从里面拉开,一阵风儿卷起,苏鸿达的礼帽从窗里被抛了出来,待苏鸿达赶到窗前才要争辩,砰地一下,小窗子又牢牢地关上了。

“这叫嘛事,这叫嘛事呀!”气急败坏,苏鸿达返身往楼下走,迎面正好遇见送茶的茶房师傅走上来。

“苏二爷,您的茶。”

“拿个碗来,我在这儿喝两口吧,可把我渴死了。”

四

“买报瞧,买报瞧,种棵葫芦长出个瓢,吃包子咬破了后脑勺,开洼地里的蛤蟆长了一身毛!”天津卫的卖报童子,清一色身高一米五,骨瘦如柴,面带饥色,只要大布袋里还有一张报没卖出去,他就不停地扯着嗓子喊叫。

“买一张《晨报》。”从来不看报的苏鸿达,今日破天荒买了份《晨报》,为此,他还起了个大早,早早地来到大马路十字路口,等着第一个向他跑来的报童。

“报端一则除名广告,河边一具无名溺尸”头版头条,一号黑体字标出了头条社会新闻。苏鸿达心里抖了一下,缺德,全是自己为了混一顿午饭,才把隆兴颜料局和这具河漂子扯到了一起。合上报纸,喘匀了气儿,他在心中暗自为自己解脱。其实呢,他只是东拉西扯地扯闲篇,压根儿他也没想给隆兴颜料局栽赃,只是严而信肚子里一挂坏杂碎,你只要有点风,他立时便成雨,大雨成灾,不知就把谁毁了。

“海河水上巡警局于日前捞起一溺水男子,据某不肯透露姓名的辨认者称,此人生前曾供职于本埠某商号任总账,五日前该商号登广告与此公脱离关系,并称该员不辞而别,其日后一切所为皆与商号无干云云……"

阿弥陀佛,严而信笔下留情,他只称苏鸿达为"不肯透露姓名的辨认者",否则真说不定会惹出些什么麻烦,而且他也没往隆兴颜料局上引,"某商号",天津卫商号多着呢,天天有人登广告除名职员,往哪儿查对去?

一片云团消释,苏鸿达压在心头上的石头也搬下来了,沿着马路闲逛,他又得为今日的午饭想辙了。

"苏二爷!"才闲逛了一个多小时,刚走到南市口上,正掂量临到饭口之前该去哪家饭店门外"站岗",冷不防迎面一个人走过来,拱手作揖,满面春风地和苏鸿达打招呼。

苏鸿达心头一颤,倒霉!真是不是冤家不相逢,你道站在南市大街口上等苏鸿达的是哪一位?隆兴颜料局的掌柜,陆文宗。

陆文宗人长得精瘦,一双眼睛炯炯有神,寿星眉毛,细眼睛,大鼻子,鼻头微红,宽嘴巴,明明是吃好东西的福相,只因为节衣缩食总是吃不足,嘴角耷拉下来,带上三分倒霉相。

"陆爷闲在。"苏鸿达忙着向一旁躲闪,"我这儿有个约会,了一桩闲事,咱们改日谈,改日谈。"说着,苏鸿达就想溜。

"苏二爷,文宗在此恭候多时了,鸿顺居的座订好了,牛肉蒸饺。"陆文宗横移一步挡住苏鸿达的去路,一扬胳膊,正好从怀里掉下一张报纸,陆文宗忙俯身去拾《晨报》。

苏鸿达不得不停住脚步,若说去鸿顺居,时辰这么早实在不合算,多溜达几处准能碰上比牛肉蒸饺实惠的地方。可是人人都知道陆文宗抠门儿,他请你吃牛肉蒸饺比皇上为你摆满汉全席还有面子,据颜料局的伙计说,平日隆兴的大锅饭就是窝头菜汤,掌灶的是陆文宗的舅子,汤里面保证不见一星油。

推脱不开,苏鸿达只得随着陆文宗走进了鸿顺居,还真够派儿,餐桌上居然摆了酒,四样酒菜:水爆肚、羊杂碎、花生米、菜心。

"有一宗闲事要麻烦苏二爷。"陆文宗开门见山,头一巡酒刚下肚,他便将那张《晨报》展开,放在了苏鸿达的面前。

"嘛事?"苏鸿达瞧也不瞧那张报纸,"没一句实话。"一语道破,苏鸿达作了最后裁决,“瞎掰,大睁白眼地糊弄人。”

“是的,是的,是的嘛!”陆文宗连连随声赞同,“若为这野鸡小报的一派胡言,我也就不麻烦苏二爷了,只是今天早晨,《晨报》刚刚印出来,河岸边便来了个女子,哭天唤地,硬认那具无名男尸是她的夫君。”

“啊! 有这事?”苏鸿达将举到半空中的酒杯又放在了桌上,惊愕得半天没说出话来。“来了个小媳妇儿?”苏鸿达举着筷子指点着陆文宗的鼻子尖问道:“她说那个河漂子是她的爷们儿? 她是那具河漂子的娘们儿? 咦,咦,咦,真是年头改良,嘛哏儿事都有呀!”说罢,苏鸿达自己笑出声来。

“玩笑不得,玩笑不得。”陆文宗一本正经地对苏鸿达说着,“一旦事态闹大,便是一宗人命官司呀!”陆文宗目光中闪过一道疑惧,立时,他又一拍桌子,声色俱厉地说,“不过,我不怕。第一,谁能断定这具无名男尸就是本颜料局日前辞退的乐无由? 第二,他乐无由不辞而别,即使是投河自尽,也与本号无关。第三,乐无由在本号供职时,从未向人透露妻子在津居住……”

“陆爷,别往下说了,这事我明白。”苏鸿达摇着筷子打断陆文宗的话,做出一副诡诈的笑,他压低声音说,“这事,只能私了。”

“对,俄(我)就是只(这)个意思。”陆文宗一口山西腔,说得倒也果断。

“嘛心气儿?”苏鸿达神秘地追问。

“啥叫嘛心气儿?”陆文宗不懂。

“打算破多大的财?”苏鸿达仔细解释。

“只(这)个数儿。”陆文宗习惯地把衣袖拉下来,伸过胳膊将苏鸿达的一只手罩进自己的袖口里,两人的手在袖口里各自捏着对方的手指头。

“太少,太少!”苏鸿达狠狠地摇头,“我说和事也不能光摆牛肉蒸饺呀,再说,我若是不管,让你去请侯四六爷,光见面礼就是四百。没门儿,没门儿,陆爷另请高明吧。”

“再加一个!”陆文宗说得咬牙切齿。

“再加个二!”苏鸿达寸土不让。

“好,一言为定!”陆文宗狠狠地掐了苏鸿达一下,二人算是谈成了交易。

当即,陆文宗给了苏鸿达一些现钞,苏鸿达答应就去河岸边了事,并且约定,晚上还在这儿见面，只是酒菜要添四个热炒。"放心吧，陆爷，这事包在我苏鸿达身上，凭苏二爷的三寸不烂巧舌，保你天下太平！"

"我的天呀！我的那个亲人呀！我的那个两小无猜、青梅竹马、父母之命、媒妁之言的结发夫君，当家的人呀——"

哭丧，在天津卫算得上是一门艺术，哭丧的人既要有鼻涕有泪有真情实感，还要有泣有诉有清醒头脑有来龙去脉有故事情节；会哭的能一句连一句地哭上四个小时，即兴表演的哇哇两声也要使举座震惊；声调要有抑扬顿挫，有板有眼，有腔有调有韵味，神态要有悲有痛有水袖身段，有捶胸顿足手拍地，到了关键处还要撞墙碰碑有招有势。哭丧，那是一宗学问。海河岸边，万国老铁桥下面，成千上万的人围成里三层，外三层，人群中央，一个披麻戴孝的青年女人跪坐在那具河漂子的身边，抬手轻轻地拍打着盖在死尸身上的席子，另一只手攥着条白布绢子，声声血泪，她哭得好不痛心，感人处，连围观的人都在轻声饮泣。

"我的天呀，我的那个亲人呀！你一撒手不管不顾，抛下妻室水深火热，你可让我怎么活呀！"先交代完自己和死者的关系之后，再说明死者溺水纯系自杀，进而就要叙述本事了。"天理良心，咱没做下伤天害理的事呀，一步一步脚印，丁是丁卯是卯，不贪赃不枉法，咱世世代代都是本分人呀。恨只恨你心善错将歹人当知心，我早劝你不能吃他那碗窝囊饭，财迷老东西把人看成贼，人越给他卖命他越说你贪心，到头来他反目无情，逼你走投无路，这才寻了短见呀！"言简意赅，只十几句话便将事情梗概叙述得清清楚楚。"逼死人命，暗箭伤人，他心毒手狠，丧尽天良呀！我的夫君，为妻我绝不能让你蒙受这不白之冤，不闹个水落石出，我死不瞑目，这场官司我是打定了呀！"果不其然，这位女子是要打官司了。

在人群外，苏鸿达暗自盘算该如何调解这桩事件，不过是一具无名的河漂子，若没人看见，顺流而下也就早没事了，偏偏被人捞上来，又由自己顺藤摸瓜扩大了事态，半路上杀出个程咬金，居然人家的妻子出来了，天津卫的事真是要多邪门儿有多邪门儿。如何调解，不过就是一个钱呗。"老少爷们儿闪开些，我是受人之托了事来的，大事化小，小事化无，事情闹大了，天津卫老少爷们儿都不光彩，借光，借光。"

说着，苏鸿达使劲儿地往人圈里边挤，众人见终于来了位"大了"，自然都忙给他闪出一条道路，何况天津人历来尊敬“大了”这类人物，因为凡事只要有这类人物出面，就一定能迎刃而解，“了”者，了结之意也。大了，便是包揽调解万般纠纷的民间和事佬。

“这位大嫂，”苏鸿达终于挤到人群当中，向着哭丧女子深深地作了揖，十足的规矩板眼，掸掸长衫，正正礼帽，面无嬉笑，一本正经，他是说和来的。“哎呀，烈日之下，荒凉河边，这半日悲痛欲绝，也着实令我等不忍，如家在本埠，我雇辆洋车送您回府暂先休息，这位先人我也找杠房料理收尸，有什么话，您找出人来，我苏鸿达保证秉公调处……”

“我也不活了！”

一见有人出面调解，那女子立即纵身跳起，发疯一般地就往河里钻，众人见她要寻短见，立时合拢来挡成一道人墙，咕咚一声，那哭丧的女子仰面栽倒在了地上。

苏鸿达追上去才要搀扶，想到男女授受不亲，他又停住脚步。就在他俯身过去要再劝解两句的时候，他心中暗自惊叫了一声，我的天爷，这位哭丧的女子你道是谁？原来就是单身住在东方饭店混事由的俞秋娘！

“大、大、大嫂。”如今这出戏是只能往下装腔作势地唱了，只是苏鸿达有些口吃，他的双手无措地绞在一起，他变得怯阵了。“事情嘛，已经到了这步田地……”结结巴巴，苏鸿达赶紧现编台词，暗示俞秋娘自己保证不砸锅，假戏真做，顺水推舟，大家心里明白，不外是想敲陆文宗一笔钱财罢了。“来日方长，您还得往宽处想，事有事在，理有理在，天津卫这地方不能让好人受气，不能让善人吃亏。想打官司，天津卫有大法官，有大律师，三年五载，十年八年，打胜了百八十万的赔偿，您后半生也不至于再过清苦日子；想私了，只要你出个口，往来交涉，最终绝不能让您委屈。不过呢，依我苏某人的一管之见，打官司要有财势有靠山，凭您一个弱女子，怕也难支撑这么大的场面……”

“我不活了，我不活了！”

突然，俞秋娘从地上发疯般地跳起来，推开挡在面前的人墙，喊着叫着地就往河里冲，众人见状慌了手脚，也顾不得男女有别，忙紧紧地将她抱住。

“崴了，这事算闹大了。”

苏鸿达无可奈何地叹息一声，心中暗想，俞秋娘呀俞秋娘，你的胃口也太大了。

五

“俄(我)就不信只(这)个羊上树!”陆文宗狠狠地拍了一下桌子，怒气冲天，他冲着苏鸿达挽起了袖子。“凭她一个孤单女子，居然要和我隆兴颜料局为敌，打官司，请律师，我陆文宗等着看她的能耐!”

“陆爷，陆爷。”还是想从中调解的苏鸿达，仍然面带笑意地好言相劝，“你有那份财力，只怕没那份人力，一场官司要三五年，有这时间你好生经营颜料局，哪儿赚不出个万八千的？我看，钱财上看开些，二千元，包在我身上，怎么样，痛快不痛快!”

“二百，多一个钱没有。”陆文宗是个舍命不舍财的人物，他从生下来至今，和外界交往没超过二百元的大限，这次自然也不能破例。

“你说是乐无由的婆姨，凭据哩？保媒的帖子、成亲的文书，你拿得出来吗？乐无由来无影去无踪，正因为他没有根基，我才不敢留用，山西会馆不认得这个人，闽粤会馆不认得这个人，满天津卫没这个人的户籍，他一个人还道不清个来由，咋着又出了家室？”

“那全是后话，现今眼时话下，陆爷不可怄气犯拧，和为贵，忍为高……”

“我不和了不忍了，走着瞧，是祸是福我一个人担了。”陆文宗横下一条心，坚决不吃这宗哑巴亏，一屁股坐在木椅上，他是一点商量余地也没有了。

“那，那，恕我无能为力了。”苏鸿达深深叹息一声，无奈只得起身告辞了。

“等等。”陆文宗在背后招呼苏鸿达。

“嘛事？”苏鸿达以为是陆文宗回心转意，忙停住脚步返身询问。

“我交你了事的二百元，退回来。”陆文宗伸出一只瘦手，向苏鸿达索要那笔钱。

哆哆嗦嗦，苏鸿达从怀里往外掏了半天，“雇了两趟洋车，一元二角，晚上吃了顿夜宵，买了包烟，祭奠死者，我还烧了一包纸钱，打发乞丐，我还用了些零钱，剩下这一百二十三元五角，两清吧，陆爷。”扔下一把碎钱，苏鸿达拔腿跑出去了。

“苏鸿达，苏鸿达！”陆文宗在后面大声喊叫，只是苏鸿达早跑得没了影，气急败坏的陆文宗拍了下大腿，狠狠地骂道：“拆白党！”

“怎么样？”早就在不远处路边上等着苏鸿达的严而信，一把将苏鸿达拉进小饭铺，他急不可待低声向苏鸿达询问。

“掰了！”苏鸿达摊开双手，表示事件已没有调解的希望，摇一摇头，目光中充满了绝望神态。“不给面子。”他又补充了一句。

“好！”严而信用力地拍了一下巴掌，“好！”又拍了一下巴掌，眉飞色舞，“有戏！”谈着话，严而信将苏鸿达拉进一个单间雅座，“不怕苏二爷过意，若是私了，咱中午只吃西葫芦羊肉水饺，大打出手，咱就有酒有菜。”

严而信心花怒放，有了无头案，打起人命官司，独家新闻由他把持，这其中可就有了油水，机会难得，发财的时运到了。

“别想得太美了。”苏鸿达毕竟是一介闲人，他对于办正事摸不着门道。“人家陆老财说了，他乐无由来无踪去无影……”

“你瞧！”说着，严而信打开大皮包，几份大红折子取出来，亮给苏鸿达看，“这是订婚的换帖，这是结婚的文书，乐无由的居住户籍、乐太太的迁居证明……”

“哪来的乐太太？”苏鸿达不解地询问。

“哎呀，乐先生的妻室，不就是乐太太吗？”严而信拍着苏鸿达的肩膀解释。

“你是说俞秋娘？”苏鸿达眨着眼睛发呆。

“嘘，闺房中的芳名是你称呼的吗？”严而信诡谲地向苏鸿达笑着。

“没那么容易。”苏鸿达还是怀疑，“请律师，呈状子，你出得起钱吗？”

“苏二爷，这可就要看你的本事了……”说着，严而信在苏鸿达腰眼儿上拧了一下，随之，二人哈哈地一齐笑了。

原湖南督军王占元南行经商返回天津，几位至亲好友要亲自到车站迎接。侯伯泰大人的高轱辘胶皮车才跑上万国老铁桥，就见铁桥上交通堵塞，行人车辆挤在一起，把这座横跨海河两岸的唯一通道堵得水泄不通。

“叮当，叮当！”侯伯泰将车铃踏得震天价响，人们无动于衷，依然不肯让路。“耽误事，真耽误事，赶紧绕东浮桥。”侯伯泰坐在车上发火，只是后面的电车、人力车又拥上来，即使想退下桥去也没有退路了。

“巡警呢？巡警怎么不管?”侯伯泰在车上急得直喊叫，依然是没人理睬，火上浇油，侯伯泰急得在车上直跺脚。

“嘛事？电车轧死人啦?”侯伯泰在车上大声询问，倒是车夫抻着脖子往桥上张望，这才回答侯大人的话说：

“好像，好像是个小媳妇要跳河。”

“拦住，拦住，人命关天，怎么能见死不救呢，天津人就这么点毛病，光嘴上热乎。”

侯伯泰正在胶皮车上感叹，突然人群活赛是被炸弹炸开了一个通道，一个披头散发的女人直冲过来，咕咚一声，跪在了侯伯泰的车前。

“车上的大爷，您老给贫妇做主呀！天津卫这个地方没有好人呀，逼得贫妇的夫君跳了大河，捞上来曝尸河边没人埋呀。全说天津卫的爷们儿好心肠，呸，留着那挂肠子喂狗去吧，欺弱怕强，踢寡妇门、挖绝户坟，缺德的事全是天津爷们儿干的，有英雄好汉你也站出来说一句公道话，耗子扛枪窝里站，家炕头充硬汉子去吧，呸，白长了七尺身躯，白袍子马褂地说说道道，我算把他们全看透了……”

“咦，这位女子，你不可恶语伤人呀，谁说天津卫没好人?”侯伯泰自然是听着不高兴。

“咔嚓”镁光灯闪出刺眼的光亮，混在人群中的严而信照下了这张民女痛斥天津人的照片，正好侯伯泰想问个究竟，招手便将严而信唤了过去。“怎么回事?”侯伯泰问。

“这位女子的丈夫被天津一家商号逼得跳了河。”严而信回答。

“有这种事?”侯伯泰生气地拍打车扶手。

“曝尸三日又无人掩埋。”

“岂有此理。”侯伯泰跺了一下双脚。

“哭诉冤屈，告官无门。”

“天理不容!”侯伯泰一声吼叫，压下了满桥的喧嚣，立时众人的目光都转过来集中在他的身上。“天津人历来是助人为乐，路见不平要拔刀相助。现如今人心不古啦，丢尽了老天津卫的脸，寒碜，列位，太让人瞧不起了!”坐在胶皮车上，侯伯泰向众人慷慨喟叹，说着，他从怀里掏出一张名片，顺手交给严而信说：“拿我的片子去请出个闲在人来操持操持，请律师，递状子，这场官司无论用多少钱，我包了，天津卫这地界，正大光明！”

六

王占元南行经商返津，带回来了种种消息，其中最最令人不安的消息是，据传南京政府正在和日本军方磋商，国民党华北军分会代理委员长何应钦正在和日本华北驻屯军司令官梅津美治郎进行秘密谈判，有可能华北五省宣布“自治”，到那时平津一带不战而降，日本军队就要以占领军的身份开进天津城了。

今日晚上是侯伯泰大人设家宴，请大律师袁渊圆畅饮对酌，餐桌上没有什么大菜，两只素色青花大餐盘，每只餐盘上盛着一只红澄澄的河蟹，一套吃螃蟹的餐具，小锤、小凿小刀、小镊子。清一色的银器，和红澄澄的螃蟹恰好白红相间，愈显得餐桌上典雅富丽。这螃蟹不一般，卧在餐盘上活赛一只铜锣，一对大毛螯盘在头顶上，倘若将螃蟹腿展开对角丈量。横宽一尺四十，算得上是螃蟹精。

“果然是珍馐，大饱口福，大饱眼福。”袁渊圆大律师体态肥胖，三层下巴，一对垂肩的耳朵，小眼睛，满面赤红的颜色。大腹便便，一对胳膊伸过来，越过大肚子，才刚刚摸到桌子沿，两只胖手，手背上陷下去指环窝，白白嫩嫩的皮肤，称得上是十足的富贵相。

“胜芳产螃蟹，天下有名，有皇上的年代，一尺四的珍品每年多不过产四五十只，一只螃蟹一只篓，再往篓里打两个生鸡蛋，全部送到宫里，个个活，双层的油盖，自然是龙颜大悦，这才护佑着黎民百姓得享皇恩。现如今，皇帝到关外立满洲国登基去了，这胜芳螃蟹才得以流人民间，也不是人人都有这份口福。今年天津卫一共进了十二只，你一只，我一只，另外十只也是此时刚出蒸笼，前大总统一只，前国务总理一只，日租界土肥原一只，英租界工部大臣一只，意租界一只，法租界一只，真是天下同乐，中外共享呀……”

能吃上这样的极品螃蟹，袁渊圆身为大律师，也是受宠若惊，这哪里是供人吃的物体呀，比唐僧肉都金贵，吃了能长生不老。咂一咂滋味：不凡，醇香、不腻，甜丝丝的，鲜美，没有一点儿腥味，唉，你说说这中华民国能不让人爱吗？

“侯大人府上，是不是晚辈中有人惹了什么麻烦?”吃着这样的螃蟹，品着陈年花雕，袁渊圆心中也在暗自琢磨，无缘无故，侯伯泰不会赏自己这份面子，用这对螃蟹宴请国民军总司令，少说能换个军长当当。

“你说嘛?”侯伯泰剔着螃蟹腔子问道，“你以为我请你吃螃蟹是烦你打官司?我们家没官司打，也没人跟我们侯家打官司。”

“有理，有理。”袁渊圆连连点头赞同。真是的，这许多年在天津卫打官司，还从来没有人来投诉过侯姓人家，凭侯伯泰大人的财势、权势，子子孙孙无论什么事都不犯法，再说这法律本来就是为了护着人家小爷儿几个才立的，谁也别生气。

“倒是有件条幅，我要请大律师过目。”说着，侯伯泰着人将一条立轴展开，挂在中堂，洒脱的书法，集录着唐人的旧句。

“袁某不才，于此毫无研究。”袁渊圆是位新派维新人物，懂六法全书，懂希腊罗马的法典，就不懂汉学，唐人旧句，一窍不通。

“我来给你讲讲这四句唐诗。”侯伯泰回头望望挂在壁上的立轴对袁渊圆说。

“不必了，不必了。”袁渊圆连忙摇着双手回答，“反正只凭这份状子打不成官司，没有原告，没有被告，案由，纠纷，伤害……”

侯伯泰不理睬袁渊圆的辞拒，依然抑扬顿挫地读了起来:“黄昏鼓角似边州，客散江亭雨未收。天涯静处无征战，青山万里一孤舟。”

“不懂，不懂，更是不懂。”

“第一句是李益的诗，第二句是岑参的诗，第三句……”

“侯大人，有话您就直说吧，要我干嘛?”袁渊圆直截了当地问。

“去关外。”侯伯泰放下餐具说道。

“‘满洲国’?”袁渊圆细声询问。

“袁公精明。”侯伯泰颇为赏识。

“交给谁?”袁渊圆又问。

“醇亲王。”侯伯泰一字一字地回答。

“讨个什么示下?”袁渊圆问得更是狐疑。

“送到就完。”

袁渊圆呆了，他闹不明白这是一宗什么交易，更闹不清楚侯闲人此遭正在管的是一宗什么闲事，冒着杀头的危险通敌传送暗语，谁知道这幅立轴里隐着什么军事秘密。

“这幅立轴的落款是水竹村人，这位水竹村人是哪位人物，袁公也不必细问，反正是我管的闲事，能是引车卖浆者流吗？四句诗是什么意思？也说不清楚，华北的局势，想必袁公也心中有数，来日如何安排，也要先探知清楚，有公差的人不便出面。”

“侯大人，不才我实在是不能胜任。再说，容我放肆地问一句，您老人家管这份闲事干吗？倘被南京政府知道了，您老人家依然是社会贤达，我袁某人可就完了，以后谁还找我打官司呀，暗地里通着满洲国……侯大人，咱还是吃螃蟹，吃螃蟹吧。”

“干杯，干杯！”侯伯泰为袁渊圆又斟满一杯花雕，这才知心地再往下说，“袁公呀，下至劝说邻里纠纷，上至调解两国交兵，一桩桩一件件还不全是管闲事吗？有官差、有公职的人反而不好办，谁都知道他吃的是谁家的饭，你靠日本人，我靠英国人，这个代表南京政府，那位是前朝遗老，谁和谁都对不上话茬子，有戏文没戏文的也要端足了架子花的势派，所以天津卫才养着一茬一茬的闲人。我不管闲事，没法，推不开，驳不了这份面子，都是世交，缠得你躲都躲不开。”

几杯老酒下肚，袁渊圆也有些晕乎乎，脸上泛起一层紫红霞彩，他似醉非醉地说道：“既然侯大人如此器重不才，赴汤蹈火我也要在所不辞，正好我如今管着一宗官司，报界全知道我不能分身，如此神不知鬼不觉地去一趟关外，三天五日也不惹人注目……”

“对，这才是明白人说的话。”侯伯泰连连地大声赞扬，“总理大臣有眼力，前次他设宴请大律师作陪，我估摸着来日就必有后文。实言相告，这次请袁公出山，还全是前总理大臣的主意。外场上，你原先忙着嘛还忙着嘛，拿出十足的精气神，告诉小报记者多拍出几张照片来，天天上报，遮住众人的眼目，戏法就由你变去吧，哈哈，哈哈，哈哈哈！”侯伯泰开心地放声大笑，笑得餐盘里的螃蟹都跟着摇眼珠。

大律师袁渊圆，人称编得圆、说得圆、唱得圆；他自己不以为然，他称自己是好人缘、好饭缘、好财缘。

袁渊圆何以在天津卫被尊称为大律师？原因很简单，是律师便是大律师，谁人自甘称是小律师？谁又肯去请小律师打官司？所以，凡是操诉讼生涯的，都在姓名前面冠以大律师的名号，才下海的雏儿，也是大律师，吃这碗饭，就这么个讲究。

袁渊圆在天津卫专门包打人命官司，婆婆虐待儿媳妇活活将儿媳妇鞭打致死；儿媳妇虐待婆婆又活活将婆婆饿毙；老华茂鞋店门外的大树杈上吊死了一个无名鬼；德泰昌洋货铺修库房墙倒了砸死了人，无论谁行凶，谁被害，谁先找到袁大律师，谁便胜诉。婆婆鞭打儿媳妇是家法无情，儿媳妇不给婆婆饭吃是孝女报恩；老华茂鞋店门外树杈上的无名鬼是栽赃，墙倒砸死人更是误伤，全不担任何责任。反之呢？反之就麻烦了，婆婆打儿媳妇天理难容，儿媳妇饿死婆母更是大胆忤逆；老华茂门外树杈上挂无名鬼必是事出有因，墙倒砸死人更是暗报私仇。走着瞧，不把你折腾得家败人亡不算甘休，大律师，就有这能耐。

只有这次，袁渊圆觉得事情有些蹊跷，令他百思而不得其解。

十天之前，袁渊圆浏览报纸，见《晨报》社会新闻版刊有一条关于河岸边发现一具无名男尸的消息。当时他一边看报纸一边吃煎饼馃子，一股热气冒上来蒙住了眼镜片，顺势他将报纸推开，便没有再看。无名男尸，天津卫见得太多了，上吊的、投河的、自杀的、被杀的，就似小孩子尿床一样，天津人是不当作一回事的。河岸边停放几天，无人认领，积善堂出面舍一口狗碰头的薄板棺材，掩骨会抬走到乱葬岗埋掉，从此便再没有人去想他。有时也出点“格色”的，没停几天，死尸被人偷走了，这一来“乐子”大了，免不得一场麻烦。譬如被几个青皮偷走，挂在哪个商号门外的大树杈上，不外是敲一笔竹杠，最缺德是将尸体立在商店门板上，第二天早晨商店一开门，咕咚一声从门外栽进来一个死人，有分教，这叫恭贺发财，给你来个反顶大门闩。

果不其然，五天之前，也是在早晨八点左右，袁渊圆大律师照例是一套鸡蛋煎饼馃子吃早点，餐桌上摊开一张《晨报》，才咬了一口煎饼馃子，袁渊圆呆了，他将煎饼馃子叼在嘴里，双手举起《晨报》，托托眼镜万般仔细地看着报上的一则新闻。“千古奇冤，亲夫含恨死，投诉无门，烈妇不贪生”。好，有生意好做了，无名男尸有了妻子，而且又是蒙冤致死，这不是真的要打官司了吗？

事不宜迟，袁渊圆穿戴齐整，漫步走出了事务所大门，你道他去哪里？河边？不对，律师做生意不能到现场看货，他绝不能到河边去看过死尸，再看过烈妇，然后再讨价还价。他径直向饭店毗邻的天祥后走去，他要去找一个人，苏鸿达。

找苏鸿达比捉蛐蛐还容易，白天不必听叫，夜里不必灯照，只要在午饭晚饭之前在天祥后几家饭店前稍微一转，准能碰见苏鸿达。

“鸿达。”袁渊圆是新派人物，见了人不称爷，直呼其名，以表示亲切。

“大律师。”苏鸿达今天衣冠楚楚，仪表非凡，脸上一副得意相，看得出来，他这几日没扛刀，而且气顺，日子混得不错。往日只要有人和他打招呼，他立即转过身来尾随在你身后往饭铺里溜，今日他竟面对面和大律师站在饭店门外，那神态似是他打算请大律师“撮”一顿。

“难得闲在。”

“家里的饭菜吃腻了，出来换换口味，鸿达兄若没有其他约会……”

“不不不，我这儿另有个饭局。”苏鸿达的回答令袁渊圆大吃一惊，真没想到，他苏鸿达居然也有肚子不饿的时候。

“时间还早，先陪我去喝二盅。”强拉硬扯，袁渊圆把苏鸿达拉进了美丽美餐厅，这美丽美是个新潮餐厅，很快，侍者便摆上了餐盘，两份相同的俄式便餐：牛排、鱼子酱、酸黄瓜、柠檬泡菜、红油葱头。

幸亏苏鸿达见过世面，刀子叉子用得有板有眼，一杯威士忌下肚，不等袁渊圆询问，他先滔滔不绝地讲述起来：“管了桩闲事，累得胡说八道，本来我是说和事的，没想到粘上了，如今推都推不开。”

“能者多劳嘛。”袁渊圆连声地恭维。

“天津卫这地面的繁荣，不就是靠几位热心人维持了吗？各人只扫门前雪，那马路上的雪由谁去扫？马路上堆着雪，又如何过车？如何行路？七十二行不是全要萧条了吗？”

“只是这桩事管不得，人命关天呀！”苏鸿达故弄玄虚地将嘴巴凑到袁渊圆耳边，诡谲地眨着眼睛说道。

“打人命官司？”

“财大气粗!”苏鸿达用力地拍拍胯骨,表示有钱腰板硬,“无论用多大开销,现钞”。

“凭一个孤单女子……”袁渊圆暗自估算这场官司到底有几成把握。

“知道后台是谁吗?”苏鸿达一双眼睛眨得更快,“侯四六爷!”

“侯伯泰大人何以要包打这桩无头案?”袁渊圆将一块牛排举在嘴边,呆呆地问。

“为民做主。”苏鸿达一拍桌子回答,“这位刚烈的女子把天津卫的老少爷们儿全给骂了,通通是软盖的活乌龟,路见不平,没有人敢拔刀相助,全是欺弱怕强,全是说大话使小钱,全是呜嘟嘟吹牛没真格的,反正这么说吧,天津卫这地方不是好人待的地方,好人受欺,谁能坑蒙拐骗谁是好汉子,越是青皮混混儿越有财有势,天津卫呀就是个大粪坑。”

“那咱弟兄们呢? 岂不全成了屎壳郎?”袁渊圆不服地询问。

“所以侯四六爷才出面管了这件事。”

“侯伯泰大人何以知道这件事呢?”袁渊圆终于把那块牛排送进嘴里,美美地咂着滋味询问,忙着又举起了第二块牛排。

“巧呀,无巧不成书呀!”苏鸿达也举起了一块牛排,先送到鼻子下边嗅嗅味道,远远地看一眼,牛排上还带着血迹,皱了皱眉头,还是送到嘴里,他也学着新派人物茹毛饮血了。

七

全怪陆文宗钱财上看得太重,千不该万不该,他不该从苏鸿达手里再索回那二百元钱。托人家苏二爷说和事,先交二百元钱带在身边,头一趟碰钉子回来,明眼人都知道,这叫讨价还价,再加二百,说不定就有了门路。偏偏陆文宗认钱不认人,多一文钱不花,居然还跟人家苏二爷要那二百元钱,有这么寒碜人的吗?倘若电车上被人掏了腰包,莫非你还要苏二爷赔偿不成? 明明是瞧不起人。

所以,苏鸿达才找到严而信,两人一起鼓捣俞秋娘出来和陆文宗打人命官司。

“有意思,有个意思儿!”严而信伸出手指弹着办公桌说道,“准备文件的事我包了。什么文凭呀、履历呀、奖状呀,我全能琢磨,难不住咱,只是钱呀,钱……”严而信谈虎色变,开始想到此事非同儿戏。“要有位阔佬做后台,三万五万的得掏出来才行。”

“阔佬?”苏鸿达拍着额头搜尽枯肠,突然眉头一皱,计上心来。他起身搜寻一番,见附近没有闲杂人等,这才和严而信说道:“十天之前侯伯泰去火车站送王占元南下,坐胶皮车过万国老铁桥,这他才看见河岸边捞上来一个河漂子。如今侯爷是早把河漂子的事忘了,可是湖南督军王占元的事他没有忘,过几日,王占元返回天津,侯爷还要坐车去火车站迎接……”

“叭”的一声,严而信在苏鸿达的肩膀上重重地拍了一下,用力过猛,险些没把苏鸿达脊椎骨拍断。“苏鸿达,真不愧是天津闲人,有你的,一挂坏杂碎,全天津卫的人全让你玩了,吃得开,这码头就是人玩人的地方。”

不必再细合计,英雄所见略同,心有灵犀一点通,余下的事就各自施展才干去了。丢下苏鸿达,严而信来到东方饭店,找到俞秋娘,对她进行单独采访。

姓甚名谁?哪里人氏?年方几何?与死者何时说媒,何时订婚,何时迎娶,何时成亲?死者何以自寻短见?死前可曾留有遗言……

俞秋娘自然是一一做了回答,只是她不再呼天抢地了,她似是颇知世态炎凉。“我算看透了,这天下没有讲理的地方,明明是隆兴颜料局逼死了我的亲夫,可是没有钱还是打不成官司。记者大人,您老想想,我丈夫老实巴交的做事由,平白无故地他能跳大河吗?那陆掌柜非山西人不用,你辞退我们,我们另谋高就,好汉子不赚有数的钱,你千不该万不该不该登报声明,像是我们坑了你拐了你干了嘛见不得人的事,这明明是不给我们留活路呀……”

严而信没时间听俞秋娘啰唆,他直截了当地又追问了几个问题,自认夫妻有什么凭据,有了凭据,法庭上咬得住咬不住。

“不是说民国共和,不动刑法吗?”俞秋娘舔舔嘴唇问着。

“不用刑,连打手板都不许。”严而信拍着胸脯保证。

“不动刑法,我就咬得住,妇道人家,您老知道,连窦娥还招了呢,那是多大的冤屈呀!”

“既然如此,你就要这样去做。”严而信收起采访笔记本,将钢笔插进衣袋里,放低声音,他向俞秋娘面授机宜。

亏得苏鸿达地面上熟,只稍稍地张罗了一下,便招来了数不清的胶皮车、大马车、大汽车、小汽车。早早地来到老铁桥两端,这许许多多车辆便在老铁桥附近缓缓地绕来绕去,俞秋娘站在桥上,双手扶着栏杆,似在观风景,严而信挎个照相机远远地站在桥旁,像是位远方来的新派游客,苏鸿达猫在桥边的一株老槐树旁精心地瞭望。"叮当"一声,侯伯泰的高轱辘胶皮车向着万国老铁桥跑来了,苏鸿达发个暗号,正巧又有一辆绿牌电车上桥,迎面一辆大马车跑上桥来,横在电车道上。呼啦啦几百辆胶皮车、马车、汽车一齐向桥上拥去,立时,桥上一片人喊马嘶,活活把一座宽敞的老铁桥挤得水泄不通。"我的天呀!"恰在此时,俞秋娘一声高腔嘎调,纵身就要往河心里跳……这么着,侯伯泰大人的胶皮车就被困在了桥上。这才有俞秋娘放泼大骂天津卫,侯大人疏财仗义打官司的一出好戏。

苏鸿达暗自拍了一下巴掌,妙,大家伙儿全让我一个人给"玩"了;严而信暗自乐得直抖肩膀,妙,这次我可是把天津卫给"涮"了;俞秋娘暗自心里笑开了花,妙,天津卫的老少爷们儿全被我一个女子给"耍"了。唯有侯伯泰,他一心为天津卫打抱不平,一定要伸张公理,要为弱女烈妇撑腰,待到他日后听过王占元从南京带来的种种消息,才暗自又惊又喜,真是天赐的机遇,满天津卫三教九流的这一出好戏,活赛全是我侯伯泰一个人排演出来的。天津卫这地方就是邪,有人说是天津的水好,只要一喝上天津的水,多愚顽的人也会变得聪明,于是谁都想玩人、耍人、涮人、算计人,个个觉得自己最高明,也不知最后谁倒霉。

唯一蒙在鼓里的人,只有一个,陆文宗。他是外来户,而且是山西人,和天津人死合不来,天津人大体上不排外,只排广东人和山西人。天津人认为广东人到天津来只想憋宝,天津卫地上的宝贝全让广东人给"憋"走了。譬如居住在鼓楼下面的一队金老鼠,栖息在铃铛阁上面的一只金夜猫子,老地道下面的避水珠、九河口底下的万年绿毛龟,如今全落在了广东人的手里。那么山西人呢,山西人善理财,把全天津卫老少爷们靠汗珠子挣来的家业,全算计到他小金库去了。据说山西人家家户户院里都有几只大水缸,那大水缸就是放银圆的,存满了一缸,夜里就装上大马车往山西运,所以山西越来越富,天津是越来越穷。

《晨报》上登出消息,说俞秋娘请到大律师袁渊圆,状告隆兴颜料局逼死亲夫，陆文宗狠狠地吐了口唾沫，气势汹汹地咒道：“胡扯尿，明明是他自己不辞而别，咋怪我逼死人命，偏不信这天下就没地方讲理。”

总得找出个闲人来成全事呀，陆文宗冥思苦想，没想出第二个人来，还得是苏鸿达。

若说起来，这苏鸿达和隆兴颜料局关系不错，几年前一桩闲事就是苏鸿达给说和的。从那之后苏鸿达常来隆兴颜料局闲坐，东拉西扯地不外就是泡一顿饭吃。吃顿闲饭倒也没啥，只是柜上这么忙，谁看着苏鸿达在一旁闲坐也心烦，久而久之，伙计当中就有人出来说话了，见到苏鸿达还闲坐在柜上不走，账房上的先生就差一个小力巴儿出来，高高地给苏鸿达敬上一盅茶，客客气气地说：“今儿中午，掌柜的有话要对柜上讲，苏先生不见外，就先到厨房去随便用点便饭，中午就不敢挽留苏先生了。”苏鸿达明白，这是撵客，不过总还是因为肚子饿，低三下四地随着伙计去厨房吃碗清汤面，早早地被人送到了大门外。

这次没等陆文宗去请，苏鸿达自己却找上了门来，进店门，过柜台，几声“爷”“爷”和老少爷们儿打过招呼，他直奔后院上房，找到了正在捧着《晨报》发呆的陆文宗。

“陆爷。”苏鸿达坐在陆文宗对面，知心地招呼一声，故作深沉地说下去，“事态闹大了，这场人命官司……”

“我等着他。”陆文宗做出一副不含糊的样子，神色镇定地回答说，“乐无由是本号辞退的先生，他与本号没有纠纷，本号的店规，非山西同乡不用，他先来时声称是山西人，俺到山西会馆查对，没这号人，俺辞他，占理不占理？”

“这话，陆爷要到公堂上去对大法官说的。”苏鸿达和颜悦色地回答着，“只是，陆爷如今身为被告，自己不能辩护，民国维新，公堂上要请律师，出庭一次按时间计算，一小时四百大洋。”

“谁付？”陆文宗放下报纸问。

“当然是谁请的律师谁出钱啦！”

“我没钱！”陆文宗斩钉截铁，在钱财问题上他绝不含糊。

“没钱就是没理，大法官就定你败诉，败诉就是官司打输了，你就要给人家乐太太赔偿，报上说，要四万大洋。”苏鸿达说着俯身过去在报上寻找那条新闻，陆文宗心烦,将报纸塞到了桌子下面。

“有便宜的律师没有?苏二爷帮我请一个。”无可奈何,陆文宗知道这场劫难已是不能逃脱了,忍痛咬牙,他也只好如此了。

“玩笑了,陆爷。”苏鸿达笑了笑说着,“这律师又不是鞋子,皮鞋十八元,布鞋一元五,草鞋二角,律师,就是一律的讼师,童叟无欺,言不二价。”

“那女子请的谁?”陆文宗问。

“袁渊圆。”

“瞧这名号,一听就不正经,有本分的律师没有?”陆文宗气呼呼地又问。

“这个,我可不敢插手,请到好律师,三分理能打成七分理,五分理能打成十分理,倘若官司打赢了,这场请律师的钱不光不用陆爷破费,全部要由对方包赔,他还得赔偿你的损失,也是四万!”

“啊!”陆文宗眼睛一亮,“这顶得上一年的生意,莫怪人人都这么爱打官司,这四万元钱是赢定了。我占理,她丈夫跳河与本店只字无干,再说,那女子明明是蒙世,乐无由从来就没说过有什么妻室。”

“慎之,慎之。”苏鸿达忙摇着双手解劝,“这话可不能乱说,万一人家摆出凭据,你就要赔偿名誉费,又是四万。”

“那就一共是八万。”陆文宗吸了一口长气,暗自为这八万元胆战心惊,“这官司我打不起,我不干。”

“你不干不成呀,人家告了你。”

“哪有缠着人打官司的道理?真是没处说理。”陆文宗气急败坏地倒在椅子上。

“怎么会没处说理呢?报上好说理呀!”苏鸿达从桌子下面取出《晨报》放在陆文宗面前。

“报上只说一面理。”陆文宗推开报纸。

“你不花钱,人家如何替你说理呢?”

“怎么,这报纸能替俺说话?”陆文宗眼睛亮了一下,下意识地又去摸那份报纸,似是觉得这张《晨报》又有了几分温暖。

“实不相瞒,这《晨报》主笔是我的莫逆,陆爷若是有意思……”

“我摆、我摆宴！”陆文宗立即满口答应着说，“我全懂、全明白，这年月不摆酒席就休想开口，苏二爷出面吧，无论用多少钱，我包下来了，我把真情对报馆说说……”

“光吃饭不行吧，报馆那边不得有点什么表示吗？”苏鸿达侧目望着陆文宗，暗示他不要不通世故。

“好，你先把主笔请来，多大的意思，看事情办到什么程度。”

“好，一言为定，陆爷放心，这事我包了。”说着，苏鸿达伸出一只手来，心照不宣，他是向陆文宗要现钞，好摆酒宴请《晨报》主笔。

陆文宗平生一贯谨慎，而且凡事每到掏钱的时候便更要犹豫，他一双手紧紧地揣在袖里，好长好长时间拿不定主意。

“陆爷，您老是没跟人家主笔打过交道，人家那脑袋瓜儿那才叫‘窜’，你这儿只三言两语才提个头儿，人家早千言万语写成了文章。不必你唠叨，人家便知道你打算怎么着，你想说什么，你避讳什么，白的如何说成黑，黑的如何说成白，方的要怎样才能说成圆，圆的又该如何说成方，嘿，活儿做得细，让你一点儿破绽看不出来，欺世蒙人，瞒天过海，陆爷，你早该开开眼界了。只要钱花得到，他乐无由投河与你有什么关系？他夫妻两个吵架……”

“行，我依了你，早算定我这两年要走背字儿，破财，俺认了。”陆文宗终于下了决心，哆哆嗦嗦掏出一小沓钱来，交给苏鸿达去摆宴请严而信，求《晨报》替自己说几句公道话。

苏鸿达好得意，一场官司挑起来，这边吃原告，那边吃被告，天津卫称这套活是一手托两家，没点真功夫的，谁也不敢玩，万一玩砸了，以后就再休想在天津卫混了。

俞秋娘那边，苏鸿达负责请律师，跑报馆，代办各类公证文书，说起来事不少，也算得上五花八门，但路数只有一套：买。有钱就行，只要花到了钱，花到了地方，天下没有买不来的公证文书，没有公证不了的事件。只要白花花的银子倒在大缸里，就连一个人长两颗人头也能找到人证物证，信不信由你，天津卫的事就那么邪乎。有了公证文书，有了律师，有了报馆的社会新闻，俞秋娘乐不得跟着起哄打官司，喊里喀喳，身前身后总有人给照相，登得遍天下玉容倩影，来日混事由都方便。

陆文宗一方，自然也少不得苏鸿达，由他拉皮条，陆文宗认识了严而信。陆文宗将事件真相如实陈述，严而信听着全作了笔录。“陆先生，你放心，报纸就是要为民众代言。”一篇采访记尚没有写好，《晨报》先为隆兴颜料局登了整整一个版的广告：西洋真货，英美名牌，零整批发，价廉物美。广告费开出来，陆文宗吓了一大跳。又是请出苏鸿达，这才减了二成，按优待户收费。除此之外，苏鸿达还要走门路，代陆文宗给大法官送礼。大法官董方是天津卫的大人物，陆文宗、苏鸿达者辈是连见一面的福分都没有的。而且董方大法官不会笑，终日板着冷脸，即使是大便干燥，面部肌肉也不能稍有跳动。给董方大法官送礼，比给阎王爷送礼还难，陆文宗身在商界，与“官面儿”没有来往，且“官面儿”最忌与商界来往，两家是井水河水，绝不相通。幸好苏鸿达身在各界之外，所以就可以和所有各界来往，与大法官搭线，还得有大贤人搭桥。苏鸿达为俞秋娘请大律师袁渊圆要向侯伯泰报账，顺手牵羊，苏鸿达又通过侯伯泰打通与法官董方的门路。又玩刀，又玩火，艺高人胆大，什么把戏全是人要的，天津闲人，就这么大的能耐。

“你到底向着谁？”什么事都瞒不过严而信，他见苏鸿达一根竹杠撑两条船，不免要问个究竟。

“我向着钱！”苏鸿达回答得爽朗痛快，“两个人打架，咱不能拉偏手，一场官司打完之后，无论谁输谁赢，双方全是朋友，一个朋友一条路，路多，就有钱。”

“你呀，一没有后台，二没有靠山，终日要把人两面占便宜，当心日后吃不了兜着走。”连严而信也为苏鸿达担心，觉得他这样走钢丝太危险。

“严爷，你放心，管闲事惹不来杀身祸，多不过被人撕下一层脸皮，日后再长出来，保准比前面那张更厚。”苏鸿达说得得意，眼见得这几日东跑西奔捡了不少便宜，不仅一日三餐有了准着落，而且口袋里还剩了几个积蓄，没有点真功夫，这碗饭也不是好吃的。

八

大法官董方身穿黑色法官长袍，头戴黑色高帽，在黑色长桌后面正襟危坐。果然君子正其衣冠，尊其瞻视，俨然人望而畏之，其亦不威而不猛乎？由此，法庭尽管座无虚席，但仍鸦雀无声，大法官铁青面孔散发出的寒气，令人不寒而栗。

天津卫因其特殊位置，设有高等法院，而董方又是这高等法院的首席大法官，平日里民、刑二庭无论什么案件，他是连过问都不过问的，他历来只审理人命官司无头案。俞秋娘控告隆兴颜料局逼死亲夫案，已是闹得满城风雨，非大法官亲自开庭，民情不得平息，真伪不得甄辨，公理不得伸张，社会不得安定。责无旁贷，大法官董方这才亲自出山，脸色自然带着好大的不高兴。

果然大法官董方明镜高悬，庭议一开始他便向俞秋娘提了一个问题，直问得俞秋娘暗自出了一身冷汗。

“既然你身为乐无由之妻，何以只身寄宿在东方饭店？而饭店旅客登记簿上又只具名俞秋娘，也未登记你夫君姓名、籍贯、职业，何以你竟以河边一具无名男尸，状告隆兴颜料局逼死亲夫？证据安在？”大法官语调平和。即使是质问对方，也不带一点情感，以免给对方造成心理压力，致使被质询人不敢吐露真情。

“民女俞秋娘与乐无由是结发夫妻，只因乐姓人家系旧式家庭，婆母与民妇不能和睦相处，我夫乐无由一不敢违抗父母之命，二不愿伤害夫妻感情，因此才携带民妇出走来津。为躲避社会流言，更怕落个不孝之名，所以才只以民妇姓名登记客店。”

“你有证据吗？”董方冷声提问。

“有。”俞秋娘说着将随身带来的聘书帖子呈了上来，而且其中还有她与乐无由的合影照片。啧啧啧，你说说天津卫什么花活要不出来，照片中的乐无由居然一只手搭在俞秋娘的肩上，真是一对亲亲热热的小夫妻。

大法官将照片转给被告陆文宗，陆文宗戴上老花镜端详了好半天，最后他只能连连点头：“照片上这个男的正是乐无由，他两个照合影咋不往一个地方瞅呢？”

这不干你的事，照片被送回到庭上去了。

传证人。

出庭作证的是东方饭店的茶房师傅，他专门侍候俞秋娘的客房。

“你见到过俞秋娘的丈夫吗？”大法官问。

“常来！”茶房师傅鞠躬哈腰地回答，“开客房的时候就是二位一起来的，男的长得俊巴，精明，带着十分的人缘儿，我心里还估摸，这对小夫妻真‘般配’。不用问，准是婆媳不和，从家乡迁出找地方躲几天。”

“他们夫妇常会面吗？”大法官打断茶房师傅的唠叨，只提实质问题。

“也不常见面，一准是先生的事由忙，这三个多月，总共才来过五六趟。”茶房师傅扳着手指头回答，忽然间他想起了什么，一拍脑门儿继续说道：“就在出事的前一天，先生还来过，先生吩咐我泡茶，待到我送茶上楼时，先生又从房里出来了，跟我要个杯子在楼梯上喝了一碗茶，谁知道他就这样轻生走了绝路。我当时就看着他眼神儿不对。”

“哧……哧……”原告席上的俞秋娘抽抽噎噎地哭了起来，肩膀一耸一耸，再配搭上她今天身上穿的一身缟素，灰布衣裤，白边儿，头上一条白发带，那神韵真带有三分妩媚。

“女士们，先生们。”一番庭讯调查结束，大律师袁渊圆挺身站起，摆开架势，开始为原告辩护。“也许，我们都曾见到过许许多多的生离死别，但是对于我，一个年过半百，也算是久经沧桑的人说来，如此悲怆的事情，还是第一次遇到。一对恩爱的夫妻，心怀着不可告人的委屈，又要在父母面前做孝顺儿子，又要在世人面前维系家庭的声誉。哪里给他们准备了温暖？哪里是他们栖身的乐土？无情的社会，冷酷的人生，哪里去寻找宽厚与同情？人们只知道要清晰的履历，要久居的户籍，要可靠的人保、铺保和种种声誉保证，而对一个备受生活磨难的人，人们竟以无情的手将他推上了绝境，难道这无情的手不该受到谴责吗？难道这无情的手不该承担法律责任吗？……”

袁渊圆滔滔不绝，慷慨陈词，有理有据，有情有怨，真是字字感人，句句动听。旁听席上不时有人暗暗点头，更有人暗自落泪，为年轻的寡妇弱女子伤心。记者席上，有的记者忙于笔记，龙飞凤舞，在小本本上画着只有他们自己才认得出的速记符号。自然，其中有人也随身带了照相机，但效法西洋，法庭上不得拍照，记者们只得将照相机挂在胸前，等着休庭时争先往外跑，再去抢拍种种镜头。

在记者席里抢了最好的位置，严而信自是十分得意，这桩官司，他第一个抢发了社会新闻，整个事件风起云涌，《晨报》总是消息最灵通、最可靠，很是得市民青睐。早先《晨报》死气沉沉，没人买，没人看，销数比不上专发梨园新闻的小报。

这一桩事件,《晨报》大出风头,印数猛增,广告费已由每寸八十元涨到每寸二百元。作为报社主笔的严而信,由此不仅身价倍增,暗地里也得了不少油水,如今他早不穿那套破花呢西服了,英国货,笔挺;小口袋上插着派克笔,美国货,抖起来了。

法庭上,大律师袁渊圆开始向被告陆文宗质询问题。袁渊圆一手扶着法庭的木栅,一手摆出个潇洒的姿势,酸溜溜地拉着长腔,向陆文宗问道:“请问被告,乐无由生前在隆兴颜料局供职,经济上有没有发现有可疑之处?”

“乐先生是个本分人,俺就是因为他不是山西籍才辞退他的。”陆文宗一字一字地回答,随之他又补充说着,“这些事俺对《晨报》主笔都讲过,报上还登了个访问记。”

“什么访问记?”袁渊圆询问。

“就登在前日的《晨报》上,大律师没有见到?”陆文宗呆板地回答。

“我怎么会没有读到?”袁渊圆显然是匆匆地掩饰,立即他又把话题岔开,“我再问你……”法庭上发生了一阵骚动,人们对袁渊圆的提问议论纷纷。

忙着做笔记的严而信暗自打了个冷战,他不由自主地拍了一下膝盖,妙!袁渊圆没有读前日的《晨报》,果然,他不在天津。

采访过陆文宗之后,严而信写了一篇访问记,将陆文宗述说的种种情形写成文章,准备在《晨报》上发表,如此替原告被告双方申述,才是报纸的客观公正。但严而信先是言而有信,他要先将对原告不利的文字拿去给原告律师看过才能在报端披露,绝不能放冷枪出难题。推开袁渊圆大律师的事务所,严而信觉得今日的气氛有些异常。平日里如花似玉的女秘书,今天居然没涂脂抹粉,没戴耳环,没戴项链,没有了一星儿妖艳的狐气。奇怪,准准是大律师不在,而且不在天津,所以这位小姐今日才不再负有女性使命,她难得随随便便地轻松一天。严而信抽了抽鼻子,架起二郎腿坐在了沙发上。

“大律师今天不会客。”女秘书打了个哈欠,无精打采地说。

“什么时候回来?”严而信装出一副胸有成竹的神态,似是无心地问。

“什么回来不回来的?律师今天不会客。”女秘书冷冷地回答了一句。有案件在身的情况下,律师是不得出门远行的,把正在操办的案件放置一旁,即便是回乡探望父母,也是对当事人的不恭,对于律师本人来说便是失德。

“大律师今天不会客,难道连秘书小姐也不见吗?”严而信酸溜溜地问。

“连我也不见,那又怎么着?”女秘书没好气地戗着严而信。

“想来一定是律师在研究案情。”严而信一面说着,一面观察秘书小姐的神色。

“大忙忙的,快办正经事去吧,明日也甭往这儿跑。”秘书女郎不耐烦,三言两语便将严而信给“开”了出去。

一定还有桩更紧要的事必须袁渊圆去办。走出袁渊圆律师事务所,严而信在心中暗自琢磨着,什么事呢?家中老母病故?这本来正好向外张扬,大律师高堂仙逝,无头案照审无误,更给这桩案子添了一笔跌宕。然而,大律师袁渊圆是悄悄离开天津的,此事蹊跷。

难道在背后掏钱包打这场官司的侯伯泰大人会容忍这种怠慢吗?就是再借给他袁渊圆三分胆量,他也不敢在替侯四六爷办事的时候悄然离津的呀!此中有诈,袁渊圆出津,必是奉了侯四六爷的使命,拿了人家的钱财,就要为人家站岗扛枪,严而信早就猜疑侯伯泰出钱包打人命官司是假,悄悄地他要办一桩大事才是真。严而信是个何等精明的人物,他茅塞顿开,这才发现自己原来也是被人耍弄了。

信步在天津卫大马路、小马路,严而信在心中苦苦剖析这桩奇事。走到日租界旭街,他想起苏鸿达到河岸边去瞧河漂子的时候,正是在侯伯泰去火车站送王占元南行之日;而俞秋娘大闹万国老铁桥,侯伯泰慨然解囊之时,又正是他去火车站迎接南行归来的王占元之时。王占元这一去一归,侯伯泰就给袁渊圆找了一桩遮入耳目的官司,明里袁渊圆大庭广众下抛头露面,暗里他又溜出天津,你说这节骨眼儿上,嘛闲事非得侯大人亲自操持?又是嘛正经事非得袁渊圆大律师亲自出马呢?

一路走着,一路冥思苦想,过了法租界老西口,来到英租界维格多利公园,啪的一声,严而信拍了一下胯骨,明白了,这其中的把戏,严而信是完全闹明白了。

明白了,就明白吧。天津卫这码头的规矩,无论什么把戏,看穿了,一律不许说。苏鸿达明明认识坐在河岸边守着无名男尸哭丈夫的女子是自己的相好俞秋娘，假戏真唱，也得顺水推舟去称大嫂好言劝解；严而信明看见地上设着陷阱，大家正望着陆文宗往下跳，他也不能声张，还得一起凑热闹，抓住时机在陆文宗落入陷阱之前，从他身上再找点便宜。不这么着，天津卫便没了热闹，没有热闹，不知又要有多少天津卫爷们儿扛刀饿饭。

大法官宣布休庭时已到中午，急匆匆跑到律师事务所，严而信要专访袁渊圆，请你就首次庭审发表感想。未及寒暄，严而信先就《晨报》发的"陆文宗访问记"向袁渊圆致歉。

"这一连几日我躲进书房准备辩护词。"轻描淡写，袁渊圆把不知道《晨报》发表陆文宗专访录的事绕过去了。而且直到今晨出庭之前他都没有浏览最近几天的报纸，可见他是直到昨天夜里还在"书房"里躲着。

"我想，如果大律师事先读过那篇专访，今天的辩护一定会更精彩。"严而信恭敬地说。"关于今日的首次庭审，本律师以为……"避开严而信的纠缠，大律师一本正经地发表感想，严而信忙打开笔记本，一字一句飞快地记录着，眼睛紧盯着自己的笔尖。

说了一个开篇，大律师犯了烟瘾，他拉开抽屉取出一只四方漆绘大方盒，打开，取出一只吕宋大雪茄。这雪茄是很金贵的，八只雪茄的价钱顶得上一袋白面，非大阔佬是摆不起这份谱儿的。袁渊圆将雪茄的一端放到齿间咬开，随手从西服口袋里掏出一包火柴，嚓的一声，将一根火柴划着了。

呀！严而信心中暗自惊呼了一声，他一双眼睛亮了一下，握笔的右手打了个哆嗦。你道他何以大吃一惊？原来他看见大律师袁渊圆用来点雪茄的火柴，是一包满洲国产的旭牌火柴。旭牌火柴，天津人是听说过，没用过。天津人称火柴为洋火，谓其原属舶来品之类，再通俗一些的称火柴为"玛曲头"，是日本语火柴的音译，因为天津的火柴厂是日本人开的。天津火柴品质粗劣，老大一个硫黄头，火柴盒两侧有粗砂纸，嚓的一声划着了，立时便是一个大火球，一股呛人的硫黄烟升起，酸得人直流眼泪，所以天津人一用火柴就骂日本国。日本人听了天津民众的咒骂之后，不多久便又研究成功了一种保险火柴。这种火柴杆长，除了在专门粘在火柴盒的细砂纸上划燃之外，其他在炕沿、鞋底、砖头上一概划不着，而且没有硫黄烟。一根火柴可以点十几盏汽灯，吸雪茄的人最向往这种旭牌火柴，只可惜，满洲国与关内两封锁，这种旭牌火柴一直没有传过来。

“本律师于初审辩护中……”袁渊圆足足地吸了一口雪茄，精神更加抖擞地说了起来。在一旁发呆的严而信还冲着大律师抛的那根火柴棍发呆，竟连大律师的几点声明都没记住。

“猴小子，跟我玩花活！”暗自在心中骂着，严而信更是得意。如今什么疑团也不存在了，袁渊圆以受理俞秋娘案为遮掩，暗中受侯伯泰派遣，跑了一趟满洲国，去满洲国做什么？拉皮条。华北局势微妙，天津的政客急于投门户、找靠山，于日本人进关已成定局之时，忙着安排自己来日的官运，有人做汉奸，有人附逆，天津卫爷们儿全被蒙在鼓里了。

“为此，本律师重申……”

袁渊圆说到兴奋时提高了嗓音，这才把严而信从痴呆中唤醒过来，他胡乱地在笔记本上比画着，以遮掩刚才的暗自揣度。

九

“这场人命官司，太哏儿了。”

街谈巷议，天津城三教九流老少爷们儿妇孺童叟，人人都关心着这一桩无头案。每日天未明，卖报的童子便扯着沙哑的嗓子放声喊叫：“快来看，快来瞧，小媳妇上公堂人命一条。”比起报纸文字，童子们的词汇没有逻辑，但市民们一听就懂，大家纷纷跑出来把几份报纸一抢而光。看过报纸，人们便一番评说，豆腐楼、锅巴菜铺、茶汤摊，市民们一入托着一只碗，一面吃着一面评论，有人说小媳妇可怜，有人说陆文宗可恶，有人说乐无由死得冤枉，也有人说此中有诈，既然讨到了如此可心的媳妇，还有什么活不下去的理由要投河？仁兄高见，深屋藏娇居然还要投河自尽，荒唐，荒唐！

而令陆文宗困惑不解的是，他隆兴颜料局的生意却因这场人命官司而变得极是兴隆。天津人爱瞧热闹，一场人命官司，人们早上往东方饭店跑，去看告状的小寡妇；下晌，人们又一齐来到隆兴颜料局，要看看这处凶号，何以就会被缠进了无头案。有人说一看这处颜料局的门脸就不吉利，两座山墙，北面巽三，南面艮六，每隔三年五载必有一次灾殃，最后迟早要毁于一把大火；还有人说这“隆兴"二字听着就别扭,"兴隆"二字本来是大吉,兴盛而且昌隆,自是胜哉,将两个字颠倒过来,就差之毫厘,谬以千里了。隆,栋隆起而获吉也,《易》传有言:"栋隆,吉",已是极盛之意;而"兴"呢,"天保定尔,以莫不兴",极盛之势又加振兴,难道就忘了月圆自亏,水盈自溢的道理了吗?光看门脸,讲不出学问,还要进去端详,走进人家店堂,如何好意思只东张西望一番便空手出来呢?天津卫老字号的规矩,敬客如宾,顾客走进门来,无论冠盖、布衣,一律先让座,后敬茶,掌柜的要陪过来问寒问暖,道过辛苦,小力巴儿在一旁垂手恭立,听候吩咐。大桶青靛,小包正红,大至十桶八桶,下至一小包颜料,做的是生意,得的是人缘儿。身高七尺,又是胡须又是眉毛的大老爷们儿,怎么能白吃人家一碗茶扑啦扑啦屁股抬腿就走呢?小包墨金、大包赭紫,用得着用不着,买回家去留着过年染门帘,算不得破费。

"这场官司倒是打着了。"惜金如命的陆文宗暗自好不得意,这可比在报上登广告实惠多了,上次《晨报》一则广告,很是被宰了个狗杀头,一腔的血全倒出来了。而这一场官司胜似广告,全天津卫人除了知道鼓楼炮台铃铛阁之外,一知道有个官银号,二知道有个隆兴颜料局。问天津爷们儿,天津市市长是谁,十个人中有九个答不上来;问天津人隆兴颜料局掌柜是谁,连吃奶的孩子都知道:陆文宗。陆老板已是和梨园界的几位老板齐名了。

陆文宗暗自估算了一下,天津卫住着几十万人口,若是人人都来隆兴颜料局走一遭,若是每个人都买走一小包颜料,这一茬生意做完,即使他官司打输了,赔偿费也从生意中赚出来了。对,就这样招呼!这场官司咱是黏黏糊糊地跟你泡上了,今日认账,明日翻车,闹得谁也不知是怎么一档子事,越离题儿,越邪乎,越云山雾障,天津卫才越红火,隆兴颜料局的生意才越有干头。

"恭喜陆老板,贺喜陆老板,陆老板福星高照,此次要发大财了!"

你道这恭维话是谁说的?讲出来,你可莫骂我玩邪,此话出自侯伯泰、侯四六爷、侯大闲人之口,怪哉,怪哉,怪矣哉!

一道帖子送到隆兴颜料局,侯伯泰恭候陆老板屈尊品茗。

陆文宗拿着帖子犯了疑。

侯伯泰的大名,听说过,如雷贯耳,津门首富,第一贤人,乐善好施,爱管闲事，上至皇亲贵胄，下至军政要人，顶顶惹不起的人物都敬仰着侯大人。何以这位侯大人今日下帖子要拿小民陆文宗进府问罪？细思量，自己没惹着侯四六爷呀，虽说陷进了一场官司，但那个跳河的乐无由一准不是侯四六爷的人，稍微和侯大人有些瓜葛，也不至于沦落来隆兴颜料局管账。那么，侯大人有什么事要提自己去晋见呢？荣欤？辱欤？福欤？祸欤？陆文宗手捧着帖子翻了好一阵白眼，刀山火海，如今也是推诿不得了。

翻箱倒柜，找出来一套衣裤，长衫马褂，穿在身上照了半天镜子，没有挑剔，再加上礼服呢千层底儿圆口鞋，俨然是一员老实生意人。想了半天，还是没带礼物，给侯大人送颜料，什么颜色全用不上，人家府上从来不自己煮染任何东西；买果子糕点，又不知道侯大人的口味，听说拜见名人明里送文房四宝，暗里送磨墨的女童子，大多是谣传，不可冒失。

掂量再三，陆文宗一不能爽约，二又舍不得破费，没带任何见面礼，空着一双手来到侯府拜见侯伯泰。仆佣通报之后，吩咐说在书房看茶。陆文宗随着仆佣，这才绕过影壁，往深深的庭院尽处走去。唁！这侯府的深宅好大气派，回廊，矮墙，院里是假山、小溪，小溪是清清的流水，水上是点点睡莲，水下是悠悠的游鱼，人时的鲜花摆在青石道路的两旁，阵阵芬芳沁人心脾。摇了摇头，陆文宗对此颇不以为然。天津卫的老财讲排场，将钱都用在了“浮文”上，赚得多，花销也多，能挣钱能花钱，更有的打肿了脸充胖子，借钱摆阔气，身穿着绫罗绸缎，囊中一贫如洗。还是俺们山西人实惠，将银圆封在大缸里，把大缸埋在个隐蔽处，心里踏实。平常日月，有钱人、没钱人全是清晨一人一个大粪筐，中午喝糊糊，谁的碗里也没有油腥。逢年过节，老财们有一件体面的长衫，穷人哩，则还是短衣短衫，三天过后老财们将长衫脱下收好，大家还是一个样儿。

“陆大人到。”仆佣在正书房门外止步，身子闪到下侧，垂手恭立地报了一声，陆文宗才要迈步进书房，书房的雕花木格门已从里面无声地拉开了，木门两侧各立着一位亭亭的玉女，不由得陆文宗停了脚步，忙退下台阶，他怕自己错进了哪位小姐的绣房。果不其然，一股幽香飘出，陆文宗用力地吸了一口气。

“哎呀呀，陆老板屈尊寒舍，有失远迎。”亮亮堂堂的声音传出来，真是侯伯泰的书房，陆文宗这才远远地拱手施礼，摆出十足的斯文相，活赛是进翰林院会试，悠悠地走进了书房。

他找俺有什么事哩？坐在八仙桌上侧，望着女童子敬呈上来的茶盅，陆文宗还在暗中寻思。这许多年，虽说和侯伯泰同住在天津卫，可是人家侯大人是闲人，自己是个浊人，两厢从来没有往来，自己没什么事要求侯大人提携，侯大人也没什么吩咐要自己去办，活赛是武大郎见皇上，咱们爷们儿不是一路货。

“文宗客居天津多年，未敢造次冒失给侯大人请安，还望侯大人原谅。”陆文宗背书一般地诵念早就准备下的台词。

“哈哈哈！”侯伯泰笑了，笑得那么开朗，又笑得那样天真，明明是一个没有城府的和善老人。“一天到晚瞎忙，也想不起来见见各位富商巨贾，我不做买卖，生意道上的事一窍不通，我若是开商号呀，连这把胡子都得赔进去。”

“侯大人一生是富贵，自不必像我们这样支撑着门面吃苦受累。”陆文宗忙恭维着说，脸上赔着笑意。

“也是，也是。”侯伯泰捋捋胡子表示赞同，“该操多大的心呀。市面上没人跟贵号找麻烦吧？有什么难处找我，官面上、青门、红门、租界地，咱还都有点面子。”

“唉，别提了。”陆文宗提起伤心事，深深地叹息了一声，“这不是吗，平白无故地搅进了一场官司。”

“有人琢磨你？”侯伯泰立即面带愠色地向陆文宗询问。

“唉，全是莫须有，莫须有，三个月之前，本号请来了一位总账，人呢，倒是精明，一手的好字，账面上也清楚……”

“行了，行了，你别说了，说了我也记不住，”侯伯泰从来不听别人讲述事件端倪，更不问原因结果，“这么说吧，是不是归了官面儿？进了法院？”

“都开庭审过一次了。”陆文宗的语调里带着三分的哭腔。

“哪位法官主审？”侯伯泰询问。

“大法官董方。”陆文宗回答。

“唉，董方，老年兄呀！”侯伯泰一拍桌子笑了，“我的先父和他的老爹同在朝里当差，我的先祖父和他的爷爷是同年同科的进士，我们两个从小一块儿斗蛐蛐。后来英国公使来天津物色一个人去剑桥学法律，先是选中了我，我不愿意学洋文,这才让给了他。若不,如今我就是大法官了,该多累人呀!"

"既然侯大人与大法官是莫逆……"陆文宗站起身来深深地向侯伯泰施了个大礼,随之他就要讨人情去大法官门下通融。

"坐下,坐下。"侯伯泰让陆文宗坐好,这才又优哉游哉地往下说,"这种事有这么几个办法,陆老板,你听着呀……"

"文宗聆教,文宗聆教。"

"痛快法子,把那个缠事的东西打出公堂,判他诬告好人,罚他个十万八万的,让他倾家荡产……"

"那只是个穷妇人。"陆文宗忙解释说。

"就是呀,没什么油水。再一个法子哩,我这么说,你自己估摸着合适不合适。案子咱把它挂起来,一不判二不审,隔些日月开次庭,维持着热闹……"

"这,有什么好处呢?"陆文宗不解。

"哎呀,唯有表面上热热闹闹,扑朔迷离,暗地里才能做大生意呀!"侯伯泰身子向陆文宗靠近了一些,声音也低了下来。

"生意?什么生意?"陆文宗的眼睛亮了。

"自然是买颜料了,买军火,就找不到陆老板门下了。"侯伯泰故弄玄虚地眯缝着眼,嘴角细细地挂一丝笑意。

"发财啦,陆老板发财啦,货是有多少对方买多少,价钱由陆老板开,一概是黄金付款。"

"有这等事?"陆文宗扶着八仙桌站起来。

"这就是打官司的好处呀!"侯伯泰将陆文宗又按在座椅上,"人家买主说陆老板如今正吃官司,生意上不会惹人注意,而且报上还登了广告,专营西洋货,所以这才找到我头上,说要我一定帮这个忙,管这桩闲事。"

"买主是谁?"陆文宗问。

"满洲国!"

"啊!"陆文宗一声惊呼。

"满洲国出面,货送日本国。"

"倭寇?!"陆文宗冷不防质问。

“哈哈哈，那是朱元璋时候的老话了。”侯伯泰挥了挥手说着，“如今叫日军，这话你可千万别往外传，不出一年二载，日军就要进关，天津卫这面青天白日满地红的大旗也挂不成几日了，及早做打算，财神爷敲门了，陆老板，千载难逢的好时机呀，哈哈哈……”

复庭。

大法官董方依然正襟危坐，但看得出来，精气神不如以先了。目光中既没有对弱者的同情，更没有对邪恶的仇恨，懈懈怠怠，明明他是在磨，在耗，在拖。

无关痛痒，他先向原告俞秋娘提几个问题，你丈夫既是被逼自尽何以没有写绝命书。俞秋娘回答说，俺汉子是个刚强人，有千言万语也沤烂在心里。随之大法官又向被告陆文宗提了几个问题，乐无由离开隆兴颜料局之前，有没有说过什么绝情的话？陆文宗回答说，他走就走了，临走时只嫌灶上做的饺子没搁香油。庭讯结束，双方律师开始辩护。

“女士们、先生们，世上什么事情最痛苦？世上又什么事情最幸福？失去幸福的人对幸福渴求得会更炽烈，而陷于痛苦的人不敢奢求幸福才是最大的痛苦……”有分教，这叫乌烟瘴气法，放烟幕弹，说废话，东拉西扯，满嘴食火，什么光阴似箭、日月如梭，什么天有不测风云，人有旦夕祸福……呵息，旁听席上人们开始打哈欠。没意思，没劲，人们伸伸懒腰无精打采地走了，走来走去连一个人影也不见了。大律师袁渊圆还在滔滔不绝地讲着，讲得满嘴冒白沫，讲得天昏地暗，讲得语无伦次。原告席上俞秋娘也打起瞌睡，身子摇了一下，脑袋险些碰在木椅背上，掏出粉红帕子揉揉眼睛，再努力装出一副思夫的痛不欲生模样。

“啪”的一声，严而信没好气地合上笔记本，将钢笔揣进衣袋里，顺手捡起礼帽，他也悄悄地离开了记者席。

十

上当了，被人“玩”了！

严而信气急败坏地跑回报馆，点燃一支香烟，一屁股跌坐在藤椅里。

及早抽身，倘若《晨报》再纠缠在这场人命官司里，最终必落个赔了夫人又折兵。细想起来，尽管这一阵报纸的印数上去了，也多揽了些广告，但读者、广告户原指望这场人命官司会打个水落石出，或是诬告栽赃，或是逼人致死，是非善恶要最终有个分明，恶有恶报，善有善报，人们要在心理上得到一些满足。但如今，人家明明是人命官司不急不慢地打着，而卖国交易又暗里紧锣密鼓地干着，什么陆文宗、袁渊圆、大法官、大闲人，他们沆瀣一气，合伙要把傻老百姓。

仗义执言吗？严而信才没有那份德行，他越寻思，越觉着自己不合算。为这场官司，他费尽了苦心，准备各项文书证件，制造乐无由和俞秋娘的夫妻合影，原指望大家伙一起靠缺德发财，大份小份，自己也能捡一份便宜。可是如今，陆文宗输不了，俞秋娘胜不了，谁想不打这场官司，大法官还饶不了，黏黏糊糊，一条线上拴一串蚂蚱，跑不了我，也蹦不了你，大家一齐缠着吧。自己不能再和他们缠了，一旦社会识破《晨报》挑起事端遮人耳目，暗中干政治投机，弄不好连老窝都要被人端了。

“严主笔。”兴冲冲，推开房门，闯进来了闲人苏鸿达，这一阵他举着烧饼照镜子——里边外边一起吃，很是得意，衣冠鞋帽，精气神，已然比过去强了不知多少倍。至少面上的饥色不见了，咳嗽一声，膛音洪亮，嘴里还总嚼着青果（橄榄），前几日一时高兴还镶颗金牙，这颗金牙镶的地方好，没镶在门牙上，是镶在上牙床的犬齿上，说话吃饭看不见，一笑便显露出来了，很是增了几分人品。

跑惯了晨报馆，苏鸿达已是随随便便，不等严而信让，自己先抓起一只杯子来倒茶喝。严而信用白眼珠子翻了一眼，他没觉出来，又一屁股坐在藤椅子上，随后抽来份文稿，没头没脑地乱看。

“你放下。”严而信从苏鸿达手里将文稿夺过来，气势汹汹地抢白苏鸿达。

“咦，这是嘛意思？没做好梦？”苏鸿达歪着脑袋似笑不笑地望着严而信，目光中带着几分诡谲。

“这里是编辑处，不可玩笑。”严而信板着面孔冷冷地说，“以后苏先生再有什么事，请在门房稍候片刻。”

“咦，跟我假正经。”苏鸿达嬉皮笑脸地打趣，“这一阵咱俩人可一起玩过不少地方，谁是嘛变的，可是全瞒不了人。”

严而信不理睬苏鸿达的耍贱，埋头只忙着处理文稿，把苏鸿达冷在了一旁。稍稍地，苏鸿达觉着不是滋味了，他将水杯在手心里转着，疑疑惑惑地问道：

“莫非，这场官司俞秋娘输了？”

“不知道。”严而信头也不抬地回答。

“大律师袁渊圆辩护得好卖力呀！对了，那天休庭时，我找你，你也不知溜哪儿去了，大律师的辩护词文稿在我这儿，他吩咐我交给你，在报上登登。”说着，苏鸿达就掏衣袋。

“我要赶着去采访，苏先生自便吧。”严而信站起来就往外走，手里拿着锁头，示意苏鸿达，他要锁门。

“你这是往外撵我呀！”苏鸿达似是有些明白了，他一把拉住严而信，面对面地询问，“昨天还热热闹闹地忙乎，一夜的工夫吃错了药，这官司不打了？准是你得够了便宜，可是两头答应我的好处，我还一点儿也没见着呢。你们抽身不玩了，把我干在岸儿上，两头的不是全落在我一个人的头上？不行，有话咱得说明白。天津卫你也扫听扫听（打听打听），玩人，休想玩到我头上！没点根基，咱也不敢在这码头戳着，没两下子，这几年早让人宰了。苏二爷全须全尾，人模狗样，走在街上人们爷、爷地唤着，回到家里邻居们点头哈腰地敬着，天津卫讲话，够板！是大老爷们儿，不做老娘们儿活，不做没屁眼子的事，明来明去，玩的是真刀真枪。姓严的，你听好了，谁不让我痛快，我不让谁痛快，铁拐李把眼挤，你糊弄我我糊弄你。合伙捏窝窝，大家伙全是正人君子；撕破脸皮，全他妈王八蛋。光脚的不怕穿鞋的，我一没有字号，二没有报馆。光眼子上街不寒碜，没有我说不出口的话，没有我做不出来的事！有人夸我脸皮儿薄，有人骂我脸皮儿厚，姓严的，实情告诉你吧，脸皮儿这玩意儿，压根儿我就没有！”

就在苏鸿达放泼的时候，严而信一使劲，早将他从屋里推了出来。“当”的一声，严而信把房门锁好，没有和苏鸿达打招呼，回转身去，一溜烟，严而信跑走了。

“袁先生好。”严而信一溜烟跑到袁渊圆律师事务所，见到大律师，关上房门，打开笔记本，他做好了采访的准备。

袁渊圆打了个冷战，平日严而信采访自己，张口闭口称大律师，今天他只称先生，说不定其中有诈。

“严先生好。”袁渊圆冷冷地答应着。

“近来……”严而信把声音拉得细长，目光中闪动着一种挑逗、凌厉，却又莫测,"近来社会上传言,说有人为天津政界和满洲国拉皮条,不日之内,可能要有华北独立运动。本埠几位贤达于此颇有微词,以为这位掮客于国难之时押大赌注,怕是凶多吉少。"

咕咚一声,袁渊圆跌坐在了沙发上,他全身哆嗦一下,又努力想镇定自己,掏出手帕拭拭额头,深吸一口气,取出雪茄,取出火柴,低头看见了火柴盒上刺目的"旭"字,又似被蝎子蜇了一般,忙把火柴盒抛开,又将雪茄扔在桌上。

"痛快、痛快!"终于,袁渊圆一拍巴掌,对于严而信的单刀直入表示赞赏,"想来严主笔已是拟好文稿了。"

严而信不点头,不摇头,撩撩眼皮,酸溜溜地望着袁渊圆。

"卖多少钱?"袁渊圆怒目反问。

"我想先知道这位掮客得了多少便宜?"

"果然是行家里手,不说外行话。"袁渊圆站起身来在屋内踱步,连连地点头表示佩服,"多少,总得有些蛛丝马迹吧。"

"第一,原湖南督军为做生意突然南下,"严而信扳着指头回答,"第二,侯伯泰突然去车站迎接王占元返津;第三,大律师大发善心受理了一桩无头公案;第四,办案期间大律师一连五天失踪;第五,回津后大律师点雪茄用旭牌火柴;第六,有人发现隆兴颜料局大宗存货外运包头,转道去满洲国;第七,有一卷立轴近日敬悉在满洲国总理大臣郑孝胥的客厅里出现,这卷立轴集唐人句:黄昏鼓角似边州,客散红亭雨未收。天涯静处无征战,青山万里一孤舟……"

"佩服,佩服!"袁渊圆终于心服口服了。"这样吧,我代严主笔去找这位掮客,一手交钱,一手交货,五万块钱,严主笔肯不肯迁出天津,荷锄归田,从此坐享荣华富贵?"

"钱一到手,我立即买船票南下香港。"

"好,一言为定!"

"一言为定!"

"崴了,崴了,崴了大泥啦!"失魂落魄,一阵急急令,快如风,大律师袁渊圆跑到侯伯泰府上。进得门来,满头大汗,急得嘴巴直哆嗦,抖着双手,半天没说出话来。

"大律师这是怎么了,火烧了眉毛也不至于急成这个样子呀! 天津卫,咱还有犯愁的事吗？快用茶，稳住精神慢慢地讲。”侯伯泰吩咐女童子为大律师单泡了一杯极品老君眉，一股幽幽的清香，果然令人心旷神怡。

“侯大人，走了风声了。”呼哧了好一阵时间，袁渊圆这才安静下来，面带惊恐神色，将严而信找他敲竹杠事一五一十地向侯伯泰做了陈述。绘声绘色，他将严而信一副狰狞面孔说得好不怕人！“文章我看了，大题目是：瞒天过海人命官司打得难解难分；暗度陈仓秘密交易做得热火朝天。他一口价要到五万元，这小子胃口太大了！我就担心这小子日后钱挥霍光了再来敲竹杠。这可不是好玩的，天津多少军政要人的名声要紧呀，侯大人，您老不可袖手呀！”

“摆宴。”侯伯泰一声吩咐，早有仆佣在外面连声答应。

“我什么也吃不下了，侯大人，此事不可儿戏，一旦他把文章登在报上……”袁渊圆依然急得团团转，眼窝红红的，泪珠都快涌出来了。

“有嘛事也得吃了饭再说呀。”侯伯泰拉着袁渊圆就要往客厅走，“今天你来巧了，总统大人赏下来的南洋大翅，我吩咐下的菜单：诗礼银杏、一品海参、福寿燕窝、绣球鱼翅，最后是日本的金钱原汁鲍鱼，不可多得，不可多得呀！”

“侯大人，我吃不下。”袁渊圆确实是一点胃口也没有，一块重石压在心上，他哪里有心思去品尝什么美味佳肴呢？

“放心吧，天塌不下来。走，客厅里还有位客人，该已经入席了。”

“您老有客人，我更不便陪席了。”袁渊圆使劲地往后缩。

“唉，不是外人，隆兴颜料局的掌柜，陆文宗。”

“啊！”袁渊圆打了个冷战，冤家路窄，今天一对仇人竟要在这里相逢了。“侯大人，侯大人，您老高抬贵手，这位陆文宗我是绝对不能见的，他见到我，还不得咬我一口呀！”

“他咬你干嘛？谢你还谢不完呢！你不和他打官司，他何以会发财？哈哈哈，大律师，你真是明白一世，糊涂一时呀，翻手为云，覆手为雨，这普天之下，不就靠几个英雄好汉折腾吗？什么恩呀怨呀，不刮风下雨，地里能长庄稼吗？前方陈兵布阵，杀得你死我活；后方称兄道弟，合伙发财分钱的事多着哩，这么大学问，你怎么也犯起傻来了……”

哈哈哈，哈哈哈。

侯伯泰终于把袁渊圆逗得开怀大笑了。

哈哈哈哈!

严而信果然得了五万元大洋,发了停刊声明,关闭了晨报馆,他买了一张船票南下香港。

他乘坐的是一艘日本客轮:八木丸号。租的是特等舱,只住他一个人。五万元大洋早换成期票,锁在手提保险箱里。他不与任何人接触,一日三餐只由侍应生送进舱来。离港二日,船驶在太平洋上,一日傍晚两名侍应生依然恭恭敬敬地侍候着严而信用餐,喝了半瓶法国白兰地,吃了一只烤龙虾,用了一份法式烩牡蛎。酒足饭饱之后,严而信点上一支吕宋烟,优哉游哉地望着两个侍应生收拾餐具。餐具收拾完之后,两个侍应生先向着严而信深深地鞠个大躬,随之说声对不起,于是便取出一个大麻袋,三下两下便将严而信装在了麻袋里,然后又在麻袋上系上块大石头,一二三,趁着海浪的一个颠簸,便把装着《晨报》主笔严而信先生的大麻袋扔到海里去了。

呜呼哀哉,一代“名记”,就此销声匿迹了。

苏鸿达哩?苏鸿达没去找任何一方敲竹杠,他还等着复庭打官司呢。不知怎么的,他忽然发现《晨报》买不到了,因为和严而信怄着气,他没去晨报馆询问。无事,他便依然在大街上闲遛。

时间已是前晌十点,天津卫半城闲人纷纷上街闲逛,有找饭吃的,有看热闹的,有瞎撞的,更有想出来跟着起哄的。人头攒动之中,苏鸿达来到天津卫最热闹的所在——南市大街街口,正巧两个报童迎面走来,苏鸿达大声唤住了他:“来份《晨报》。”说着,苏鸿达往口袋里掏零钱。

“没有。”报童不多做解释,只答应一声便侧身走过去了。

“这位二爷要看《晨报》?”应声,一个三十几岁的汉子走近来,极有礼貌地询问。

“看惯了《晨报》,这两天没看着,心里还真烦闷,也不知那场人命官司打得怎么样了。”苏鸿达也极有礼貌地回答。

“二爷随我来。”陌生汉子心诚意实地要领着苏鸿达去买《晨报》,苏鸿达自然紧紧地在后面追随而去。走出南市大街街口,绕进一个小胡同,没有一袋烟时辰，苏鸿达便又从那条小胡同里出来了。

我的天爷，出来时的苏鸿达可是和进去时再不一样了。苏二爷的马褂没了，长衫没了，礼帽没了，千层底圆口布鞋没了，丝线洋袜子没了，内衣小褂没了，裤头子没了，赤光光，白条条，一丝不挂的大光腚苏鸿达，被人从小胡同里给推了出来。

“我的天呀！”苏鸿达一手护着前，一手捂后，面向着墙壁，紧紧地蹲下来，身子缩成一团，脑袋低得夹在一对膝盖当中，臊得连后背都赤红赤红的。

“咦，这位爷这是怎么了？”呼啦啦，围上来几百位闲人，说东道西，人们围观这场千载难逢的热闹。

“马路洗澡！”闲人某甲一语惊人，逗得众人放声大笑。

“嘘——”在场的也有明白人，闲人某乙止住众人的笑声，极是严肃地对大家解释说，“这必是一桩闲事没管好，得罪了有权势的要人。这叫寒碜寒碜。认便宜吧，一不要人命，二不伤筋骨，三不吃皮肉之苦，就是让他在太阳地里晒晒私处，过过风，改过自新吧，往后要少管闲事。”

“好心的爷们儿呀，积德行善，您老赏我块布头，我好遮住身子回家呀！”苏鸿达苦苦哀求，那神态，那声音也着实透着可怜。

“哎，闲事管不得呀！”看热闹的人只在一旁评说，就是没有人肯舍给苏鸿达一件衣服，众目睽睽，真不知苏鸿达要晒到几时。

一九三七年七月七日，日军在华北发动卢沟桥事变。未及几日，日本占领天津，从此天津百万民众沦陷于军国主义占领军的铁蹄之下。

同年九月，天津建立为特别市，大法官董方依然继任大法官，大律师袁渊圆依然是大律师，隆兴颜料局生意更加兴隆，天津闲人侯伯泰依然是天津第一闲人。

至于那场官司呢？自然也就了结了。侯伯泰大人行善举，给了俞秋娘一千元大洋，令她回乡守节去了。为此，侯伯泰府上又由众人敬献了一方善匾，那匾上刻的四个大字是：佑我一方。

矣焉哉，往矣！

（全文完）

第三节　文化规训与个体的现实生存

——肖克凡《天津俗人》文本分析[①]

不学问，无正义，以富利为隆，是俗人者也。[②]

——《荀子·儒效》

人创造了文化，文化对人的生存具有重要意义，诚如卡西尔《人论》所言："作为一个整体的人类文化，可以被称之为人不断自我解放的历程。语言、艺术、宗教、科学，是这个历程中的不同阶段。在所有这些阶段中，人都发现并且证实了一种新的力量——建设一个人自己的世界、一个'理想'的世界的力量。"[③]人通过文化创造不断解放自身，文化财富提供给人种种生存上的优越，其中既有物质上的快捷便利，又有精神上的幸福愉悦。然而，文化也给人提出了种种规训和框定——为着人自身的完善、人的世界的完善。这种规训和框定或是以道德、法律上的否定式出现，或表现为"理想人格""理想的生存态势"。文化规训之于人类整体具有无比积极的意义。但是，具体到单个的人，情况就变得复杂，肖克凡的小说《天津俗人》对此有着深刻的挖掘和展示。

---

① 肖克凡(1953～)，天津人，天津作家协会专业作家。著有长篇小说《鼠年》《原址》《都市上空的爱情》《尴尬英雄》《浮桥》等，小说集《黑色部落》《赌者》《人间城郭》《蓝色鸟》等，散文集《镜中的你和我》《我的少年王朝》等。

② (唐)杨倞注:《荀子》，上海:上海古籍出版社，2014. 第 79 页。

③ [德]恩斯特·卡西尔:《人论》，甘阳译，北京:西苑出版社，2003. 第 231 页。

一、传统文化指向知识分子的“不俗”规训

《天津俗人》是关于流落到底层的知识分子李菊五的悲剧故事。李菊五悲剧的根源在于他对中国传统文化中指向文人的“不俗”规训的坚定持守。

传统文化在人的品评上崇尚“不俗”，以“不俗”为美、以“不俗”为高。传统文化对“不俗”的期许和标倡遍及人的各个方面。在人的品格、德操方面，“不俗”被认为至高至美。德操上的“不俗”有两种含义。一种含义是不慕名利，保持自我品格的洁清。隐士是这种不俗的代表人群。隐士有其才德，但是怀抱高士情怀不肯为世俗玷污故而隐居不仕，其德操广受赞誉，如陶渊明不为五斗米折腰归隐故园，被后人称扬、景仰；再如《历代名画记》称东晋（刘）宋时大画家戴逵和他的儿子戴勃、戴颙：“一门隐遁，高风振于晋、（刘）宋。”①德操上的不俗，第二种含义与民族大义相关涉，黄庭坚言：“临大节而不可夺，此不俗人也。”②以天下为先、涉及民族大义宁可亡其身，这种不俗位居德操不俗的制高点，史上有诸多典范。如伯夷。武王克商后，商王之子尚受周封，伯夷却耻食周粟，饿死首阳山，屈原尊其为“圣”，赞他“夫清白以死直”③；奉伯夷为楷模的屈原，被楚怀王猜忌罢黜后，尽可似其他士大夫一样去往他国，以其“博闻强志、明于治乱、娴于辞令”的才能不愁无人重用④，然而，屈原眷顾楚国，最终自沉汨罗江。屈原的志行让诸多士子感慨崇敬，贾谊过湘水，投书凭吊屈原；太史公观屈原自沉之水，思想垂涕。

除了品格、德操上的“不俗”，传统文化还溢美人能力水平上的“不俗”。《司马子长报任少卿书》：“然此可为智者道，难为俗人言也。”⑤黄庭坚《书赠愈清老》：“陶渊明云：‘此中有真意，欲辩已忘言’，真处盖可为知者道，难为俗人言

---

① （唐）张彦远著，俞建华注释：《历代名画记》，上海：上海人民美术出版社，1964. 第 125 页。

② （北宋）黄庭坚：《书嵇叔夜诗与侄榎》，引自刘琳、李勇先等校点：《黄庭坚全集》，第三册，成都：四川大学出版社，2001. 第 1562 页。

③ （南宋）朱熹：《楚辞集注》，上海：上海古籍出版社，2001. 第 13 页。

④ （西汉）司马迁：《史记・屈原贾生列传》，北京：中华书局，2006. 第 505 页。

⑤ （南朝）萧统编、李善注：《昭明文选》，第五册，上海：上海古籍出版社，1986. 第 1866 页。

也。"[①]有智慧,有性情,能为常人不能为,体悟万物之道,达于宇宙幽微处、深广处,至于"奇"甚至是"神",能力水平上的不俗者非凡夫俗子所能企及。

传统文化对不俗的崇尚发展到极致,便是个人的形容样貌、生活习惯以至各种生活细节等皆以不俗为美。《后汉书·张衡传》:"(衡)常从容淡静,不好交接俗人。"[②]交接权贵、为名利蝇营狗苟向来为人不齿,似张衡这样在形容样貌、人际交往上表现得不俗者,受到普遍肯定。居住环境、使用的器具,古人在保证其实用性的前提下,也力求其精致有雅趣。如"梅绕平台,竹藏幽院,柳护朱楼,海棠依阁,木犀匝庭。牡丹对书斋,藤花蔽绣阁,绣球傍亭,绯桃照池,香草漫山,梧桐覆井,荼蘼隐竹屏,秋色倚栏杆,百合仰拳石,秋萝亚曲阶,芭蕉障文窗,蔷薇窥疏帘,合欢俯锦帏,柽花媚纱槅"[③],这等幽雅娴静的所在被古之文人士子视为理想的居所。居所中梅、竹、梧桐等在传统文化中皆非俗物,以此装饰居所,含蕴着居住者对于不俗的期许。东坡云:"宁可食无肉,不可使居无竹。无肉令人瘦,无竹令人俗。人瘦尚可肥,士俗不可医。"[④]黄庭坚《寄题安福李令爱竹堂》:"渊明喜种菊,子猷喜种竹,托物虽自殊,心期俱不俗……人言爱竹有何好,此中难为俗人道。"[⑤]难为俗人道者其实不难道出,对竹、菊的喜好在于它们颇具人格象征意义的特殊文化赋义。譬如菊,在中国文化中菊被称为"花中君子""花中隐士",它淡雅、清心傲骨,因为菊花的这种文化赋义,文人志士赞菊、爱菊,以菊自譬,陶渊明《和郭主簿》:"芳菊开林耀,青松冠岩列。怀此贞秀姿,卓为霜下杰。"[⑥]元稹:"不是花中偏爱菊,此花开尽更无花。"[⑦]朱淑贞《菊花》:"土花能白又能红,晚节犹能爱此工。宁可抱香枝头老,不随黄叶舞秋风。"[⑧]

---

① (北宋)黄庭坚:《书嵇叔夜诗与侄榎》,引自刘琳、李勇先等校点:《黄庭坚全集》,第三册,成都:四川大学出版社,2001. 第 654 页。

② 《后汉书》卷八九,文渊阁《四库全书》本。

③ (清)朱锡绶:《幽梦续影》,引自潘祖荫编:《滂喜斋丛书》,第四函第三册,清吴县潘氏八喜斋刻本。

④ (北宋)苏轼:《于潜僧绿筠轩》,《东坡集》卷四,文渊阁《四库全书》本。

⑤ (南宋)黄庭坚:《寄题安福李令爱竹堂》,《山谷集》外集卷四,文渊阁《四库全书》本。

⑥ (东晋)陶渊明:《和郭主簿二首》之二,引自逯钦立校注:《陶渊明集》,北京:中华书局,1979. 第 61 页。

⑦ (唐)元稹:《菊花》,《全唐诗》卷四一一。

⑧ (南宋)朱淑贞:《菊花》,《御定佩文斋广群芳谱》卷五一,文渊阁《四库全书》本。

从品格能力到生活喜好，传统文化都表现出对不俗的热烈崇尚。值得注意的是，这种不俗崇尚有特殊的人群指向。《荀子·儒效》：“不学问，无正义，以富利为隆，是俗人者也。”[①]在俗人的界定中，荀子将“不学问”列在第一位。又：“有俗人者，有俗儒者，有雅儒者，有大儒者。”[②]这段文字中，人被分为两大群体：“俗人”与“儒”。虽然儒者中有俗儒，但是“俗人”便是俗人，不俗者出自儒。《荀子》关于人的俗与不俗的划分代表了传统文化的基本倾向。俗，依据其风俗、习俗等义，作为风俗习惯的载体的一般民众成为俗人当然而又必然的代表。与俗人有清楚界分的文人儒者，尽管其中有俗者，这俗者也高于一般民众，如《荀子·儒效》所言：“人主用俗人则万乘之国亡，用俗儒则万乘之国存，用雅儒则千乘之国安，用大儒则百里之地久。而后三年天下为一，诸侯为臣，用万乘之国则举错而定，一朝而伯。”[③]不俗的人一定出自文人士子群体，文人士子群体是四民之首，其品格、能力皆高于俗人，这便是传统文化关于人“俗”与“不俗”的区分和认识。

“文人不俗”，这个文化规训展开来说，是无论在何种人生境地，文人士子都不应该同于俗众，正所谓“士生于世，可以百为，唯不可俗，俗便不可医也”[④]。在传统文化中能够寻到各种境况中文人应保持不俗的训诫。《老子》：“甘其食，美其服，安其居，乐其俗。”[⑤]《庄子·山木》：“入其俗，从其俗。”[⑥]流落到俗人社会中的文人士子，可以入俗、从俗、乐俗，但是绝对不可以变性于俗，《庄子·缮性》：“不为轩冕肆志，不为穷约趋俗。”[⑦]郭庆藩疏：“轩，车也。冕，冠也。”[⑧]“肆，申也。趋，竞也。”[⑨]不应为名利富贵或是穷迴的个人状况失性于俗。“丧己于物，失性于俗者，谓之倒置之民。”[⑩]“不俗”是文人应有的操行，“士志于道”；“士不可

---

① （清）王先谦撰，沈啸寰、王星贤点校：《荀子集解》，北京：中华书局，1988. 第 138 页。

② （清）王先谦撰，沈啸寰、王星贤点校：《荀子集解》，北京：中华书局，1988. 第 138 页。

③ （清）王先谦撰，沈啸寰、王星贤点校：《荀子集解》，北京：中华书局，1988. 第 141 页。

④ （南宋）黄庭坚：《书嵇叔夜诗与侄榎》，引自刘琳、李勇先等校点：《黄庭坚全集》，第三册，成都：四川大学出版社，2001. 第 1562 页。

⑤ 朱谦之：《老子校释》，中华书局，2000. 第 306 页。

⑥ （清）郭庆藩撰、王孝鱼点校：《庄子集释》，北京：中华书局，1985. 第 698 页。

⑦ （清）郭庆藩撰，王孝鱼点校：《庄子集释》，北京：中华书局，1985. 第 558 页。

⑧ （清）郭庆藩撰，王孝鱼点校：《庄子集释》，北京：中华书局，1985. 第 558 页。

⑨ （清）郭庆藩撰，王孝鱼点校：《庄子集释》，北京：中华书局，1985. 第 559 页。

⑩ （清）郭庆藩撰，王孝鱼点校：《庄子集释》，北京：中华书局，1985. 第 558 页。

以不弘毅，任重而道远”；“达则兼济天下，穷则独善其身”，儒家要求文人士子修身向道，其重要内容之一就是要有德操，可为世人的表率，能驭俗、化俗。

传统文化“文人不俗”的框定和训诫被文人认同、接受，他们高度肯定“不俗”，将其作为人格修养、生存方式的理想境界；对于历史上的诸多不俗典范，即便不能至，也会心向往之。《天津俗人》中的李菊五作为一个文人就无限向往“不俗”，只是他的向往并没有使他成为一个令人景仰的雅人高士，反而酿成了他人生的悲剧。

二、“不俗”向往与滑稽人生

李菊五无限向往不俗，这种向往源于传统文化的濡染。李菊五是个文人，虽然接受了新式教育（北洋大学肄业，精通日语），但是传统文化对他的濡染更深。他的字在颜柳之间；左手执笔以变体小楷冒充津西才女给专门把知识女性作为猎艳目标的资深记者吴朗夫写信，骗得吴热情回信并在信中约他见面。

李菊五有着强烈的脱俗渴望，但是，其不俗渴望与他的现实人生存在莫大距离。传统文化中的“不俗”，或表现为出奇的能力，或表现为至洁至烈的品格，抑或表现为优雅的情趣。作为一个只能在底层社会讨生活的落魄文人，穷迥的人生境况使李菊五不能过精致、富于闲情雅趣的生活；身处底层社会，为着生存，李菊五不得不屈服于市井混混的暴力威压，洁清、傲然等不俗的品格只能在一定限度内偶然有所流露；至于能力，李菊五变戏法的水平达到了出神入化，但这些不在传统文化的“不俗”范畴当中，奇才高士做的是治国富民的大事，变戏法是俗人俗事。李菊五的现实人生完全是“俗”性生活。至俗的现实与脱俗的渴望遭遇到一起，铸就了李菊五极具典型性的人生。

以知晓奚正树的真实身份为界，李菊五的人生可以划分成两个阶段。第一个阶段，李菊五认为自己不俗，他的脱俗渴望主要表现为希望赢得不俗之名。然而，现实使他只能通过欺骗的方式获得他不同于其他人的评价。例如预报天气。在气象学不发达的时代，各种气象状况都被理解为上天的意志。风调雨顺，意味政治清明、社会和顺；天有异兆，表明上天对人的行为动怒，要施行某种惩戒。

天,带有"神性",能够预知天的动向即预报天气意味着能够"交通神明",非凡夫俗子所能为,李菊五对这种文化心理自然很清楚,他不仅预报天气,而且利用自己对天气的"预知"帮助卖锅巴菜的张十三发了一笔小财。再如井台垂钓。井台垂钓本是李菊五为生计所迫与饭店老板、小报记者联手导演的一个骗局,但是李菊五在骗局中做出一副世外高人的模样。垂钓时候一心一意、静若虚谷;钓上鱼之后,对于督军的赏赐,无动于衷,全然一副"隐士风度"。

预报天气、井台垂钓让人们对李菊五刮目相看。但是,李菊五的内心却因此陷入矛盾。人们视他为高人的时候,他总是声明自己只是个凡夫俗子。这个声明意味颇多:有提醒的意思,他并不是与一般俗众一样的凡夫俗子,他能做他们不能做的;有澄清的意思,预报天气是借助电台的天气预报,井台垂钓是戏法,鸟听他的话是因为他年轻的时候玩鸟,会驯鸟,都不是他真的有出奇的能力。两种相反的意思交杂在一起,使得每种意思都含糊不清,而正是这种含糊不清表明李菊五内心的矛盾:一方面,他向往不俗,渴望成为世人眼中的不俗之人;另一方面,他不俗的愿望无法真正在现实中实现,所有被认为不一般的行为都并非真的能力超常,不了解真情的人们言行中表露出对他不一般的评价,虽然使李菊五获得了一些满足感、优越感,但更多的是自我否定。欺骗,为声名、利益欺骗,都与不俗完全相悖。

脱俗的努力使李菊五的内心陷入矛盾,矛盾的心理外化到言行当中,使他成为世人眼中另类、滑稽的人。井台垂钓事件中,小说有这样一段:"李菊五知道应当出场了,他披着黑色棉袍,眯缝着左眼走出屋门。他的出现引起一片欢呼。李菊五看见人群里站着几个小报记者,立即打着哈欠说,大家别闹哄,我只是一个凡夫俗子。他这句话引来哄然大笑。身材高大的辛本财说,李五爷您除了这句话,还会说别的吗?李菊五并不介意,颇为认真说道,我真的只是一个凡夫俗子。这时候,屋里那只巧嘴八哥儿突然说了话:凡夫,俗子!凡夫,俗子!人们再度哄然大笑。"①李菊五从井中钓上鱼,著名记者吴朗夫不服,要代为垂钓。结果吴朗

---

① 肖克凡:《天津俗人》,引自《人间城郭——肖克凡津味小说精选》,天津:百花文艺出版社,2005.第28－29页。

夫失败，大家又请来李菊五，于是出现了上面的场景。人们请来他表明已经认可偌大天津卫只有李菊五能够在井中钓上鱼。然而，当李菊五声明自己只是个凡夫俗子的时候，人们哄然大笑。可见，纵然人们认为李菊五能为他们所不能为，但是在他们心中，他也不是让人敬仰的奇士高人，因为他们对于人俗还是不俗有个宿命论式的认定："奇人做了俗事，你还是奇人；俗人做了奇事，你还是俗人。"①李菊五纵然做了奇事，可还是一个俗人，他们对于李菊五丝毫没有不俗的感觉和认定，李菊五却认真声明自己只是个凡夫俗子，其举动自然会显得非常滑稽可笑。

脱俗的渴望遭遇到落魄的现实，所有向着不俗的努力都没有显示出正面的力量：李菊五内心矛盾，世人看他另类滑稽，这便是李菊五第一阶段的人生，这种人生显然极具典型性、代表性。当李菊五知道与自己完全没有利益瓜葛、颇有些知己相惜的奚正树的真实身份后，李菊五的内心和人生都发生了突变。小说在俗与不俗的主题下，运用对称法展示出现实人生中"他者"对于个体的强大作用力。

三、"他者"威压与不俗之咒

俄国形式主义文论家维克托·什克洛夫斯基探讨故事和小说的结构，指出小说存在一种对称结构。他举例，列夫·托尔斯泰探讨死的主题，为表明这个主题而引申出贵夫人之死、农夫之死和树木之死。什克洛夫斯基："托尔斯泰对称法较为复杂的情况，就是他的小说里的出场人物彼此对称，或者一群出场人物同另一群人物对称。"②《天津俗人》从开篇直至结束都运用了这种对称法，日本人西村正树（在中国化名奚正树）与李菊五是鲜明对称的人物。

在"俗与不俗"主题下，李菊五与奚正树的对称突出表现为比较和衡量。这

---

① 肖克凡：《天津俗人》，引自《人间城郭——肖克凡津味小说精选》，天津：百花文艺出版社，2005. 第2页。

② ［俄］维克托·什克洛夫斯基：《故事和小说的结构》，引自《俄国形式主义文论选》，方珊等译，北京：生活·读书·新知三联书店，1992. 第22页。

种比较和衡量首先是在俗人代表张十三眼中。张十三是卖锅巴菜的小贩，在吃锅巴菜这一日常行为上，张十三对李菊五和奚正树做了从外到内的比较。在外在样貌上，李菊五给张十三的感觉是既庄严又滑稽；形单影孤在南市游荡多年的奚正树，“身上总是透出一股难以察觉出的风度”①。锅巴菜是粗食，李菊五吃锅巴菜吃得有滋有味，洒落在桌上的芝麻，他“一个接一个捏起来放在嘴里嚼着”，一副回味无穷的样子；奚正树则不然，他“勉强吃着锅巴菜，似乎是消化不良”。吃饭付钱上，李菊五惯于赊欠，而且煞有介事地摆出赊欠的道理，一副燕雀不知鸿鹄之志的高人姿态，让良善的张十三倍感无奈；奚正树则总是现金付账，付账后还总要讨一碗清水漱口。在张十三的眼中，同为布衣寒士的李菊五和奚正树，一个穷酸，一个则“规规矩矩绝不是冒牌的正人君子”②。

张十三鸡与鹤的比方以隐喻的形式表明了他对二人的总体评价。张十三认为李菊五是南市鹤群里的一只大鸡，奚正树是南市鸡群里的一只小鹤。在中国文化中，鹤是雅致祥瑞之鸟，史上梅妻鹤子传为佳话，鸡则是寻常俗物。以此譬喻人，则鹤自然是不俗之人的隐喻，鸡隐喻一般俗众。李菊五识文断字，按照传统文化中文人与俗人的界分，他的人群归属应该在不俗人当中。然而，李菊五的言行举止使张十三这等俗人看来，他就是一个俗人；奚正树落魄沉默，混迹南市这样下等民众聚集的地方，没人知道他的详细状况，看似与其他市井人等没有差别，但其行事风范使张十三认为他颇不俗。由此，张十三认为李菊五看似不俗实却大俗，奚正树看似是俗人却不俗。

俗人看奚正树不俗，李菊五对自己和奚正树也有衡量比较。不知道奚正树真实身份的时候，李菊五认为奚正树不同于那些俗人，颇有几分遇上知己的感觉，及至知道奚正树的真实身份后，奚正树在李菊五看来实在不俗，虽然这种判定带有因于民族利益的厌恶甚至是憎恨。根据中国文化中对于不俗的框定，奚正树绝对是个不俗的人。奚正树是日本人，对于他而言，国家大义便是日本民族

---

① 肖克凡：《天津俗人》，引自《人间城郭——肖克凡津味小说精选》，天津：百花文艺出版社，2005．第7页。

② 肖克凡：《天津俗人》，引自《人间城郭——肖克凡津味小说精选》，天津：百花文艺出版社，2005．第7页。

的利益。对于日本侵华,奚正树完全站在日本利益一边,鼓吹侵华战争,叫嚣日本新界就在中国大陆。为此,他的行动让人瞠目:变卖家私自费来到中国,成为谍报志愿者;扮成乞丐只身潜入旅顺口刺探情报被俄军抓获,逃脱后仍然不放弃;以旅行家身份全线踏勘中国东北地区,是日本发现俄国正在修建远东新兴城市哈尔滨第一人。在此之前日本朝野无人知晓松花江畔出现了一座大型城市。更为惊人的是,日俄战争期间他将旅顺要塞的地图纹在胸前,昼伏夜行爬回大连。完成任务之后他手持尖刀割去胸前皮肤把“地图”献给天皇陛下。为获取情报,奚正树在中国底层社会过着苦行僧般的生活,志愿者谍报生涯的花销巨大,他为此家财耗尽,一贫如洗。

了解奚正树真实身份和详细情况的李菊五,将自己与奚正树进行对比衡量,这种衡量使他改变了此前对自己的认定。在此之前,他在张十三等俗人面前表现出高姿态,充分说明他在内心中认为自己不俗。而今,对比奚正树,他认识到自己的“俗”。为了脱俗,李菊五做了几件“在芸芸众生眼里简直就是惊天动地的壮举”:施巧计治死混混王丰池,用日文给日本宪兵司令部岛田大佐写匿名信,指责“海河浮尸案”系日本特务所为,杀害华工罪恶滔天等。然而,对比奚正树的不俗之举,李菊五用尽力量做出的事情只不过是“小打小闹”。奚正树的不俗之举对他造成一种强大精神威压,小说写道:“李菊五知道自己是被一个影子给罩住了。”威压之下,李菊五终无法跳出不俗之咒得到解脱,抑郁而终。

没有跳脱出文人不俗的规训,李菊五最终以生命为殉。然而,即便以生命为殉,殉道者也没有实现毕生的期许,盖棺定论,李菊五终落得俗人之名。他自写墓志铭:“天津俗人李菊五之墓”。被李菊五认为不俗的西村正树家财耗尽后回到日本家乡撰写《天津志》,在第二十六章“天津民间人物录”里他将李菊五写了进去。关于李菊五的职业,西村正树写道:变戏法的。“变戏法的”毫无疑义属于俗人行列。至于李菊五周围的俗人们,更是从没有把他放到“不俗”之列。如此结局显然是殉道者的大悲哀,李菊五的人生最终以悲剧收场,而这不禁让人思索个体避免这种人生困境与悲剧的救赎之路。

四、无望的救赎

小说暗示了对于个体存在救赎功能的种种救赎力量，只是救赎力量在现实人生中扭曲变形根本失去了救赎功能。写有“色空”金字的黑扇子隐喻着现实人生中失却救赎功能的救赎力量。

“色空”是佛教教义的精义所在，《心经》有云：“色不异空，空不异色，色即是空，空即是色。”①在佛教教义中，“色”有多种含义，此处的“色”为“五蕴”（paãca－skandhāh，或称五阴、五聚、五众）中的色蕴。蕴，音译作塞健陀，是积聚、类别的意思。五蕴是类聚一切有为法的五种类别，具体为色蕴（rūpa－skandha）、受蕴（vedanā－skandha）、想蕴（samjñā－skandha）、行蕴（samskāra－skandha）、识蕴（vijñāna－skandha）。在印度哲学中，“法”具有义务、规定、正义、教导等多种意思，在佛学中，法的含义也并不单一。这里的“法”是一切事物的总称。“法”分有为法和无为法。“有为法”是因缘和合而成的一切世间法，指世间一切存有。五蕴作为有为法的总分大别，其中的色蕴指一切有形的物质。基于佛教对于存有的二分思维，色蕴更确切的所指是一切有形物质的现象存有。《心经》中的色空之论申明的认识是：宇宙一切现象存有没有实体自性，是为“空”。执着于现象存有，人不但徒劳一场，而且滋生出种种烦恼痛苦。解脱之道是了悟宇宙空性，切除贪、嗔、痴、怨等种种欲想，看空一切。中国古代文人遭遇挫折坎坷，常常以倾心佛教来求得心灵的宁静、平和，如王维所言：“人生几许伤心事，不向空门何处销？”②传统文化中，佛教是文人实现自我救赎的重要途径。

然而，小说中执“色空”扇子的人是政府的“便衣”。在人类社会的构架中，政府是权力机构，具有改变个体命运的力量和威权。对于似李菊五这样的落魄文人，他不俗渴望实现的外在阻力，其一是他落魄、困窘的经济处境；其二，是一般俗众在人俗还是不俗上的宿命论式的认定。改善个体的经济状况在政府的职

---

① （唐）玄奘译：《般若波罗蜜多心经》，《大正藏》，第8册，第848页下。

② 《唐诗拾遗》卷四，文渊阁《四库全书》本。

能当中，至于改变俗人的观念，早在先秦就有统治阶层应驭俗、化俗的观念。因此，改变个体的生存状况，政府机构具有力量，同时也正是其职责所在。

无论是宗教还是政府，其救赎功能都是一种文化框定，文化框定体现人类的理想和期望，但它与现实总是存在距离。小说中写有“色空”金字的扇子拿在便衣手中，这一特异现象表明两种救赎力量的实际状况，即：它们都各自出离了本位，宗教政治化、政治宗教化。出离本位而扭曲变形，两种救赎力量都没有发挥救赎的作用。

宗教与作为公民权利机构的政府对于个体的生存困境而言属于外在救赎力量，外在救赎力量失去救赎功能，能够形成拯救的唯有自身。奚正树与李菊五面临的外在环境很相近——都不利于个体追求的实现，然而，奚正树为着追求做出惊人举动，没有遗憾和追悔，李菊五却完全不能令自己满意，两种不同的结果与二人性格的差异有密切的关联。对比起来，李菊五性格仁懦，奚正树则刚强、坚毅。内心追求与外在现实存在距离的时候，坚毅性格是追求实现的关键要素。李菊五不具备这种性格，因而，他既无法实现内心的期许，又不能寻出别种解决途径形成一种自我拯救。

精神上持守文化规训，将其作为努力的方向，而规训与现实的距离导致李菊五这样一个底层文人尴尬、矛盾、最后以悲剧收场的人生。李菊五持守的文化规训代表着人的理想状态，其本身不但无可厚非而且应该宣传、颂扬，但是不能否认，它确实是李菊五人生悲剧的根源。这不得不让人思索：个体对人类自身树立的规训与现实人生的调和问题，一方面是人类普遍肯定的理想人格、生存状况，一方面是自己的现实人生，如何在二者之间安置心灵、安置生命？换言之，如何弥合指向抽象、整体的人的文化理想与个体现实人生之间的裂隙，应是任何时代、任何文化中的人共同面对的问题，尤其是处于底层、对自己的人生与品格按照文化的框定存在期许的知识分子。

天津俗人①

肖克凡

1

天津自从明朝建卫,奇事还是不少的,尤其开埠以来成为华洋杂处的水陆大码头,八方人马一拥而来,可谓全神下界,奇事更是层出不穷,令人瞠目结舌。大人物譬如曹锟先生,居然通过贿选荣任北洋大总统。投票之时凡是选曹的议员当场就能领取大额银票,光天化日之下美其名曰“交通津贴”,可惜那时没有“反贪局”。小人物譬如刘手儿,居然巧借送茶之机从大舞台戏院包厢里摘走了北洋政府海军总长刘冠雄母亲手腕儿上的大镯子——台上谭富英正唱《摘缨会》呢。也有令人啼笑皆非的,譬如东泥沽的农夫柴二宝,居然选了个黄道吉日坐在家里土炕上登基称帝,国号大汤,黄脸老婆成了正宫娘娘。还有使人感慨世风日下的,譬如闸口街上的药王庙里住着个大胖和尚,居然娶妻纳妾一鼓作气生了五男二女总共七个孩子,香火旺盛。说起发生在天津华洋两界的奇事,举不胜举。然而天津有句老话说,奇人做了俗事,你还是奇人;俗人做了奇事,你还是俗人。颇有几分血统论的味道。然而真正的奇事,往往发生在俗人身上。天津卫处处都是俗人。

这里要讲的天津俗人,生活在六十年前的天津南市。他姓李名菊五,街面儿上俗称李五儿。天津这地方称呼男人喜欢使用数目字儿。王二张三赵四朱五杨六丁八刘九曹十……简明粗放通俗易记是天津语言的风格,有时甚至显得牙碜。

生活在社会底层的李菊五属于识文断字的文化人,因此受到几分尊重,市井草民们叫他李五爷。有人说他不是满洲人,也有人说他不是鲜族人,还有人说他跟著名京戏老生言菊朋先生一样,是蒙古族。更有人说他只是化名李菊五,其真身乃是天津魔术大师金猴子的高足——落魄文人李翼飞。就这样,李菊五的真

① 引自肖克凡:《人间城郭——肖克凡津味小说精选》,天津:百花文艺出版社,2005。

实身份几乎成了茫茫历史迷雾之中的无解谜团。就连专门研究天津地方史志的专家也其说不一,挺乱乎的。

其实,天津俗人是李菊五,李菊五是天津俗人,足矣。

李菊五喜欢喝茶。那时候天津俗人多饮徽茶,福建被称为海土,闽茶当时无人问津。南市大名鼎鼎的玉壶春茶楼,李菊五是常客。

李菊五嗜茶嗜烟,情性之中也饮几盅老酒。当然每天三顿饭也要吃饱,尽量不委屈自己的胃口。人近中年,李菊五更加喜欢行走。不过也有人说李菊五不是喜欢行走而是寻找饭辙。三十年代初期天津南市的大街小巷,几乎随时都能见到他精细大长的身影。那时候天津南市的主要大街已经铺了士敏土,下雨之时虽然免于泥泞,晴天走路则显得费鞋。一九三八年在日本本土出版的《天津志》(作者西村正树)第二十六章"天津民间人物录"里记载,李菊五的绰号"天气先生"。

说起天气,三十年代初期的天津华界已经出现天气预报,不过不太准确。天气预报主要是通过商业电台播报,每天一次。当时覆盖天津南市一带的是私营的宏唱商业广播电台,后来才有了亻一唱电台。无论宏唱还是仁唱,都以播放广告为主,其间也配有梅兰芳和马连良的京戏以及小蘑菇的相声,补乐是江南丝竹。但宏唱电台的发射功率太小,往东南方向走,只要进了日租界就听不见音儿了。李菊五祖居天津西头永丰屯,落脚南市谋生主要是给宏唱广播电台撰写广告同儿。六十多年过去了,他撰写的大量广告词儿,只有两个佳句流传下来,已经被收入《本世纪中国广告词语精品选》,至今无以匹敌,堪称绝响。

> 明天你结婚,千万不要忘记大媒人——明光玻璃行的镜子,一手托两家。
>
> 早看东南,晚看西北,今天下午两点请看丹桂电影院的新片儿《情场暴风雨》,您不用带伞。

幽默轻松,风趣亲切。这就是李菊五的文风。

或许李菊五在宏唱电台撰写广告词儿,经常接触气象方面的人士,反正他熟知天气情况。冬景天人们不出门。可是到了春夏秋三季,尤其是五黄六月走在街上人们总是向他打听天气情况。

李五爷,今儿有雨吗? 我看您带着伞哪。

今天下晚儿老天爷没脾气吧李五爷?

这大风一刮起来,恐怕天气就上来了吧?

李菊五身穿灰布大褂匆匆走着,有问必答从无慢怠。他总是首先说明自己是个凡夫俗子,不敢预报天气。然而他对翌日天气的报道,又总是八九不离十,贴谱儿。就这样人们称他“天气先生”。其实这不是好话。天津民间俚语里隐喻暗讽的句子很多,内容肮脏不堪。譬如天津人认为乌龟能够预报天气,那么赞扬李菊五为“天气先生”就等于是骂他当了“王八”。李菊五不曾婚娶,想戴绿帽子也没处买去。因此他对天津方言的恶毒含义,似乎并不介意。即使有人装傻充愣大声喊他“天气先生”,他也只是笑而不怒,仍然脚步匆匆赶往宏唱广播电台去写广告词儿——这是他的饭碗。

除了给电台写词儿,李菊五还给协成书局抄稿子,说是茶资。

话说民国二十四年华历六月十七的一大早儿,李菊五匆匆走到文华斋饭馆旁边的凉厦下,稳稳当当坐在“张记饭桌”的桌前吃着锅巴菜。说起锅巴菜这宗粗食,全中国天津独有。据说它的来历与朱元璋早年的乞丐生涯有关。朱元璋将这顿早饭传给李菊五,他必须吃得瓷瓷实实,因为中午那顿饭还没有指望呢。早饭要吃饱,整天满街跑。李菊五未雨绸缪一口气吃了四个烧饼,一大碗锅巴菜,大汗淋漓。天津人的生活习惯,富贵人家睡得晚起得也晚,颇有夜生活的味道,第二天过了晌午才露面儿呢,根本用不着吃早点;穷苦人家则不敢晚睡,怕饿了吃不起夜宵,天一亮就爬起来,急匆匆出门觅食。所以说一大早儿满街乱跑的都是穷人。

李菊五吃着锅巴菜,脸色依然苍白,颇显疲惫。其实他的长相不错,就是左眼睛显小,右眼睛显大,天津话称为“龙凤目”。他眯缝着左眼走在街上,人们总觉得是在朝着前方瞄准,可他又不是端着长枪的大兵。于是他的样子既庄严又滑稽,给人们留下难忘印象。

天气已经热了。明天就是华历六月十八。天津有民间谚语云:六月十八,老李回家。老李是谁啊? 老李是传说之中的一条秃尾巴小龙,逢六月卜八回家省母。龙行天而生风云,所以年年这天一定是要下雨的,这就叫节气。

一大早儿广兴大街上的人流不断十分热闹。引车卖浆者最为关心的就是天气。来来往往的人们看见天气先生坐在“张记饭桌”前细嚼慢咽,就大声询问着。

明儿,你说有天气吗李五爷?

李五爷你给做个主,明儿有雨吗?

李菊五埋头吃着锅巴菜,朝着身后的人们摇了摇头,声明自己是个凡夫俗子,不敢预报天气。

大街上的行人们就接茬儿追问明天究竟有没有雨。李菊五摆了摆手,然后连声说没雨。

大街上的行人们感到非常意外。天津这地方,每年六月十八必然要下雨的。人们明知故问,没承想李菊五竟然预报明天没雨,这就产生了轰动效应。大街上腿多嘴杂,鸡一嘴,鸭一腿,一会儿就将“明天没雨”的消息散布开了,比飞机都快。

六月十八秃尾巴老李回家,每年都是电闪雷鸣阵雨倾盆。难道今年变成干碗儿的啦?南市的人们听到这个消息,都哈哈大笑认为李菊五是牙床上铺铁道——满嘴跑火车。

六月十八不下雨,天气先生成了大街上的笑柄。

李菊五不以为然。他稳稳当当吃罢早饭,眯起左眼瞄准撒落桌上的芝麻,一个接一个捏起来放进嘴里嚼着,回味无穷的样子。然后他跟“张记饭桌”的主人张十三说了声“记账”就站起身来。张十三咧开大嘴,宽厚地笑了笑。这笑意里多少含有几分无奈。

吃饱了肚子的李菊五身材高瘦,面色依然苍白,只是漆黑锃亮的头发说明他正值壮年。正值壮年的李菊五抖了抖月白色粗布大褂,煞有介事地问张十三,今年我赊了多少饭账啦?

张十三再次咧开大嘴,宽厚地笑了笑说,李五爷走好。

李菊五却又坐下了。他从怀里掏出一盒“粉锡包”,递给张十三一颗。对方接过烔卷儿夹在耳朵上,一边擦桌子一边说,李五爷抽的可净是好牌子啊。您这一盒好烟能顶上我二十碗锅巴菜。

李菊五笑了笑，说烟卷儿是男人的名片，登堂入室的万万马虎不得。说着，李菊五突然笑了，轻声问张十三想不想明天发一笔小财。张十三脑袋大，身子小，看上去很像戏台上的武大郎，只可惜他是个素丸子——家里没有荤腥儿潘金莲。“武大郎”抬头看了看李菊五，说我天生就是穷命鬼，别说明天就是明年我也发不了小财啊。

李菊五笑了笑，压低声音问张十三明天到底想不想发一笔小财。张十三连连点头说想。李菊五伸手蘸着水迹在桌上写了四个大字：卖冰棍儿。他写罢匆匆起身，赶往宏唱广播电台，写广告词儿去了。

张十三呆呆望着李菊五的背影，一时犯了犹豫。明儿六月十八年年都是下雨的日子，您让我趸冰棍儿来卖？李五爷您这是让我脱了裤子进当铺啊。

张十三摇着大脑袋寻思着。李菊五虽然一眼大一眼小，却不是天上一腿地上一脚的那种人。他劝我明天卖冰棍儿，八成有根。张十三认为李菊五是南市鹤群里的一只大鸡。

这时候奚正树沿着广兴大街不紧不慢走了过来，一屁股坐在饭桌前对张十三说，劳您大驾请给我盛一碗锅巴菜，外加两个烧饼。

奚正树无论跟谁说话都挺客气。

张十三若有所思看了看奚正树。您说明儿是六月十八，老天爷不会不下雨吧？

四十多岁的布衣寒士奚正树身材不高，瘦脸淡眉，鬓角已见霜丝，属于苦相。他身穿蓝布大褂儿也不嫌热，说话略带东北口音，虽然形单影孤在南市游荡多年，身上总是透出一股难以察觉的风度。

奚正树拿起筷子，沉着面孔问张十三是怎么知道明天不下雨的。

张十三说出李菊五的名字。

奚正树听了，面孔更加阴沉，天津话管这种面孔叫“账主子脸儿”，好像人人都借他钱不还似的。奚正树勉强吃着锅巴菜，似乎是消化不良。其实他来到天津南市多年，肠胃还是难以适应这类透熟的粗食。自幼养成爱吃生冷鲜嫩食物的习惯，这已经很难改变。尽管身为布衣寒士，生活在底层社会的奚正树吃饭不露穷相。张十三目光定定注视着他，心里很是敬佩。人家奚正树也是俗人，可吃饭从不赊欠，规规矩矩，绝不是冒牌的正人君子。奚正树吃饭总是现金付账，然后讨一碗清水漱口，很是讲究卫生。张十三举双手欢迎他这样的顾客。如果都像李菊五那样赊账吃饭，张十三的小本生意早就没法儿做了。跑到南市这地方混光景的汉子，寅吃卯粮就算不错了。

张十三认为奚正树是南市鸡群里的一只小鹤。

2

六月十八一大早儿，多云。根据往年经验，早晨多云，午后必然变天，雷鸣雨落。张十三身为小贩儿，竟然具备几分胆识。他决定押宝。早上八点多钟他就收了饭桌，背起箱子独自前往日租界制冰厂。一路上他看到出售纸伞的小贩儿已经上街，等待老天爷大雨骤降，趁机卖伞赚钱。张十三到了制冰厂门口，果然冷冷清清。由于年年六月十八这天下雨，冰棍儿必然滞销，因此制冰厂今日近乎歇业。张十三叩开大门，一个高丽人操着中国话告诉他今天是六月十八。张十三嘿嘿笑着，大声说趸二百根冰棍儿。高丽人感到十分意外。交钱的时候，制冰厂的华账管事说话很损，问他脑子是不是有毛病。他顺水推舟说小时候得过大脑炎。

张十三背着冰棍儿箱子一路疾走回到南市。多云天气闷热难挨。人们纷纷掏钱买冰棍儿吃，驱一驱暑气。张十三心里非常得意，愈发扯开嗓子大声吆喝。其实南市的冰棍儿贩子总共五六十人，然而他们看的还是去年的老皇历，六月十八老李回家，南市卖冰棍儿的小贩儿们自动歇业。殊不知，今年的六月十八，偏偏老天爷歇业。就这样，偌大的南市只有张十三在卖冰棍儿，独一份。上午十点钟，张十三已经卖出一百多根冰棍儿，堪称俏货。天气更加闷热，著名妓院"天宝班"的鸨母小李妈派来小伙计，说天气闷热就像进了澡堂子，南市只有张十三卖冰棍儿，真正成了缺宝儿。小伙计让张十三马上就把冰棍儿送到天宝班，小李妈全部高价收购。这时，青帮头子袁文会的第十二号徒弟名叫孙子森的小混混突然出现，说袁文会的四姨太想吃冰棍儿。张十三没辙，只得先济着袁公馆伺候。剩下的冰棍儿送到天宝班。张十三心里偷着乐，没承想今儿的冰棍儿不是侍奉姨太太，就是伺候窑姐儿。

一时间，张十三清清凉凉成了女人们嘴里的名人。

果然不出李菊五神算，张十三在六月十八这天真的发了一笔小财，他心里对李菊五佩服得五体投地，又不知道如何表示谢意。李菊五告诉张十三，一个人的命运就是一个定数，你命里有大财，必然发大财，你命里有小财，只能发小财。你命里没财，别人使劲儿帮你也是枉然。听李菊五这么一说，张十三心里坦然了。

一连过了好多天没见李菊五的身影。张十三断定李菊五近来银根愈发吃紧，不好意思继续赊账，只得委屈自己的胃口，免了早晨这顿。其实李菊五这阵子恰巧手头宽裕——不知他从哪赚到一笔佣金，一头扎进翠香院从早到晚跟窑姐儿打牌。手气极好，动不动就捉五儿龙。

李菊五没了踪影。奚正树倒是每天一早儿都从张十三的饭桌前经过，特别准时。奚正树漫不经心问张十三，李菊五他怎么能够料定六月十八那天没雨呢。

张十三不由得意起来。李菊五不是孔明胜似孔明，孔明上通风水天文，下晓气象地理，手持宝剑脚踏坛台只不过借一借东风而已。李菊五身怀绝技远非古代圣贤所能比拟。奚正树问道，李菊五身怀什么绝技？张十三也觉得自己的大话把屠宰场的活牛都给吹死了，只得压低声音十分神秘地告诉奚正树，李菊五不但懂得日本话，而且还懂得英国话。

奚正树听罢怔了怔，并不言语。

南市卖冰棍儿的小贩儿们对李菊五更是奉若神明，每天都有人跑到张十三的饭桌前，打听李菊五的下落，恨不能立即见到这位天气先生，请他测算测算哪天刮风哪天下雨。因为卖冰棍儿是小本生意，靠天吃饭。于是李菊五在他们心目之中成了仙儿。

三不管游艺场里撂地说相声的艺人不少，其中“大面包”和“小搓板儿”的对口相声，“现挂”最为精彩。他们面对生活之中的真人真事，往往信手拈来即兴发挥。关于六月十八的故事，“大面包”和“小搓板儿”就编成河南坠子唱了出来，取得轰动效应：

六月十八，秃尾巴老李他回家。可是今年啊老李他不回家！南市的张十三他趸来冰棍儿卖，咿哎呀咿哎呀，张十三的冰棍儿独一份啊独一份，全部卖给了小李妈！李菊五是当代的小诸葛啊，天宝班窑姐儿们攥着冰棍儿乐哈哈……

就这样李菊五在南市一下有了大名气。沿街的大小店铺几乎都在淡论他的事迹。这消息自然也惊动了盘踞东兴市场的老混混儿王丰池。一旦惊动了王丰池,李菊五离倒霉就不远了。

王丰池在南市与袁文会井水不犯河水,独霸一方人称老王爷。他的徒弟王金刚掌管着开明电影院,年轻气盛,心毒手狠,人称少王爷。王丰池听说南市冒出一个懂天文识地理的天气先生,愣是测出六月十八老李不回家,于是很想见一见这位真人。王金刚血气方刚,立即领着一群打手上街,四处寻找天气先生李菊五的踪迹。先是找到赵家冰窖对面的宏唱广播电台,播音小姐"大座钟"说李菊五写完了元隆布铺的广告词儿,走了。王金刚又找到荣业大街上的协成书局,书局张经理说这几天没见李五爷来。

王金刚一连找了几天,还是不见踪影。中秋节到了,王金刚忙着"飞贴打网"搜刮钱财,就把李菊五给撂在一边儿了。过了八月十五,天气不太热了。一天晚上王丰池猛然想起天气先生,便命令王金刚继续寻找。人老了,总是一阵两伙的,说风就风说雨就雨。此时李菊五的新闻效应已经过了高潮。王金刚只得遵命行事。

这一天上午,王金刚一身短打扮,带领着几个喽啰前往平安戏院讨账,远远看见官沟街口聚着一群闲人,议论纷纷的样子。王金刚走上前一打听,才知道官沟街上出了一件奇事儿,已然上了昨天《实报》的头版新闻。

李鸿章出任直隶总督期间官方投资顺着南城墙开挖排水沟入海河,官沟街因此而得名。官沟街东口临近日租界,住着一个老西儿外号"贾员外"。贾员外的院里原有一口废弃的水井,盖着石板沉睡多年。九月儿重阳节,是天津民间登高的节日。贾员外白天登上古楼观景,还吃了两块年糕,心情不错。睡到后半夜只听一声巨响,贾员外以为天神降临,吓得不敢出屋拜见。天色大亮来到院里巡视,猛然看到原先废井上的石板迸裂,井口裸露,井中传出阵阵水声。贾员外惊了,连忙报告警察局。警察局长王玉田亲临现场,鼓足勇气扒着井台探头儿往井里看,一不留神金壳怀表掉进井底,连声高喊倒霉。贾员外不敢怠慢,马上雇了一个要钱不要命的二愣子，拴紧绳子下到井里去给警察局长打捞怀表。水凉，二愣子硬是沉到井底也没摸着怀表，反而逮着一条大鲤鱼，足有一斤多沉。二愣子出水之后坐在井沿上打着喷嚏说，井底有一只泉眼突突冒水。这只泉眼一定是连着海河，涨潮落潮的声音哗啦哗啦井中听得清清楚楚，人呢好像就在海河里凫水。《实报》见习记者闻讯赶来采访，当场写稿“贾家井奇闻”，派人跑步送往报馆发排。

听罢这段奇闻，王金刚觉得是在听评书，心里将信将疑。他是文盲，只认识钞票上的那几个字。什么《益世报》啊《大公报》啊他一概不摸，就更甭提《实报》了。俗话说耳听为虚眼见为实。王金刚一定要亲眼看一看“贾家井”到底什么样子，才算定论。于是他伸手拨开人群挤向院门。身穿黑色制服的警察伸手拦住王金刚，说戒严了。王金刚随口说找李菊五。不知为什么警察竟然闪身放行。王金刚懵懵懂懂进了贾家大院，抬头看见一群人围着井台争论不休，其中滔滔不绝的正是天气先生李菊五，仿佛正在给别人说书。踏破铁鞋无觅处，得来全不费工夫。远远看着李菊五，王金刚心里特别纳闷，这个李菊五平日里不擅言谈，挺木的，今儿怎么得了话痨啦。

李菊五打着手势对《庸报》著名记者吴朗夫说，这口井既然潮涨潮落连通海河，有鱼有虾有蛤蜊八成是口宝井。当年燕王扫北路经此地，这里很有风水啊。

满嘴南方口音的吴朗夫摘下眼镜擦了擦说，燕王朱棣扫北不假，后来面南背北登基当了皇上也是真事。可井里出鱼出虾出蛤蜊，这就跟天上掉馅饼一样，纯粹是胡诌白咧。

先得月饭庄经理辛本财急了，大步走进贾员外的厢房，很快就拎出一条大鲤鱼，拍着胸脯大声作证说，二愣子为了给警察局王局长打捞怀表，从井里摸上来的就是这条活蹦乱跳的大鲤鱼，没舍得吃放在水缸里养着呢。这怎么能是胡诌白咧呢？

《庸报》著名记者吴朗夫连连摆手，认为井里钓出一条鲤鱼纯属偶然不足为凭。

王金刚等得不耐烦了，走上前去拽了拽李菊五的袖口，轻轻叫了一声李五爷。

李菊五当然知道面前这个大混混儿是南市大名鼎鼎的少王爷，就问有何见教。王金刚说借一步说话。于是，王金刚一步三摇引着李菊五离开贾家大院奔南，前往东兴市场拜见老王爷王丰池。

一路上，人们对李菊五指指点点，说这位天气先生算定六月十八天不下雨，就真的没下雨，张十三卖冰棍儿发了一笔小财。如今贾家大院出了奇事，这位天气先生兴许又算定了废井里住着龙王爷失散多年的小儿子。

听着一路上的纷纷议论，李菊五板着面孔，一派不苟言笑的书生表情。少王爷王金刚大摇大摆对李菊五说，您老人家上知天文下晓地理，六月十八你敢说不下雨，贾家井里你敢说有大活鱼，李五爷您明明是当今天津卫的小诸葛啊。

身材细高面色苍白的李菊五不紧不慢地说，愧不敢当，我只是一个凡夫俗子。

3

老混混儿王丰池的客厅里养着一只安南八哥儿，经过镇南关长途运到天津，身价不低。可惜这只巧嘴八哥儿没几天就脏了口，跟着王丰池学会了骂街。王丰池曾经开出高价延请鸟把式为这只混蛋八哥儿捋舌头净口，可是积习难改，八哥儿依然当庭口吐脏字儿，令人尴尬不已。

江山代有才人出。王丰池是南市的老混混儿，八哥儿是南市的小混混儿。后继有人。

王金刚大摇大摆领着李菊五走进客厅。八哥儿看了看客人，竟然破天荒闭口不语，没说脏话。李菊五走进客厅就与八哥儿对视着。八哥儿落在架子上不停地挪动着双爪，显得很不自在。

老混混儿王丰池手里搓着铁球脚下迈着四方步，从内庭里缓步踱出，看上去活像京剧里曹孟德出场。王金刚立即变成龙套，上前躬身禀报说天气先生来了。

王丰池早年加入理门，不烟不酒，看上去是个干干净净的胖老头儿，其实人面兽心。他坐在太师椅上掏出鼻烟壶嗅了嗅，打了一个很响的喷嚏，然后抬头看了看李菊五。今天兴师动众把你这位天气先生请来，我只想问一问你怎么提前就能知道六月十八那天没雨呢？你是跟天上有联系啊。

王金刚立即跟屁，说你又不是诸葛亮，你怎么能够测出那天秃尾巴老李不回家呢？

李菊五不卑不亢站在老混混儿面前说，我是个凡夫俗子，六月十八的天气碰巧让我给说准了，就跟瞎猫逮着死耗子一样。

王丰池啪地一拍桌子，犯了混混儿脾气。李五儿啊你不要以为我老糊涂了，假门假式几句话就把我敷衍啦。告诉你吧，今天你要是不把实话说出来，休想从东兴市场竖着出去。说吧，你是跟谁学会掐算天气的？

李菊五毫无思想准备，脸色变得惨白。

王金刚拍了拍李菊五的肩膀，说这南市是老王爷的地盘，在这块地盘上，不能有老王爷看不透的事，也不能有老王爷看不透的人。你李五儿眨眼之间成了南市的名人，总得让我家老王爷心里有数啊。

李菊五说，我是个凡夫俗子。您要是非得让我说话，我只能屈打成招啦。

王金刚急得大声说，我一根毫毛也没碰你，你倒来了个屈打成招？真他妈的是恶人先告状！

这时，落在架子上的八哥儿突然破口大骂：妈×！妈×！

王丰池心里起了邪火，指着八哥儿大声说，这玩意儿真堵心，我早晚有一天得拿它炒了辣子，当菜吃了。

八哥儿不思悔改，继续脏话连篇：妈×！妈×！

王丰池气得霍地站起身来，觉得八哥儿给自己丢了面子，属于十恶不赦。

李菊五嘴里突然发出一串儿吱吱呀呀的声音，尖刻而响亮。八哥儿立即认识到自己犯了下流的错误，露出满脸窘相，蔫了。

李菊五趁着王丰池蒙头涨脑的工夫，想溜号儿。他朝着八哥儿挥了挥手，说了声“古德白”。八哥儿似乎受到西洋文明的感召，嘴里立即迸出三个字：古、德、白。

老王爷怔了，小王爷也怔了，师徒二人面面相觑。

李菊五趁机躬身朝着王丰池行礼，说老王爷您要是没有别的事儿小人就告辞啦，然后转身走出客厅。王丰池猛然清醒过来，大声吩咐王金刚立即把李菊五这家伙追回来。

王金刚追到院里，大声说李五爷留步，我家老王爷问你这古德白到底是嘛意思。李菊五告诉王金刚古德白是英国话，也就是回见的意思。

王金刚硬拉着李菊五重新回到客厅。王金刚向王丰池报告，说李菊五敢情还会说英国话呢。

王丰池望了望落在架子上的八哥儿，又看了看站在面前的李菊五，突然嘿嘿笑了。

我说李菊五啊，咱们是出家人不打诳语。你小子是个鸟把式吧？你瞒不过我。你一步迈进客厅，这只八哥儿就被你给降住啦。现在我也不问你六月十八的事儿啦，我要你用两个月的工夫把这只八哥儿的舌头捋顺了，行吗？

李菊五表情茫然。您说我是鸟把式？我一介书生怎么会是鸟把式呢。我真的不是鸟把式啊。

王丰池目光倏地变得冰冷，嗖嗖泛着寒气，他手里揉着铁球朝着李菊五缓缓走来。六月十八的事儿还没跟我说清楚，你怎么又跟我装大尾巴鹰呢？我看你是活腻了，作死啊！

李菊五立即张皇起来，连忙说这只八哥儿内热太大，夏天歇伏应当败一败心火，待到秋风一起，请个正儿八经的鸟把式梳理羽毛调教性情，不难成才。

王丰池嘿嘿笑着，说从今往后你就是我的鸟把式，只要你把这只八哥儿调理好啦，我老王爷是不会亏待你的。

李菊五被逼无奈，只得走到八哥儿跟前轻声打了声响哨。鸟儿果然听话，展翅落在他的左胳膊上。王丰池哈哈大笑，认为李菊五终于变得乖巧。

李菊五看了看王丰池，面有难色说，我是个凡夫俗子，不求有功但求无过。调教您这只鸟儿估摸得用三个月的工夫。

王金刚说，还说嘛三个月五个月啊，你是老王爷的鸟把式，必须随叫随到。把鸟的舌头捋顺了，我家老王爷是不会亏待你的。

王丰池坐在太师椅上说，六月十八的事儿迟早你还得跟我说清楚啦。不过我看你也撒不出一丈二尺的尿来。

李菊五左胳膊上架着一只混账八哥儿，饿着肚子快快走出东兴市场大门。巡警吕二狗看见天气先生摇身一变成了鸟把式，伸出警棍拦住他嘻嘻哈哈。李菊五心里挺烦，恨不能立即动手掐死这只八哥儿。其实这一程子李菊五正在谋划一件大事儿，很忙，根本没有工夫调理这只不可救药的八哥儿。但在南市这地方除了恶霸袁文会，是没人敢惹王丰池的。李菊五自幼玩鸟儿是个行家，却从来没有像今天这样痛恨鸟类。一路走着他想起中午自己还没地儿吃饭呢，伸手摸了摸兜儿里的钱，够吃一碗焖饼的。心里这样盘算着也就敲定了晌午的食谱，然后咽下一团口水。

走过白记布铺门前，一个蓬头垢面的叫花子突然跪在他的面前，连声说李五爷你架着鸟儿上街已然成了南市的大名人，我爹病了没钱抓药您就行行好吧。之后叫花子咧咧哭了起来。

李菊五看出这叫花子是假哭，可也没辙，只得伸手掏出兜儿里的钞票扔给叫花子，赶紧大步离去。他一边走一边心里说，妈的，当一回慈善家，中午吃焖饼的钱可就没啦。

路过瓷器店，远远听见身后有人喊叫。自幼他即受父亲教诲，人生路上乱世险恶，听到背后有人紧呼慢喊的，不可轻易回头。父亲生前爱听北京评书艺人张杰鑫的《三侠剑》，从绿林好汉的事迹里获益匪浅。此时李菊五谨遵父诲，径直朝前走去。

气喘吁吁追赶上来的竟然是奚正树。李菊五停住脚步，眯起左眼睁大右眼，做出瞄准的样子，问奚君有何见教。

奚正树表情诚恳，说请李菊五到天一坊吃饭，吃完了饭玉清池二楼泡澡，叙一叙友情。李菊五知道天一坊是天津菜馆，当家大菜是“八大碗”，特别解馋。倘若暴饮暴食，八大碗最为合适。李菊五表示婉拒，声明自己是个凡夫俗子，无功岂能受禄。奚正树执意相邀，坚持说叙一叙友情。同为南市游荡人，彼此之间其实毫无交情可言。然而李菊五知道礼下于人必有所求，这顿饭奚正树一定是有事儿要说。既然中午没饭，不妨借机救一救肚里的馋虫。南市这地方几乎没人知道，李菊五当过两年小报记者，笔名鬼难拿。已经卸任的鬼难拿此时似乎嗅到了久违的八大碗的香气，笑着说奚君既然如此，我就恭敬不如从命了。

于是，李菊五胳膊上架着鸟儿，与奚正树肩并肩沿着东兴大街朝着天一坊饭庄走去。

凡夫俗子李菊五果然是南市的名人。一路上人们纷纷向他打听天气情况。

4

天一坊饭庄对面儿,一街之隔是著名的先得月饭庄。俗话说同行是冤家。这几年两家饭庄彼此之间竞争非常激烈,仿佛《三国演义》的姜维与邓艾,明争暗斗此起彼伏。不知为什么,先得月饭庄这一程子总是处于下风。因此,经理辛本财看见李菊五胳膊上架着八哥儿走进天一坊的大门,顿时心生狐疑。妈的,老生改唱小花脸,这位李五爷怎么变成鸟把式啦。

奚正树果然请李菊五吃的是天津名菜"八大碗",这八大碗分别是:元宝肉、烩三丝、独面筋、海杂拌、拆烩鸡、溜鱼片、炒虾仁、清汤肉丝。酒呢则是直沽高粱。李菊五连声说破费了。奚正树对人对鸟儿一视同仁,让小伙计跑到鸟市买来苏子,喂饱了落在椅背上的安南八哥儿。李菊五喝了二两高粱酒便脸色涨红,心底对奚正树生出敬佩之情。这又是人又是鸟儿的,人家奚君可是没少花钱,又没有什么事情相求。李菊五被感动了,就眯缝着左眼伸出筷子瞄准元宝肉,夹起一块儿放进嘴里。

这俩人都不善言谈,于是就抬头喝酒埋头吃菜。这时候报童跑进饭馆来了。李菊五伸手买了一张《实报》,晕晕乎乎看见头版新闻是"贾家井奇闻"连续报道之三,还是见习记者写的。他知道事情越弄越大,就连南市的小报也群起效仿,据说《半夜报》甚至开辟专版,记者姚壮阳撰文认为贾家井乃是一座海眼,镇守津门百年。《国强报》则独家报道"贾员外"因连日劳累过度而突然昏厥,住进日租界扶桑街上的东洋医院。

奚正树不看《实报》,他已经喝了半斤高粱酒,脸色惨白。酒逢知己,这时候他的话匣子打开了。

李君,我很想跟您交个朋友。我在东南城角的草厂庵胡同赁了一个小院儿,两间北房,两间南屋。如果您不嫌弃,就请搬过来住好啦,还请菊五君赏光。

李菊五勉强站起身来,表情十分兴奋,说今世若与奚君为邻,真是三生有幸了。他端着酒盅连连声明自己只是一个凡夫俗子。

奚正树笑了笑说,我也是一个凡夫俗子。

一个身穿拷纱褂子的中年汉子走进天一坊饭庄。尽管来者脸上戴着墨光眼镜使人难见庐山真面目，但跑堂的小伙计还是看出这位爷并不是常来常往的熟客。

吃完了八大碗儿，奚正树说请李菊五去玉清池泡澡。李菊五喝高了，忘了那只落在椅子背上的南安八哥儿，摇摇晃晃走出门去。八哥儿急了，呱呱大叫。李菊五转过身来，嘴里突然发出吱吱呀呀的古怪声音。八哥儿听到命令立即飞了起来，乖乖落在李菊五伸出的左胳膊上。

跑堂的小伙计惊了，大声说李五爷敢情您还懂得鸟语啊。奚正树似乎对李菊五通识鸟语并不感到意外，起身径直走出天一坊饭庄。

戴墨光眼镜的汉子悠悠吸着香烟，手里玩弄着一把黑色折扇。扇子上写着两个金字：色空。此公看到奚正树走出天一坊饭庄，随即手持折扇紧跟而去。

李菊五似乎并没喝高，趁机打听戴墨光眼镜汉子的身份。饭馆跑堂的小伙计摇了摇头说不知道，反问他下晚儿有没有雨。李菊五说有，然后迈着大步走出天一坊饭庄。

这时候南市的大街上艳阳普照。

南市的玉清池澡堂至今仍是天津最大的浴池。当年它的三楼是贵人出没的雅间，没有男女同浴的“对盆儿”，观念非常开放。二楼则是宽敞的男部大堂，属于广大民众赤身裸体共同沐浴的场合。客人们走进二楼大堂，当堂的小伙计便高声喊道：“财物交柜，衣帽靠篓！”这种火爆的场面浓烈的气息，龟缩在i楼雅间里的客人永远难以体验。李菊五左胳膊上架着八哥儿走进二楼大堂，立即引起人们哄堂大笑，纷纷说三楼雅间是男女同浴，天气先生是“人鸟同浴”。与李菊五相比，奚正树则属于不易被人察觉的角色。李菊五嘴里吱呀一声，鸟儿乖乖落在衣架上，他坐在木榻上脱光衣裳，然后随着奚正树走进滚烫的堂池里泡澡去了。

李菊五看到，奚正树胸前有一块褶纹狰狞的疤，暗红色，足有糖饼大小，令人怦然心悸。

这时候那位戴墨光眼镜的汉子款款走进玉清池二楼大堂，不远不近选了一条木榻，叫伙计沏了一壶香茶切了一个青萝卜，然后坐在小榻上脱衣裳。即使脱成赤条条，此公仍然不摘墨光眼镜。他看了看落在衣架上的八哥儿，猫腰从地上捡起一小块儿胰子,脸上泛起一股嘎笑。他走上前去伸手挑逗着八哥儿,突然将胰子塞进它的嘴里。胰子很滑,八哥儿顺利地咽了下去,不声不响。

发了坏,他嘿嘿笑着摘下墨光眼镜,立即露出一张呆板的面孔。他抄起毛巾围在腰上,迈着两条细腿穿过大堂走向雾气腾腾的浴池。

李菊五泡在滚烫的池水里,满头大汗。酒劲儿渐渐消退,他的头脑清醒起来。透过雾气他瞥了瞥闭目养神的奚正树,突然觉得对方显得十分陌生。

其实双方并不熟悉。李菊五心里空空荡荡,找不着依托。此时他发现自己根本就没有朋友。

滚烫的池子里又来了一个精瘦的男人。李菊五佯作闭目打盹儿,眯着左眼早已看清对方呆板的面孔。这家伙有一只眼是假的,假眼射出呆滞的凶光,咄咄逼人。李菊五心里暗想,这家伙从天一坊跟随到玉清池,到底是踪着我呢还是踪着奚正树呢?

江湖险恶啊。

这时候大堂的小伙计跑了进来。朝着满池氤氲大声喊道,我说这是哪位先生的八哥儿啊!这么一会儿工夫它怎么满嘴冒泡儿跟吃了胰子似的?

李菊五泡在池子里不慌不忙说,那一定有人给他清肠洗胃啦。

奚正树仍在闭目养神。这时候又来了两位浴客。高个儿是先得月饭庄经理辛本财,矮胖子是《庸报》著名记者吴朗夫,俩人拎着毛巾一前一后进了池子。

李菊五暗暗问自己,今儿澡堂子里唱的是群英会吧?

吴朗夫是浙江人,他与李菊五肩儿挨肩儿泡在热池里,压低声音操着蓝青官话问天气先生,过几天大戏就要开场了,你怎么突然变成了王丰池的鸟把式。

李菊五无可奈何地摇了摇头,苦笑着说一不小心被老混混儿抓了壮丁,然后他轻声问吴朗夫泡在池子里的那位"假眼"何许人也。《庸报》著名记者眨了眨眼睛,说不知道。

这时泡在池子里的辛本财突然扯开嗓子唱起了河北梆子《打金枝》,这是银达子的著名唱段:

这一件蟒龙袍真真是合体,它本是你丈母娘亲手绣来的……

李菊五蓦然觉得池子里泡着的男人们,其实都是《群英会》里的角色。可是这出大戏究竟能够唱出什么名堂,李菊五心里没谱儿。

5

《实报》刊出整版广告,版面十分爽眼:一条鲜活的大鲤鱼摆在盘子里,一行黑体大字写着“先得月饭庄独家经营贾家井鲤鱼”。经过这些天的宣传,贾家井早已成了家喻户晓的地方。贾家井的鲤鱼更是妇孺皆知。就连井中捕得大鲤鱼的二愣子也一举成名。

先得月饭庄的经理辛本财抓住时机,不惜重金独家买断贾家井鲤鱼,及时隆重推出天津名菜“三吃贾家井鲤鱼”。所谓“三吃”即:金钵炸鱼头,紫铛烹鱼身,银池煮鱼尾。金秋时节好风光,一条贾家井鲤鱼三吃,下酒、佐餐、啖汤,举家酒足饭饱,老幼遂心顺意,其乐也融融。先得月饭庄的举动很快就轰动了津门。素负盛名的华界四大美食家罗隐伯、卢笨生、徐独婴、郑临窗,联袂前往先得月饭庄,近水楼台先品为快。关于贾家井鲤鱼的美味,四位高士异口同声赞道:此鱼只应天上有,不枉此生先得月。据业内人士透露,“三吃贾家井鲤鱼”这道大菜的价格,令人咂舌。

第二天《庸报》发表社论“官沟街奇观贾家井,先得月佳肴三吃鱼”。其中引用了四大美食家的言论,并无溢美之词。圈内人士一看便知,此文显然出自吴朗夫之手。天津南市街面上有句俗语:商家要想发大财,新闻记者把轿抬。说的就是广告效应。《庸报》是天津的大报纸,影响不小。贾家井鲤鱼的消息随着《庸报》传进了租界,顿时成为新闻。那一座座小洋楼里,无论是颐养天年的前清遗老,还是风头正劲的洋务新贵,纷纷打通先得月饭庄的订餐电话,无论价格多么昂贵也要尝一尝贾家井鲤鱼。一时间,熊掌燕窝反而没了行市。

不过本埠文化界仍然有人持将信将疑的态度,认为一口普通水井即使果真连通海河,恐怕也难以出产欢蹦乱跳的大鲤鱼。

《国强报》发表署名“耳顺”的文章,笔锋雄辩,说理有据,与《庸报》社论文风实无二致。“耳顺”写道:“四川省有自贡地方,盛产井盐,海内闻名。既然巴蜀之国井中产盐,堂堂天津大都会也,井中为何不可产鲤鱼耶?贾家井出产鲤鱼味道鲜美,已成定论。然此井乃镇守津门之海眼,属淡咸两合水,忽一日倘若井中捕得刀鱼,也绝非天方夜谭。”

贾家井不但出产鲤鱼,还有可能出产脍炙人口的刀鱼。《国强报》虽然是小报,但它的文章仿佛点燃了除夕之夜的爆竹,“贾家井鲤鱼”轰响津沽上空。吉林省督军孟恩远是天津南郊人,沙场征战多年酷爱吃鱼,外号“腥猫儿”。此公下台之后定居天津英租界,听说“贾家井鲤鱼”的消息,旋即全家老少倾巢而出,前来看景儿吃鲜儿。黄昏时分孟公馆的三辆黑色轿车威风八面停在先得月饭庄门前,遂成南市一景。孟督军安排家眷们坐在二楼雅间里喝着龙井茶,自己非要亲眼看看贾家井里的景致不可。两个保镖一左一右护着督军大人,先得月饭庄经理辛本财慌里慌张前面领路,朝着官沟街去了。孟督军行伍出身性格外向,大声说如今虽然民国了你们也别犯欺君之罪啊。

南市的小报记者们以姚壮阳为首,紧紧跟在后面追踪着重大新闻线索。

进了贾家大院,经多识广的孟督军不禁肃然。小报记者们也黄昏之中井台前面摆着一张桌子,桌上供着一张紫檀牌位,上面刻着四个金光大字:海眼在此。紫檀牌位前面摆着一只青铜香炉,香炉里燃着三炷高香,只见烟气缭绕,袅袅不散。

一个白净脸儿的中年男子,身穿肥大的黑色棉袍坐在井边的一只高凳上,右眼瞪大,左眼眯小,手中紧握一支长长的渔竿儿,瞄准井口,正一心一意钓鱼呢。

这就是贾家井啊。孟督军心中好奇压低声音问着饭庄经理。辛本财表情颇为神秘,伸出食指竖在嘴上嘘了一声,示意孟督军万万不可惊动静若虚谷的垂钓先生。随后,辛本财小心翼翼从怀里掏出一个札子呈给孟督军,轻声轻语说已经有十几家大公馆打来电话订桌。这位下野军阀接过札子看了看,上面果然都是华洋两界深宅大院里的知名人士。

辛本财面露难色,告诉孟督军贾家井乃是海眼,天天烧香磕头祈求海神娘娘开恩,一天顶多钓着两三条大鲤鱼,有时一条也钓不上来。供不应求,已经引起各界顾客的强烈不满。至于孟公馆的贵宾今天能否吃着贾家井鲤鱼,辛本财表示毫无把握,全凭天意。孟督军看了看身穿黑色棉袍的垂钓先生,轻轻说了一声拜托。

辛本财不敢惊动垂钓者,小心翼翼告诉孟督军,贾家井本是海眼所在,寒气逼人，虽然时值秋季井旁垂钓必须棉衣御寒。海眼之水丝毫不亚于甘露，这正是贾家井鲤鱼味道极其鲜美的原因。据说莲宗寺方丈三年之前就测出贾家井里有鱼。这贾家井鲤鱼，受佛光道气点染，日精月华滋润，乃是人间奇珍。男人啖之壮阳，女人啜之滋阴，孩童助长，老者益寿，实为吉祥如意之物。辛本财娓娓道来，说得孟督军恨不得立即得而食之。

小报记者们埋头速记着所见所闻，随时准备跑回报馆发稿——这无疑是本埠头号新闻。

天色渐渐黑了，猛听得一声喊喝，坐在井台高凳之上的垂钓先生突然甩起渔竿儿——只见一条欢跳的鲤鱼倏地从深井之中钓了出来。辛本财立即高声喊叫起来，说孟督军真是口福不浅啊。然后先得月饭庄经理指着功勋显赫的垂钓先生说，孟督军啊为您钓得这条鲤鱼的是李菊五先生啊。

李菊五看了看孟督军，说李某人只是一个凡夫俗子。

孟恩远满面欢喜，大声喊了一个赏字，转身就走。两个保镖还想接着看热闹，无奈主子走了，只得紧紧跟上。

身穿肥大黑色棉袍的天气先生李菊五，面若止水坐在高凳上，对孟督军的“赏”字无动于衷。暮色深沉，他不慌不忙从鱼钩儿上摘下挣扎不止的鲤鱼，随手投进井边的木桶里，溅起一片水花儿。辛本财猫腰拎起木桶，大步流星追赶督军大人去了。

小报记者们面对李菊五先生的隐士风度，不禁高声喝彩起来。李菊五手握渔竿儿闭目养神，喃喃自语。我听见井里的声音啦。鱼不吃食了。钓鱼只能等到明天啦。

李菊五缓缓收起渔竿儿。这时天色大黑了。

奚正树站在贾家大院角落的黑影儿里，不声不响欣赏着这幕活剧。李菊五已经成了奚正树的房客，住进那两间南屋十几天了。俩人相处和谐，清明淡泊属于贫贱之交。自从成为邻居，奚正树对李菊五的财力有所了解。李君是个穷人，他唯一贵重的物品就是一台日本电匣子，吱吱嘎嘎只能收到两个台的播音。不过这几天李菊五的财运颇见起色——先得月饭庄重金聘任他为贾家井的垂钓高士，已然成为不可或缺的人物。

这时李菊五双目微闭还在喃喃自语。我听见井里的声音啦。鱼儿不吃食了。钓鱼只能等到明天啦。

《半夜报》记者姚壮阳蹿上前去大声发问，李菊五先生您究竟听见井里什么声音啊？

李菊五猛然睁开眼睛，瞥了瞥姚壮阳。井里的事儿也是你应该问的吗？阁下真是不知深浅啊。

姚壮阳遭到讥讽立即反问，我倘若将您的这番言论见诸报端，您将做何感想呢？

李菊五回答得平平淡淡，明天我照常来这儿钓鱼。别人是听不懂井里的声音的，因此根本就钓不上鱼来啊。天津卫只有我能听懂井里的声音。您说见诸报端？那您爱怎么写就怎么写吧。今儿我用孟督军的赏钱请你们这些小报记者大福林饭馆喝酒。

说着，小报记者们看到李菊五的屁股离开高凳，稳稳当当走了下来。天气先生目光敏锐看见站在角落里的奚正树，立即笑着说请奚君去永元德饭馆吃羊肉馅饼。

奚正树表情郑重，微微躬身对李菊五所说的羊肉馅饼表示感谢。

这时候《庸报》的著名记者吴朗夫突然出现，人们甚至觉得他是从地缝儿里钻出来的。吴朗夫快步走上前去，鞠躬行礼问话十分恭敬，请问李先生明天还来这里钓鱼吗？

李菊五面露疲惫之色说，我巴不得休息几天，可是辛本财经理不同意啊。他说先得月饭庄接连接到订桌电话，供不应求压力太大，就让我能者多劳啊。其实鄙人只是一个凡夫俗子啊。

身材矮胖的著名记者吴朗夫伸手推了推鼻梁子上的眼镜，表情突变，颇为不屑地操着蓝青官话问道，我听说偌大天津卫除了您这个凡夫俗子，眼下尚未找到第二位能从这口井里钓上鱼来的高人。

李菊五点了点头，说海眼里的鲤鱼并非人人都能钓得。吴朗夫听罢嘻嘻笑了，走到井台上拿起渔竿儿说，明天您老人家就歇着吧，吴某人偏偏不信这一套歪门邪道。我这个凡夫俗子也要尝一尝姜太公的滋味。

半路杀出个吴朗夫，就连小报记者姚壮阳也感到意外。

李菊五十分平静地对吴朗夫说了声谢啦，转身朝着奚正树点了点头。俩人一起走出贾家大院，前往永元德吃羊肉馅饼去了。

永元德的羊肉馅饼属于正宗北京风味——奚正树的肠胃难以适应。但是他不说，照吃不怠。因此李菊五认为奚正树的肠胃很泼，从不忌口。用一句天津俗话来说，带毛儿的不吃掸子，带腿儿的不吃板凳，带壳儿的不吃怀表，带皮儿的不吃账本儿，带气儿的不吃皮球……其余海陆空全吃。

6

第二天李菊五果然歇了，到了下午仍然躺在家里蒙头大睡。昨儿晚上在永元德饭馆与奚君喝了三壶老酒，醉了。连日以来井旁垂钓身心疲乏，一觉睡到翌日过晌，还是难以醒来。那只巧嘴八哥儿老老实实落在架子上，这家伙进步极大，已经连续十天没骂街了，颇有浪子回头步入正途的表现。据说老混混儿王丰池闻讯甚感欣慰，竟然派小喽啰给李菊五送来二斤“小八件儿”，以示恩典。李菊五颇有不食周粟的气概，当天便将老王爷的点心转赠张十三。张十三受宠若惊，逢人便讲自己吃了老王爷的“小八件儿”，仿佛这点心是御赐的。这二斤“小八件儿”使奚正树对李菊五外软内硬的处世哲学有所了解，于是愈发引起他对李菊五的研究兴趣。奚正树喜欢研究别人。

奚正树就住在这座小院里的两间北房里。应当说他是房东，李菊五是房客。奚正树并不向李菊五收取租金。即使这几天李菊五成为垂钓高士，兜儿里有了钞票，奚正树依然故我。每天下午是奚正树练功的时间。他席地而坐不声不响练着“瑜伽”。他在地上铺了一块方方正正的草毯，很像日本家庭的“榻榻米”。奚正树当年到达缅甸，曾在仰光学会这种印度功夫。天津南市这地方人多嘴杂，根本无密可保，然而没人知道奚正树的真实年龄，更没人知道奚正树的真正来历。

李菊五也不知道奚正树的真实年龄和真正来历。此时他躺在自己屋里的床上蒙头大睡，梦见死去多年的父亲。父亲款款走来，笑着说天堂很好，一天三顿饭有荤有素四菜一汤，就是没有鱼吃。李菊五惊醒了，躺在床上思索着。父亲逝世多年,偏偏今天托梦说天堂里没有鱼吃。看起来只有人间这种肮脏的地方才有鱼可吃,而且是大鱼吃小鱼。想到这里,李菊五的心情忧悒起来。

咚咚传来一阵叩击院门的响声。这时已经临近黄昏,李菊五闭上眼睛,佯寐。

院子里有人应声,听脚步一定是奚正树前去开门。很显然,一大群人涌进了院子,吵吵嚷嚷地说是求见李菊五先生。

李菊五从床上坐了起来,看了看摆在床头的电匣子,然后伸长脖子观察着院儿里的动态。

先得月饭庄的经理辛本财站在院儿里,大声说有请李菊五先生出屋,大伙有话要说。

奚正树小声儿告诉辛本财,李菊五连日劳累正在歇息。

李菊五知道应当出场了,他披着黑色棉袍,眯缝着左眼走出屋门。他的出现引起一阵欢呼。李菊五看见人群里站着几个小报记者,立即打着哈欠说,大家别闹哄,我只是一个凡夫俗子。

他的这句话引来哄然大笑。

身材高大的辛本财说,李五爷您除了这句话,还会说别的吗?

李菊五并不介意,颇为认真地说道,我真的只是一个凡夫俗子。

这时候,屋里那只巧嘴八哥儿突然说了话:凡夫,俗子!凡夫,俗子!

人们再度哄然大笑。

辛本财朝着小报记者们哈哈大笑说,你们都听见了吧?这就叫什么人养什么鸟儿。

小报记者们七嘴八舌邀请李菊五重返井台垂钓。这时李菊五才弄明白,敢情《庸报》著名记者吴朗夫今天一大早儿就坐在井台前,充当垂钓高手,结果连鱼鳞也没见着一片。饭庄经理辛本财还没说话,南市的小报记者们先急了,联手将稳坐高凳之上的吴朗夫拽拉下来,纷纷指责他居心不良逼走李菊五,独霸井台。可怜吴朗夫鱼没钓着,混乱之中还吃了几记耳光。辛本财连忙劝止,吴朗夫得以抱头鼠窜。

李菊五神情散淡告诉小报记者们,既然吴朗夫独霸井台那就让他独霸吧。

辛本财一听就急了，说吴朗夫一片鱼鳞也没钓上来，华洋两界的达官显贵们总共预订三十二桌“三吃贾家井鲤鱼”没了指望，先得月饭庄不出三天就得宣布倒闭。

解铃还须系铃人。既然是吴朗夫抢了我的位子，那必须是吴朗夫亲自请我归位。李菊五轻描淡写说着，突然回头朝着奚正树问道，奚君以为如何啊？

人们的目光齐刷刷投向奚正树。

奚正树表情局促，皱着眉头想了想，转身对辛本财说道，既然贾家井底的泉眼连通海河，那你们直接去钓海河里的大鲤鱼这事儿不就结啦？反正一样呗。

奚正树的这种想法实在古怪，令人猝不及防。辛本财与李菊五面面相觑。

小报记者们纷纷发出奇异的笑声。奚正树的一番话，似乎使原本简单的事情突然产生了戏剧性变化，一下子成为尴尬的僵局。

奚正树听到小报记者们发出的怪笑，越发局促起来。他看了看辛本财，又看了看李菊五，最后看了看小报记者们，还是弄不明白自己的言论究竟有何谬误。于是他又补充说道，这几天我经常在海河边转悠，总是看见浮桥那边有几个汉子挑花篮儿呢，专门逮大鲤鱼。

辛本财终于清醒过来，为了摆脱尴尬局面他大声喊道，海河里的鲤鱼怎么能跟贾家井鲤鱼相提并论呢？贾家井是一座海眼！我说李五爷您也该老帅归位啦。明天一大早儿我就让吴朗夫前来给您赔罪，这样您心里舒坦了吧？

李菊五显出十分豪爽的样子，说只要吴朗夫先生知错改错，自然万事大吉。明天李某人井台继续垂钓。

辛本财大喜过望连连拱手致谢，说先得月饭庄终于得救了。

小报记者们觉得已经达到高潮，小声儿商量着晚上的饭局。辛本财大声邀请诸位今晚聚会先得月饭庄，热烈庆祝李菊五先生明天重返井台，再钓贾家井大鲤鱼。

辛本财领着小报记者们正要走出奚家小院，猛然听见屋里八哥儿又说了话：走好！走好！

真是一只弃恶从善的好鸟儿。

这时天色渐黑，院子里景物朦胧。只见一个汉子大步走进院子，直奔李菊五脚下扑通一跪，连声说李五爷劳您大驾啦。

李菊五低头一看，面熟。辛本财一眼认出这是南市大恶霸袁文会的第十二号徒弟名叫孙子森。李菊五连忙拉起这位小混混儿，说您进门就跪这是从哪儿说起啊。

孙子森哭丧着脸，告诉李菊五自己的老娘得了“噎膈”，请了南市名医王介臣，大夫说不出十日即汤水难进，只待料理后事。孙子森回家问老娘最想吃什么，老娘说想吃刀鱼。孙子森又去请教泰一先生。这位占卜大师听罢沉吟片刻，面露一丝喜色，说刀鱼的“刀”字甚好，取其义，锋刃足以割除瘤子，因此料定性命尚存一线生机。孙子森悲中见喜，四处寻求刀鱼。然而刀鱼出自春水，秋汛难见踪影。孙子森几乎急疯了。

李菊五终于听明白了。看来小混混孙子森果然是个孝子。李菊五不知如何援之以手，孙子森泪流满面拱手恳求，说请求李五爷从贾家井里给我老娘钓上一条刀鱼来。

李菊五一惊，顿时出了一身冷汗，扭头呆呆望着辛本财。

奚正树站在旁边心中暗自发笑，他认为缘木求鱼的孙子森是个四肢发达头脑简单的蠢材。

孙子森见李菊五无动于衷，再次跪倒大声请求李五爷为他老娘从贾家井里钓上一条刀鱼来。

天色渐黑。院子里鸦雀无声。就连平时唯恐天下不乱的小报记者们也纷纷哑口，一时不知如何收拾局面。

巡警吕二狗晃着膀子走进院子，身后跟着横眉立目的警长金大牙。金警长当头就告诉李菊五，无论是黑道白道，都以孝字为先。孙子森为了一条刀鱼长跪不起，恐怕没人不给这个面子吧。

李菊五连忙解释，说是有心无力。尤其是老王爷的八哥儿，军令如山这几天必须调教出来。孙子森听了李菊五的推辞理由，腾地站起身来朝着李菊五一抱拳，两眼充满血丝说，我老娘的一条人命竟然比不上王丰池的一只鸟儿。说罢他从怀里嗖地抽出一把闪着寒光的攮子，一头冲进屋去。

奚正树反应奇快，大声说孙子森要杀鸟儿。李菊五听罢大惊，随即冲向屋里，高喊刀下留鸟。

孙子森毕竟是打手出身,手疾眼快挥刀就宰了黑影儿里的八哥儿。然后他一手握刀,一手拎着死鸟儿,大步出屋走到院子里。

李菊五只觉得眼前发黑,颤颤巍巍跟随着孙子森,如丧考妣。

孔武有力的孙子森挺起刀子迎着李菊五说,王丰池的鸟儿我杀啦,天大的事情由我承当。可是我老娘的刀鱼,你李五儿是万万推辞不得啦!

李菊五看了看身材高大的辛本财。辛本财已经矮了一截,也是无计可施的样子。李菊五知道今天唱的是《挑滑车》,只有一条道了。于是他咬紧牙关告诉孙子森,只要贾家井里出产刀鱼,李某万死不辞也要把它钓上来。

警长金大牙哈哈大笑说,这还像一句人话!

李菊五话锋一转说,不过王丰池的那只八哥儿,小人可就承担不起啦。

孙子森鄙夷地笑了笑说,王丰池的鸟儿是我宰的,跟你李五儿毫无干系。王丰池那老帮子算个屁呀!你问一问他敢惹我师傅袁文会袁三爷吗?

李菊五心里叫苦不迭。这就叫窑姐儿发兵——乱营啦。

7

事情出乎意料,终于闹大了。一九三八年在日本本土出版的《天津志》(作者西村正树)第三十二章“年度大事记”里记载着发生在一九三五年深秋天津南市的流氓斗殴事件。日语没有“混混儿”一词,这如同上海滩的青皮,均为土特产品。关于这场黄昏发生夜晚结束的流血大战,《天津志》作者史笔简练,仅仅记载了事件起因与双方参战人数。袁文会方面投入一百二十八人;王丰池方面投入九十九人。可见后者人数明显处于劣势。此次群殴袁文会与王丰池均未出面,装聋作哑隐身幕后,随时准备出面调停。群殴事件的起因系袁氏之徒孙子森血刃王氏爱鸟。然而令人感到意外的是参战人数处于劣势的王氏帐下猛将王金刚居然一刀捅死孙子森。血案发生之时,天津警察局长王玉田率领短枪队一百余人赶往群殴现场,双方参战流氓四散,仅抓获倒地呻吟伤员共三十三名。杀人元凶王金刚连夜逃往大连。此案震动南市,殃及华洋两界。但损失最大者不是混混儿袁氏,也不是混混儿王氏,而是先得月饭庄经理辛本财。在此之前,华洋两界名门望族竞相预订的“贾家井鲤鱼宴”总共三十六桌,前来就餐的已达八桌。

天津的达官显贵意欲一掷千金,这惊人的利润简直就是一座金矿。然而案发之后李菊五随即被警察局拘捕。流氓斗殴的南市也成为无人敢来的是非之地。既然没了李菊五这位唯一的垂钓高士,众所周知贾家井鲤鱼当然难以上钩。先得月饭庄遂成"无鱼之宴",预订的宴席全部泡汤。辛本财捶胸顿足,痛不欲生。情急之中他果断决定放弃李菊五,发动小报记者另行塑造一位垂钓高士,可惜来不及了。辛本财只得眼巴巴瞅着即将到手的一沓沓钞票付诸东流,几乎寻了短见。他泪水横流对芝罘口音的妻子说,我穷了大半辈子好不容易找到这个赚大钱发大财的机会,全毁啦。

厨子出身的辛本财一夜之间就疯了。他满街乱跑哈哈大笑,一大早儿就坐在张十三的饭桌前,目光呆滞不住地念叨着。

我的金矿银矿全毁啦。我金矿银矿全毁啦。

张十三看着这位饭庄经理不禁顿生疑窦:辛本财疯了,莫非井台垂钓的李菊五真是大骗子啊?

残秋的大街上,人们脸上提前露出对寒冬的畏惧。奚正树脱下大褂换上棉袍,面孔阴沉上街溜达。他与血案毫无瓜葛,成了冷眼旁观的闲人。坐在张十三的饭桌前,奚正树想起"秋风吹渭水,落叶满长安"的诗句,心头不禁泛起"日暮乡关何处是"的浓烈思乡之情,不禁惆怅起来。张十三晃着脑袋向他求教,问李菊五到底是不是大骗子。

奚正树放下乡愁,开始思考这个难解之题。这时候报童大声吆喝着跑了过来,说是《庸报》发表著名记者吴朗夫的文章,揭露"贾家井鲤鱼"真相。

奚正树叫过报童,掏钱买了一份报纸仔细阅读起来。张十三大字不识又急于了解细情,擦着桌子连声催问,恨不能立时就给李菊五定性,究竟是不是大骗子。

奚正树一门心思阅读《庸报》,并不理睬张十三的追问。

吴朗夫这家伙果然刀笔,血口喷人,倒打一耙。其实事发之前奚正树已经看出骗局的底细。分明是饭庄经理辛本财买通《庸报》记者吴朗夫,俩人狼狈为奸设置骗局,然后拉扯南市颇有名气的天气先生李菊五入伙,三人联手制造"贾家井鲤鱼"的新闻,造成声势,传遍华洋两界。然后三人各司其职,李菊五垂钓,吴朗夫新闻炒作，辛本财推出豪华宴席牟取暴利。此举可谓天衣无缝，三人紧密配合一步步走向财神爷的口袋儿，伸手提款。岂料中途突发流血事件，王金刚捅死孙子森。于是三人联手设置的骗局难以继续实施。眼看就要到手的钞票，竟然灰飞烔灭，辛本财急火攻心精神失常，于是骗局露了马脚。最可恨的就是这个吴朗夫，本是骗局的同谋却摇身一变成了清白人士，仿佛与此案毫无干系。这个无耻之徒撰写文章揭露所谓真相，竟然弄成独家新闻还卖了个大价钱，可谓旱涝皆收。三人之中，辛本财发疯，李菊五入狱，只有吴朗夫毫发无伤并且得到了正人君子的名分。吴文称自己对李菊五的垂钓之技早已看破，所谓贾家井大鲤鱼均为海河岸边购得，缸内饲养。井台垂钓之时藏于李菊五肥大的棉袍之下，看似甩起渔竿儿钓得一尾尾井中活鱼，分明是一次次变戏法的“手彩儿”（这种偷天换日的绝技，其实师承天津魔术大王金猴子的拿手节目“现场钓鱼”）。吴朗夫分明是骗案的同谋，文章里却称自己曾经当场揭露李菊五骗局，不料遭到小报记者们痛打云云。

张十三急得抓耳挠腮，连声追问奚正树，李菊五到底是不是大骗子。奚正树放下报纸，不偏不倚告诉张十三，李菊五曾经骗过别人，不过最后他还是被吴朗夫给算计了。因此他根本称不上大骗子。

张十三眨了眨眼睛连声说明白了，李菊五不是大骗子是小骗子，可转念一想又觉得情理不通。李菊五算定六月十八没雨，果然就没雨。因此李菊五还是颇有真才实学的，不能一概而论。这样思来想去的，张十三的心头愈发迷乱起来。

奚正树起身走了。广货铺里蹿出一个戴着墨光眼镜的汉子，紧紧跟随而去。张十三看见这里头有事儿，便暗暗为奚正树担心。

临近正午时分，李菊五突然出现在张十三的饭桌前。张十三毫无思想准备手忙脚乱，说李五爷您不是屈死的冤鬼回来讨债的吧？

李菊五面色惨白，瘦得弱不禁风，但他还是鼓足劲头儿挤出几丝笑容挂在脸上。

李菊五坐在饭桌前抓起个烧饼眨眼之间就吞进肚去。他喝了一口水然后喘着粗气说，张十三啊我真的是个凡夫俗子。

张十三听到“凡夫俗子”就苦笑了，说李五爷这句话真够您说一辈子的。

李菊五狼吞虎咽一共吃了六个烧饼，然后眯缝着左眼，表情颇为尴尬地向张十三询问自己究竟赊了多少饭账。张十三掏出账本儿拢了拢，说他前些天井台钓鱼赚钱不少，赊欠饭账全部还清。李菊五听了这话松了一口气，颇为欣慰地喝了一大碗白水。

鄙人能活着从警察局里放出来，真是万幸啊。李菊五自言自语摸遍全身也找不着一支烟卷儿。张十三递上一支烟袋锅儿，说若不嫌弃您就抽两口儿吧。扛了几天烟刀的李菊五毫不犹豫，接在手里吧嗒吧嗒抽了起来。

张十三环顾左右，趁着四周没人压低声音问道，吴朗夫在《庸报》上写文章说您跟辛本财合谋行骗，您到底是不是大骗子啊？有一件事情您必须告诉我，您究竟怎么能够预测六月十八的天气呢？我这给您作揖啦，您就告诉我吧，别让我糊涂一辈子啊。

李菊五抽了两口旱烟叶儿，呛得咳嗽起来。张十三递上一碗白水，表情非常迫切。

这时候，只见五六个身穿黑衣黑裤的小混混儿顺着广兴大街止了过来，不声不响站在李菊五身后，形成合围的局势。

李菊五浑然不知，再接再厉咳嗽着。张十三看出来者不善，连忙示意他身后有人。李菊五停止咳嗽，转身回头瞥了瞥这群小混混儿，看出他们都是孙子森的徒弟。

一个刀疤脸儿的小混混儿走上前来，使劲拍着李菊五的肩膀大声告诉他，孙子森死了，可是孙子森的老娘没死还活着呢。

李菊五寻思着，抬头问刀疤脸儿此番前来到底是什么意思。刀疤脸儿硬声硬气告诉李菊五，孙子森死了，可孙老太太照旧想吃刀鱼。俗话说，君子一言驷马难追。孙子森托梦，叫我们找你要刀鱼来啦。

刀疤脸儿说着，甩腕儿嗖地将匕首插在桌上。李菊五刚刚走出警察局的小黑屋，转眼又落到南市的流氓手里。此时他心里明白，这群小混混儿背后的最大靠山就是一跺脚南市地皮乱颤的青帮头子袁文会。

李菊五霍地站起身来，眯起左眼瞄着刀疤脸儿大声说，我李某人虽然是个凡夫俗子，落难之时依然讲究一诺千金。既然孙子森给你托了梦，今天我就向孙老太太献上一条刀鱼,祝她老人家起死回生。你们现在满大街传信儿吧,就说我今天下晚儿贾家井前接着垂钓,不就是一条刀鱼吗?我包啦。你们到了时辰就来拿鱼吧。不过我丑话说在前头,刀鱼这东西出水儿就死,我不保活鱼。

刀疤脸儿嘿嘿笑着,从桌上拔起匕首说,这节气无论你怎样变戏法儿我也管不着,反正到了时辰咱得见着一条刀鱼。

李菊五说了声不见不散,便不再理睬刀疤脸儿。刀疤脸儿跺了跺脚,率领众人扬长而去。关于李菊五重操渔竿儿井前垂钓刀鱼的消息,立即在南市大街上传开了。

张十三吓得白了脸色。李菊五却不慌不忙逮着话题,说张十三刚才你问我什么事儿来着?

张十三擦着额头汗水说,刚才我问您六月十八预测天气的事儿。可没承想疤脸儿又找碴儿跟您过不去。我看您是走了倒霉字儿啦。

李菊五似乎并不在乎疤脸儿的出现。说破大天不就是一条刀鱼嘛。不知为什么李菊五很想说一说心里话。他伏下身子凑到张十三耳前,十分神秘地说,事到如今我也不瞒你了。不过这事儿你得保密,千万别告诉外人。若是大街上都知道了,人们就不信服我啦。告诉你吧我有一台电匣子,东洋货。我每天清晨一睁眼先听租界广播电台的天气报告,然后才上街呢。尤其人家日租界广播电台报告的天气,那是日本华北驻屯军气象部提供的,往往是八九不离十,挺准。

张十三恍然大悟。敢情您有一台电匣子呀?这可是贵重玩意儿。这么说您当年是豪门富户的公子哥儿啊。依我说既然您精通日本话,干脆去当日本翻译官,吃香的喝辣的万事不用愁。

李菊五摇了摇头,不以为然地看了看张十三,说了一句“我是个凡夫俗子”,然后起身离去。

戴着墨光眼镜的汉子坐在玉壶春茶楼里,临窗注视着李菊五远去的背影。

8

王金刚躲避杀人血案,外漂了。这就等于折了王丰池的胳膊,遇事儿老王爷只能亲自出马,因此他显得比清朝军机大臣还累。黄昏时分王丰池听说李菊五从警察局的拘役所里放了出来，立即长袍马褂穿戴整齐，坐着自家包月车，威风凛凛出了东兴市场大门。两个小混混儿跑在前面开道，四个小混混儿左右两侧保镖。

王丰池恨不得立即找到李菊五。绕着南市转了一圈儿，这才知道李菊五下晚儿在贾家井台继续垂钓，兑现"一条刀鱼"的诺高。坐在车上王丰池乐了，知道李菊五属于白菜冤大头，不宰白不宰。

前面开道的小混混儿终于探来消息，李菊五为了兑现"一条刀鱼"的承诺，此时正在贾家大院井前垂钓。王丰池惑然不解，说贾家井钓鲤鱼不是李菊五变戏法的手彩儿吗？怎么还有人相信这套把戏啊。小混混儿告诉老王爷，孙子森的徒弟们仰仗袁文会的势力，不依不饶非让李菊五献上一条刀鱼满足孙老太太的心愿。

王丰池听到袁文会的名字，顿时心生怯意。老混混儿知道自己的势力日见萎缩，论文论武都不是后起之秀袁文会的对手。尤其自己的徒弟王金刚捅死袁文会徒弟孙子森的这笔血账，时至今日尚未清算。此时狭路相逢唯恐凶多吉少。俗话说光棍不吃眼前亏。想到这里王丰池改了主意，此时胶皮车路过玉壶春茶楼门前，王丰池随即停车迈步进了茶楼，踏踏实实坐下了。

玉壶春的茶博士惊了，马上报告茶楼经理。茶楼经理三步并作两步跑了出来，迎接稀客到来。这时候坐在临窗桌前的戴着墨光眼镜的汉子高声喊叫结账。王丰池虽然老眼昏花，还是看清了这位爷的身份，心中不禁一惊。南市今天这是怎么啦？全神下界啊。

茶楼经理亲自动手伺候王丰池，端来一壶香气四溢的碧螺春。王丰池细品慢咂，寻思着如何逮住李菊五——逼他赔鸟儿。

此时，南市众人瞩目的地点不是玉壶春茶楼，而是官沟街上的贾家大院。李菊五获释出狱的消息并不令人感到意外。令人惊诧不已的是李菊五"贾家井鲤鱼"曝光之后，戏法儿的伎俩已然众所周知。公众舆论纷纷谴责，李菊五销声匿迹方为上策，可是他却公然故技重操，竟然宣称要从贾家井里钓上一条刀鱼，兑现诺言。

消息传遍南市的大街小巷。李菊五的举动激起强烈反响。以前人们聚集贾家大院观看钓鱼,可谓雾里看花不知骗局。此番人们前来观看,则是眼里不揉沙子。正是由于这种不同以往的新闻效应,黄昏时分官沟街上已经挤得水泄不通。以疤脸儿为首的小混混儿们却被一层层人墙挡在外面,无法走近贾家大院。南市这地方,无论男女老少都想挤进贾家大院去亲眼看见李菊五“井里钓刀鱼”的绝技。这就是天津话所说的“起哄架秧子”。

人群里有人演讲。疤脸儿挤上前去,看见站在台阶上的演讲者是吴朗夫。这家伙操着蓝青官话,告诉大家“钓鱼”乃是天津魔术大王金猴子的拿手节目——其中奥妙就是提前将活鱼挂在棉袍的袖子里或衣襟下,甩起渔竿儿钓着的正是这条活鱼。练就这种偷天换日的戏法儿,最少要用八年工夫。

奚正树挤在人群里大声发问,深秋初冬根本就不是汛季,李菊五藏在棉袍里的刀鱼从何而来呢?

口若悬河的吴朗夫,一下子就被问住了。

官沟街上突然一阵骚动。一队黑衣警察在警长金大牙的率领下,大嚷大叫挥动着警棍,硬是打出一条通道。奚正树踮起脚尖儿远远望去,只见人们夹道欢迎着一个赤膊上阵的汉子。走近了奚正树终于看清楚,赤膊上阵的汉子正是李菊五。初冬季节,李菊五赤膊袒胸,露着两条大腿,浑身只穿着一条白色短裤,完全是三伏炎天的打扮。

奚正树心里猛然明白了,李菊五赤身露体上阵,这是打出最后一张绝牌啊。

这时候人群里发出一阵质问,呼地朝着吴朗夫涌去。

吴朗夫,你不是说李菊五变戏法儿穿棉袍吗?现在人家光着身子来啦!

吴朗夫,你得给大伙一个交代!人家李菊五光着身子怎么变戏法儿呢?

你说话呀,吴朗夫!李菊五只穿了一条裤衩,那条刀鱼他能藏在什么地方啊?

吴朗夫被众人问得无以答对,连连挣扎着朝后退去。

奚正树抓住这个时机,鲇鱼似的挤进贾家大院。

贾家大院里也已经挤成一锅肉粥。最令奚正树感到意外的是南市大恶霸袁文会亲临现场,身穿古铜色棉袍坐在一张太师椅上,悠悠饮茶。袁文会左右站着四个保镖,横眉瞪眼环视着四方。

天津卫的大小报纸记者足有三十多位，人人表情庄严，院里气氛肃穆。

李菊五只穿着一条短裤，浑身冻得透红，手持渔竿儿坐在板凳上，全神贯注盯着井口。时光仿佛凝固了——凝固成为井台的石头。

天色渐渐黑了下来。李菊五缓缓抬起头来，突然大声吩咐拉上一只电灯，以便大家看得清清楚楚。他的这种坦荡风度，赢得了人们的好感。

刀疤脸儿低声请示袁文会，到底拉不拉电灯。贾家大院里人们的目光，也一起投向袁文会。这情景很像一群猴子在看老虎的脸色。

袁文会点了点头。不一会儿电灯匠就从屋里拉出两根电线，挂了一只二十五烛的电灯泡。井台被照亮了。这情景使人觉得这是在看一出独角戏，只是剧情进展很慢。

李菊五口中念念有词，但没人能够听清他念叨的是什么词儿。

李菊五隐隐念叨着：袁文会我操你姥姥！王丰池我是你大爷！

这样反复骂着，李菊五竟然不觉得冷了。暗暗咒骂自己所痛恨而又不敢当面得罪的人，这就等于是给自己穿了一件贴身小棉袄儿。

李菊五心里说，如果继续咒骂下去我可就穿上皮大氅啦。

电灯泡的照耀下，人们看到李菊五冻得咳嗽起来。他手里的渔竿儿也因咳嗽而颤抖起来。他伸手捋了捋喉结，似乎想抑制咳嗽的发作。但他还是猛烈咳嗽起来。这时只见渔竿儿一甩，一道白光从井里闪腾而出。人们不由一声惊呼，鱼钩上已然挂着一条刀鱼。

这是一条尺许长的白鳞刀鱼！

人群里又爆发出一阵惊呼。袁文会霍地站了起来，扔了手里的茶盅。这个青帮头子立即意识到自己的失态，又重新坐在太师椅上，做出一派不动声色的样子。

李菊五并不急于表现自己。他十分认真地将这条刀鱼从鱼钩上摘下来，扔进身旁的陶罐儿里。

疤脸儿冲上来捧起陶罐儿，送到袁文会面前。袁文会看了看，起身离开太师椅，走到李菊五近前面色阴沉大声说道：好戏法儿，这真是一条刀鱼！

袁文会大步走出贾家大院。疤脸儿捧着陶罐儿紧紧跟随。大小报纸的记者们也随着涌了出去。

消息传出好比飞弹爆炸，于是官沟街上顿时乱了起来。无论是不是戏法儿，反正李菊五再次向世人展示了自己的垂钓绝技。

贾家大院里，只有孤零零的李菊五赤膊露体呆呆坐在井台前。奚正树走上前来，给他披上一件温暖的棉袍。李菊五抬眼看了看奚正树，浑身颤抖双唇僵硬目光凝滞，颇为费力地说出一句话。

奚君，我只是一个凡夫俗子啊。

说完这句话，李菊五就晕了过去——倒在奚正树怀里。

很少有人知道贾家大院有个后门儿。奚正树搀起李菊五出了后门儿，来到南马路上。叫了一辆胶皮，他将李菊五扶到车上。路不远，奚正树前面徒步引道，朝着东南城角的草厂庵胡同走去。

李菊五已经清醒过来，坐在车上使足气力说，奚君，明天我请你吃饭……

奚正树并不知道，戴墨光眼镜的汉子不远不近跟踪着这辆人力车。天气虽然冷了，这家伙手里仍然拿着折扇，扇面上仍然是那两个金字：色空。

9

奚正树东北口音，果然具有东北汉子的抗寒经验，尽管他在旅顺只待了两年。他扶着李菊五走进院子，累得气喘吁吁。进了屋子李菊五迷迷糊糊躺在床上，说浑身燥热。奚正树立即动手为他解冻、驱寒、保护皮肤……显得训练有素。揉、按、擦、包扎，动作极其规范，分明就是一位经验丰富的战地军医。最后，他让李菊五喝了两口药酒。李菊五喝罢，倒头便睡着了。

凌晨时分，奚正树极其困乏，躺在李菊五身旁也睡着了。

李菊五却醒了。他是疼醒的。他睁开眼睛并不呻吟，不声不响看着夜色里的屋顶，然后突然瞥见睡在身旁的奚正树。

李菊五被奚正树的义举深深感动了。如果没有奚君及时送来棉袍，自己必然冻死无疑。我为什么打出最后这张绝牌呢？李菊五深夜自省，仍然理不清思绪。变戏法儿的倘若玩到这种份儿上，也算是山穷水尽了。天下无人知晓，李菊五将那条从沈公馆室内花园养鱼池里买来的鲜活刀鱼，隐藏在身上的什么地方。

当他井前奋力甩起渔竿儿之际，原本的鱼弦鱼钩已经偷天换日抛进井里，取而代之的则是另一套鱼弦鱼钩——还有那条高价购来的刀鱼。

夜色之下的李菊五静静躺在床上，侧脸看了看熟睡的奚君，很想立即将这套苦练十年的戏法儿以实相告。看到奚君睡得很熟，又不忍心叫醒他。

这时，突然从奚正树嘴里传出一串古怪的声音。李菊五没有听清，但他知道这是奚君在说梦话。男人说梦话，是常事儿。男人梦见女人，更是常事儿。君义在说梦话。李菊五终于听清了，心中骤然大惊。他本能地坐起身来，呆呆看着奚正树，然后小心翼翼重新躺下。他告诫自己必须冷静下来，万万不可惊醒这位正在梦呓的先生。

李菊五北洋大学肄业，精通日语。奚正树梦里说的正是日语：我一定要回到故乡去，芳子，我一定要回到你身边！芳子啊鹿儿岛是咱们的故乡啊……

夜静极了。李菊五听得清清楚楚。他知道，一个人即使会讲多种语言，但在梦里所说的必定是母语。母语是婴儿时代母亲温暖怀抱里的歌谣。尤其当你独自远行流落异国，母语愈发成为不可磨灭的心语。

奚正树无疑是一个日本人。李菊五感到不可思议。天津的日本居留民绝大多数居住在日租界，即使居住在华界也都拥有固定职业，譬如药剂师或者牙科医生。奚正树则属于终日无事的闲人。李菊五从来没有见过这种游荡在中国底层社会的日本人。夜色里静静注视着梦人故乡的奚正树，李菊五深深感到自己的见识短浅。

第二天李菊五醒来的时候，奚正树已经出去了。他并不知道奚正树去了日本驻天津领事馆。不但李菊五认为奚正树是个不可思议的日本人，就连日本驻天津总领事松田满雄先生也认为奚正树是个极其古怪的大陆浪人。

奚正树回来的时候，依然面孔阴沉。由于常年阴沉着面孔，李菊五对他的脸色并未感到异常。看到李菊五的身体恢复了，奚正树感到高兴，咧了咧嘴角，算是笑了。李菊五说晚上请奚正树吃饭，并且提出去吃日本料理。奚正树并不谢绝，说如果想吃日本料理最好去日租界浪速街上的樱花餐馆。

李菊五知道樱花餐馆，连忙说那里的日本女招待根本就不拿中国顾客当回事儿。

奚正树郑重了脸色,说中国顾客也是人啊。樱花餐馆的女招待有什么了不起的。

李菊五听了这话顿时高兴起来,大声说那就樱花餐馆吧。

距离晚饭还有一段时间,俩人坐在屋里开始聊天儿。这是两个本质上不善言谈的男人。生活在有嘴没腿的时代里,这种男人之间的生死搏击并不凭借口若悬河的话锋,而是依靠隐而不露的牙齿。其实男人的牙齿是用来撕咬的,然后吃肉。

李菊五眯起左眼瞄准对方说,奚君,你怎么就不问我昨天究竟把那条刀鱼藏在身体什么地方啦?

奚正树紧皱着眉头说,那条刀鱼不是你从井里钓上来的吗?

李菊五听罢,十分开心地大笑起来。他觉得奚正树的表达方式真的跟中国人大不一样。冷硬之中透出一股天然的味道。

李菊五又问道,奚君你说我是不是精通鸟语啊?王丰池的那只八哥儿见了我就变得老老实实的啦。

奚正树认真思索着说,所谓鸟语其实就是鸟儿的各种叫声。李君如果自幼玩鸟儿,应当能够听懂各种鸟儿的叫声。王丰池的那只八哥儿虽然死了,但是他老人家不会善罢甘休。你应当准备一笔钱,赔他的鸟儿。

李菊五不说话了,心里对奚正树的判断力钦佩不已。他知道王丰池不会轻易结账,否则就不是老混混儿了。李菊五开始暗暗揣摩奚正树的真实身份,认为此君绝非普通日本人。

黄昏时分,俩人都认为应该上街了。李菊五换了一件深蓝色缎子棉袍,平添几分富贵之气。奚正树则穿了一套黑色西装,是旧货,但看得出做工精良。他们走在街上,小报记者姚壮阳跑上前来,告诉李菊五说那条刀鱼送到病榻之前,正逢孙老太太弥留之际。于是熬成鱼汤,她老人家喝了两口便驾鹤西去了。

李菊五认真听着,表情颇为感慨,然后说了声“功德”,就随着奚正树朝着南市牌坊走去。经过这几天的风风雨雨,李菊五愈发成了南市的超级名人。他的出现引起人们的议论,说的还是预测天气和海眼钓鱼的事儿。李菊五眯缝着左眼侧着身子站在大街上,活像猎人瞄准着前方。

疯子辛本财光着双脚嘴里不停地嘟哝着,从李菊五面前跑了过去。

这时奚正树叫来了两辆能够进出租界的人力车,说去日租界浪速街。天津的人力车必须挂上六道捐牌儿,方可通行于华界与租界之间。奚正树在前,李菊五在后,两辆胶皮出了南市牌坊拐上旭街,沿着电车道向东南方向疾驶而去。

戴着墨光眼镜的汉子站在高丽大烟馆门前,一只眼睛目送着那两辆胶皮渐渐远去。

浪速街上的樱花餐馆小有名气。由于距离华界并不太远,因此华界人士偶有光顾。李菊五很少进入日租界,对樱花餐馆更不熟悉。樱花餐馆女招待的脾气,李菊五只是久有耳闻。胶皮进了日租界,李菊五心里怯了。大恶霸袁文会有恃无恐大肆倒卖华工,有多少良家子弟从此下落不明。因此日租界好似鬼门关,给人们心里投下沉重的阴影。

终于到达浪速街。俩人一前一后迈下胶皮,肩并肩走进了庭院式的樱花餐馆。

沿着小径来到后庭,游廊里是一间间日式木屋,专供三五知己聚餐,小巧而融洽。一个身穿和服皮肤白皙的女招待款款走了过来,拉开一间木屋的门扇,操着中国话说了声请。李菊五今天做东,就伸手请奚君先行。奚正树稍做谦让,十分熟练地脱了皮鞋,走了进去。李菊五模仿着奚正树,脱下鞋子跟了进去。他已经从日本女招待的面孔里看出几分冰冷,心里暗暗骂了一声小日本儿。

一张黑色金花大漆矮脚餐桌,摆在榻榻米上。李菊五学着奚正树的样子,正襟跪坐。菜单令人感到惊奇,美味佳肴写在精美的团扇上,一面日文,一面中文,颇有脱俗的意境。李菊五将团扇递给奚正树,说奚君走南闯北见多识广一定是个美食家,请点菜吧。

奚正树并不推辞,接过团扇然后看了看女招待的冷冻脸蛋儿,说要三份生鱼片。李菊五一听就慌了,压低声音说自幼不食生冷。奚正树说了声对不起,告诉女招待改成二份生鱼片,他一人享用。然后奚正树避开生冷,从团扇上点了几种适合中国人肠胃的菜品。女招待听着,脸上毫无表情。奚正树向她郑重强调,一定要喝日本清酒。

菜品陆陆续续送了上来。最不能令人满意的就是女招待的冰冷脸色。然而这没有妨碍李菊五与奚正树的推杯换盏。

日本清酒的味道与中国白酒迥然不同，果然独具东瀛风格。李菊五做出东道主的样子，连连向奚正树敬酒。奚正树的酒量显然大下往日，逢杯必饮。他啖生鱼片，佐以清酒，兴致极高，不经意之间竟然流露出几分孩子般的贪食神态。

奚正树究竟是怎样一个日本人呢？李菊五苦思不得其解，就继续劝酒。这时奚正树红头涨脸汗水淋漓，乐呵呵笑眯眯看着李菊五。李菊五从未见过奚正树常年阴沉的面孔上拥有如此温暖的表情。

奚正树突然举起酒杯，神情激动起来。

李君，这几天我就要返回故乡了。故乡很远，我已有三十年未归。人到中年，我觉得自己应当回到故乡去。今夜李君设宴，就算是为我饯行吧。

李菊五举起酒杯注视着奚正树。奚君返回故乡一定是要乘坐海轮吧？路远浪大，还望多多保重身体。

奚正树回答说，返回故乡必须乘坐海轮。天津英租界的太古码头船班很多，明天就有轮船。

李菊五听说明日奚正树即将起程，不禁心怀感伤。端起清酒一饮而尽。这时候，女招待拉开木屋门扇，端着一盘果蔬走了进来。

奚正树颇为不满大声对女招待说，作为日本餐馆的女招待你进门送菜的时候，理应说一声对不起。

女招待气哼哼将一盘果蔬放在矮桌上，立即反唇相讥：你这个中国人怎么这样麻烦呢？真是让人讨厌！说罢她转身离去。

奚正树的脸色倏地变得惨白。

李菊五看着对方，心里思忖着。既然樱花餐馆的女招待如此蔑视中国人，为什么奚正树不向她说明白自己是日本人呢？

奚正树真有涵养，渐渐冷静下来重新端起酒杯十分通达地对李菊五说，孔夫子说唯女子与小人难养也。这句圣言用在日本女招待身上也很合适吧？

李君与奚君继续喝酒。

隔壁房间也来了顾客。李菊五听出这是几个日本男子，讲着带有口音的日语。这几个日本男子一边喝酒一边聊天，七嘴八舌议论着一个名叫西村正树的人。

李菊五佯作敬酒，竖起耳朵听着隔壁的议论。声音时高时低，伴着阵阵笑声。有时听得明明白白，字清句楚；有时听得模模糊糊，语义含混。

俩人喝了两大瓶清酒，微醺的样子。李菊五掏出钞票扔在榻榻米上然后摇摇晃晃站了起来，朝着奚正树说咱们回家吧。

奚正树喃喃着，目光凝滞，说同家啊叫家。

李菊五并没有真正喝醉。奚正树也没有真正喝醉。真正喝醉的却是隔壁的那几个日本男子——大声唱起了《支那之夜》，然后发出一阵吼叫，尽情宣泄着。

出了樱花餐馆。奚正树要求步行回到华界的居所。李菊五知道他的心思，欣然同意。明天奚正树就要起程返回故乡。这是最后的夜晚。最后夜晚漫步天津街头，心头五味俱全。

回到东南城角草厂庵胡同的小院门前，奚正树醉眼惺忪摸到门锁，知道有人来过。走进院子奚正树径直走向自己的房间，连声说夜深了歇息吧。

李菊五没有看出门锁的异样，附和说夜深了歇息吧。

一夜无话。李菊五彻夜无眠，绞尽脑汁还是琢磨不透奚正树究竟是个什么样儿的日本人。

10

第二天一大早儿，住在南屋的李菊五起床的时候，看见奚正树身穿棉袍踱出北屋，手里拎着一只铜梁白瓷茶壶。李菊五连忙出屋，说我去水铺沏茶吧。奚正树脸上露出少有的笑容说让我去沏吧。然后从从容容走出院门。

那年月天津底层市民的生活习惯，早晨一睁开眼头一件事儿不是洗脸漱口而是拎着茶壶去水铺沏茶。除了三民主义，早晨喝茶几乎成了天津草民的信仰。

李菊五坐在屋里等待奚正树和茶壶。他认为奚君沏茶回来吃罢早点，也该动弹着上路了。英租界太古码头的船班，往往是上午靠岸过午开航。

还是不见奚正树回来，李菊五走出屋子站在院里寻思着，渐渐觉出事情不大对头，抬腿朝着院门走去。

迈步走出院门迎面就遇到一支黑洞洞的枪口。对方压低声音命令他退同院里不许出门,口气冷硬。李菊五不敢反抗,一步步退了回来。两个手持短枪的汉子一步步跟了进来,迅速掩上院门。

其中那个戴墨光眼镜的汉子,手里的折扇此时已经变成短枪。李菊五暗暗寻思,一只假眼也能打枪啊?真是秃子当和尚——将就材料。

戴墨光眼镜的汉子拎着短枪埋伏在院门左侧,他的矮个儿同伙手持短枪隐蔽在院门右侧。他们不声不响等待奚正树拎着茶壶走进院门,然后逮捕。

李菊五呢?呆头呆脑木手木脚矗在院子中央,仿佛庄稼地里的稻草人儿。

院里院外静悄悄,丝毫不见奚正树归来的迹象。院门左右两个拿枪的汉子并不着急,就这样耗着。

李菊五的脑海里蓦然迸出灵感火花:奚正树手里拎着茶壶出门恰恰是为了麻痹对手,此时他肯定直接前往太古码头登轮而去。

这样想着,李菊五觉得戴墨光眼镜的汉子设置的这个守株待兔的场面不仅愚蠢而且可笑。

两个手里有枪的汉子面露焦急之色。李菊五搬来一只凳子坐在院子中央,点燃一支烟卷儿悠悠抽了起来。

戴墨光眼镜的汉子伸出手枪指着李菊五说,你老实坐着不许动弹。然后俩人拎着手枪冲出院门,疾速奔向街上的刘记水铺。

李菊五急于知道事情的结果,前脚儿跟着后脚儿跑出院门奔向水铺。刘记水铺坐落在居士林附近的小街上。

李菊五的判断基本准确。两位差爷跑到刘记水铺的时候奚正树已经绝尘而去。那只铜梁儿白色瓷壶摆在水铺灶台上,茶壶里还放了一包儿香片。两个持枪的汉子为了不惊动市面儿,已经将武器揣进怀里,盘问着刘记水铺的刘大。刘大告诉二位差爷,奚正树撂下茶壶之后微微一笑,然后就朝着东南城角方向去了。

东南城角一街之隔,就是日租界的大和街。戴墨光眼镜的汉子小声对同伴说,这好比鱼儿游到大海里去了。

李菊五赶到刘记水铺门前,看见摆在灶台上的白瓷茶壶就知道奚正树已经悄然离去。不知为什么他认为这只茶壶正是奚正树留给自己的纪念品。每逢端杯品茶,他都会想起那个日本人的。

戴墨光眼镜的汉子抓不着大鱼逮小虾——突然揪住李菊五的棉袍领子问道,你知道奚正树跑到什么地方去啦?

李菊五摇了摇头说不知道,然后他使劲儿挣脱着对方的揪扯反问墨光眼镜,请问您是哪个衙门里的差爷,我这棉袍可没招您惹您啊。,

戴墨光眼镜的汉子突然松手,李菊五的身子猛地朝后仰去。对方趁机抡圆胳膊掴了他一个大嘴巴。天津话称为“满脸花”。

李菊五不但吃了“满脸花”,还被人家给逮走了。水铺的刘大从未见过“便衣儿”打人的场面,吓傻了,根本就没弄明白这两位差爷究竟是哪座庙里的神。刘大所能做的事情只是将那只铜梁儿白瓷茶壶妥善保管起来,但愿它不要成为遗物。

李菊五吃官司的消息,随着初冬的小风儿刮到南市。小报记者姚壮阳头一个儿跑来采访。水铺刘大笨嘴拙腮描述着那两位差爷的穿着打扮模样长相,姚壮阳只能认为玉皇大帝派来了天兵天将。

紧跟而至的是大报记者吴朗夫。此公毕竟在《庸报》见过大棒槌,熟悉军警宪特,还懂得“中统军统”。听了水铺刘大的一番复述,吴朗夫二话没说扭头就走。小报记者追着大报记者请教个中缘由。吴朗夫嘱咐姚壮阳赶紧找个没苍蝇的地方忍着,别掺和这事儿。这一定是“蓝衣社”的人,CC 的贺東寒先生的势力在中国北方是手眼通天的。

姚壮阳心里思忖。李菊五被逮走了,奚正树失踪了,只剩下一只茶壶存在刘记水铺。这里头到底是怎么回事儿谁也说不清楚。添灶撤兵,我赶紧走人吧。

李菊五当天傍黑儿就被放了出来。他直接去了日租界浪速街,为了防止戴墨光眼镜的汉子跟踪,故意绕道意大利租界。李菊五来到樱花餐馆那间木屋里,独自喝着日本清酒,操着日语向冷脸儿女招待打听昨晚隔壁房间喝醉的那几位日本男子何处高就。他的日语和小费起了作用,冷脸儿告诉他,那几位日本男子都是横滨正金银行的职员。为首者是高桥先生。李菊五知道横滨正金银行坐落在天津英租界中街,心里踏实了,就独自饮酒。喝高了,他告诉冷脸儿女招待昨天举杯同醉的那位先生是日本人,对方连连摇头根本不信。

走出樱花餐馆，夜色之中未见有人跟踪，李菊五乘坐人力车回到东南城角草厂庵胡同的小院门前。不知为什么，夜深人静颇有恍若隔世的感觉。

奚正树居住的两间北房显然遭到搜查，凌乱不堪。李菊五呆呆望着人去屋空的景象，心里寻思着奚正树，仿佛是百年之前的人物，已然十分遥远。然而他被墨光眼镜汉子逮走的经历却十分清晰地留在脑海里永生不忘。

李菊五是被狠狠塞进一辆小汽车然后驶往河北金家窑方向的。一座深宅大院的狭小房间里，一个身穿蓝色制服的白面书生模样的男子审问了他。对方语气平缓，显得有板有眼。李菊五在接受审问之前暗暗告诫自己，无论如何也不能招认自己知道奚正树是日本人，那样罪过就大了。历时两刻钟的单独审问，对念过北洋大学的李菊五来说是一次严峻考验。

问：李先生，您知道奚正树是什么人吗？

答：知道。奚正树是个闲人。

问：什么叫闲人呢？

答：一天到晚什么事儿也不干，四处溜达。有时手里拎着鸟笼子，有时手里搓着两个山核桃，有时……

问：您不要说了。我问您知道奚正树是哪里人吗？

答：知道，东北人。

问：您为什么说奚正树是东北人呢？

答：因为他东北口音。

问：您有没有想过奚正树根本就不是东北人？

答：没有。他满嘴大糙子味儿，为什么不是东北人呢？

此时，李菊五知道奚正树是日本人，但并不知道奚正树的真实身份就是1910年来到中国的著名日本浪人西村正树。

审问似乎是在例行公事，不痛不痒就结束了。审问者突然绷起面孔，警告李菊五回家之后闭紧嘴巴不要说出今天的事情，否则只能给自己招灾惹祸。李菊五市井之徒懂得表里，朝着身穿蓝色制服的白面书生深深鞠了一躬，说多谢教诲。

听说李菊五被放回来了，第二天一早儿水铺刘大就把那只茶壶送了回来，并且打听奚正树的消息。李菊五心里说这辈子你也见不着奚正树啦。刘大说奚先生昨天嘱咐了,不要往壶里沏水。李菊五听了这话猜中壶里有东西,心跳骤然加快。

抱着茶壶坐在床前,他从壶里倒出一包儿香片。打开之后看见一张房屋租赁字据。奚正树已经交了全年租金。李菊五又被感动了。奚正树留下这张字据用心良苦,无疑是关照他继续住在这座小院里而不用花钱。这个早已冒充中国人多年的小日本儿到底是什么人物呢?

这个念头促使他前往横滨正金银行拜访高桥先生。他脱下棉袍换上奚正树留下的西装,虽然半旧还是显得挺括。乘坐胶皮通过日租界路卡的时候遭到盘问,他称前往横滨正金银行,日本兵随即放行。但是李菊五在银行会客室里却受到冷遇。他操着日语向高桥先生打听奚正树其人,并且请求对方明确回答"奚正树"是否是"西村正树"。身材瘦小的高桥避而不答李菊五的提问,却高谈阔论起来。高桥说中国人最肮脏,中国猪最勇敢,中国狗最怯懦。

李菊五要求高桥做出解释。高桥十分狂妄地说,中国人随地大便,然后用一块儿土坷垃擦屁股,所以说中国人最肮脏;中国人蹲着大便,小猪在人的胯间钻来钻去吃着人的粪便,所以说中国猪最勇敢;就在小猪钻来钻去吃屎的时候,大狗远远看着不敢过来,等中国人提起裤子走了,才敢跑过来用餐,所以说中国狗最怯懦。

李菊五听罢,问高桥先生这个故事是从哪里听来的。高桥刁蛮地笑了笑告诉李菊五,二十年前有个日本浪人给他讲了这个故事。您说的这个日本浪人是谁呢?

高桥明确答道:西村正树。

李菊五眯缝着左眼瞄准高桥先生,说了声后会有期便起身告辞。

一路行走着,李菊五觉得晕头涨脑,好像喝醉了酒,但心里特别明白。他咒骂着自己,朝着回家的方向走去。出了英租界进入日租界,出了日租界进入华界,他恍恍惚惚走在南市东兴大街上。路过先得月饭庄的时候他想起自己穿的是奚正树的衣服,当即脱了西装上衣,随手扔进街边的泔水缸里,然后一屁股坐在"瘊子刘"门前的树墩上,扒下西装裤子,狠狠抛在地上,踩在脚下。他点燃一支烟卷儿使劲抽着,双唇微微颤抖起来。

李菊五穿着单衣单裤,一路上冻得哆哆嗦嗦,朝着东南城角走去。大街上的人们以为李菊五发烧,试探着向他打听天气。他放开嗓子大声喊叫。

从今往后谁也不许跟李某人打听天气啦!从今往后李某人再也不听日租界电台广播啦!

南市大街上的人们不知内情,都以为天气先生发疯了。

当天下午,水铺刘大看见李菊五背着一只大包袱,气哼哼从奚正树租赁的那座小院里搬了出来。他扔给刘大一串儿铜钥匙,大声说告诉房东这里没人住啦,租金也甭退啦。

水铺刘大不知李菊五怒从何来,眼瞅着他背着那只大包袱登上南马路上的白牌电车——消失了。

11

王丰池听说李菊五消失的消息,心里挺窝火。起初王丰池是想找到李菊五,讹他一只八哥儿的钱。后来闹出“贾家井骗案”,王丰池坐山观虎斗,没承想自己的得意弟子王金刚捅死了袁文会的徒弟孙子森,于是找李菊五讹钱的事儿也给耽误了。如今就连李菊五本人也消失了,好比竹篮打水一场空。人愈老心胸愈狭窄,王丰池一拨接一拨派出小混混儿,非要逮着李菊五不可。这真应了天津那句俗话:冬天逮蛐蛐儿——没影儿。

一天过午,玉壶春茶楼的经理满头大汗跑到东兴市场给老王爷送来一封信。王丰池以为是徒弟王金刚从外埠捎来的,捺下没拆。晚上请来心腹先生拆开一念,才知道是李菊五。信中李菊五先给老王爷请安,然后表示那只八哥儿虽为孙子森所杀,但菊五承担赔偿绝无二话。李菊五声称正在外埠商号充当司账,腊月返津当面谢罪云云。

念完这封信,心腹先生告诉王丰池,李菊五保证腊月还账。天津人素有“当年欠债当年还”的习俗。王丰池嘿嘿笑了,认为自己虎老而虎威犹在。他对李菊五的来信感到满意。

其时李菊五隐居在天津西头永丰屯老宅的一间厢房里,似乎是在闭门思过。

家道中落，院里冷冷清清，屋里空空荡荡。他则足不出户，训练着一只大八哥儿，给它起名儿叫炸弹。堂弟充当他的助手，对“炸弹”这个名字很不理解。堂弟帮他驯鸟之余还为他研墨。堂弟不叫他菊五而是叫他真名翼飞。他苦笑说，这辈子是飞不起来啦。他伏案习字改写变体小楷。他左手执笔化名梁凤贞，颇有津西才女的味道，给《庸报》著名记者吴朗夫写了一封信，假借请教日东亚同文会发起者近卫公爵生平事迹，拐弯抹角涉及大陆浪人西村正树其人。李菊五断定，吴朗夫极有可能不知道奚正树就是西村正树，但作为资深记者他应当粗晓日本浪人西村正树的有关资料。作为“贾家井鲤鱼”大骗局的同谋，李菊五非常了解吴朗夫的人品，只要女士来信，这家伙必复。吴朗夫的好色讲究品位，主要目标是猎取知识女性。

“梁凤贞”等待着吴朗夫回信期间，就集中精力训练大八哥儿。想起自己当年养鹰玩鸟的公子哥儿生活，他颇为脸红的同时也庆幸自己拥有训练八哥儿的一技之长。

吴朗夫终于回信了，称梁凤贞为方家，并约“她”拨冗莅临报馆晤谈，交流治学心得。吴朗夫的来信谈及西村正树——奚正树的真身终于走出迷雾，容许李菊五仔细端详。

这就是曾经比邻而居的奚正树啊！李菊五感觉浑身发冷，然后他渐渐战栗起来。

西村正树，日本鹿儿岛人。出生之年适逢中日甲午战争爆发。十二岁开始学习汉语。一九一零年十六岁，他变卖家私自费来到中同，成为谍报志愿者。他扮成乞丐只身潜入旅顺口刺探情报被俄军抓获，后逃脱。从此西村正树以旅行家身份开始踏勘中国东北地区。他从山海关起步，经锦州到奉天，北上开原、铁岭和伊通，抵达吉林。经延边进入朝鲜北部，然后义北上宁古塔，沿牡丹江右岸到依兰，沿松花江走宾州、阿什河流域，随后又渡松花江到呼兰，西去齐齐哈尔……西村正树踏勘中国东北地区，乃是日本发现俄国正在修建远东新兴城市哈尔滨第一人。在此之前日本朝野无人知晓松花江畔出现了一座大型城市。三十年间西村正树不但全线踏勘了中国东北地区，而且徒步行走川陕云贵及长江三峡，总共云游中国十二个省，甚至到达缅甸、暹罗以及东南亚地区。西村正树间谍生涯的惊人壮举就是日俄战争期间他将旅顺要塞的地图文在胸前，昼伏夜行竟然爬回大连。完成任务之后，他手持尖刀割去胸前皮肤声称“地图”献给天皇陛下。因此留下饼大的伤疤。西村正树鼓吹侵华战争，叫嚣日本新界就在中国大陆。三十年来他始终苦行僧般生活在中国底层社会，获取大量情报。他汉语流利，无人知晓他的真正身份。志愿者谍报生涯的花销巨大，他家财耗尽，一贫如洗。人到中年他终止远行，主要活动范围停留在中国京津唐地区。

李菊五读罢吴朗夫信中关于奚正树的资料，目瞪口呆受到无比强烈震撼，他彻夜屋中踱步，不时发出自责的尖叫，仿佛受了重伤。

忠厚无知的堂弟以为堂兄是在排练剧本。李菊五中学时代就迷上了文明戏，是南开学校演剧队的头牌小生。

第二天一早儿他让堂弟去布铺扯二丈黄布，是那种被称为屎黄的斜纹儿。堂弟说这种颜色的黄布很少，最后跑到估衣街的瑞蚨祥，总算买着了。李菊五见到黄布非常高兴。当天晚饭桌上还跟堂弟喝了几盅酒。堂弟十分憨厚地问堂兄，既然能写能画为什么没有找到好差事做。李菊五被问窘了，只得承认自己是个凡夫俗子，终无大用。堂弟十分同情地笑了，说喝酒吧。

李菊五喝醉了，掩面大哭。堂弟束手无策，说堂兄不用发愁，你不是跟金猴子学会了变戏法儿吗？实在没辙你还能到邮局门口摆张桌子，代写书信。李菊五听堂弟说得这么实诚，便止住泪水说堂弟你哪里知道堂兄的心思啊。

李菊五关门闭户当上了裁缝。他隐在屋里调动着那两丈黄布，眯缝着左眼一针一线缝制着黄衣黄裤，还做了一顶黄帽子。说是为了驯鸟儿。他做针线活儿的神情看上去倒像是个木匠。冬季是漫长的，李菊五陷入沉思。有时就呆呆看着摆在桌上的那只铜梁儿白瓷茶壶，脸上露出苦笑。这个西村正树年富力强，三十年甘心充当无名英雄为什么突然离开天津返回祖国呢？作为民间谍报志愿者，天津乃是中国北方第一商埠，正是他侵华立功报效天皇的用武之地。奚正树你为什么急流勇退呢？奚正树你为了实现侵华理想不计名利不图安逸不近淫色，你究竟是个什么样子的男人呢？

李菊五久久沉浸在苦思冥想的深谷之中，难以自拔。

“三九”那天李菊五终于意识到，自己根本无法跨过门槛而走进西村正树的内心世界。这无形的门槛,仿佛就是难以逾越的山界,区分了两个种族:这边是中国人,那边是日本人。

李菊五觉得此时自己蹲在门槛这边儿,正闲着没事儿抽烟卷儿呢。不知为什么,他就是抬不起头来。

进入腊月之后,李菊五不得不承认自己是真正的俗人。这时候那只大八哥儿毕业了,学会了十几个单词并且有了记性。此时,李菊五并不知道奚正树已经安全回到日本的鹿儿岛,少小离家老大回。虽然家贫如洗并且营养不良,西村正树休息数日随即伏案撰写《天津志》,以此为大日本帝国的扩张宏图增砖添瓦。在此之前这位化名奚正树的志愿谍报者总共积累有关天津的资料八百六十八公斤,提前邮寄回国。(西村正树的《天津志》详细记载着这座中国北方大都市的全貌:水文地理、户籍人口、码头漕运、金融盐业、海产矿务、各国驻军、民间行会、监狱官衙……日本官方人士渎罢该书初稿,称赞西村正树"远远比中国天津人更了解中国天津市"。)

话说腊月十六那天,李菊五胳膊上架着一只大八哥儿,出现在南市的东兴市场门前。小混混儿报告王丰池,说李菊五送八哥儿来了。这令王丰池感到惊喜。在此之前他以为李菊五是来送现金的。见到这只训练有素的大八哥儿,王丰池说了声发财,它立即跟着说发财。王丰池乐了,说这只八哥儿一定是大学毕业啊。李菊五说它能顶上一个留洋回来的博士。

李菊五告辞而去。回到天津西头永丰屯老宅,他眯小左眼,瞪大右眼,摊纸蘸墨给南市芦庄子的袁文会公馆写了一封匿名信,还是左手变体小楷。

堂弟出去寄信了。李菊五坐在桌前满面羞惭自言自语说,我这人真没劲,小打儿小闹儿弄出这阿猫阿狗的响动,还舰着脸藏在家里硬充好汉呢。

四天之后,阴狠毒辣的袁文会陪着日本宪兵队岛田大佐突访东兴市场。王丰池毫无思想准备,慌忙出迎。岛田大佐身着黄呢大衣,径直走向王丰池的客厅。

落在架子上的大八哥儿颇受王丰池宠爱,因此它心情很好。岛田大佐身着黄呢军装,身后跟着两个卫兵,咔咔走了进来。八哥儿看见这种熟悉的黄色,立即张口说话。这其实是鸟类的条件反射。

操,小日本儿!操,小日本儿!操……

岛田大佐听了个满耳，匿名信提供的情报果然不虚。这位宪兵长官倏地变了脸色转身离开客厅。袁文会老鹰似的目光死死盯着王丰池。老王爷，你的八哥儿辱骂大日本帝国，是一只共产党派来的鸟儿吧？

王丰池浑身颤抖，脸色成了白纸。

袁文会嘿嘿笑着请王丰池前往海光寺的日本宪兵司令部走一趟。

王丰池的大宅院，已经被袁文会的便衣队给包围了。不费一枪一弹老混混儿王丰池就被袁文会拿下。就这样南市彻底成了袁文会的独家天下。

十天之后正是腊月三十儿，五十八岁的王丰池病死狱中。这个老混混儿连年关也没闯过去，真可谓英雄气短。

李菊五是大年初一听说王丰池死讯的。明明是除暴安良，可他依然面无喜色，一派郁郁不得志的表情。整天独自闷在屋里喝着闷酒。

我李菊五小打儿小闹儿干的这点事儿，跟人家比起来算个屁呀！

后来，李菊五又不声不响干了几件事情，譬如他在汉奸袁文会的父亲七十大寿那天寄去一张“恕报不周”的丧报儿，气得袁老太爷“弹了弦子”。譬如他用日文给日本宪兵司令部岛田大佐写匿名信，指责“海河浮尸案”系日本特务所为，杀害华工罪恶滔天。这所谓小打儿小闹儿在芸芸众生眼里简直就是惊天动地的壮举了。可李菊五还是沉着面孔欢喜不起来，总是对自己极不满意的样子。堂弟以为堂兄的脑子出了毛病，心里很为他着急。李菊五果然添了毛病，总是喃喃不止，说自己是个窝囊废。

李菊五知道自己是被一个影子给罩住了。

七七事变的前半年，长期处于自我责难之中的李菊五在天津西头永丰屯的祖传老宅里抑郁而死，终年三十八岁。据说他生前认定自己是个小事儿做不来大事儿又不敢做的庸才，因此早早就给自己写好了墓碑：天津俗人李菊五之墓。

李菊五的字儿，不错，在颜柳之间。

话说日本国鹿儿岛，隐居乡间专心著书的西村正树（奚正树）对此一无所知，但是他在日文《天津志》第二十六章“天津民间人物录”里还是将李菊五写了进去。

关于李菊五的职业，西村正树秉笔写道：变戏法儿的。

（全文完）

第三章　走进天津

纪实文学经典文本

青春情感的众生相、百年相与理性之思

——谷应《青春百年巡·中国百年青春情感调查》文本分析①

在真理的推广和人类的幸福之间,不存在预设的和谐。②

——尼采《与孤独为伍》

记录历史并在记录中展开历史之思是文学文本经典化的原因之一。谷应的《青春百年巡·中国百年青春情感调查》(以下简称《青春百年巡》)用史家编年的手法,记录了20世纪百年间中国青少年的青春情感。就历史记录而言,《青春百年巡》记录了一种似乎只有文学才能够记录的历史——它的记录对象是情感和心灵;在记录的手法或者规范上,史家的记录规范是“零度介入”所记录的内容,这种规范一方面保证了记录忠实于历史,另一方面,仅仅停留于记录。《青春百年巡》没有停留在“记录”的层面,在它的历史记录中从始至终贯穿着记录者有关青春情感的思考。记录者试图通过记录有所揭示,呼唤以“求善”为目的的反思和改变。

《性史》是闻名世界的法国哲学家米歇尔·福柯的著作,这部书迫使人们直

---

① 谷应(1937~):贵州安顺人,曾任中国作协天津分会编辑、天津市作协理事。著有长篇纪实小说《白魔祭坛的童男童女》,中短篇集《海豚号在起锚》《危险的年龄——谷应获奖作品选》,中篇小说《太空总督和他的小兵》《空心孩子》,散文集《中国孩子的梦》等。

② [德]尼采:《与孤独为伍》,孙若颖译,北京:中国对外翻译出版公司,2014. 第4页。

面资产阶级社会中有关“性”的种种虚伪观念和痛苦压抑，它的出版震撼了西方人的观念世界。青春情感与性似乎只有一步之遥，它往往让人联想到性，青春情感在中华民族史上遭遇到的压抑也与这种联想有重要关系。就此而言，《青春百年巡》的情感调查、记录和思考，同样具有迫使国人直面青春情感以及相关观念、丰富有关这个问题的言说与思考的作用。

一、说出真相：众生相、百年相中的青春情感揭示

青春情感在20世纪之前的中国社会是禁忌。社会中有关青春情感的观念和行为，与福柯所描述的资产阶级社会在“性”问题上的伪善和荒唐近似。福柯这样描述资产阶级社会的性伦理：“性行为如果不是出于生育繁衍的需要，没有纳入生殖繁衍的秩序，就不可能指望得到承认和保护，也别想得到发言的机会。它只能受排挤，被否定，默默消失。它不仅不存在，而且没有生存的权力，只要稍一露头，就将被迫销声匿迹——无论是行为还是言论都会遇到这种遭遇。例如，众所周知，孩子没有性欲，因此就禁止他们谈性；而当孩子们表示出性欲时，人们却视而不见，充耳不闻；有意回避和予以禁止。以上这些便是压抑的特征，它区别于用法律维持的禁令：压抑不仅起到使之销声匿迹的作用，而且也起到肯定性不存在的作用，还暗示和承认，这类事没什么可说，没什么可看，没什么可知。这便是我们资产阶级社会的伪善和逻辑的荒唐可笑。”①青春情感在20世纪之前的中国被无视、被否定。关于青春情感，不但个体的言说和行动是禁忌，即便是心中想想也属犯忌行为。与资产阶级社会中的“性”一样，青春情感只有为着生殖繁衍的目的才被承认和保护。然而，生殖繁衍必须借助“性”，并不必须有青春情感，因此，青春情感在社会中的地位尚不如“性”，既非生殖繁衍的必需品，又有着一直延伸到心灵的严格禁忌，整个社会对于青春情感的认知必然严重不足甚至是空白，《青春百年巡》以生动的形式呈现了青春情感。

《青春百年巡》有着精心的结构设计。文本分作甲、乙两个系列，每个系列由

---

① ［法］米歇尔·福柯：《性史》，姬旭升译，西宁：青海人民出版社，1999. 第4页。

六个组合构成,每个组合都是基于父辈与子辈的关系:(甲)民国初(20 世纪开元)少年,是为中华人民共和国成立初期少年的父辈;改革开放起步时期少年,是为中华人民共和国成立初期少年的子辈。(乙)抗日(解放)战争时期少年,是为改革开放前社会主义建设时期少年的父辈;世纪末少年,是改革开放前社会主义建设时期的子辈。系列划分与组合共构出有关青春情感的宏大叙述和具体微观叙述,全面呈现了青春情感。可贵的是,因于文本的结构设计,文本对青春情感的呈现没有流于表面和单一。

(一)甲乙系列划分中的宏观叙事

甲、乙两个系列划分是基于时代特征的划分。甲系列包括民国初年、中华人民共和国成立初期和改革开放初期,乙系列包括抗日(解放)战争时期、改革开放前社会主义建设时期和世纪末。放置在同一系列中的时代并不是在时间上前后相继,而是基于某种时代共性。换言之,记录者的系列划分带有依据某种时代共性进行归类的意味。结合中华民族史看,甲系列中的时代都是开启新风尚、新秩序的"新时代"。民国初年,封建王朝结束,内忧外侮,中华民族处在一个民众强烈要求变革并实际轰轰烈烈探索、尝试变革的时期,民众构想、期待一个现代意义上的国家;中华人民共和国成立初期,社会中洋溢着对于新国家的憧憬,国人热情投入到对祖国的建设当中;改革开放初期,社会上流行着各种新思想、新观念,政府实施新的发展政策,人们投入到一个崭新的时代。与甲系列不同,乙系列中的时代很不安定。战争时期不必赘言。"世纪末"的时候,百年时间的结束引发出各种思考,还有某种恐慌。因此,世纪末人们思想动荡、情绪不安定。《青春百年巡》的青春情感叙述以"个体故事"串联而成。除了遁世者,个体都处于时代之中,与时代紧密相连。从整个人类发展史看,个体与时代往往互相作用,在不同的时代力量各有消长。甲、乙两个系列呈现的时代,个体与时代表现为完全不同的作用关系。在不同的作用关系中,青春情感处于不同的境遇。

甲系列。时代的变革源于人的力量。在变革的时代,个体的人显出巨大能量。甲系列中的时代是要求变革、实践变革的时代,那些时代激荡着对"全新时代"的渴望和大胆尝试。裹挟在强烈变革期望和实际变革行动中的青春个体在整体上勇敢而又无畏,他们优于时代,影响甚至驾驭着时代的发展。世纪初,青春个体情感觉醒,“觉醒分子提倡自由恋爱并创立‘恋爱论’”“希望经爱神之手铲除旧式婚姻”。[①] 一些青春个体努力摆脱封建伦理的禁锢,争取情感自主的权力,如《后门小轿》中陶琳的归纳:“论及我辈姊妹的‘青春期感情’,我以为,主要是挣脱桎梏。是坚决地,无所动摇地争取一种感情自主的新秩序,这新秩序,是旧式的中国女性从未见识过的。”[②]中华人民共和国成立初期、改革开放初期,青春个体无不争取青春情感的新秩序。

变革时期新旧势力冲突最为激烈,青春个体对于青春情感新秩序的追求必然遭到恪守旧伦理的势力的抵斥乃至摧残。恪守旧伦理的势力有追求者的师长辈人群,还有一些保守的青春个体。在这些反对者当中,师长辈极具威慑力和行动力,他们的威慑和行动往往直接中断青春个体的追求行为。《玫瑰田》中毛丫头讲,辛亥革命成功十八年后,“再开通再大胆的女生也不敢跟男生并排在街上走。若敢这么做,一街的人会把目光瞄准并且议论纷纷。更有甚者,某位辫子老倌会拦住去路,慷慨陈词,大谈风化廉耻。这条特大新闻立马会传到父母耳中,吃板子挨鞭子就逃不脱了”[③]。《楚河汉界》中红辣阿姑的父亲、《鸿雁递书》中堇的父亲,都因为女儿的“犯忌”决绝中断她们的学业,其间还有无情的体罚。历史似乎有某种轮回。改革开放初期对于青春情感的萌动,学校以及社会采取的措施较轻者是通过施加舆论压力让其改正,如《致命舆论》中的陆凯;稍严重者被勒令退学,如《鸽笼》中传入“抄本”的向启明和他的表哥;重者则是送少管所。

处于新时代开端处青春个体的情感追求,尽管遭遇到各种形式的抵斥和压制,然而终没有被彻底阻滞。如20世纪初,“满城哗然”的异性并排而行[④];改革开放初期,《不谋而合》中的群体性早恋。这些行为固然缘于个体对旧伦理的反抗和他们足够勇敢、大胆,但也应该看到,他们所处的时代给予了他们勇敢、大胆的空间。针对犯忌个体的惩罚不无悲剧发生,《鸿雁递书》中给堇写情书的秀才就因激进言说锒铛入狱,入狱后锋芒锐气尽消,婚姻大事尽凭父母做主,娶了一

① 谷应:《青春百年巡》,天津:百花文艺出版社,2006.第30页。
② 谷应:《青春百年巡》,天津:百花文艺出版社,2006.第60-61页。
③ 谷应:《青春百年巡》,天津:百花文艺出版社,2006.第91页。
④ 谷应:《青春百年巡》,天津:百花文艺出版社,2006.第59页。

个金莲三寸、目不识丁、比他大六岁的乡下女子。可是，个体的悲剧在那样的时代尚未到令人窒息、没有生路的地步，青春个体的情感诉求在时代当中逐步实现。显在的例子就是给堇写情书的秀才，他写情书的时候，感情自主、婚姻自由还是少数最激进的觉醒青年的诉求，而到他锐气尽消的时候，已经成为新派青年普遍提倡的行为。少数最激进的与新派青年在数量上有明显差异，这种数量差异反映出青春情感诉求的扩大化和常态化。故此，甲系列中的少年在时代中的境遇纵然有苦闷、有压抑，终是代表时代发展趋势，他们是时代的改造者。相比之下，乙系列中的青少年则逊色许多。

乙系列中，个体与时代的关系整体而突出的特点是个体为时代左右，他们淹没在时代的洪流当中，青春情感基本无法形成个体性表达和诉求。战争时期，时代诉求优先于个体诉求。《炮火无情》中部队领导坦言："感情不利于战斗，绝不能任其蔓延。"[①]青春个体也认同这种观念，《炮火无情》中的瘦徐就因此选择离开爱恋他的人。《战地不浪漫》中的小叶，组织找她谈话，建议她和任务重、工作忙、需要照顾的首长结为革命伴侣。虽然小叶对组织为她安排的伴侣并不满意——首长年纪太大，又是二婚，但还是服从组织安排，因为她和许多青年一样"组织观念强"。恋爱婚姻究其本义是因为"爱"，革命伴侣缔结的原因和目的是一方需要另一方的生活"照顾"，这种爱显然失去了其本义。

国家存亡之际，一些青春个体因为国难而主动放弃青春情感，如《倭敌》中的萧涡迪和认同她的同学们把最大的热情和全部力量都集中在驱除倭寇上。并非爱国青年和战场士兵的一般平民，青春情感因为时代的因素成为他们的奢侈品。他们的青春情感或是因为战乱而无从发展，或是已然有了温馨的发展，但被战争无情摧毁。《失去阿桃》中阿桃和小舅舅本已计划好来日完婚，却因为战火而不幸天人永隔。可见，战争时期，不管是出于集体理性抑或个体自愿，还是因为遭遇战火而导致离散，青春情感都极为苍白贫弱。

改革开放前社会主义建设时期的青春个体不是被时代严酷压抑，便是青春个体基于对时代的迷狂式认同而自我压抑。那个时代，青春情感出现了惊人的

---

① 谷应：《青春百年巡》，天津：百花文艺出版社，2006. 第266页。

历史轮回。20 世纪之前的中国,青春情感即使只停留在思维领域也是犯忌的;改革开放前社会主义建设时期,它再一次被放置到思想、思维的禁区。那时,“恋爱、爱情这类字眼儿挺神秘,不但说不出口,连想一想都感到问心有愧”,“专门为少年写作的作家也不敢碰早恋题材——那是禁区”。① 禁忌广泛、深入,甚至延伸到个人的生命史。《玫瑰田》中毛丫头和聂耳纯洁的约会,在当时的人看来是佳话:“当年玫瑰田里的琴声和歌声是昆明城新派青年的一段佳话。歌者与琴者是一对公认的无与伦比的音乐伴侣。”②然而,在改革开放前社会主义建设时期毛丫头因为这段佳话被认定为“资产阶级腐蚀分子”,惨遭抄家之祸。

改革开放前社会主义建设时期对于青春情感已跃出伦理道德观念范围,社会可以由此对当事者进行处罚,这样的时代必然而又自然会导致对于青春情感的来自时代和青春个体内部的压抑。压抑中,青春个体显得极其弱小无力,有此经历的留下了永远的无奈和痛苦,《望北斗》中的宁珊便是这样的典型。

迷于时代观念的自我摧残比之于清醒者的愤怒与痛苦更加撼人。《非常革命》中的项晓燕是迷于时代观念的青春个体典型。她在改革开放前社会主义建设时期一直冲杀在前,对于自己的初恋青阳,她“理性”地认为:“我是造反组织的核心人物,我不能因为私情躲避革命。”③于是,基于这种高尚的革命情操,她表现得“十分革命十分大义凛然”,在青阳的父母被隔离、他的姐姐被批斗、只有青阳一个人在家的时候,她带着“与旧世界决裂的决心”抄、砸了青阳的家。项晓燕用自己的双手无情而又彻底地摧毁了自己的青春情感,青阳当时“陌生而悲哀”“冷漠而无奈”的眼神让她一生挥之不去。她被时代蛊惑,她的思想观念是时代加给她的而非她自己的,她成为时代之手,然而,惨烈之痛施加于她和她爱恋的青阳的身心,如她所言,她永远不能忘记她抄、砸青阳家时青阳的眼神,青阳同样也不会忘记她的眼神。

较之于战争和改革开放前社会主义建设时期,世纪末似乎温和一些,只是个体仍被时代影响或者主宰。20 世纪是人类文明与思想飞速发展的一个世纪,《小

① 谷应:《青春百年巡》,天津:百花文艺出版社,2006. 第 177 页。
② 谷应:《青春百年巡》,天津:百花文艺出版社,2006. 第 93 页。
③ 谷应:《青春百年巡》,天津:百花文艺出版社,2006. 第 190 页。

船并行》中车老师说："以青春情感而论，20 世纪末可称为飞跃变化时期。时代的确不同了，视野开阔、思想解放、行动自由是世纪末的特色。"①确切地讲，不是 20 世纪末，而是整个 20 世纪都存在飞跃变化。而世纪末——这个特殊的时间段，有的会因为一种"末世"的意味放纵，有的会对未来充满希望进而反思各种思想和行为，有的会因为世纪末而生出各种情怀。总之，世纪末是各种思想活跃、各种情怀激荡，放纵、反思、希望各种情绪充斥的时代，青春情感也表现出种种样态，这从《少男少女如是说》中可见一斑。

在个体与时代关系的宏大叙事中，甲、乙两个系列揭示出青春情感在不同时代的状况。甲系列，在充满对"新时代"的构想、实践和幸福祈望当中，个体影响、改造着时代，青春情感有催生诉求、促成表达与追求的氛围和空间，青春情感显出热情飞扬之势；乙系列，个体处于被时代影响甚至左右的时期，青春情感或无法萌生，或无处安放，抑或混乱无序，显得贫弱、苍白、无力、杂乱。青春情感失去了个体性，让位于时代。

（二）父子辈组合中的微观叙事

父子组合显出浓厚的比较意味，青春情感的个体差异由此被揭示。其中，最为明显的当然是代际差异，除此之外，还有与时代、生命角色等无关的个体差异，以及没有被充分展开和关注的文化差异和地域差异。

《青春百年巡》记录了百年间青春情感的代际差异及其变化。世纪初的新派青年祈望父辈以及社会能够正视青春情感，给予他们自由恋爱和婚姻自主的权利。新派青年怀抱"恋爱乃自然现象"的观念②，但是社会上"那一批牢牢抱住旧礼教的国粹派遗老遗少"势力强大。在辛亥革命成功近二十年之后，新派青年"对自由恋爱跃跃欲试，可是一旦被爱神的金箭射中，又不知所措了"③。他们尝试着自由恋爱，然而，他们的情书以现在的眼光看根本不能算是情书，因为他们写的"所谓情书，不过是一篇誊写得十分工整的赞歌，以'××同学足下'或'拜启者'开头，一通溢美之词表达钦佩之感后，落款'仆××顿首'或'愚同窗+英

---

① 谷应：《青春百年巡》，天津：百花文艺出版社，2006. 第 368 页。

② 谷应：《青春百年巡》，天津：百花文艺出版社，2006. 第 30 页。

③ 谷应：《青春百年巡》，天津：百花文艺出版社，2006. 第 89 页。

文缩写+敬上’”①。情书作者一律为男性，“那时还没有任何女性能开通到大胆到主动给异性修书投递”。情书的投递极为辗转曲折，“情书完成后，却不敢投邮，往女生家里寄无异于捅马蜂窝；往学校寄，又恐落入好事同学之手；亲自呈送，也没有这么大胆量和机会。只能七弯八绕地买通自家姊妹、表姊妹，或对方的兄弟、表兄弟做个信使”②。新派青年的约会以现在的眼光看也不能称其为约会，因为仅仅是见一面而已，而这一面还是有众多人在场，话也不会说一句的。后来出现的单独约会也十分“纯洁”。《玫瑰田》中春娘与聂耳的约会是去玫瑰田看草海。对于聂耳的邀约，春娘“左思右想好半天”，才“终于点头答应”，而约会“只不过是并排坐在田埂上，肩膀和肩膀隔着半尺，连手拉手这样的动作都没有”。春娘叙述他们的约会：

有时候我用手帕抱来一块荞麦粑粑，平平正正分做两半，坐在田埂上慢慢嚼吃。坐累了，我说，有把靠背椅才好。他立时转过身把背对着我说，毛丫头小姐，请坐靠背椅！

他喜欢背靠背教我唱歌，背靠背说他的梦想，说他的志向。

他是个天才音乐少年。脑子里随时随地转着音乐。有时他带来梵阿铃（提琴），用琴学虫鸣鸟唱，学风声雨声流水声划船声，也学我哭学我说话……但他情绪低沉。

天真无邪四个字形容他和我最恰当不过。玫瑰田埂上的我们沉醉在湖光山色中，沉醉在玫瑰的芳香和大自然的音响中。我们的初恋是那么诗意那么纯洁……③

不同的时代、不同的文化氛围可能会造成青春情感的代际差异，同一时代、相同的文化氛围当中，青春情感仍不尽相同。《青春宣泄》中的规矩女孩田桦的苦闷，反映出青春情感的个体差异以及这种差异对她的影响，田桦讲述她的苦

① 谷应：《青春百年巡》，天津：百花文艺出版社，2006. 第30页。
② 谷应：《青春百年巡》，天津：百花文艺出版社，2006. 第30－31页。
③ 谷应：《青春百年巡》，天津：百花文艺出版社，2006. 第91－92页。

闷:“我向往过小说、电影里描绘的那种春雨般朦胧山泉般清纯的诗意青春交流。但纯情纯美的少男少女情感我从来没有发现过,起码在我周围没有。我周围只有粗俗露骨的耍笑不负责任的低级亲热。可怕的是大家都认为很正常……我害怕周围的人包括我的许多同学。我把自己封闭起来以求安全。我的青春被自己封闭在这太开放的时代。我不是个强者,我没有勇气面对未来。前途对于我是灰暗的一片……”①

青春情感的文化差异与城乡差异也得到了不同程度的揭示。《春花别墅》中跟着感觉走的肖桃和《女友》中卖冬枣小伙的女友构成鲜明的城乡差异。肖桃信奉个人主义,只为自己活着,不听任何人的劝告。她的座右铭是为自己是真实的,为别人是虚伪的。她和男朋友的信念是想怎么玩就怎么玩,不用别人管也管不着别人。她为了她的“爱慕”,还有与爱慕无关的不忿和自己的那份骄傲——她爱慕的教授的女儿警告她远离她的父亲,使一个近乎完美的家庭四分五裂。而在她“得到他(她爱慕的教授)一年后”,她发现他的种种不尽人意以及她与他的兴趣的巨大差异,显然,这样的婚姻不会长久。可是,肖桃根本不在意是否长久,她“不想将来”“走到哪儿就是哪儿”,继续“跟着感觉走”,她“不在乎已经发生的事也不在乎可能发生会发生的事”。②《女友》中卖冬枣小伙的女友与肖桃仿佛不在同一个世界。卖冬枣小伙说:“我们农村人不像城里人。城里人谈对象吹灯率高,结了婚离婚率也高——城里人心花”,他确信他的女友金绣不是花心的女子。按照他的描述,金绣也不像一个花心的女孩,她在高三的时候拒绝和小伙定亲,她觉得年岁小,她得升学。升学后,她告诉男友和男友的父母,不用担心,她二十五岁的时候会和男友结婚。金绣重承诺,有责任心,肖桃与她的差异明显而又巨大。

在澳门中学生的异性交往和《热情奏鸣曲》中为音乐梦想出国的女孩华采的故事中涉及了青春情感的文化差异。去澳门任教的老师描述澳门中学生,“男女生来往似乎太随便,坐咖啡馆,看电影,上公园”,校方的处理方法也显出差异,内

---

① 谷应:《青春百年巡》,天津:百花文艺出版社,2006.第198页。
② 谷应:《青春百年巡》,天津:百花文艺出版社,2006.第250－251页。

地学校禁止早恋,澳门校方的做法是:“校方对学生的课余生活不过问,谈恋爱也不过问——那是学生自己的事……谈恋爱的学生当然有,因此垮了功课,是他自己的事。结婚可不允许,学校明文规定结婚就请退学。”①《热情奏鸣曲》中西方式青春情感的自由包括性自由,而被正视的中国式青春情感仍然在某种程度上拒绝情感与性的同步。

《青春百年巡》还反映了青春情感在富人与穷人之间的差异。富裕家庭少年的青春情感伴随着很多金钱的要素,他们通过金钱很容易交到女友,或者和几个女孩交往。这种交往源于青春期的情感悸动,也满足了这种悸动。同为少年,穷人家的孩子自然也有情感悸动,但在情感满足方面他们远不如富裕家庭的少年。而在对待情感的态度上,改革开放初期一些富家子弟抱着仅仅是玩玩而已的想法。

除了个体差异,青春情感在同一个个体上也是善变的,《爱情的分量》记述了这种善变:

> 六七岁的时候,我已经明确地把男人和女人划分为两个范畴,并且对女性和男性的根本不同点乃至人的来源有着很强的好奇心。我的一连串的问题常使父母瞠目结舌。
>
> 十岁左右,我发现自己总在爱着什么人,虚幻或实在的人——譬如电影广告牌上那个披斗篷的侠客。广告牌上的招贴画换了,画上出现一位船长,我就把侠客抛了,去爱那位船长。十一岁,我非常钟情广场上马戏团里的小丑。不久又把对小丑的热情转移到汤姆·索亚身上。
>
> 到了十二岁,我爱上一个每天从我家后窗经过,手里捧着书本边走边读的大学生。每天放学后我趴在窗口看他走过去。他从来没抬起过头,我也就从来没看清他是什么样子。放假以后,那大学生不走过我家后窗了,我也就把他忘得干干净净。
>
> 我开始读小说了。同时也开始厌恶自己不断地变换着爱人。可我又不

① 谷应:《青春百年巡》,天津:百花文艺出版社,2006. 第150页。

能控制这种爱情的发生和消亡。

十三岁，我很意外地喜欢起我表哥来了。……从小我和他水火不容，他又贪嘴又霸道，我常常为食物或玩具跟他大吵甚至大打出手。他也讨厌我，说我是个不折不扣的小女强盗。

可那天，他对着穿衣镜边打拍子边唱新学到的《古怪歌》，我觉得他的姿态非常帅，立时就爱上了他。

这可不是电影招贴画上、书本里或马戏团里的角色，而是实实在在的表哥。顷刻间，我那副小女强盗的姿态改变了，我对他笑脸相迎，我的一份点心由他占领，我在脑袋上扎了四个蝴蝶结，把妈妈的粉往鼻头额头抹了一气，自以为很美，在他跟前走来走去。起初他莫名其妙，过一会儿似乎明白了，告别时变得彬彬有礼。

……(表哥的)情书我只读了几行，再不敢往下读。我觉得那写满字的纸片挺可怕，挺肮脏。

大门边有条水沟，我把纸片细心地叠成原状，放进水沟，它立即被水浸透，下沉，随水慢慢流走……

我蹲在沟边，第一次认真地考虑这件事。我责备自己是个坏女孩，我有过那么多次爱情，我觉得我爱表哥，可打开他的情书时，爱情却无影无踪了！

从此我极度疏远表哥。①

系列与组合生动并较为全面地记录了百年间的青春情感，也揭示出它的复杂。除了属于生命的本能外，似乎很难给青春情感下一个统一的定义。青春情感受到太多因素的影响，时代、文化、家庭背景、贫富、地域等，都会影响到青春个体的情感诉求与情感观念。青春情感多样不一，它脆弱又强大。

二、理性之思：青春情感的安置与本能释放的自由

青春情感属于“本能”范畴，这是百年间关于青春情感的现代认识的起点。

---

① 谷应：《青春百年巡》，天津：百花文艺出版社，2006. 第 98 – 99 页。

既然属于本能，它就必然萌生、不可遏制，而又驱遣不去。在20世纪之前，社会的伦理道德无视青春情感的本能属性。自20世纪初开始，虽然几经曲折迂回，青春情感的本能属性得到正视。随着这种正视而来的是如何恰当对待的问题，《青春百年巡》文本呈现了这方面的个体迷茫和思索。

“如何恰当对待”涉及的主体包括青春情感的载体——青春少年和他们的师长以及整个社会。其中，师长、社会是作为少年的“他者”的存在。青春少年如何恰当表达和安置他们的青春情感，作为他者的个体应该如何对待他们的表达和追求行为，百年间观念分歧与对立冲突从未间断。“如何恰当对待”问题的根本和实质，是理性之于本能的作用问题。具体地说是：青春情感作为生命之本能，需不需要理性约束？如果需要，应该怎样理性约束？约束情感的理性是否应该赋予其限度？

青春情感作为生命的一种本能需不需要理性的约束，从那些放纵本能的青春个体身上有显见的答案。《红漩涡黑漩涡》中的梅英可谓完全沉溺于本能，追求感官的快乐。她在迪厅跳舞，觉得不吃摇头丸、不喝摇头水就无法进入状态，事实上，应是无法达到她所喜欢的疯狂状态；她和人厮混怀了孕，怀孕后一人承受，以其平时的行径推测应该并非出于认真的爱情；怀孕后难受，又因为药瘾，以致过量服用摇头丸，结果在迷狂的状态中掉入河中失去了年轻的生命。梅英的行为丝毫没有理性的因素，而她最终也付出了生命的代价。与梅英类似，《吃亏了的女孩》中那些去堕胎的女孩们也没有基于理性考量的自我保护。

与梅英和那些去堕胎的女孩们不同，《春花别墅》中的肖桃一味跟着感觉走，在跟着感觉走的过程中，偶尔会泛溢出一点理性。为了追求爱慕的教授，肖桃在教授夫妇面前假扮乖巧，有一阵子她“在教授夫人温和信赖的目光下”感到良心谴责。只是在肖桃那里，最终非理性占据上风。教授原本美满的家庭因她的介入而破散，而她嫁给教授以后发现那并非她理想中的婚姻和爱情。恋爱与婚姻并非纯粹个体行为。情感缺失理性，一切随顺本能或者以自我为中心，跟着感觉走，就会有人受到伤害。肖桃非理性的情感严重伤害到了教授夫人及其子女。

在青春情感的表达上，青春个体也存在基于青春冲动的非理性。《不约而同》中的高中生出于对老师压抑青春情感的反抗，纷纷早恋，结果导致学习成绩大幅度下降。《致命舆论》中的陆凯出于报复心理，最终使得一个女孩失去了年轻的生命。陆凯的姐姐和她的同学在他面前做出高不可攀的样儿，好像他们个个都是公主、女王。于是陆凯下决心做出叫她们不敢小看的事来。他做的事情之一是拼命学数学，数学竞赛拿了全镇中学组第二名；他做的事情之二是帮姐姐的同学当中其貌不扬甚至有些丑的邱樱补习数学。陆凯做这些事完全是出于报复心理，邱樱在他眼中不聪明、不漂亮。陆凯和邱樱的约会，是报复心理加之青春悸动的冲动；他和邱樱的再发展，是因为“外界的压迫”。姐姐发现他和邱樱约会，事情宣扬出去，他和邱樱被异样对待。在这样的压迫下，他非常想念邱樱。最后偷吃禁果，也是理性考量缺位中的意外之事。而由偷吃禁果引发出一系列用生命偿还的悲剧。

理性缺位的青春情感对青春个体以及他们的亲人造成不同程度的伤害，青春个体的父辈以及社会在青春情感问题上也存在诸多非理性或者理性的不当，而其结局也多以悲剧收场。改革开放初期，在师长与社会的观念中，青春情感的萌动影响学习。基于青春情感的扩散效应，与其萌动相关的行为个体遭到各种处置。有的被勒令退学，有的甚至被送到少管所。这些处罚存在理性的考量，同时，又显出非理性的一面。学生恋爱如果影响学习，那么退学则不只是影响而是直接剥夺了其学习的权力。至于送少管所，则是直接剥夺了其正常生活。《鸽笼》中被学校勒令退学的向启明，其生活让人同情而又担忧。他退学后先是跟随大人做小买卖。其后因为羞于见同学不肯做买卖，父母双职工，只好把他锁在家里。从此向启明便日复一日地重复着同样的生活：“六点半起床，七点半过早。爹爹姆妈上班。八点半听无线电。听完看杂志。看完喂鸽子。喂完再听无线电。听完屋里转转，阳台站站，中午了。爹爹回来过午。爹爹上班走了。睡午觉。醒来听无线电。听完翻杂志。翻完喂鸽子。爹爹姆妈就该下班了。晚饭吃过，跟姆妈街巷逛逛。逛完回来看电视。看完困觉。”①

除去非正常时代，青春情感的理性安置问题始终存在，而父辈与子辈、青春个体与师长以及社会之间的分歧与冲突很多都是因为理性的有与无和理性着眼

---

① 谷应：《青春百年巡》，天津：百花文艺出版社，2006. 第108页。

点的不同。通常，父辈、师长要求理性处理青春情感，担心孩子放纵，而孩子觉得父母对她们缺乏信任，或是认为父母的担心非常多余；另外的普遍情形是，父母有他们的理性考虑，比如女孩子在青春情感中的弱势地位，比如青春情感对学习的影响；子辈则认为他们草木皆兵，或者太过保守，这些分歧与冲突即他们的理性着眼点不同。

分歧与冲突导致青春个体与他者的不自由。《青春百年巡》文本借人物之口暗示出理性与作为本能的青春情感的合理的结合式，如“清醒的罗曼蒂克”①，如对文化差异的考虑，《热情奏鸣曲》中的华采生气地告诉男友，她与他的前女友罗丝的不同，她说：“罗丝是罗丝我是我。她叫罗丝她是澳洲女孩她妈妈在她十三岁时就教她如何避孕，她每年，不，也许她每半年更换一个男孩去爱。而我叫华采我是中国女孩我在乎贞操我能弹钢琴我能用英语会话但是我的骨髓里永远流淌着中国人的伦理道德”，她不在乎他的男友的看法，即使把她看成怪物也没关系。② 华采的选择与对选择的坚持、她的独立，显然来自极为清醒的理性。

诸多故事表明，理性约束、理性考量中的青春情感追求才是自由的，才能健康发展，也不会对自己和他人造成伤害。

结语：何以诗意、美好

青春情感的百年之路有发展，有迂回。其发展，是作为生命本能的属性在认识领域的逐渐澄清，从而不再无视、压抑它的存在。其迂回，是特殊时代对它的挤压。本能属性的澄清使得青春情感得以释放，然而，放纵本能的释放不但构成一种自我伤害、自我毁灭，而且对他人造成侵害。无约束、无引导的情感释放并不诗意美好。诗意美好的青春既不压抑，也不放纵。

青春情感本身无所谓诗意或美好，理性约束、引导下的未流于放纵和冲动的青春情感才诗意美好。如带有责任意识的青春悸动，如对真心爱慕之人的执着

---

① 谷应：《青春百年巡》，天津：百花文艺出版社，2006. 第 376 页。
② 谷应：《青春百年巡》，天津：百花文艺出版社，2006. 第 431 页。

追求,还有轻轻袅袅未流于情欲本能放纵的朦胧好感。

一个春雨潇潇的日子在校园一角我们相遇
没有雾没有风也没有料峭春寒只有两颗起伏的心
我们踏着细雨踏着年轮踏着晨雾般的泪滴
同撑着一把小花伞纯真的心在浪花般的诗集里絮语……
后来有人说这就是初恋这就是爱情这就是萌动的春心
但我们不知道也弄不明白甚至不想把那神秘的答案找寻

诗意美好的东西应该守护。对于青春情感而言,唯有存在理性维度的情感萌动与释放才具有美的特质。百年青春情感史充满着抗争和争取。最初的抗争是反对对本能的压抑,努力在认识领域恢复其作为生命本能的自然和必然属性;其后的抗争则复杂得多,而其核心便是青春情感的行为理性问题。尽管青春情感表现出差异性,然而,所有青春情感都需要理性的考量与约束。复杂而难解的问题是理性的具体化及其限度,还有不同个体(包括存在代际差异)基于理性的协商。本能的属性很易被认知,对本能的理性安置、个体与他者的理性冲突和协商或许会成为永恒的问题。

《青春百年巡》节选

鸿 雁 递 书[①]

谷应

我住长江头/君住长江尾/日日思君不见君/共饮长江水/此水几时休/此恨何时已/只愿君心似我心/定不负相思意

——宋词谱曲，流行于20世纪30年代

我对母亲少女时代就读的东陆预科众学子萌生了浓烈兴趣，这兴趣从70年代末延续至母亲辞世的90年代末。我的备忘小本本里积攒了不少前辈的青春速写，有了这批速写，我才有了完成本书的底蕴。

当从母亲口中打探到东陆预科外号"素馨弟弟"的小男生即是好友张眉的老爸、数学教授张伯伯，我心中着实惊喜。惊的是素馨弟弟成年后竟发展得熊腰虎背发重眉浓，状如武侠小说中的江湖好汉。喜的是肯定能从这老侠处挖到点宝贝。

我对张眉说："想不想听你老爸说故事？"

"他才不说呢。"眉断言道，"尤其不愿提东陆预科，那会儿他是个受气包。"

"咱俩策划策划——"我怂恿着，"里应外合，没有攻不破的碉堡。"

"还不如投其所好呢！"眉笑道。

"给老爷子捧来一坛花雕？"

"家里花雕不下十坛。不稀罕。"

"给老爷子扛来两根伸缩鱼竿？"

"不稀罕不稀罕。"

"那你说老爷子喜好啥？"

---

① 引自谷应：《青春百年巡：中国百年青春情感调查》，天津：百花文艺出版社，2006。

“冠生园早茶。”眉一本正经，“老爸常埋怨家里人懒惰不陪他去冠生园过早。”

“好办好办！”我欢喜道，“定在明早吧！”

那是80年代中叶，我与眉相约回K城探亲。两家老人当时都健在。

有关当年素馨弟弟的故事，就在K城冠生园早茶桌上由老侠徐徐抛出……

素馨美名既被你等知晓，将这美名引发的故事说一则与你等，也无妨了。

我入东陆预科时年方十三，体弱多病，发育迟缓，幼稚状与年长同窗对比鲜明。全然是个不开窍的娃娃。

东陆预科学生年龄参差不齐。最年长的师兄已足十九岁，有童养媳在家中。最年长的师姐满十七岁，婆家订下了。其余男女生，大都十五六岁，正是生理学所刁谓的青春期。

“思春”一词，在旧诗词戏文里常见，多用在越轨妇道的女子身上。崔莺莺陈妙常即是代表人物。她们违反女德的行径自然受到老夫子们的谴责，并将《西厢记》《牡丹亭》《秋江》一类故事视为洪水猛兽。

就是我等东陆预科男女学生，也只敢私下偷读这类思春作品。

不允许表露思春更不允许恋爱，却实行早婚。十四岁做新郎，十二岁做新娘并不罕见。强行将儿童变为已婚男女。可悲可叹。

我入东陆预科时，辛亥革命已成功十四个年头，新思潮牵动着年轻一代的心，很有几员觉醒分子提倡自由恋爱并创立“恋爱论”。希望经爱神之手铲除旧式婚姻。

其实，恋爱乃自然现象，本不需特意提倡，提倡者矛头所向，是那一批牢牢抱住旧礼教的国粹派遗老遗少，他们依然势力强大。

响应恋爱论的是年轻人，包括读预科的我辈学生。

尤以我就读的这个男女合班的东陆预科为最。男生女生虽分坐教室两侧，中间虽隔有楚河汉界，男女同学却是日日见得着面、听得着声音的。思春之情一旦萌发，岂能不设法谋出路？

却没有什么可以走得通的路。当面表白的可能性等于零，任何女生都不会接受——那将有损名声；再大胆的男生也不敢冒犯——同样有损名声。

唯一可以尝试的是书信表白。所谓情书，不过是一篇誊写得十分工整的赞歌，以“××同学足下”或“拜启者”开头，一通溢美之词表达钦佩之感后。落款“仆××顿首”或“愚同窗+英文缩写+敬上”。

这路情书与十年二十年后的情书相去甚远，简直无资格称作情书。然而在当时的边城，实属极大胆极超前的行为。

需加说明的是，情书作者一律为男性。据我所知，那时还没有任何女性能开通大胆到主动给异性修书投信。

情书完成后，却不敢投邮，往女生家里寄无异于捅马蜂窝；往学校寄，又恐落入好事同学之手；亲自呈送，也没有这么大胆量和机会。只能七弯八绕地买通自家姊妹、表姊妹，或对方的兄弟、表兄弟做个信使。

说来好笑，我因年幼且发育迟缓，被众师兄视作乳臭未干的毛孩儿，大欺小之事时有发生。却因此引动众位师姐的同情之心。我成了师姐们的小毛弟，得到她们的保护——这些情况你们既已得知，不必多叙。

有此特殊身份，情书作者们不免私下找到我，奉承一顿再请求帮忙。我也不好推辞，便充当了几次传递情书的鸿雁。

十四岁的我对其中奥妙无甚体会，只觉传递时带几分惊险，因而新鲜刺激；传递出去后，知情者的我观察寄书人与收书人的表现，也颇觉有趣。

寄书男生大多装出无事人姿态，却难以掩遮其紧张期盼。受书女生无不惊讶震动，惊讶之余，有的将书信悄悄匿藏；有的满面恐惧把那书信原封不动暗地退还到我手中；还有的拆封阅读后，做出一副嗔怒脸子当众撕扯……

莫怪她们。收受情书在当时非同小可，是大大的犯忌。若传到外界，这女生必遭非议，若传到父母耳中，则后果不堪设想……

有位女同窗堇匿藏了一封男生来信。此信作者乃我班文笔最佳的秀才，英语水准也极好。秀才托我传递前，并不相瞒，把信向我公开，我读后连连称赞好文章。

那信与其称作情书，莫如叫它政论更为贴切。洋洋洒洒近十页，慷慨激昂地宣讲内除国贼、外抗强权的大道理，并使用了若干英文词汇赞颂德、赛二先生。最后极恭谦地请收信人赐教：为唤醒国人，我辈觉醒少年应如何行动？落款处署

C. Y. ,是秀才姓名陈远的缩写——奇怪的是正巧与新创建的中国共产主义青年团代号相同。或许这是满腔热血的觉悟少年的特别用心——他希望获得一位与他共奔前程的红颜同道。也或许,秀才把长篇政论当作情书,是为了标新立异,显露才华以吸引受书人?

无论用意何在,这封书信没有退还。董同学虽未复信,脸孔表情也同平素无二,但我以为她起码不反感这信,甚而欣赏这信。

我哪敢向她打探。董平素少言寡语,功课上乘却性格内向。这样的女孩怎会对我这小毛弟坦白心中秘事?

大约三四个月过去。某日,从不缺勤的董同学未递假条没有来校上课。二三好友下学后往她家中探问,转日替她带来病假条,私下里却极为秘密地告诉我,是秀才那封书信惹下大祸。

果然如我猜测,董同学因此信立论高明,文笔精美,加之字体隽秀飘逸,虽无意与秀才进行国事讨论,却也不忍毁弃这篇美文,便将它密藏于箱底。

不料被母亲收拾衣物时发现,不认字的母亲立即交与一家之长的父亲。

那日董放学回家,见一向和蔼的父亲面孔铁青,大哥也板着脸站立一旁,几案上摆着的竟是密藏于箱底的那封信!。

董知大事不妙,吓白了脸,垂首站立。

董的父亲经营一间纸店,虽算不上文墨人,却以结交私塾先生、画像馆丹青师傅为荣,家中规矩素来严厉。

父亲指着几案上那一沓信笺问,这东西可是你的?

董怕得浑身打战地点了点头。

父亲又问,且不提这信中一派离经叛道的异端邪说,你今日与我说清此信何处得来? 为何窝藏于箱底?

董泪流满面,并不作声。

父亲怒道,我这当爹的问不出究竟,家中自有问你的人! 即令董的大哥在祖先牌位前燃香,将那沓纸笺放在供桌前;自己则手执家法站在供桌侧边,喝令女儿说,还不给我跪倒!

满腔委屈的董只得跪下申诉信件来历(幸而没有把我这个邮差交代出来)。

谎称信件不知何时已在自家课桌抽匣内放着,发现后带回家,本想呈交给爹爹,请爹爹教导女儿如何处置。因爹爹外出办货,女儿才暂且将这书信收藏……不想就此忘记……

父亲冷笑说,这么紧要的事竟会忘记?你且说出这个投书与你的 C. Y. 是谁?!

堇一口咬定不知 C. Y. 是谁。或恐是个女生也未可知。

堇拿定主意一问三不知。父亲火冒三丈,宣称不查个水落石出,不揪出那投书的流氓决不罢休。

堇在祖宗牌位前跪到三更时分,焦灼委屈羞愤。自下午进家门后又未得一口吃喝,素来娇弱的女娃哪耐得起这顿折磨,竟昏厥了过去。

做母亲的见此情状,心疼得抱着女儿落泪,责怪丈夫严酷过分。做兄长的也于心不忍,对父亲说,C. Y. 二字常见于新派书刊,或许是某报馆编务代号,并非哪个男生。

女儿既躺倒,算是缴械投降,又有编务代号说法,做家长的才饶过了这一回。

三日后堇来上学,面色憔悴似大病初愈。从此,对任何男同窗皆一视同仁地严加戒备,只要有男生在场必定挂上满脸冰霜——连我这个往昔常打交道的小毛弟也不再理睬了。

此事,我曾透露给秀才。我说幸亏你署名 C. Y. ,否则堇的那位阎王爹爹准定捉了你去开刀问斩!秀才愤懑不已,拍案而起高声怒吼道,这人肉的筵席现在还排着,有许多人还想一直排下去。扫荡这些食人者,掀掉这筵席,毁坏这厨房,则是我辈少年的使命!

秀才吼出的正是鲁迅先生新近发表在《莽原》上一篇题名《灯下漫笔》的文章结尾。当时我埋头数理,很少过问此类新潮文字,是许多年后读了《漫笔》,才联系起来的。

预科未毕业,秀才因家境困难,不得不退学回到县城谋差事,是当地最激进的觉醒派青年。不久,因触犯了地方上某位权势遗老,被定下散布邪说罪名锒铛入狱。从此秀才削去了锋芒锐气,甚而连新派人物提倡的恋爱自由、婚姻自主这等个人大事也听凭父母做主,娶了个金莲三寸目不识丁的乡下女子,并且这女子年纪比他大着六岁。

至于董师姐,东陆预科毕业后随兄长到南京继续学业,是中央大学高才生。出师后在名牌中学任教,不几年做了校长,事业上颇成功。

但她对感情问题始终抱冷漠态度,一生没有结婚……

老侠停止讲述,颇为伤感地拭擦着眼镜片。毛森森的长方大脸阴沉沉的。

女招待推着食品车过来了。眉说:"水晶虾饺出台,老爸,快!"

张伯伯没有反应。于是眉把一碟虾饺送过过去,笑道:"老爸,我怎么觉得当年素馨弟弟对董姐姐也有几分青春渴望呀?"

老侠急忙戴上眼镜,吞下两只水晶虾饺,分辩说:"哪有此事! 小毛弟根本不开窍!"

我笑道:"小毛弟可是个传递情书的能手哪!"

张伯伯叹道:"董被罚后,我是再不给任何人当信使了。我不愿因传递书信闹出第二个董……这些年,常想起董独处一生,心头不能不掠过阴影,甚至后悔当初做了秀才的信使……"

"家长态度如此坚决,"眉说,"情书肯定声销迹匿。"说时瞟了我一眼。

我听出话里的双关,立马抛出一句:

"那可不见得。"说罢问张伯伯,"是吗?"

"你猜对了。"老侠道,"压制往往导致负面增进。据我所知,收受情书双方竟有大胆到秘密约会的。虽然那约会几乎不够格称作约会,比方说,男生甲与男生乙共同策划,以借书或还书为名前往对方家中拜访,拜访之时碰巧见到对方的姊妹及姊妹的女友。这位女友其实正是受书女生。如此辗转地约会,你们一定觉得可笑。"

"父母在场吗?"眉问。

"绝对背着父母。"张伯伯说,"即便双方是碰巧遇到的,坐下饮一盏茶,说几句不关痛痒的话,也冒着很大风险呢!"

"风险何来?"我好奇着。

"男女学生喝茶闲谈之事倘若被街坊邻居觉察,风言风语必定传开,越传越邪乎,到父母耳中哪会有好果子吃?"

“父母永远担心儿女。”眉苦笑,“做父母的有时很可悲——因为儿女太难理解父母的心……”

“请问,”我问张伯伯,“眉这个乖女儿表现如何?”

“眉儿的确乖,”张伯伯赞道,“高中二年级谈恋爱是有点早,可她不瞒着老爸老妈。我们很放心她。”

眉向我投来得意的一瞥,顺手从食品车里取了一盅鱼生粥放在张伯伯面前。

“那是张伯伯张伯母开通,”我说,“你们从来不是专制家长。”我也回报一瞥给眉。

“那当然!”张伯伯喝了一日粥,满意地抹了抹嘴,“我辈为父为母,接受的是资产阶级思潮嘛,我们的反封建出自内心。预科男女学生顶着流言蜚语进行社交,青春萌动固然起作用,但主要动力来自对封建势力的反抗。”

“我从内心敬服我们的父辈。”我说,“你们那辈人比我们这辈人更崇尚自由民主。”转脸问眉,“女士以为对否?”

“我还是那句话,”眉绷起脸,“父母永远担心儿女。尤其是自作主张,不与父母沟通的儿女!”

不想跟眉在早茶桌上辩论,我赶紧转向老侠,“东陆预科少年学子们齐心合力反封建,必定大有成效!”

老侠摇头叹息:“哪有这么容易! 20 年代中叶,剪去辫子的男人不足总数百分之六十,缠足女子还占着女子的半数,封建势力依然居统治地位。英美留学归来,满腔热血想请德、赛二先生登台从而击垮封建的东陆预科师长们终究顶不住舆论压力缴械投降,男女生合班的预科只办了一届……”张伯伯摘下眼镜又仔细揩擦起来,“唉,本届东陆预科各门学业均为全省之冠,却仍然被流言蜚语、被遗老遗少们协力埋葬……”

推着食品车的女招待问:“要不要腊鸭舌?”

老侠没有回应,只低头揩擦镜片。

第四章　走进天津女性写作经典文本

第一节　城市与农村:“我们”与“他们”

——航鹰《丧事》文本分析[①]

> 文学历来关心和身份有关的问题。文学作品对这些问题也或清晰或含蓄地描绘出答案。在不同角色界定自己,同时也被他们各自不同的经历、不同的选择和社会力量对他们的作用这个大混合物所界定的过程中,叙述文学始终追踪着他们的命运。[②]
>
> ——乔纳森·卡勒《文学理论入门》

农村与城市在“空间”的相异中,承载着生活方式、生存理想以至文化观念等诸多方面的差异。古代文人笔下的农村美如画卷,如:“水满田畴稻叶齐,日光穿树晓烟低”(徐玑《新凉》);“五月虽热麦风清,檐头索索缫车鸣”(王建《观田家》);“绿遍山原白满川,子规声里雨如烟”(翁卷《农村四月》)。古代文人笔下的农村生活闲逸,溢着诗情,如“采菊东篱下,悠然见南山”(陶渊明《饮酒》);“开轩面场圃,把酒话桑麻”(孟浩然《过故人庄》);农村人淳朴好客,如“莫笑农家腊酒浑,丰年留客足鸡豚”(陆游《游山西村》)。这些古代文人或是生活在城市或

---

① 航鹰(1944 ~),原名刘航英,山东平原人,19 出生于天津,天津市作家协会专业作家。著有长篇小说《普爱山庄》,中短篇小说集《倾斜的阁楼》《东方女性》(另有台湾版)《航鹰幽默小说选》等,散文集《欧罗巴之梦》,长篇报告文学《商旅》以及电影剧本、电视剧本、话剧剧本多部。2017 年文汇出版社出版了《航鹰文集》,共九卷,收录了航鹰大部分作品。

② [美]乔纳森·卡勒:《文学理论入门》,李平译,南京:译林出版社,2015. 第 115 页。

是由城市回归了农村，他们对农村和农村人的印象是城市人眼中的农村和农村人。航鹰的小说《丧事》中，城市人对农村和农村人的印象与此完全不同，但在现代中国却具有典型性和代表性。

《丧事》采用第一人称叙述。“我”的父亲突然患病去世，精明的母亲和弟弟在要不要通知“他们”的事情上非常纠结。“我”不知道“他们”是谁，弟弟的回答是“农村的”。弟弟对于“他们”可以有很多称呼，然而，他只选择了“农村”作为“他们”身份的标志。“他们”是农村人，“我们”与“他们”不同，“我们”是城市人。在“我们”心中，来自农村的“他们”是非常不同的另一群人。尽管内心不愿，然而最终母亲和弟弟还是通知了“他们”。由此，借助“父亲的丧事”，农村人和城市人聚合到一起，小说因之得以集中展现农村人和城市人从行为到观念的复杂差异，以及“我们”这些城市人对这种差异的价值评判以及叙述者“我”的思索。“不同”至今尚存，文本中的价值评判亦广泛存在。就此而言，《丧事》不仅保存了历史观念，而且具有警示当下、思考当下的价值。

对称的人物设计与差异展示

《丧事》在人物设计上是极为明显的对称式。由父亲的婚姻，小说牵引出四组对称人物。

“我”的父亲来自农村。在农村，由父母包办，他娶了妻，并生下一子一女。后来他参了军。中华人民共和国成立后他进了城，和农村的妻子离婚，娶了“我”的母亲。“我”的母亲也生下一子一女。于是，由两段婚姻形成了分别来自农村和城市的人物对称，具体如下：

农村的前妻 —— 城市中的现妻（“我”的母亲）
农村的儿子（长子） —— 城市中的儿子（“我”的弟弟）
农村的儿媳（长媳） —— 城市中的儿媳
农村的女儿（长女） —— 城市中的女儿（“我”）

四组对称人物中每一组的人生经历都存在很大差异。父亲的前妻来自农村，农村的儿子出生于父亲进城前，农村的女儿出生在父亲参加革命前，他们的共同特点是出生在农场、成长在农村，终老或将终老在农村。父亲现在的妻——“我”的母亲来自城市，“我”和弟弟都出生在城市。“我”曾经因上山下乡运动在农村生活过一段时间，母亲和弟弟对于农村和农村人没有直接的经验。《丧事》人物叙述始终被置于比较的视角，而对称人物之间的差异始终指向一个核心，即：城市与农村的差异。由此，对个体人物差异的展现使得城乡差异得到多方面的展现，由此反映出差异的复杂。需要指出的是，文本的叙述者“我”是一个特殊的存在。从身份归属上论，“我”属于城市人，但“我”对农村有着一定的了解和同情。因此，“我”的城市身份没有造成叙事失衡，没有使差异染上强烈主观情绪。

以“农村”和“城市”为分界，四组对称人物表现出带有地域类属性特征的差异。先看农村的妻与城市中的妻之间的差异。在个体经历上，农村的妻因为丈夫的缘故，婚后一直独自面对生活的种种艰难：先是丈夫去参军打仗，她独自支撑整个家庭；中华人民共和国成立后，丈夫进了城，旋即与她离婚。她立志离婚不离家，继续独自支撑，养大了一双儿女。根据现实经验揣测，离婚前她的独自支撑还应有希望和期待，那就是战争结束丈夫返家，为她分担些许辛苦。离婚后情形应该大不同，对于丈夫的希望和期待应是彻底幻灭。离婚后丈夫试图在经济上给予些支持，但都被她拒绝。她的去世也应是一种早亡，因为在中华人民共和国成立后的困难时期，她把口粮分给儿子，自己忍饥挨饿。农村的妻经历的只有艰难、苦难和绝望。如果说她的生活如同炼狱一般，那么城市的妻则过着天堂一样的生活。中华人民共和国成立后，她才结婚，结婚后她成为局长夫人，享受艰辛奋斗得来的幸福。城市的妻实际年龄比农村的女儿大两岁，但在丧事上看起来却比农村的女儿年轻十几岁，这一点足以证明她生活的优越。丈夫宠爱、迁就她。农村的儿女因为贫穷找到城里的时候，怕她不高兴，丈夫将一对儿女领到招待所。两个妻的经历因为婚姻而天壤之别，一边连接的是至死都未曾消去的苦难，一边是如蜜糖一样的幸福。

同为女儿的身份，农村的女儿和城市中的女儿天然构成一种对称。但是，因为农村的妻已然逝去，农村的女儿作为母亲的“影模”与城市的妻之间形成某种隐在的对称。城市中的女儿——叙述者“我”好奇父亲前妻的模样，便是根据农村的姐姐想象她可能的样子，而农村的姐姐也表明自己和母亲在相貌上的差别就是母亲是小脚，自己不是。[①] 因此，农村的女儿在叙事中时不时成为她母亲的替身，与城中妻形成对称式比较。“我”与这位姐姐初见时，她在我眼中便是一个“农村的老大娘”，以致“我”判断不出“她”是谁，不知该怎样称呼。随着叙述推进，本应与“我”形成比较的这位姐姐不断与“我”的母亲比较。“我”的母亲见到比自己还显老的女儿尴尬万分，这是“我”母亲的视角；在“我”的眼中，这位姐姐和“皮肤白嫩，风韵犹存的妈妈相比，看上去她要老十来岁”。“我”对这位姐姐的外貌描述，直接显现出他们相貌的差异以及导致这种差异的生活境遇之别：“我用胳膊支起头，望着身边这位比母亲还显得苍老的姐姐。贫穷像一把锋利的雕刻刀，在她的脸上刻下一道道印痕，也把她的轮廓削得见棱见角，深深的眼窝，高高的颧骨，尖尖的下巴，月光的投影使得她脸上的皱纹显得更加清晰了。我在这张脸上揣摩着她母亲的形象，尽情地发挥着自己的想象。”农村的妻死于饥饿和贫穷，她的女儿被贫穷的生活压榨得容颜衰老——比后母还要苍老，人物交错对称中的差异让人嘘唏。

农村的女儿在作为农村的妻的“影模”与城中妻形成对称的同时，与城中女儿依然保持着对称。城中的女儿因为政治运动到了农村，之后回城接受高等教育又成为中学教师，父亲当然功不可没。农村的女儿没有接受过高等教育，一直在贫穷的农村谋求生活。同为女儿，生活境遇差别很大。

父亲的爱在两个儿子处的差异极为明显，叙述者以同情、不满的情绪直接叙述了这种差异。在相貌上，农村的儿子承袭了父亲的容貌，“父子唯一的差异只是气质上有些不同，父亲有一种器宇轩昂的官气，走路扬着头；他则显得质朴和抑郁一些，总爱低着头”，相貌的酷似让人感觉到父亲的生命在农村儿子身上的延续。城中儿子的相貌随了母亲，一点也不像父亲。相貌的特点使其个体境遇的不同以及父亲之于他们的不同意义让人寻味。在个体境遇上，农村的儿子酷

---

① 航鹰：《丧事》，引自航鹰：《东方女性——伦理道德小说集》，北京：人民文学出版社，1985. 第65页。本节《丧事》中的引文均出自该版本。由于《丧事》文本较短，本节出现的引文不再特别注明页码。

爱读书,却因为贫穷而辍学,其后继续母辈的生活;城中的儿子大学毕业,在父亲局里所属工厂工作。父亲之于两个儿子的意义,如城中儿子所言,父亲对于农村儿子只是生物性的父亲;父亲对于城中儿子宠爱至极,一直庇护他,至死念叨他的名字。两个儿媳的差异叙述不多。农村儿媳质朴温顺勤劳,城中儿媳极为精明,为躲开丧事上的劳累回了娘家。这组人物重复着光鲜容貌、高等教育与美好品格之间的反差。

对称人物的差异在相貌、个体经历、生活境遇等方面以静态的方式展示出来,而在闹丧、遗产继承、孝子头和衣冠冢几个事件上对称人物的差异以"动态"形式展现,也是这种差异导致矛盾冲突,使叙事生动且耐人寻味。

闹丧是民间固有的习俗。闹丧一事凸显了农村的妻与城中妻观念、行为方面的差异。"我"的母亲十分担心父亲在农村的亲戚和两个子女来闹丧。之所以有此种担心,是因为她认为丈夫和她自己与丈夫农村的亲戚结了仇。农村的亲戚对"父亲和包办婚姻的妻子离婚十分不满"。农村的亲戚进城办事的时候,她又冷淡他们。城中妻认为,丈夫在农村的孩子和亲戚必然会借着闹丧的习俗来"折磨"她,因此,她无比担心和恐惧。然而,她的预期与实际完全相反,"农村的"没有来闹丧。不闹丧的原因,却是农村的妻在临终前嘱咐儿女不许闹丧,因为不管怎样,那个死去的男人都是他们的"亲爹"。从闹丧一事能够看出,城中妻和农村的前妻在观念和行为方面的差异仿佛两条平行线,各有其思考的准则和逻辑。

城中的儿子最担心的不是闹丧,而是父亲农村的子女来分遗产。因为这种担心,他甚至反对向异母哥哥和姐姐通知父亲的死讯。城中的儿子认为,他们会来分遗产。在他眼中,异母哥哥姐姐在丧事上的种种行为都是为了分遗产。城中人的预期与农村人的行为再次相反。来自农村的子女延续母亲的志气,毫无分财产的想法。极度担心和毫无想法、担心其要分财产和坚决不要之间的巨大反差,显出城中儿子与农村儿子之间的差异。

孝子头一事上显出的差异,已经不再局限于有血缘关系、但分属农村和城市的"我们"这一家人。孝子头在农村的子女那里,是"应该如此",祖祖辈辈、家家户户都这样做,他们虔诚地磕着,以致不久就瘸着腿走路,两个孙子辈的孩子也磕肿了腿。孝子头包重孝在城市人眼中是一个陌生的怪现象。农村的儿子儿媳和他们的孩子第一次向外人磕孝子头，“我”是被吓了一大跳；“他们”向“我”磕的时候，“我”的“心口扑腾扑腾地跳成一团”。“我”的母亲和弟弟视孝子头为决不能接受的，“我”的母亲甚至因此犯了神经性头痛。尽管这种不接受，不只是因为他们认为这是落后的、丢脸的，与高干家庭、父亲的高干身份不相称。文本中借“我”之口写城市中年轻一代对于孝子头的各种反应：

> 那群年轻人一见穿白戴孝的，先就露出好奇心，猛不丁又见哥哥一家四口给他们逐个跪拜，惊得目瞪口呆，不知怎么办才好。有的咧嘴傻笑，有的忙去搀扶，有的因不懂这种规矩，一时失措竟跪下给哥哥还礼……

在孝子头上，农村人与城市人观念与行为完全无交叉点的差异再度显现。农村的子女磕孝子头是为了给父亲“免罪”。在城市人——“我”的母亲和弟弟看来，他们是为了突显和证明他们的子女身份，是为了分遗产。孝子头最终以农村子女的妥协结束。这种妥协，不是为了表明自己不争遗产，而是对于城市“新风尚”的妥协，为了“家丑不外扬”，不让外人以为他们的父亲曾经抛弃农村的妻子和子女。

衣冠冢是农村的子女向城中人提出的唯一要求。他们要父亲的一盒骨灰、一套旧衣裳——帽子、鞋袜、衣裳最好是进城前的旧军装。他们要在母亲的坟旁为父亲修一座衣冠冢。设立衣冠冢的缘由，一是为了让父亲陪伴母亲，二是让父亲落叶归根。对于衣冠冢的要求，“我”的母亲听到后“用手帕捂着嘴抑制着不笑出声来”，弟弟是“忍俊不禁地笑了，嘴角朝下撇着笑个不停”，不等“我”发问，就摇头晃脑地说：“愚蠢得可笑！可笑的愚蠢！”开明的“我”也认为这种想法和做法是愚蠢的。

农村人与城市人存在差异或许并不可怕，可怕的是这种差异完全处在两种观念系统和行为准则当中。那么，是什么塑造了这种差异，是什么造就了城市人在农村人面前的优越感？

第二节　“小洋楼文学”的生成

——赵玫《朗园》文本分析①

此在的空间性在生存论上被作为基础的时间性所“包纳”……此在之为空间性的，只因为它能作为操心存在，而操心的意义是实际沉沦着的生存活动。②

——海德格尔《存在与时间》

赵玫是当代著名的天津作家。她的著名，以文学惯有的评价标准和依据看，可以从她所获得的各种文学奖项（比如全国首届鲁迅文学奖、全国少数民族文学奖）和评论者给予的赞誉中充分显示出来。在一些文章中，赵玫被描述为聪慧而且充满活力的作家，她“英姿勃发，眉宇间凝着聪慧，浑身充满着活力”③；她的文学创作被称为是“用心血和才气浇灌着一朵朵文学奇葩”“一个个妙趣横生的故事，一个个楚楚动人的人物，都留在了读者的脑海里”。④ 无论是在评论者那里，还是她自述，她都是一个充满激情的作家，她把满心的激情投入文学创作当中。

---

① 赵玫（1954～），满族，生于天津。著有长篇小说《我们家族的女人》《朗园》《武则天》《高阳公主》《上官婉儿》《秋天死于冬季》等，中短篇小说集《太阳峡谷》《岁月如歌》《我的灵魂不起舞》等，散文随笔集《一本打开的书》《从这里到永恒》《戴着镣铐的舞蹈》等，电视剧本《阮玲玉》。

② ［德］马丁·海德格尔：《存在与时间》，陈嘉映、王庆节合译，北京：生活·读书·新知三联书店，2006.第416－417页。

③ 吴中华：《创作总是注满激情——赵玫访谈录》，《文学自由谈》，2002年第4期。

④ 吴中华：《创作总是注满激情——赵玫访谈录》，《文学自由谈》，2002年第4期。

她的文学创作除了激情，还被评为真诚、优雅。当然，对赵玫也有颇具锋芒的负面评价，如被指摘优雅叙事表象下是精神匮乏和缺乏小说式的思想支撑，“由女性主义写作滑入世俗化的欲望写作却无法参透‘身体写作’的真正意义”等。①

褒贬不一的评价缘于评论的自由，还有作家的多面与复杂。在赵玫的多面和复杂当中，富于探索是其中之一。赵玫的创作包括多种文体，有中短篇小说、长篇小说、评论、散文等。而她对中篇很是钟爱，钟爱的原因是她认为“在这样的篇幅中，可以任情诉说而又不至于冗长沉闷；可以随意探索而又最终不会脱离构架的轨道。自由驰骋是中篇这种文体所提供给我的最好舞台”②。由此可见，能够“随意探索”是她喜欢中篇的原因之一。赵玫关于文学创作的各种探索中尤为重视“形式”探索，她说：“对于文学创作来说，形式是非常重要的。比如搭积木，木块都一样，但搭法不同，最终所表现的内容也是不一样的。我觉得各家流派对形式的探索并不是追求皮毛，而是要重新找到自我，找到自己的语言方式和感觉方式。”③《朗园》是一部长篇小说，小说呈现为一种异于常规的叙事形式。我们无意追踪这种形式的来源，我们感兴趣的是，异于常规的叙事形式赋予《朗园》怎样独特的文本效果，成就了怎样独特的叙事。

一、《朗园》的“并时叙述”

通常或者人们习惯的故事讲述是“顺叙”。所谓顺叙，是按照时间顺序或者事件、行为动作的逻辑顺序叙述。现实世界中的时间线性向前、不可逆转，时间顺序即从过去到现在至未来；事件、行为动作的逻辑顺序，遵循起因、过程和结果的发展次序。在经验世界中，时间顺序与逻辑顺序是统一的。《朗园》不是顺叙。《朗园》的叙述者处于故事外，全知全能。它知道一切，不管事情多么隐秘，它知道全部的细节和结局，所以可以选择任何事件、任何人物、任何时间作为叙述的

---

① 见周静《优雅的背后是虚弱——论赵玫的小说创作》，《南方文坛》，2002 年第 5 期；孙燕、张艳梅《优雅表象下的精神匮乏——赵玫的艺术风格解读》，《文学自由谈》，2010 年第 7 期。

② 吴中华：《创作总是注满激情——赵玫访谈录》，《文学自由谈》，2002 年第 4 期。

③ 赵玫：《写作是自我的事》，《山花》，1994 年第 10 期。

起点，这意味着只要它愿意，它可以不按常规的“顺叙”来讲述。《朗园》被选作叙述起点的人物不是朗园的第一代主人，是第三代主人中的萍萍和萧小阳；事件不是萧小阳或者萍萍降临到这个世界上，而是发生在小阁楼上的兄妹乱伦行为。对于这种行为的讲述结束后，叙述者说道：“于是，一个有关朗园的故事开始了。”①朗园在乱伦行为发生之前早已存在，叙述者要讲述的故事也包括它的第一代主人的故事，故而，不是“朗园的故事开始了”，而是“叙述者的讲述开始了”。讲述开始便没有遵从常规顺叙，其后叙述者又剪断顺时时间，采取了一种可称作“并时叙述”②的叙述形式。

了解并时叙述需还原朗园中的顺时时间以及“顺叙”的故事序列。朗园的故事自当开始于朗园初建。叙述者交代，朗园是租界区内麦达林道上的洋房，“至今已经有近百年的历史了”。“至今”的“今”是叙述者开始叙述行为的时间，叙述行为开始于萍萍和萧小阳的成年时期，即改革开放之后。从距离改革开放近百年、处于租界内等推断，朗园当始建于民国时期。在那个时期，朗园上演着它的第一代主人——朗园的建造者“老爷”、他的太太、“女人”的故事。中华人民共和国成立初期，朗园的主人发生变化，“新贵”萧东方搬入朗园，成为朗园的第二代主人。对于朗园的第二代主人，叙述者主要讲述了萧东方和他的续弦殷以及他的孩子们的故事。尽管那个时候，女人和她的孩子覃还住在朗园。改革开放之后，萧东方的孩子们和覃都已经长大，他们成为朗园的第三代主人。于是，他们又成为故事的主角。时间和故事顺序可简单勾勒如下：民国时期至中华人民共和国成立之前朗园第一代主人的故事——中华人民共和国成立初期至改革开放之前朗园第二代主人的故事——改革开放时期朗园第三代主人的故事。叙述截止于朗园被拆毁。

并时叙述按照朗园主人的代际区分把时间剪断予以条状陈列。具体地说，朗园的第三代主人——萍萍、萧小阳、覃、萧思、萧烈、萧弘的故事构成一个条块，第二代主人萧东方和他的续弦殷与第一代主人女人的故事构成另两个条块。三

---

① 赵玫：《朗园》，沈阳：春风文艺出版社，2010. 第 3 页。出于行文简洁的需要，未注明页码的《朗园》引文均出自该版本。

② 并时叙述，为论述需要创造的名词，特此说明。

个条块并不是以一个条块的完结再继以其他条块的形式整齐陈列。叙述者在三个条块之间不断切换，就好像舞台上的聚光灯变换照亮不同的地方、不同的演员。

条块之间的切换有的并不生硬。如叙述萧小阳刑期还没有满便回到朗园的家中住时萧小阳与萍萍之间的矛盾对抗，在覃“不知这兄妹俩的生死搏斗什么时候才能结束”的心理活动叙述之后便转到朗园的第二代主人殷的婚姻故事。殷是萧萍萍的母亲，萧萍萍与萧小阳的生死搏斗与殷有莫大关系。《朗园》中有一个明显的空间划分，即由马场道分隔开的建国巷和麦达林大道上的小洋楼。与空间划分紧密联系的是身份的差异性定位。建国巷是这样的一个空间区域：“东区的建国巷是中华人民共和国成立后政府为这片城市贫民的积聚地起的名字，这里的人们生活一直贫苦，他们世世代代是专门为马场道那边麦达林道上的老爷太太和租住区的洋人服务的。”建国巷平民聚居，麦达林道上的小洋楼按照叙述者的说法是贵族的居住地。由此，两个空间区域成为身份定位的直接依据。这种依据不简单的是居住在哪里，而是血统论意义上极具宿命色彩的“来自哪里”。殷来自建国巷。因为这建国巷的身份，作为萧家的女主人仍然受到自命为贵族的萧东方的孩子们的歧视。萧萍萍是殷的孩子，也是萧东方的孩子，但她因为殷的身份在萧家遭受到同样的歧视。殷由于要顾及那些孩子而不能专心疼爱萍萍，萧东方也忙得顾不上关心萍萍，而她的哥哥姐姐们，“蛮横地挡住了萍萍头顶上的阳光”“让她变得一天天苍白和扭曲”。萧萍萍一方面得不到父母的庇护，另一方面被哥哥姐姐们故意冷落，以致她在无比压抑中长大。萧萍萍与哥哥萧小阳的矛盾对抗是为了自己不再被压抑和她内心的不甘愿被压抑。因此，此处的时间从改革开放回拉到中华人民共和国成立初期，从第三代人的故事切换到第二代人的故事，表面上“离题”实际上则是“进展”。

然而，并非所有条块切换都表现为“进展”并因此不被觉得生硬，从殷的婚姻故事再度切换到改革开放后的覃便有“硬转”之感。如果非要寻找些逻辑上的关联，那么覃鼓足勇气给S. 森打电话，表示愿意写她家的故事，在时间上都是“指向过去”这一点有些许共通性，不过，这实在牵强附会。因为这个切换给人的感觉就像一个人在讲故事的时候，插叙了一大段之后，说道：“好吧，现在让我们继续吧。”

不管条块切换生硬与否，叙述形式改变会产生不同的文本效果，并时叙述亦然。那么，并时叙述使文本具有了怎样不同于寻常顺叙的效果？

二、陌生化与极乐文本

从文学叙述形式看，不按时间顺序、碎片化的讲述并非《朗园》首创，它也不具有代表性。然而，从违背叙述故事和听故事的习惯角度论，《朗园》的“并时叙述”还是有一种“陌生化”的效果。

“陌生化”（Defamiliarization）是 20 世纪初俄国形式主义者什克洛夫斯基提出的概念。什克洛夫斯基《作为手法的艺术》中有一段文字经常被引述用来说明他因何主张“陌生化”，这段文字是：“那种被称为艺术的东西的存在，正是为了唤回人对生活的感受，使人感受到事物，使石头更成其为石头。艺术的目的是使你对事物的感觉如同你所见的视像那样，而不是如同你所认知的那样；艺术的手法是事物的‘反常化’手法，是复杂化形式的手法，它增加了感受的难度和时延，既然艺术中的领悟过程是以自身为目的的，它就理应延长；艺术是一种体验事物之创造的方式，而被创造物在艺术中已无足轻重。”①在艺术中采取陌生化手段的目的是为了唤回人对生活的感受。在什克洛夫斯基看来，这是艺术性之所在。而之所以需要唤回，是因为“经过数次感受过的事物，人们便开始用认知来接受：事物摆在我们面前，我们知道它，但对它却视而不见”②，对于事物已然形成了一种知觉的机械性。对于石头、花鸟草木等，陌生化的艺术手法确实能够唤回人们的感受，从而赋予它们诗意，或者说被艺术地看待。《朗园》反常规的并时叙述使读者摆脱对于叙述形式的知觉机械性，它的故事是陌生的，它讲述的方式亦是陌生的。

---

① ［俄］什克洛夫斯基：《作为手法的艺术》，引自《俄国形式主义文论选》，方珊等译，北京：生活·读书·新知三联书店，1992. 第 6 页。

② ［俄］什克洛夫斯基：《作为手法的艺术》，引自《俄国形式主义文论选》，方珊等译，北京：生活·读书·新知三联书店，1992. 第 7 页。

除了陌生化，并时叙述还使《朗园》成为一个极乐文本。《朗园》的陌生化叙述表现为时间的碎片，也可以称为故事碎片，因为时间碎片中都是朗园不同代际主人的故事。这样的文本带有罗兰·巴特所谓的"极乐文本"的特点。巴特称意义破碎的、给阅读造成极大障碍的经典文本为极乐文本。极乐文本带给读者的快感缘于它的破碎对于读者创造性、好奇心的激发。并时叙述的朗园故事，如果要理清人物关系，了解从它的第一代主人到第三代主人的故事，需要读者类似拼图式的还原拼接。还原拼接需要读者的积极能动性。从这一点看，它带有巴特极乐文本的特点。事实上，新奇本身就能带来快感。17 世纪英国文论家艾迪生曾说："凡是新的不平常的东西都能在想象中引起一种乐趣。因为这种东西使心灵感到一种愉快的惊奇，满足它的好奇心，使它得到它原来不曾有过的一种观念。"①在日常经验中，"新奇"带给人的是正面愉悦的感觉。

并时叙述的陌生化效果和它带来的阅读愉悦都无可置疑。需要指明的是二者的限度。陌生化会赋予文学以文学性，让文学具有文学的本质。但是，陌生化只是在"有"与"无"这个层次上具有作用，文学性的高低还需要具体的考量。同样，《朗园》并时叙述能够带来快感，但与巴特所说的快感存在距离。在巴特的理论中，极乐文本"语言是散碎的，文化是散碎的"，它们"脱离任何可想象的必然性"。在阅读中，"任何借口都不会持久，任何东西都不会重新形成，任何东西都不会重新复原"。巴特提出，"反常心不足以确定享乐""反常的极端在确定享乐：这种极端总是不合时宜的，它是空在的活动的和难以预见的"。②《朗园》的并时叙述会造成阅读障碍，并因此激发读者的能动性，但是，它的故事是完整的，不是巴特所说的那种不可还原、不可整合的文本，它更像一个打乱了次序的拼图，只需用些心思就可以还原。因此，依据巴特的理论，《朗园》并时叙述能够引起快感，然而，它不是巴特所称的那种"极乐文本"。它的快感有很大的限度。

---

① ［英］艾迪生：《论洛克的巧智的定义》，《西方美学家论美与美感》，北京：商务印书馆，1982. 第 97 页。

② ［法］罗兰·巴特：《罗兰·巴特随笔选》，天津：百花文艺出版社，1996. 第 222 页。

三、并时叙述中的对照与比较

或许不采用并时叙述也能有比较和对照的意味，但是，并时叙述确实令比较和对照显得突出。《朗园》叙述者对朗园每一代主人的叙述都有侧重。第一代主人“女人”是重点讲述的人物，第二代主人中重点讲述的是殷，第三代中是萧萍萍。除了这些着重讲述的人物，其他女人的故事也比男人的故事具有色彩。叙述者讲述女人们的内心活动，基本不关注男人们的内心。朗园中的女人们都很鲜活生动。同为朗园的主人，在并时叙述中她们形成了一种参差对照。

参差对照缘于人生遭际既“同”又“不同”。如朗园三代主人中的女人们无一例外都有与爱情无关的身体奉献。第一代主人中的“女人”——进入朗园的全部理由是因为她可以孕育后代的“女性身体”。一个钱庄管账的娶了钱庄老板的千金，由此继承了钱庄，建造了朗园。钱庄老板的千金不育，管账的或许是因为财产继承的缘故，或许是因为与钱庄千金相敬如宾的夫妻感情，或者两者兼而有之，他拒绝纳妾。为了解决后代香火的问题，钱庄老板千金抱养了“女人”，不是作为后代，而是作为“未来的妾”。这种做法怪诞、离奇且极为残忍！这种残忍导致的痛苦兼及身体和心灵。她并非主动献身，而是被养她长大的老爷“强暴”。文中叙述她“大声喊叫着”“流着眼泪恳求老爷不要这样对待她”“求救般地呼喊着太太”“疼得晕厥过去”。等她醒过来，她“悲痛极了”，流着眼泪问把她养大的太太“为什么不来帮助她”。然而，身体上的痛苦、心里的无助和不解恐怕都不及身份转换带来的伤痛。他们养大她，她在朗园“过着最优越的生活，拥有自己最舒适的房间。她穿最时髦的衣服，读麦达林街区中最好的教会学校。她是朗园的小公主”。这样的抚养应当会让她感到优越、幸福，或许还有一种骄傲和自豪，然而，由“小公主”沦为老爷的妾，心灵的落差何其巨大。更重要的是，优越的抚养自然会催生出她对自己和老爷太太之间的关系定性和感情定性：“她爱太太，也爱老爷。她把他们当作自己父母一样的亲人，在他们面前无拘无束，给他们的生活带来无穷乐趣。”被自己视作父亲的人强暴，由“女儿”变成他的妾室，这种身份转换带来的伤痛恐怕无法比拟，何况她还要面对太太以及朗园的其他所有人。

被迫献身在一番痛苦、追问之后剩下的是继续献身和对痛苦的遗忘与“原谅”，女人“慢慢适应了在朗园的新角色”，并且“重新变得无忧无虑起来。因她是在朗园长大的，因她只有老爷太太是亲人，因亲人之间是从不会真的怨恨的”。反而是老爷因此患上了抑郁症，他“避开同女人平时在一起的场合”，他忘不了女人痛苦的一切细节，他后悔，“一直被一种强烈的罪恶感追逐着”。女人因为能够献身和对献身的接受而拥有“朗园”这个“温暖的家”。然而，她也只有朗园这个家。她不能正常恋爱，尽管 S. 森喜欢她，她也喜欢 S. 森。最终她也没有实现太太最初的目的，生下一子半女，覃也是抱养的。在献身之后，她剩下的似乎只有对朗园近乎迷狂、无奈和忧伤的爱。以致最后当朗园要被拆毁的时候，她坚定地要与它共存亡。如果没有献身和对献身的接受，她的生命或许是另一番图景。她美丽，老爷自杀后成为叱咤风云的金融皇后证明她又不只是拥有美丽的躯壳。然而，接受在朗园的新角色意味着如果朗园不再存在，那么她的接受认可将变得毫无意义。

与女人形成鲜明对照的是朗园第三代主人中的萧萍萍。女人是毫不知情下被迫献身，萧萍萍则是主动自愿的献身，为了寻求一种保护，寻求有人亲近的温暖。因为母亲的缘故，萧萍萍在家里特别渴求庇护。在她的感觉中，家里“有很多很多的人但却没有一个人愿意保护她。连妈妈也不能。而父亲是个暴君”。萧萍萍渴望“能有个亲人亲近她”，她“日复一日地被冷落着”，“期待友情”，她“想从此能不被蔑视”。当她为着这种渴望去找“家中最恨她最看不起她的”萧小阳谈判时，萧小阳提出了卑劣的要求。她觉得萧小阳很卑劣，但是，她还是答应了。然而，从身体到心灵，萧萍萍都没有因为献身而感到温暖和幸福。她的内心是仇恨着的，“彻底绝望”。萧小阳也没有因为她的献身而对她有丝毫的怜惜，她“觉得她就要死了”的时候，他也不停止，他“不关切她爱护她”，她被“伤残得支离破碎遍体鳞伤”。

女人献身之后是慢慢地、温和地接受，至少在外在表现上是平静地、温和地。萧萍萍在献身之后与萧小阳陷入“生死搏斗”。他们的矛盾升级，她更成为他欺凌、侮辱的对象。她激烈反抗，最终以萧小阳生命的完结宣告结束，而她也因此入狱，无法正常生活。

萧萍萍以身体为武器,她的母亲殷同样用身体来实现她的梦想,不过是不像她的行为那样见不得光。殷通过婚姻跻身于所谓的贵族阶层。殷“非常美丽,而且也相当文雅”“没有人相信这样一个出水芙蓉般的女孩子是来自建国巷的”。可见,人们和殷一样有一种认识:生活在麦达林道上的“贵族”女性美丽、文雅,平民则与之相反。殷“迷恋麦达林道上的那些美丽的洋房,迷恋着那一段街区的教堂和那片英国人荒凉的永久墓场”,她是在“那迷恋中慢慢长大的”。荒凉的墓场殷都无比迷恋,可见她的迷恋是多么的没有理性。尽管殷接受了教育——她的父母把她送到了一家很好的中学,高中毕业还成为一名小学语文教师,然而,殷一直保持着她对小洋楼的非理性的热烈向往。她为此蹉跎了青春,将近三十岁未嫁。当有人把萧东方介绍给殷的时候,殷的反应是她“作为女人一生的最高理想”有了实现的机会:“她曾经那么想到麦达林道上来,成为这条贵族街道的女主人。这是她梦寐以求的,是她作为女人一生的最高理想。她因此而一直等待着,不知道此生是不是能实现这个愿望。当有人把萧东方介绍给她的时候,她的第一个意识便是,机会来了,她终于能跨越马场道这条‘天堑’了”,她“因此而忽略了萧东方的那几个被惯坏了的已经醒事的孩子们”。至于她和萧东方的感情,显得很不确定:“他们可能彼此相爱了,萧东方不在乎殷的建国巷身份,因为殷太美丽了;而殷也不计较萧东方的孩子一大堆,因为朗园太有魅力了。”

没有爱情的婚姻不过是身体的交易。殷是以身体的奉献来实现她进入小洋楼的梦想。结果是她的梦想实现了,而梦想实现的时刻也是噩梦与悲剧的开始。她的丈夫萧东方在其子女心中都是一个冷漠暴力的人。长子萧烈说他的父亲:“他谁也不爱,只爱他的权力。他只会做官,想着怎么升迁,怎么运用他的权力。”在萧烈以及其他子女眼中,萧东方是一个没有感情的人。而殷实际的感受是,她只是名义上的朗园的女主人。她嫁给萧东方后,“萧家的饮食起居一如既往地被薛阿婆承担了,而萧家的孩子们也用不着半路来到萧家的殷去操心。当年深日久之后,甚至连萧东方也用不着殷来关切了”,“他只是在睡觉之前才会偶尔想到殷。他需要有一个年轻貌美的女人睡在他的床上,想要的时候就能随时得到她”。最初是通过身体奉献进入朗园,最终也只剩下身体奉献。殷因此蒙受巨大的精神折磨,她因为建国巷的出身备受歧视,萧东方的女儿萧思说:“别说是小学老师,就是中学老师也还是小市民。”身份的差异不是空间造成的,空间只是某种标志而已,就像小说中写道:“其实本来有无数的路可以通到朗园来。其实马场道上并没有警察也没有铁丝网,但是,殷还是被阻隔了。”是否为贵族是由“血统”决定的,而血统带有命定的特征,并且终生无法摆脱。萧东方的孩子们因为殷建国巷的身份贬低她,他们故意制造麻烦给她,要殷不得安宁,“他们每个人都高高在上,盛气凌人”,殷在萧家屈辱而孤独,萧东方“不关心殷的感情”,殷“活在萧家无声无息就像个静悄悄的幽灵。她是萧家最不重要的一个人,甚至都没有薛阿婆的地位高”,薛阿婆是萧家的用人。萧家的孩子们不接受殷,这种不接受包括殷与他们的父亲生的孩子萧萍萍,他们叫萧萍萍是建国巷的穷女孩,“让她变得一天天苍白和扭曲”。

殷为着实现住进小洋楼梦想的身体奉献,对于她的人生、萧萍萍的人生表现出“原罪”的意味。朗园女主人中萧思和覃同样也都以身体的奉献为武器。萧思是为着她的崇拜和对崇拜者的征服。萧思的崇拜者是“革命者”宇建,他可谓朗园的一个过客:“宇建走进朗园的时候,穿着绿色的军装。他对所有住在朗园的人们微笑着,他想表示对新邻居们的友好。他主动同萧思讲话。他认为没有什么问题,因为他是全市红卫兵总团的领袖,是全体女红卫兵战士们的崇拜者。”面对萧思对他建国巷身份的鄙视,他表现出他通过职务练就的“很深的涵养”。他“不同朗园的任何人交往,总是天马行空,独往独来”。他内心中有一种“理想主义”精神,他“有自己的事情和理想”“他在那个时代就已经能把问题想得很深入并逐渐形成了那种只属于他的思想体系。他在做小小的领袖的同时也做哲人状,因此他不同朗园的任何人交往,总是天马行空,独往独来”。行为方式、职务、“理想”或许给宇建带来了魅力,然而,萧思对他的狂热崇拜或许主要不是因为这个,或者不全是,否则不会在改革开放后再次见到出狱的宇建依然热度不减。萧思的崇拜表现为献身的渴望。她“永无休止地诱惑”宇建,想“彻底献身革命”。当她的献身成功后,她的想法和感觉是,“人活着也就不过是如此了”,她感到“极度的幸福”,她“觉得这是她有生以来真正征服了一个她爱她崇拜的男人”。

覃的身体奉献是基于无限感激之情和自己的一无所有。上山下乡运动,覃作为资本家的后代去了东北。茫茫雪乡,生产队长“尽了全力”把病退回城的机会给了覃。在覃的认识中,“病退回城的机会对一个资本家的后代来说真是太不容易了”,而生产队长“自愿”地“为她历尽艰辛办成这一切的时候毫无索取”,是出自“无私的爱”,他送她走“真的很伤心”,她认为“她利用了一个东北汉子的一片痴情”。她对于“要离开这个对她恩重如山的人”很难过,她“当然不能知恩不报”,但是她“一无所有只有一腔感激之情和一个少女纯洁无瑕的身体”,由此,“她立刻毫不犹豫地认定用一个女人的身体来补偿一个将毕生伤痛的男人的感情是值得的”。于是,覃毅然奉献了自己。过程是隐忍和痛苦的,返城后,在认为“这是一段真的历史”的同时,“依然认为这是她生命中的一段耻辱”。

在几个女人人生遭际的比较和对照中,女性的身体或是她们存在的唯一理由,或是她们无可奈何时候可利用的武器,或是一无所有之后最后的资本。萧思身体奉献之后才觉得自己真正而彻底地胜利了。身体之于女人的诸此种种,是女人的幸运还是不幸,颇值得思考。

四、并时叙述与“小洋楼文学”的形成

《朗园》并时叙述很值得揭示的一个功能,是它令“朗园”的命名切中文本,成就了一种小洋楼文学。

文本当中对朗园的直接描述、最美的描述来自覃的母亲。覃的母亲在日记当中这样描述被她视作家园的朗园:

> 我的家叫朗园。在麦达林道的尽头,一幢孤单而美丽的小楼忧伤地伫立着,那就是朗园,我的家。雕华的石头廊柱默默无言,而回廊里能望见远的夜空,星空。远的星在朗园的尖顶上闪烁着,朗园真美丽,那是种生命的清澈和美丽。夜晚,太太总喜欢独自坐在喷水池边的长椅上,将她美丽的身影陷进清澈的透骨中。她是朗园一样忧伤的女人,她总是很孤单。她难过的时候就去找S牧师,那里是她精神的家园。①

---

① 赵玫:《朗园》,沈阳:春风文艺出版社,2010.第36页。

太太的精神家园是教堂，覃的母亲的精神家园却是朗园。无论遭受怎样的痛苦，无论内心如何忧伤孤单，无论多少次遥望远的夜空、远的星，她都不愿意离开朗园。对覃的母亲而言，如果朗园不存在，她的生命与精神便孤独无依，她与朗园共存亡的信念坚定以至决绝。作家赵玫曾这样说覃的母亲："她是个偶像，是个我想像她那样活着的榜样，是一个经典……我不知道除她之外还有谁更重要。在某种意义上，她就是朗园。她是《朗园》的灵魂，也是穿越了近百年历史的一首古老圣洁的长歌。"[①]即便如此，这仍然只是《朗园》可以称为小洋楼文学的原因之一。叙述者的叙述在历时性线索上以朗园的建造为起始，以朗园被拆毁为结束。品味《朗园》的叙述，似乎叙述者最在意的不是人和他们的故事，而是朗园的故事，如在叙述开始的时候宣称的那样。而朗园的故事最终成为朗园的故事，并时叙述发挥了重要的功能。

并时叙述剪断时间，而被剪断的时间不再具有拉开序幕，随着时间地向前推移带动情节发展的线索作用。《朗园》讲述的是三代人的故事，三代人聚合的原因也不是贯穿在时间线索之中的逻辑关联，他们的聚合是因为朗园——他们都是居住在朗园中的人。当时间不再充当线索的作用，时间与空间之间就发生了分裂。在时间之中理解空间，在空间之中理解时间，是日常经验世界的时空。但是，当时间已然不是与空间交缠在一起的并在的要素，时间与人物、事件成为一体，不再与空间成为一体，便只剩下了空间。因而，并时叙述凸显了空间，使空间成为剩余、成为唯一的存在，由此创造了关于小洋楼的文学叙述。

结　语

《朗园》属于"布老虎丛书"。该丛书据说是20世纪90年代商业操作最成功的一套文学丛书，该丛书在市场上业绩斐然，之所以如此，与"他们完全是从经济

① 赵玫：《关于〈朗园〉》，引自赵玫：《一本打开的书》，沈阳：春风文艺出版社，1994. 第294页。

效益上讲的”自然有重要关系。[①] 也有评论者专门撰文指出“布老虎丛书”为赵玫包装的《朗园》让人感到遗憾，认为在《朗园》中，赵玫式的表达有些令人惋惜地遭到破坏。[②] “布老虎丛书”有它的缺憾，但它仍被称为“商品大潮在 1993 年开始席卷文坛的一道风景线”[③]，既然是风景线，自然有它美丽的地方。就像《朗园》，虽然被认为是赵玫有遗憾的小说，但作者承认《朗园》“仍保持有赵玫前几部长篇中的先锋性”[④]。《朗园》中的并时叙述或可称为带有“先锋性”意味的叙述形式，应当给予肯定。并时叙述以及其他叙述因素造就的关于小洋楼的文学叙述，从小洋楼之于天津的地位和标志性而言，从超越建筑角度看待小洋楼的意义而言，都具有不应忽视的意义。

---

① 蒋晖：《苦界 · 朗园 · 纸项链》，《南方文坛》，1997 年第 4 期。
② 吴励生：《赵玫的文学景观》，《文学自由谈》，1995 年第 3 期。
③ 蒋晖：《苦界 · 朗园 · 纸项链》，《南方文坛》，1997 年第 4 期。
④ 吴励生：《赵玫的文学景观》，《文学自由谈》，1995 年第 3 期。

第五章　走进天津农民题材经典文本

第一节　经典的历史生成与经典性变迁

——梁斌《红旗谱》的经典化过程与经典性阐释的变动①

不是神创造人，而是人创造神。②

2004 年，张学正在文章中称："《红旗谱》是中国当代革命历史题材创作中的一面不褪色的红旗，是一部经得起反复阅读和长久传播的文学经典。"③2010 年，王彬彬发表文章《〈红旗谱〉每一页都是虚假和拙劣的》，王彬彬在文章中称《红旗谱》一出版便引起轰动是出版者没有想到的，今天仍然被称为经典是他那样的读者想不通的。一向视《红旗谱》为经典的读者恐怕也未曾想到《红旗谱》会遭遇如此极端的否定，而且这种否定还公开发表出来；同时应该也"想不通"为何将《红旗谱》贬低至此。毋庸讳言，王彬彬的看法具有一定的代表性，并非他一人如此认为。事实上，在王彬彬之前已经有研究者公开发表了类似意见，认为《红旗谱》"艺术粗糙且充满矛盾"，这样的一部作品被堂而皇之地称为"红色经典"充分反映出了学界不负责任的评判态度。④ 质疑的极端化、公开化、非小众化自然

① 梁斌（1913～1996），笔名梁文彬、雨花。天津市文联名誉主席。河北蠡县人。著有长篇小说《红旗谱》《播火记》《春潮集》《翻身纪事》《烽烟图》，散文集《笔耕余录》，长篇传记文学《一个小说家的自述》等。

② 费尔巴哈在宗教批判中认为不是神创造人，而是人创造神，如他提出"神学就是人本学和自然学"。见《费尔巴哈哲学著作选集》下卷，北京：商务印书馆，1984. 第 53 页。

③ 张学正：《革命话语与人性话语——重读〈红旗谱〉及对当代革命历史、革命战争题材创作的再思考》，载《梁斌新论》，天津：百花文艺出版社，2004.

④ 宋剑华：《〈红旗谱〉：非农民本色的革命传奇》，《福建论坛》（人文社会科学版），2009 年第 7 期。

会引生这样的提问:《红旗谱》的经典地位能保持多久? 铁舞即以《〈红旗谱〉能红多久》为题作了一篇文章。然而,铁舞没有给出答案,而是这样做结论:“对《红旗谱》能红多久这样的问题的回答,不取决于时间而取决于有没有明白人,取决于批评界有没有明白人敢于着手探讨、分析他人是如何做出某一作品胜于或败于另一作品的判断,以及这种判断的基本前提、专用名词概念、逻辑原理以及批评结构等依据。我想,呼唤超批评的时候到了。”①不敢妄称明白人,本文只是试图以一种“零度介入”的态度考察《红旗谱》在经典视域中的变动及其缘由。

在一般或习惯思维中,文学作品成为经典是因为文本的经典性。如果事实果真如此,经典文学作品创作完成后就会成为经典、跻身经典行列的文学作品其经典地位不会发生变动。文学作品创作完成后即成为一种历史的存在,它的经典化或去经典化是一种历史活动,其发生、完成是特定历史情境中相关力量主体作用的结果。各种力量主体基于某种缘由发掘文本的经典性并予以诠释,以这种诠释为根据对作品做出经典或非经典的判定。文学经典的形成或沦落取决于文本经典性或非经典性诠释在何种范围内、多大程度上取得主体一致性。有鉴于此,要客观了解《红旗谱》在经典视域中的变动及其缘由,应该关注每一次变动缘于哪些力量主体的参与、各种力量主体如何寻觅和诠释文本的经典性,尤其是诠释与诠释之间、力量主体与力量主体之间的作用关系。经典的形成或沦落往往是具有经典化势能的力量主体基于影响关系的“共谋”。

一、1958 年至改革开放前的社会主义建设时期的初次经典化及其根据

《红旗谱》问世于 1957 年,它的首次经典化发生在 1958 年到改革开放前的社会主义建设时期前。“谁”参与了这段时间的经典化? 从事实层面看,所有具备经典化势能的力量主体都参与到了其中。

(一)经典化:“谁”参与“谁”判定

兼具官员身份的批评家开启了《红旗谱》的经典化。据梁实的文章回忆,周

---

① 铁舞:《〈红旗谱〉能红多久》,《文学报》,2010 年 5 月 20 日。

扬在1958年初曾向人推介《红旗谱》:“一九五八年初,周扬同志在上海等地,对《红旗谱》做了肯定性的发言,在国外也谈及此书。不久,全国各大报刊纷纷发表文章,评介《红旗谱》。”①纵观历史,不论是对于作家,还是对于作品,官方评价都具有很大影响力。在极其重视文学的社会政治效能的氛围当中,官方评价对于作品的经典化或去经典化起着至关重要的作用。如果官方评价之所出身兼官员和专家两重身份,那么这种评价不但体现了国家意志,还代表着权威专家的意见,其影响力更是无比巨大。周扬即是亦官亦专的人物。早在20世纪30年代周扬就参加、领导左翼文艺运动,中华人民共和国成立后他担任中宣部副部长、文化部副部长、文联副主席、作协副主席。在20世纪50年代到改革开放前社会主义建设时期之前,国家主要通过中国文学艺术界联合会和作家协会管理作家,开展文艺运动、颁布实施文艺政策都是以中国文联和作协的名义。因为这种结构机制与运作方式,处于两个组织领导层的人物其身份便有了“官员”这一重要意义。如果梁实的回忆无误,那么周扬以推介的方式开启了《红旗谱》的经典化。因为,从时间看,《红旗谱》初版于1957年11月,周扬1958年初即向人推介,在时间上很难有人得其先;从梁实的文章表述看,周扬推介后“不久”期刊、报纸纷纷发表文章评介《红旗谱》,在当时的社会氛围中不由让人臆想其中的关联。《梁斌传》在对《红旗谱》的介绍中肯定了这种关联:“文学艺术领域的领导、著名评论家对《红旗谱》的赞誉,推动了《红旗谱》的迅速传播,很快形成了全国范围内的对《红旗谱》的评论、研究热潮。”②周扬是文学艺术领域的领导,他对《红旗谱》的赞誉在“著名评论家”之前。

评论家是文学经典化过程中不可或缺的力量。如果说兼具官员身份的文学评论家其直接的影响对象是作为文学批评主体构成的文学研究者,那么,文学研究者对一部作品的关注程度、他们的评价不仅会被官方注意,而且对一般读者具有重要影响力。改革开放前的社会主义建设时期前,《红旗谱》是文学研究者关注的作品之一,系列研究文章的出现是证明,1959年初作家出版社出版的《革命英雄的谱

---

①　梁实:《〈红旗谱〉是一座历史的丰碑》,http://www.rongshuxia.com/chapter/bookid - 5047093 - chapterid - 15487.html。

②　王洋、田英宣:《梁斌传》,天津:南开大学出版社,2008.第285页。

系——〈红旗谱〉评论集》是另一个更为有力的证明。文学研究者对《红旗谱》的评价总体上高度肯定。“总体上”与“高度肯定”并置似乎矛盾，然而，那个时期文学研究者确实如此评价《红旗谱》。一方面，有研究者指出小说存在不足；另一方面，最后的、总体的评价是高度肯定。如方明在“读小说《红旗谱》”中言道：“我并不认为小说有着很高的艺术技巧。但小说的艺术力量，却非常雄辩地说明，作者有着深厚的生活基础，和对生活的艺术表现力。”①王知伊《谈〈红旗谱〉的故事与人物》提出，小说中贾湘农这个人物在艺术描写上有缺陷，“比较概念化”，“但我们仍旧可以从这个人物身上学习到不少东西：亲切和蔼的风度，严肃认真的工作态度，以及对党的事业的一片耿耿忠忱。”②胡苏在《〈红旗谱〉读后记》中指出小说有“微瑕”，但是他认为“微瑕夺不去整块美玉的光辉”，称《红旗谱》是“一部比美玉珍贵千倍的书”。③ 在提出小说有不足的评价中，其总体评价或最后的评价都是肯定，由于肯定评价的逻辑位序和程度之高致使其对指出不足的评价造成强大掩蔽之势。而且，整观当时的研究文章，只有极少数指出小说有某种不足，大多数文章都高度肯定《红旗谱》，认为其取得了“巨大成就”，有的肯定式评价带有浓厚抒情意味，充满激情和真诚，如邵荃麟在《文学十年·新时代生活的画卷》中这样评价《红旗谱》：“一颗明星的出现，预告着群星灿烂。一只燕子的降临，预告着百花齐放的春天。我们之所以特别重视朱老忠这一个典型，正因为他是我们十年来文学创作中第一颗光芒最明亮的新星，第一只羽毛最丰满的燕子。”④从这些评价可以看出，文学研究者对《红旗谱》的肯定绝不是一般意义上的肯定，这种肯定昭示出的判定是：《红旗谱》不只是经典，它是经典中的经典；它不仅成就巨大，而且如早春寒梅，预示着一个绚烂的文学春天。

在经典化过程中，应该看到文学研究者之间的相互影响。除了一些研究者的研究行为会引起其他研究者的注意，权威期刊、报纸的加入会迅速扩大影响的

---

① 方明：《壮阔的农民革命的历史图画——读小说〈红旗谱〉》，《文艺报》，1958 年第 5 期。

② 王知伊：《谈〈红旗谱〉的故事与人物》，引自温超藩、张金池、宋安娜编：《梁斌作品评论集》，天津：百花文艺出版社，1997. 第 57 – 58 页。

③ 胡苏：《革命英雄的谱系——〈红旗谱〉读后记》，《文艺报》，1958 年第 9 期。

④ 邵荃麟：《文学十年·新时代生活的画卷》，引自温超藩、张金池、宋安娜编：《梁斌作品评论集》，天津：百花文艺出版社，1997. 第 91 页。

范围和力度。有关《红旗谱》的研究文章在权威期刊《文学评论》上发表，1959 年推出的评论集出自权威报纸《文艺报》编辑部。除了这种自然发生基于某种接受惯性的影响，有的研究者还直接吁请其他研究者加入研究，如方明评论文章的末尾对其他研究者的呼唤："人们对渴望已久终于出现的那种动人的新事物，第一感觉常常只是热爱它，希望人人都知道它。作为一个读者，对这部小说我说出来了自己的第一个感觉。我希望文艺批评家们能够指出这部作品给创作带来的新的东西，当然也指出它的缺点。"①

出于对权威的相信甚至是崇拜，文学研究者对某一部作品的关注和肯定会使一般读者萌生阅读热情。期刊、报纸，尤其是带有推介性质的期刊报纸是这种作用关系发生的中介。1958—1959 年仅《读书》杂志就 3 次推介《红旗谱》，推介的理由都是摘录自文学研究者的文章：1958 年 04 期"书评集锦"栏目刊登题为《"红旗谱""红日"等 9 部小说得到好评》的文章，其中有关《红旗谱》的介绍摘录自《文艺报》1958 年第 5 期发表的书评；1958 年 07 期"书评集锦"栏目"祝贺《红旗谱》和《青春之歌》的成就"，文章内容摘录自黄天祥《青春解放》；1959 年 21 期"书评文摘"中《〈红旗谱〉是概括中国民主革命时期农民斗争生活的有高度艺术水平的作品》摘录自邵荃麟《文学十年历程》。

在报纸、杂志的强力推介下，《红旗谱》在一般读者那里掀起阅读热潮。段承鹏《谈谈"保留书目"》一文言道："青年们在某一时期形成阅读某些书籍的热潮，是和报刊对这些书籍的比校集中的宣传、推荐分不开的。目前，《我的一家》《青春之歌》《红日》《红旗谱》等描写革命斗争的文艺作品，在广大青年中争相传颂，不胫而走。"图书馆大量购置复本，仍然供不应求。② 楼云和的文章《希"普及本"再普及些》言当时图书馆"书少看的人多"，他等了一个学期也没借到《林海雪原》，希望出版方能出版价格低廉的普及本，以满足青年们的阅读热情。等了一个学期也没借到的恐怕不只是《林海雪原》，《红旗谱》也应在其中。从两篇文章看，至少青年人对《红旗谱》这种类型的作品有着极高的阅读热情。《红旗谱》在

---

① 方明：《壮阔的农民革命的历史图画——读小说〈红旗谱〉》，《文艺报》，1958 年第 5 期。

② 段承鹏：《谈谈"保留书目"》，《读书》，1959 年第 13 期。

改革开放前的社会主义建设时期形成的阅读盛况，通过其再版情况也能窥见。《红旗谱》初版是1957年，1959年9月中国青年出版社出版第二版，同时人民文学出版社出版第一版的《红旗谱》；同年10月，《砸古钟》和《反割头税》两个章节作为《农村图书室丛书》的第二辑、第三辑由上海文艺出版社出版；[①]1960年、1962年中国青年出版社应该又再版了《红旗谱》。[②]《红旗谱》的频繁再版固然有官方推介的原因，当时的阅读热潮也是原因所在。

对于某一个读者而言，未必“读”就意味着肯定，“不读”就意味着否定，但是，在复数意义上，一般读者是否阅读在社会中的解读就是如此简单直接。因而，在人们的理解和诠释中，阅读行为潜隐着经典化或非经典化的效能、昭示出经典或非经典的判定。一般读者阅读欲望的萌生或直接或间接源自文学研究者对作品的关注和定位，反过来一般读者的阅读又会使文学研究者做出这样的判断：人们喜欢该作品。不管什么时期，受到一般读者热捧的作品都会引起研究者的注意。在当时要创作为工农兵服务的文艺作品的文学规范中，人们争相阅读，这种现象更会引起文学研究者的关注，并且成为文学研究者对作品做出评判的重要依据之一。

《红旗谱》在这段时期的经典化还有一个不容忽视的环节，那就是第三次文代会上周扬与茅盾在讲话中的肯定。鉴于肯定者的身份[③]、肯定的场合、面向的听众，文代会讲话中的肯定可谓是《红旗谱》经典地位的正式的、官方的、明确的命名。

综观《红旗谱》改革开放前的社会主义建设时期前的经典化，所有可能参与的力量主体都参与到了其中，各种力量主体之间相互影响、互为依据，共同将《红旗谱》奉上经典的神坛。如果辨析各种力量的差别，或许是：有的是基于自主意

---

① 以上数据来自王洋、田英宣：《梁斌传》，天津：南开大学出版社，2008. 第288页。

② 郭文静《〈红旗谱〉新旧版本的比较》称《红旗谱》改革开放前的三个版本是1957、1960、1962，此说与《梁斌传》的说法有出入；黄静《红旗招展谱新篇——〈红旗谱〉创作、影响史话》称1960年由于书店售罄，中青社紧急再版《红旗谱》。由于各方面因素，笔者未做考证，然而，1960年中青社再版过《红旗谱》当无误。

③ 茅盾：茅盾是第一任文化部部长（1949年10月－1965年1月），在此次文代会上当选为中国文联副主席，中国作协主席。

识主动参与到其中，有的则是在无意识中被裹挟到经典化洪流中。由于所有力量主体的参与，《红旗谱》在这一时期的经典化堪称是彻底的、完美的。

（二）经典性诠释："谁"阐发"谁"认同

经典或非经典是一种判定。判定必然有所依。参与经典化的力量主体，他们的经典判定来自他们对文本经典性的理解和认知。因而，一部作品是否成为经典，在于力量主体能否从文本中诠释出指向肯定判定的要素，并且这种诠释在力量主体之间是否取得认同；作品经典地位是否稳固、长久，在于经典判定根据的主体一致性作用的范围与保持的时间。

"思想性"与"艺术性"是改革开放前的社会主义建设时期前评价作品的两个维度。《红旗谱》作为文学研究者关注的作品，被诠释出诸多经典性要素，如人物性格及其表现手法、塑造技巧、民族风格、民族气派（地域风格）以及语言风格、情节提炼等。然而，在诠释出的所有经典性要素中，能够解读出"思想性"的要素取得了主体一致性。解读出思想性的经典要素是"史诗性"和"人物塑造"。

在各方评价中，"史诗性"是《红旗谱》从诸多文学作品中脱颖而出的重要原因。如一些研究者所言，"史诗"是历史也是小说，但是，在改革开放前的社会主义建设时期前史诗性作为肯定《红旗谱》的根据，评价者的着眼点主要在"史"这个层面。周扬、茅盾肯定《红旗谱》是因为他的"革命历史题材"；文学研究者从文学角度也阐释出《红旗谱》这一题材的经典性，提出《红旗谱》描写的历史年代，"在中国文学史上还很少反映"①。那么，何以这一题材会成就《红旗谱》的经典性？其中的缘由不只是题材的选定，更重要的是，对题材的组织方式。这种组织方式赋予小说时势所需的功能。周扬在第三次文代会的讲话中提出，《红旗谱》是"对我国人民的革命历史和现实斗争做了广泛的描绘和艺术概括"的优秀作品之一，"我们在《红旗谱》中看到了在漫长的黑暗统治年代，老一代的革命农民向反动势力冲锋陷阵的悲壮历史。在朱老忠身上，集中地体现了农民对地主的世世代代的阶级仇恨，体现了党所启发、所鼓励的农民的革命要求"②。茅盾在

---

① 方明：《壮阔的农民革命的历史图画——读小说〈红旗谱〉》，《文艺报》，1958 年第 5 期。

② 周扬：《我国社会主义文学艺术的道路》，引自温超藩、张金池、宋安娜编：《梁斌作品评论集》，天津：百花文艺出版社，1997. 第 7 页。

此次文代会的讲话中举例说明革命历史题材的繁荣,《红旗谱》是其中之一:“梁斌的《红旗谱》的第一部写了大革命前后共产党领导下的农村的阶级斗争和革命运动。”①正确、恰当的革命历史书写具有揭示历史本质、规范历史、将革命历史经典化的功能。兼具官员身份的批评家因为小说历史书写蕴含的思想性对作品做出优秀的判定,其他文学研究者基于自身的专业领域关注历史书写的诗性,但是在阐发诗性的时候往往首先肯定其历史书写的思想性,其诗性阐发也常常交缠、贯穿着对历史书写思想性的肯定,因而,文学研究者与兼具官员身份的文学批评家在《红旗谱》的历史书写上达成共识,这种共识使得小说的“诗性”色彩暗淡,尽管“诗性”从未出离评论家、研究者的话语。

与史诗性缠绕在一起的是“农民”书写,因为小说书写的历史是党领导下的农民革命史。在当时的文学规范中,写农民本身就意味着优秀。而书写中,朱老忠这个农民被塑造成爱憎分明、顽强奋斗的革命农民,在他身上,有着传统农民的优秀品格:勤劳、勇敢、正直无私等,又有传统农民英雄的优秀品格,慷慨重义气,还有革命英雄的优良品质,因而,朱老忠在批评家的话语中被诠释成革命农民英雄典型、新农民英雄典型、英雄父亲典型。典型人物包含的深刻、丰富的思想性成为《红旗谱》经典化的另一重要根据。值得一提的是,人物塑造成为经典化的根据,人物包含的思想性当然是重要原因,某些研究者对人物塑造手法的富于时代性的诠释也是原因之一,如有研究者提出,在革命现实主义与革命浪漫主义水乳交融的革命文学创作方面,《红旗谱》中朱老忠的形象塑造,提供了“值得参考的范例”“值得参考的经验”②。这种诠释在当时的社会氛围、文学规范中为《红旗谱》提供了经典化的有力根据。

民族性也是《红旗谱》经典化的根据之一,只是远不如史诗性与人物塑造那样被反复提及。史诗性与人物塑造作为《红旗谱》经典化的根据,在评论家与研究者那里主要在于它们的思想性。思想性具体到文学接受活动中则是教育意义。当时,教育意义是报纸杂志推介《红旗谱》、一般读者热读《红旗谱》的主要

---

① 茅盾:《反映社会主义跃进的时代,推动社会主义时代的跃进》,《人民文学》,1960年第8期。

② 李希凡:《谈〈红旗谱〉中朱老忠的形象创造》,《人民日报》,1959年8月18日。

原因。如《读书》1958 年 07 期“书评集锦”栏目刊发的文章《祝贺〈红旗谱〉和〈青春之歌〉的成就》摘录黄天祥“青春的解放”:“《红旗谱》和《青春之歌》两书的作者的立场都是鲜明的,技巧是上乘的,无论就思想性和艺术性来评价,这两部作品都是成型的,引人入胜的。”楼云和《希“普及本”再普及些》:“当看到新出版的一批批具有高度思想性的作品时,心里真有一种说不出的喜悦。不用说,像《林海雪原》《红日》《红旗谱》等书捧在手里,只闻到它散发的新书香味,内心就已感到了满足。”①思想性是推介者推荐的首要原因,一般读者阅读注目的也是作品的“高度思想性”。

改革开放前的社会主义建设时期前,《红旗谱》的思想性得到各种力量主体的认同和看重。思想性来自历史书写和典型人物塑造,所以史诗性(主要是历史书写)和人物塑造(主要是人物的思想性)成为这一时段经典化的重要根据,《红旗谱》的艺术性虽然多有阐释但从被看重的程度及其在经典化过程中发挥的作用看远不如思想性。然而,由历史书写与典型人物诠释出的思想,是一种时代特征极为突出的思想,这注定了人们对这种思想的接受会因时代变迁而发生变化;着眼于思想性的经典化也具有突出的时代性,譬如当下的批评话语根本不用思想性与艺术性这样的二分思维评定作品,因而,改革开放前的社会主义建设时期前这一时段,时代特征突出的批评方法和取得主体一致性的经典化根据,一方面造就了《红旗谱》在那个时代的崇高经典地位;另一方面,注定了其经典地位、经典化根据在不同时代的接受视野中的变迁。

二、改革开放前的社会主义建设时期的去经典化及其根据

《红旗谱》在改革开放前的社会主义建设时期也经历了一段去经典化的过程。田英宣回顾《红旗谱》研究历程时这样表述《红旗谱》在这段时期其经典化遭遇:“《红旗谱》被批判为‘写错误路线’、是‘黑谱’‘反动小说’,朱老忠是‘假贫农’‘错误路线的拥护者’‘资产阶级的市侩’,仅《河北日报》从 1970 年 1 月 11

---

① 楼云和:《希“普及本”再普及些》,《读书》,1958 年第 19 期。

日到11月7日期间,就曾发出四十个版面的批判文章。"①表述在事实层面应该无误。由其表述看,《红旗谱》去经典化的直接参与力量是报纸杂志;去经典化的根据,可谓前一段时期经典化根据的反拨:《红旗谱》没有正确、恰当地书写革命历史;典型人物朱老忠不是农民革命英雄,不是能够从其身上看到阶级仇恨和革命要求的典型人物,而是"资产阶级的市侩"。历史书写和人物塑造不具备思想性,经典化的根据已然不再,《红旗谱》失去了经典属性。由"红"而"黑",带有象征意义的颜色命名表明其不但不再被视为经典,而且沦为反面典型。

三、1978—1998年:"重读""再认识"中的经典地位恢复与经典性再阐释

1978—1998年,《红旗谱》再次经历了"经典化"。只是这次经典化的参与力量主要是文学研究者。一般读者不再热读也不再是经典化的根据之一。事实上,一些读者不读甚至拒绝阅读成为这一时段经典化的障碍或者被看作是危及经典地位的要素。

文学研究者对《红旗谱》的经典化包括两种:其一,是通过"重读""再认识"恢复、强调《红旗谱》的经典地位;其二,是通过"再阐释"的方式发掘文本的经典性要素。这种研究属于"经典作品作家研究",在客观上具有巩固《红旗谱》经典地位,使其经典化获得更多学理根据的作用。需要说明的是,将时间下限放到1998年,是因为1999年出现了以质疑《红旗谱》的经典性为论证主体、且论证颇为有力的研究文章,虽然这篇文章没有像2010年的那些文章那样惹人注意。

(一)"重读""再认识"中的经典地位恢复与强调

以恢复《红旗谱》经典地位为目的的研究缘于特定的历史情境和《红旗谱》的历史遭遇。改革开放后的社会主义建设时期,被认为遭遇到不公正待遇的一些经典作品获得了"正名"的机会,《红旗谱》是其中之一。

为《红旗谱》正名的力量主体是文学研究者,"正名"具体表现为两种方式:

---

① 田英宣:《〈红旗谱〉研究五十年述评》,《甘肃联合大学学报》(社会科学版),2008年第2期。

一种是以《红旗谱》及其同类型作品并非反面典型的判定为依据，反驳改革开放前的社会主义建设时期的错误言论，这种方式虽然不是论证《红旗谱》的经典性，但是把《红旗谱》的经典地位放到了无须论证的事实层面，因而，对于《红旗谱》经典地位的恢复具有重要作用，严云绶《漫谈十七年的长篇小说——驳"文艺黑线专政"论》就属于这种类型的文章；第二种是直接为恢复《红旗谱》经典地位而作，召珂《重评〈红旗谱〉——驳所谓"专写错误路线"的谬论》，徐荣街、叶维四《论〈红旗谱〉的民族特色——重读梁斌同志的〈红旗谱〉》，左振坤《略论〈红旗谱〉情节的丰富性和生动性》都属于这种类型的文章。显然，对于《红旗谱》的经典化而言，第二类文章发挥的作用更大。第二类文章具体表现为两种理路：一种理路是重申改革开放前社会主义建设时期的正面评价，反驳那个时期的负面评价。召珂的文章专门反驳负面评价，文章称，"文艺黑线专政论"是"叛徒江青勾结卖国贼林彪炮制的"，"文艺黑线专政论已经受到应有的批判，强加给《红旗谱》的一切诬蔑不实之词，也应予全部推倒"。文章对《红旗谱》评定，尤其是在经典性的阐发上完全承袭改革开放前的社会主义建设时期《红旗谱》经典化的根据："梁斌同志的《红旗谱》，是中华人民共和国成立以来出现的一部艺术成就很高的长篇小说，它通过华北农村阶级斗争的生动描绘，真实地展现了第一次国内革命战争前后到抗日战争爆发这一时期我国农民革命的历史画卷，热情地歌颂了中国共产党人及其领导下的广大农民群众对帝国主义、封建主义和官僚资本主义的英勇斗争，成功地塑造了朱老忠这一革命农民的英雄典型。这是作者对我国社会主义文学事业做出的可贵的贡献。"①徐荣街、叶维四《论〈红旗谱〉的民族特色——重读梁斌同志的〈红旗谱〉》承袭改革开放前的社会主义建设时期正面评定的特点更为明显："毋庸置疑，《红旗谱》是一部在思想上和艺术上都达到了相当高度的作品。正如当时一些同志所指出的：'《红旗谱》是当代文学里写中国革命农民的最出色的小说之一'；它的问世'是我国文学创作上的一个重大收获'，'这样的小说是画，也是诗，人民需要它，因为它完全符合人民的愿望'。但是，就是这样一部深受人民群众喜爱的作品，却被万恶的'四人帮'以种种'莫须

① 召珂：《重评〈红旗谱〉——驳所谓"专写错误路线"的谬论》，《文艺报》，1978年第3期。

有’的罪名打入冷宫,禁锢了十多年。‘青女相欺又几时？眼前百卉竞芳菲。’粉碎了‘四人帮’,梁斌同志的《红旗谱》再版了。今天,迎着春光重读这部优秀的长篇小说,这一朵艳丽的艺术之花,仍然以其特有的色、香吸引和感染着读者。”① 以恢复《红旗谱》经典地位为文本意图的文章,其第二种理路是从个体阅读感受出发给予《红旗谱》肯定评价。左振坤《略论〈红旗谱〉情节的丰富性和生动性》从个体阅读感受角度言《红旗谱》远胜改革开放前的社会主义建设时期中被评为经典的创作,“优秀作品经得起时间的考验,不会因为时间久长而泯灭,不会因蠹虫的损毁而失去光辉。看厌了千篇一律的作品,重读《红旗谱》,愈加感到其艺术之成就”②。有对改革开放前的社会主义建设时期正面评定的承袭,还有从个体阅读感受角度的观照,文学研究者为《红旗谱》恢复经典地位提供了充分根据。

强调《红旗谱》经典地位的研究文章还有一种社会缘起,那就是《红旗谱》在一般读者那里遭到冷遇。一般读者不喜、不读与经典定位不相符合,如不能合理解释,经典定位自然欠缺合理性,至少学理根据不那么充分。何况在改革开放前的社会主义建设时期一般读者热读是《红旗谱》经典化的重要根据之一。有鉴于此,有的研究者解释这种现象,提出并不是所有的青年读者不爱读,“《红旗谱》在今天的再版仍然拥有如此多的销路,这就是对它作为一部成功小说的深刻的真善美价值的一个有力的证明”。另外,“一部文学作品的价值的高低并不能以一时读者的好恶为标准。文学史上的许多杰作,都非短期就能获得定评”,“文学作品文本与读者的关系是复杂的”。③ 与直接针对现象做出解释不同,有的研究者试图通过阐发文本的经典性改变读者的阅读态度,刘明馨《从〈红旗谱〉的审美表现手法看文学民族传统的继承与发展》自述其写作缘起:“鉴于当前文坛的某些现象和部分学生对‘十七年’作品的偏颇认识,为进一步树立民族自尊心和自信心,本文拟就梁斌的长篇小说《红旗谱》谈谈如何继承和发扬民族传统和如何建

---

① 徐荣街、叶维四:《红旗谱》叶维四《论〈红旗谱〉的民族特色——重读梁斌同志的》,《山东师范学院学报》(人文社会科学版),1978 年第 5 期。

② 左振坤:《略论〈红旗谱〉情节的丰富性和生动性》,《社会科学战线》,1979 年第 4 期。

③ 张炯:《论〈红旗谱〉的历史意义——祝贺梁斌同志从事文学活动 60 周年》,《文艺理论与批评》,1994 年第 4 期。

设具有中国特色的社会主义文艺问题。”①

以上论述给人的感觉是《红旗谱》在改革开放后的社会主义建设时期虽然恢复了经典地位，但似乎总处于经典危机中，不断地需要“经典化”。其实不然。根据知网中的搜索，1978—1998年有关《红旗谱》的研究除了以上列举的文章，其余皆着意于《红旗谱》经典性的再发掘、再阐发。这种阐发的前提是认同《红旗谱》的经典地位，通过再阐发使那些潜藏着的或被遮蔽的“经典性要素”显现出来。立足于经典性的发掘和阐发，有的文章提出应该发扬其经典性，如鲍昌的《新时代的“燕赵风格”——梁斌创作风格一析》：“无论怎样来评价梁斌的作品，都应当把握住他的这个风格特色。因为这是梁斌所以同其他作家区别的地方，是梁斌所以成为梁斌的要谛所在。通观‘五四’以来的中国现代和当代文学史，像梁斌这种创作风格并不多见。它是整个文学交响乐队中的一支悲亢的号角，是整个文学苑囿中的一株苍劲的松树。正因如此，它将在人民的文学生活中长久地存在下去。我们应当珍视梁斌作品中熔铸出来的‘燕赵风骨’，并把它加以发扬光大。”②有的文章呼唤更加充分、深入的研究，如郝雨《古老民族精神在血与火中的现代升华——梁斌〈红旗谱〉（三部曲）新论》称：“《红旗谱》是我国文学史上一部难得的佳作。对于其艺术价值的研究还远远不够。本文愿作一个新的起点。”③这些阐释赋予《红旗谱》极高的经典地位：它是可以作为范例的经典，它潜藏着诸多经典要素有待研究。

（二）经典性“再阐释”

文学研究者在这一时段给出的经典化根据延传了改革开放前的社会主义建设时期经典化的根据：史诗性、人物塑造和民族性。只是这种延传并非没有变化，民族性在这一时段被突出强调。以恢复《红旗谱》经典地位为目的的文章《论〈红旗谱〉的民族特色——重读梁斌同志的〈红旗谱〉》，民族性是恢复经典地位

---

① 刘明馨：《从〈红旗谱〉的审美表现手法看文学民族传统的继承与发展》，《信阳师范学院学报》（哲学社会科学版），1987年第3期。

② 鲍昌《新时代的“燕赵风格”——梁斌创作风格一析》，《当代作家评论》，1985年第2期。

③ 郝雨：《古老民族精神在血与火中的现代升华——梁斌〈红旗谱〉（三部曲）新论》，《文艺理论与批评》，1994年第4期。

的理由。另外，出现了诸多聚焦民族性的研究：鲍昌《新时代的“燕赵风格”——梁斌创作风格一析》（《当代作家评论》1985 年 02 期），刘明馨《从〈红旗谱〉的审美表现手法看文学民族传统的继承与发展》［《信阳师范学院学报（哲学社会科学版）》1987 年 03 期］，林建华《“出水才看两腿泥”——从朱老忠的性格塑造看〈红旗谱〉对民族风格的继承和发展》［《广西民族大学学报（哲学社会科学版）》1988 年 03 期］，张山河、曹志川《论〈红旗谱〉的民族形式》（《许昌学院学报》1990 年 02 期），郝雨《古老民族精神在血与火中的现代升华——梁斌〈红旗谱〉（三部曲）新论》（《文艺理论与批评》1997 年 03 期）等。这些文章从各个角度阐发《红旗谱》的民族性，仿佛民族性弥漫小说的方方面面，民族性是小说最应被注意的经典性要素。

那么，研究者阐释的“民族性”究竟是什么？概而言之，研究者阐释的民族性大致包括以下几个方面：题材方面，农民起义题材。农民起义似乎是中国历史特殊的一面，因而写农民起义便与民族内容勾连在一起，或者说是民族内容的一个方面。人物性格方面，有文章称，《红旗谱》中“正面人物身上，充分地体现了中华民族的英雄性格，即使塑造的反面形象，如冯兰池、冯贵堂等人物，也具有鲜明的中国反动地主阶级的民族特征”①。能够体现中华民族英雄性格的人物是朱老忠，这种英雄性格在批评家的诠释中有“富于革命传统”“酷爱自由”、坚强有韧性、有胆识、有谋略、自强不息、英勇无畏以及“燕赵一地所特有的，慷慨悲歌视死如归的豪迈之气”等，②参详其归入民族性的原因似乎是这种英雄性格的参照物是传统小说中的英雄。除了英雄性格，还有传统农民性格，譬如刻苦耐劳、善良、质朴等。农村生活习尚、风俗、自然场景以及人物语言，这些地域色彩浓郁的书写也被诠释为民族性的重要内容。另外，在小说的章法结构、表现手法方面，《红旗谱》对古典文学特别是古典小说的吸取也是研究者发掘出的民族性内容之一。作为经典性要素的民族性，在批评家的批评话语中不管是被称为“民族形式”“民族风格”“民族内容”，其内容未出离以上几个方面。

---

① 徐荣街、叶维四：《论〈红旗谱〉的民族特色——重读梁斌同志的〈红旗谱〉》，《山东师范学院学报》（人文社会科学版），1978 年第 5 期。

② 金梅：《重读〈红旗谱〉》，《文艺理论与批评》，1994 年第 4 期。

除了延传原有的经典性要素对其做更充分、更深入的阐发，叙事学角度的研究是这一时段的理论贡献。改革开放前的经典化中，历史书写是《红旗谱》经典化的根据，但是那一时期关注的历史书写是革命历史叙事，评价者聚焦的是历史叙事的思想性。这一时段，出现了文学叙事史研究意义上的“历史叙事”观照，如朱水涌《〈红旗谱〉与〈白鹿原〉两个时代的两种历史叙事》（《文艺理论研究》1998年05期），文章提出将《红旗谱》与《白鹿原》比较，能够“探讨当代历史叙事的变化及其精神结构的变动”。这种研究呈示出的《红旗谱》的经典性要素是它在中国当代文学历史叙事发展史中的地位。与历史叙事相关的美学风格阐释也赋予《红旗谱》较为有力的经典性，单正平《十七年小说流派刍论》（《兰州学刊》1985年第2期）从美学风格出发，认为十七年的小说创作存在三个流派：崇高壮美派、优美和谐派和幽默朴素派，《红旗谱》以其宏大的历史叙事成为崇高壮美派的代表。

1978—1998年这一时段，尽管《红旗谱》在一些批评家和一些普通读者那里遭遇到带有否定倾向的态度，然而，总的来看，《红旗谱》恢复并保持着经典地位：出版方再版将它归入经典书系，文学研究者的“经典作品作家”研究有其位置，一般读者在观念中也接受其经典定位。从经典性的发掘和阐发看，“思想性”不再是维系《红旗谱》经典地位的重要根据，民族性受到更多关注，同时，如同改革开放前的经典化一样，辅之以其他经典性阐发。与“思想性”比较，作为这一时段经典化根据的“民族性”具有超越特征，因为民族性认同的基点是地域与文化传统。民族性的超越特征使得由此引生的经典判定较为稳固。另外，中国当代文学历史叙事史的考察也赋予《红旗谱》较为稳固的经典性。

四、1999年至今：“重评”“反思”之中的经典性之争与经典定位的限度

关于这一时段，应该认识到《红旗谱》的经典定位出现了裂缝，这种裂缝在此前也存在，但是从没有这样公开、严重，引起许多人的注意和讨论。同时，还应该承认，《红旗谱》并没有因此被剔除出经典行列。在以大多数人为基数的普遍意

识中，在主流意识中，在以"理性"为主导的读者中，它还是经典，一些文学研究者还在挖掘、诠释着它的经典要素。然而，经典视域中的关注显然应该把重点放在经典裂缝的形成上。

《红旗谱》经典定位出现裂缝的标志是2010年开始的关于其经典性的纷争。纷争并非凭空而起，从发表的研究文章看，有一条直接指向纷争的隐秘的研究脉络：首先是质疑、否定既往《红旗谱》经典化根据的恰当性、正确性，其后是质疑、反对《红旗谱》的经典定位。

1999年一篇题为《"诗性"与"英雄人物"——解读〈红旗谱〉》的文章针对以史诗性和英雄人物塑造为《红旗谱》成功之处的认识提出不同意见。史诗性是改革开放前经典化《红旗谱》的重要根据之一，改革开放后文学研究者对这个评价形成了一种"惯性接受"。然而，何谓史诗？历史的艺术概括是否就是史诗？《"诗性"与"英雄人物"——解读〈红旗谱〉》这篇文章难能可贵之处是从检讨"史诗"评定论起。文章采纳的"史诗"概念来自巴赫金，巴赫金在概括史诗的特征时指出史诗有三个鲜明特征："其一，史诗的对象是民族的值得传诵的往事，是'绝对的过去'；其二，史诗的源泉是民族的传说，而不是个人经验及以此为基础产生的自由虚构；其三，史诗的世界与当代隔着一段绝对的史诗距离。"立足于巴赫金对史诗的界定，文章认为长篇历史小说与史诗两种文体不相兼容。长篇历史小说的书写对象不可能是价值观念业已定型、生活系统已经封闭、与当代世界存在绝对距离的"绝对的过去"，长篇历史小说书写的对象"不论其表现的对象在时间上距我们多远，都应该与我们当下的生存世界相关联，而当下的现实生活又在走向未定的将来，处于一种正在形成之中"①。依靠权威力量建构出封闭历史与价值观念只能存在于特定时期、在该时期内被普遍接受，因而，长篇历史小说的"史诗性"是一种主观强加。立足于巴赫金一家之言得出的结论可能存在偏颇之处，但是，在《红旗谱》经典化事件中，对"史诗"概念的使用确实存在偏离其本身含义的问题。

除了论证用史诗性诠释《红旗谱》的经典性不恰当，文章还对改革开放前对

① 颜敏：《"诗性"与"英雄人物"——解读〈红旗谱〉》，《创作评谭》，1999年第1期。

《红旗谱》经典性的另一个诠释——思想性是成功塑造人物的原因——提出不同意见。作者肯定《红旗谱》的英雄人物塑造及其价值，认为“包含着传统文化的英雄想象因子的朱老忠性格”“在文学史上，为民族国家的现代话语提供了例证”，“朱老忠的出现，预示了乡土中国存在着被启蒙的现代话语压抑的可能的健康的生命力。从这种意义上讲，朱老忠正是民族国家的现代话语所希望崛起的‘新人形象’”。但是文章认为，人物塑造的成功不是因为意识形态话语的介入，“意识形态话语正是通过与非政治的民间伦理秩序的结合，才达到其功能的。如果没有这种结合，抽象的农民新形象，很难成立”①。

显然，《“诗性”与“英雄人物”——解读〈红旗谱〉》表现出的文本意图是解构既往《红旗谱》经典化的根据。表现出这样意图的文章在这一时段并不只此一篇，巫绍勋《创作理想与文本叙事逻辑的错位——重评〈红旗谱〉》（《桂林师范高等专科学校学报》2003 年 04 期）、吴娟《十七年史诗叙事的动机与效果的背离——从〈红旗谱〉看十七年文学的史诗性》（《福建师范大学福清分校学报》2008 年第 4 期）都是比较典型的解构既往经典化根据的文章。作家的创作理想、史诗性追求及其在文本中的实现是改革开放前经典化《红旗谱》的根据之一，在改革开放前批评家的阐释中，作家的追求与文本表现是符合一致的关系，二者和它们之间的符合关系成为《红旗谱》经典化的重要根据。这样的观点如文章所言“至今依然占据着主导的地位”——其实并不是占据主导地位，而是没出现有力的学理性反驳，仍然停留在惯性接受中。以上两篇文章认为，二者之间并非严丝合缝，而是存在错位和背离。

推翻既往经典化的根据，如果没有发掘出新的取得主体一致性的支撑经典性定位的根据，那么很容易滑向对经典定位的怀疑乃至否定。在这一时段，对《红旗谱》经典化根据的解构确乎发展成为对《红旗谱》经典定位的反对。2009 年宋剑华《〈红旗谱〉：非农民本色的革命传奇》称：“通过对《红旗谱》的重新论证分析，我个人认为梁斌的知识结构与艺术修养远不足以去支撑其‘宏大叙事’的虚妄理想；而如此艺术粗糙且充满矛盾的一部作品，却被堂而皇之地称为‘红色

① 颜敏：《“诗性”与“英雄人物”——解读〈红旗谱〉》，《创作评谭》，1999 年第 1 期。

经典'又充分反映出了学界不负责任的评判态度。我的看法则是：与其被动地等待后人来纠正我们的认知错误，还不如我们主动去纠正前人的思想幼稚！这才是一种维护学术真理的科学精神！"①2010年，王彬彬的文章最终引发了关于《红旗谱》经典性的纷争。

纷争的焦点是《红旗谱》究竟是不是一部经典。然而，基于此前《红旗谱》已经确立的经典地位，否定意见吁请的行为或判定是取消《红旗谱》的经典地位，这使得纷争的焦点在一些争论者那里暗转为：应不应该否定《红旗谱》的经典地位。围绕这样的争论点，出现了三种意见：一种是否定《红旗谱》的经典性，一种意见是一如既往坚持《红旗谱》的经典性，还有一种意见认为《红旗谱》瑕瑜参半。

判定需要充分有力的根据，因而，关于《红旗谱》经典性的纷争，理性的做法是看各方做出判定的根据。否定意见的代表——王彬彬的文章对《红旗谱》的否定以对作家的否定和对《红旗谱》文本的全盘否定以及版本混乱、曾经被要求修改方予出版等为立论根据。在他看来，梁斌"不具备创作小说的基本能力""以梁斌的叙事才华，即使是一个很短的故事，也不可能讲好的"；文本方面，文章称《红旗谱》的情节叙述往往荒诞不经、前后矛盾，细节拙劣，人物没有神采，叙述语言单调枯燥。王彬彬文章对《红旗谱》的否定是一种极为彻底——彻底到近乎极端的否定。对于这样的一种否定，有必要观照其否定根据的来源。从文章看，王彬彬的否定首先来自一种否定的个体阅读体验，因为这种否定阅读体验他开始探求原因，原因探求中，王彬彬借助了其作为文学研究者的知识积累与理论工具。因而，文章是批评语言写就，而作为重要论据的情节叙述方面的种种不足主要来自个体经验。依据其个体经验，《红旗谱》中有许多不"合情合理"的情节设计，由此，他做出"荒诞不经、前后矛盾"的判定。从个体阅读体验出发、以个体经验为判定根据，这种立论理路与方式决定了他的观点和论证不会"全部"被"所有人"在"所有时候""所有地方"得到认同，也不可能全部准确、恰当。

坚持《红旗谱》经典性的代表性文章有：雷达《〈红旗谱〉为什么还活着》（《文学报》2010年5月20日），马春香《〈红旗谱〉：不应被忽视与诋毁的"红色经典"》

① 宋剑华：《〈红旗谱〉：非农民本色的革命传奇》，《福建论坛》（人文社会科学版），2009年第7期。

(《文艺理论与批评》2010 年第 6 期)，王之望、闫立飞《“酷评”难撼经典大树——〈红旗谱〉每一页都是虚假和拙劣的质疑》(《文艺理论与批评》2013 年第 1 期)，吴义勤《在历史与审美之间——重读〈红旗谱〉》(中华读书报)。其中，马春香与王之望、闫立飞的文章是直接为反驳王彬彬而作。王彬彬文章作为否定根据的情节、细节以及出版、版本方面的事实在两文中被重新诠释。如关于老驴头打春兰的情节。王彬彬文章指出，老驴头对春兰那样“直打”“狠打”又扯着昏死过去的春兰的一条腿从堤上到堤下，从堤下到家中拉回去，春兰还能一到家就醒过来太“怪”；王之望、闫立飞《“酷评”难撼经典大树——〈红旗谱〉每一页都是虚假和拙劣的质疑》认为，老驴头作为春兰的父亲不可能真打春兰；但是碍于世俗又不能不打，所以春兰一到家就醒过来并无怪异。这种观照行动者的心理以及地域风俗习尚的分析看起来比较合情合理。不过，两篇坚持《红旗谱》经典性的文章因为直接为反驳王文而作，所以，其阐发的理路方式难免受制于王文，诠释性特征明显。

雷达作为老资格文艺评论家，他也坚持《红旗谱》的经典性。他直言：“《红旗谱》是我喜欢的作品，我读大学时写的学年论文就是有关《红旗谱》的。”①然而，文章没有以个人的喜欢作为将《红旗谱》定位为经典的根据，“我感觉到《红旗谱》这部著作在今天虽然读者日稀，若从史的角度看，仍有研究空间，它的价值也需要更多的发掘和辨析”。从史的角度获得的研究价值意味着，《红旗谱》的“经典”价值在研究者那里。那么，作为这样的一种经典，其经典性要素都是什么呢？雷达举出几个方面，如文学史是变化的历史，《红旗谱》是“那段历史的审美化见证”，这样的作品，“时间越久，它的历史价值可能越高”；再如农民和土地的问题，文章称：“高校里有不少人研究中国农民的土地问题，农民与土地的关系问题，梁斌先生早就写到了，而且写得很深。他不是从理念的指导下写的，是从生活的痛切感悟中写的。他觉得写不透土地问题就写不透中国农民。《红旗谱》比现在很多作品谈土地问题都要谈的深刻。这是它了不得的地方。”

张太兵《“十七年文学”的再反思——兼与王彬彬、吴义勤先生商榷》认为

① 雷达：《〈红旗谱〉为什么还活着》，《文学报》，2010 年 5 月 20 日。

《红旗谱》瑕瑜参半。文章提出的“瑜”是“在革命历史建构方面取得了很大的成绩,特定年代的作家表达了那个特定历史年代的‘真诚’”;其瑕是并没有在革命历史建构与审美建构之间保持很好的平衡和张力。据此看,《红旗谱》的经典仍在“史的角度”。

应该指出的是,在纷争之外,一些批评家仍然关注着《红旗谱》,这种关注本身在一定程度上表明了《红旗谱》的研究价值。而在经典性阐发上,叙事学角度的阐发贡献了一些有价值的观点。

总观这一时段的经典状况,如果说1978—1998年《红旗谱》在事实层面作为研究者的经典存在,那么,在这一时段已经有一些研究者在主观意识中如是认为。《红旗谱》在学术研究上具有价值,这种经典定位主体一致性范围最广,其具体定位主要包括“文学史经典”,立足于“叙事”的“历史叙事经典”“家族叙事经典”,基于意识形态叙事特征的“红色经典”等。除此之外,还有跃出文学研究领域的学术经典定位,如雷达文章提出的《红旗谱》在历史研究、农民研究方面具有价值,另外,贺桂梅关于《红旗谱》农村叙事的评价也能生发出类似的价值解读:“在很大程度上应该说,《红旗谱》关于滹沱河畔农民生活的呈现,倒是更为吻合社会史研究著作对于华北农村基本状况的描述。”①耿传明提出《红旗谱》“在表现革命的政治内容的同时接通了乡土中国的‘地气’,这使得它具有了较为丰富的历史文化内涵”②。有趣的是,王彬彬的文章关于父亲阻止其阅读的一段也呈示出《红旗谱》对于历史研究的价值。

在学术经典的经典定位中,很容易被简单化的问题是:是否所有文学作品都具有文学史价值?这种提问也存在于“红色经典”与“中国当代文学叙事史研究经典”两种经典定位中。另外,进一步值得思索的问题是:应该如何理解对于学术研究具有价值的文学经典?应该如何认识在读者那里遭遇两极判断的经典?换言之,有限度的经典定位,是否就意味着较低的经典性?恰当解答以上问题,或许对于《红旗谱》及其经典性有一个客观的认识。

---

① 贺桂梅:《革命与乡愁——〈红旗谱〉与民族形式建构》,《文艺争鸣》,2011年第7期。

② 耿传明:《植根乡土的“革命叙事”——〈红旗谱〉与20世纪乡土中国的革命》,《北方论丛》,2004年第6期。

第二节　文学家对个体生存心理原则的关注方式与评判

——孙犁《铁木前传》文本分析[①]

有一篇故事，其中我们最初的错觉让步于严酷的事实真相，我们变得更痛苦，但也更明智了，没有了幻想，磨炼得越发成熟。我们不再围着圆圈跳舞，而是思索着秘密。[②]

——乔纳森·卡勒

西格蒙特·弗洛伊德在以精神分析为基础的心理学中提出心理过程服从两种倾向：快乐原则与现实原则。他这样描述两种原则的产生：人类较早的、基本的、曾经是唯一的心理过程是无意识心理过程，无意识心理过程服从的倾向是快乐原则。快乐原则追求本能需求的满足，“任何一种会引起不快（痛苦）的心理行为都会被拒绝（压抑）”[③]。随着服从快乐原则的行动在外部环境中受挫，心理器官形成了外部世界的概念，并逐渐认识到适应外部世界、协调与外部世界的关系

---

① 孙犁（1913～2002），原名孙树勋，笔名林冬苹、孙芸夫。河北安平人。1949年后曾任中国作协天津分会主席。著有长篇小说《风云初记》，小说散文集《白洋淀纪事》，诗集《白洋淀之曲》，散文集《津门小集》《晚华集》《秀露集》《曲终集》，评论集《文学短论》《芸斋小说》《芸斋书简》（上、下册）《耕堂读书记》《孙犁文集》（8册）《孙犁全集》（11卷），中篇小说《铁木前传》，短篇小说《荷花淀》《山地回忆》，文艺理论《文艺学习》，儿童文学《少年鲁迅读本》等。

② ［美］乔纳森·卡勒：《文学理论入门》，李平译，南京：译林出版社，2015. 第98页。

③ ［奥地利］弗洛伊德：《论心理机能的两条原则》，引自《弗洛伊德著作选》，贺明明译，成都：四川人民出版社，1986. 第50页。

才能延续生存、改善生存，由此现实原则建立起来。现实原则给予人“可靠的快乐”①。弗洛伊德提出：“现实原则的引进使思维活动的方式分裂了，其中仍有一部分不接受现实的检验只服从快乐原则。”②[美]赫伯特·马尔库塞从哲学角度阐释弗洛伊德的思想，指出快乐原则与现实原则在生存结构中的地位，它们决定着生命的方向。从日常现实看，个体生存确乎存在着两种心理倾向的选择，而不同的选择意味着不同的生存方式、生存境遇与生命前行方向，对于心理倾向的选择成为人类某些生存困境、精神困境的根源。

2007 年夏天，浙江文艺出版社《百年中国小说精华·后记》：“孙犁的《铁木前传》是一个容量极大又极其优美的中篇小说，许多人想读而无处觅得，选在这里，正可弥补此阙。”孙犁的《铁木前传》关注个体生存的心理原则，然而，其关注的方式是形象展示心理原则对个体生存境遇的影响，并将不同心理原则左右下的生存境遇进行对照，孙犁的关注表现出一个注目于个体生存的文学家对生存原则选择的含混价值观进入略显矛盾的情感态度。

一、小满儿：快乐原则中的退居与压抑的生存境遇

小满儿是服从快乐原则的典型。依据弗洛伊德的理论，快乐原则追求需要的直接的、完全的、无痛苦的满足。全日制职业、一夫一妻制、道德、法律等都不属于快乐原则范畴，因为这些或是延迟了快乐，或是限制了快乐。以一夫一妻制生育为例。一夫一妻制生育中，性行为成为生育的手段。而依循快乐原则的性行为，快乐是全部目的。弗洛伊德把心理结构分成本我、自我与超我三个层次。其中，本我服从的心理倾向就是快乐原则。然而，小满服从快乐原则不是因为本能的汹涌，她不是任凭本能支配的人。

人的理性缘于现实原则，小满儿有理性的一面，并且她的理性由于天生的聪

① [奥地利]弗洛伊德：《论心理机能的两条原则》，引自《弗洛伊德著作选》，贺明明译，成都：四川人民出版社，1986. 第 54 页。

② [奥地利]弗洛伊德：《论心理机能的两条原则》，引自《弗洛伊德著作选》，贺明明译，成都：四川人民出版社，1986. 第 52 页。

慧比一般人来得深刻，对下乡考察干部的一番话充分表明了这一点，她说："了解人不能像看画儿一样，只是坐在这里。短时间也是不行的。有些人，他们可以装扮起来，可以在你的面前说得很好听；有些人，他就什么也可以不讲，听候你来主观的判断。"①这番"如何识人"与"人是如何"的言论蕴含着深沉的理性。正是因为理性，小满儿拥有强烈的自我意识，其自我意识的重要表现之一是她明确的女性意识。当六儿向她夸九儿生产好、又是共青团员的时候，她的回答是："青年团员又怎样？我在娘家，也是青年团员。他们批评我，我就干脆到我姐姐家来住。至于生产好，那是女人的什么法宝？"小满儿自我意识的最突出表现是她对"自己"与"众人"的区隔，不从众、不屈从各方面的威权，"要自己走路"。在爱情方面，她追求自由的爱情；在婚姻方面，她追求自主的婚姻。因为这种追求，当宣传婚姻法的时候，一贯落后的她忽然积极起来，"她自动地到会，请人读报给她听，正正经经地沉默着，思想着。"因为这种追求，她讲庙里尼姑吊死是因为"恋爱不自由"，她说那尼姑活着的时候"会吹笙，长得很好"，言语间可惜与同情依稀可见。追求自主婚姻，她反抗母亲、姐姐包办的婚姻，不肯住到婆家去。

尽管有着比一般人还深刻的理性，然而，由于理性的不合时宜，小满儿在理性支配下的自我意识在外部现实中遇到强大阻碍。追求自由爱情、要求婚姻自主为她换来了恶名。村里宣传婚姻法给了她希望，然而，"当听到有些人，想把问题引到检查村里的男女关系，她就退了出来，恢复了自己的放荡的生活方式"。任何法律、秩序体现的都是现实原则。弗洛伊德认为："现实原则并没有放弃最终得到快乐的企图，只是使满足延迟，放弃它的多种可能性，在漫长和迂回的道路上，暂时忍受'痛苦'以达到最后的快乐。"②马尔库塞不同意这种观点，他提出依照现实原则操作，不只是快乐形式和获得快乐的时间发生改变，快乐的实质也会发生变化，"快乐之适应于现实原则，意味着本能满足所具有的破坏力量及其与现有社会准则和社会关系的冲突已被克服和引入歧途，从而也意味着，快乐本

---

① 孙犁：《铁木前传》，引自《孙犁文集》，天津：百花文艺出版社，1981. 本节所引《铁木前传》中的内容均出自该版本，鉴于《铁木前传》篇幅不长，本节出现的《铁木前传》引文不再注明页码。

② ［奥地利］弗洛伊德：《超越快乐原则》，引自《弗洛伊德著作选》，贺明明译，成都：四川人民出版社，1986. 第193页。

身的实质已被改变"①。抛开需求是否为本能需求不论,小满儿之所以由积极了解婚姻法到恢复原来的放荡生活,就是因为以她的聪明,她明白婚姻法的宣传很可能变为检查村里的男女关系,这种走样的行动没有"延迟需求的满足",而是改变了需求的性质。因而,小满儿服从快乐原则是理性支配下的自我意识在现实中受阻的一种"退居",她以逃避现实的方式保持着"自己走路"的意志和姿态。

小满儿退居到快乐原则当中,她拒绝所有基于现实原则的活动。各种社会组织机构按照现实原则制定规章制度、开展活动。在小满儿所处的社会—历史现实当中,村里组织学习、生产都是现实原则指导下的活动。小满儿想方设法逃避这些活动。村里的女人来劝她参加民校学习,她当时答应得极好,然后便跑回娘家。考察的干部督促她去学习,她找不到逃开的机会,不惜在路上装作遇见鬼。

小满儿以自己的聪明与坚定实现了在快乐原则中的退居,这种退居造成的生存境况却不是快乐,而是压抑。弗洛伊德指出,快乐原则具有破坏性,它使人与自然环境、人类环境处于矛盾冲突当中,成为一个受压抑的个体。服从快乐原则所造成的压抑充贯小满儿的内心世界和她所处的外在世界。在外在现实中,服从快乐原则而无视、抗拒现实操作原则,使她在社会主流道德与价值评判中被定性为反面的、落后的,她被视为是需要改造的人,别人劝告她、批评她。在内心当中,来自外部的冷遇与批评使她"可怜自己,也痛恨自己",甚至怀疑自己:"过去的路,是走错了吧?"下乡考察的干部看似能够真正了解情况,她面对干部不能抑制地流露出内心的苦痛,忍不住抽咽着哭起来。理性的生存热情在受压抑的生存境遇中无法实践,以致小满儿只能在"非人"的时空中释放她的激情:"她好一个人绕到村外去。夜晚,对于她,像对于那些喜欢在夜晚出来获得飞禽走兽一样。炎夏的夜晚,她像萤火虫一样四处飘荡着,难以抑止那时时腾起的幻想和冲动。她拖着沉醉的身子在村庄的围墙外面,在离村很远的沙岗上的丛林里徘徊着。在夜里,她的胆子变得很大,常常有到沙岗上来觅食的狐狸,在她身边跑过,常常有小虫子扑到她的脸上,爬到她的身上,她还是喜欢地坐在那里,叫凉风吹

① [美]赫伯特·马尔库塞:《爱欲与文明》,黄勇、薛民译,上海:上海译文出版社,1987.第5页。

拂着,叫身子下面的热沙熨帖着。在冬天,狂暴的风,鼓舞着她的奔流的感情,雪片飘落在她的脸上,就像是飘落在烧热烧红的铁片上。”

二、九儿:现实原则的持守与静美人生

九儿与小满儿截然相反,她是服从现实原则的典型。人生存的首要目标是追求需要的满足。依据弗洛伊德的理论,我们生存在一个贫穷的世界上,如果不延迟、限制、节制需要的满足就无法满足需要。快乐原则指导下的追求不容许延迟、节制,具有巨大破坏力,现实原则通过规范、控制需要的满足使这种满足变得安全、有效。在现实原则的指导下,人类有了悠久的文明、灿烂的文化、逐步健全的各种规章制度。人类所谓的世界、社会、秩序都是现实原则的产物,反之,它们建立的前提、体现的生存机制也是现实原则。就个体而言,如马尔库塞所说:“成长着的自我所面对的外部世界在任何阶段都是某种现实的特定社会—历史组织,它通过特定的社会机构及其代理人影响心理结构。”①特定的社会机构及其代理人的目标是借助各种方法在心理结构中植入文明的心理机制——现实原则,九儿就是被植入的典型。

九儿在童年时候就接受了父辈的道德、观念。依据弗洛伊德对个体发生史的研究,父母和其他教育者对幼儿的教育就是使幼儿具有理性、具备伦理道德、秩序等观念,从而在心理机制中建立现实原则。小说中没有关于幼年的九儿接受来自父亲或者其他教育者训教的细节描写,似乎她生来就注目外部环境。和六儿玩倦了,六儿安然入梦,她却“在思想,面对着现实”:“她没有母亲,她的父亲,现时在外面的大风里工作着。”童年时候的九儿面对现实思想,她的行动也始终符合现实操作原则。拾柴,她是能多拾便多拾。六儿用盐水灌田鼠,她心疼那一瓢盐水,“她也是穷人家的孩子,她的家里,是一针一线也不敢糟蹋的”。额角受伤,部队上的卫生员替她包扎,她连一声也没哭。勤劳、节俭、坚强都是现实原则下的优秀品质,九儿在小时候便表现出这些品质。

---

① ［美］赫伯特·马尔库塞:《爱欲与文明》,黄勇、薛民译,上海:上海译文出版社,1987. 第20页。

长成青年的九儿成为服从现实原则的优秀个体。特定社会机构、社会制度是现实原则的规训者和监督者。青年九儿是她所在的特定社会—历史组织中的社会机构、社会制度的拥护者。她积极参加村里组织的各种活动,不避辛苦寒冷听课学习、参加青年钻井队。在爱情婚姻方面,九儿的选择依然服从现实原则。她思考爱情:“它的结合,和童年的伴侣,并不一样。只有在共同的革命目标上,在长期协同的辛勤工作里结合起来的爱情,才能经受得起人生历程的万水千山的考验,才能真正巩固和长久吧。”童年时候,六儿与九儿一起玩耍,一起劳动,建立了深厚的友谊。按照惯有的发展,长大后他们顺理成章应该在一起。然而,六儿同小满儿一样逃避种种现实原则下的行动。面对现实,九儿在伴侣选择上排除了六儿。

九儿的思想总是面对现实,依循现实原则形成的生存境遇宁静而美丽。她的“美丽”主要来自他人立足于伦理道德、个人品质的赞誉,如九儿小时候被一匹劣性的马踢了一脚,额角上留下一块小小的伤疤,“大家公认,这块小伤痕,不但没有损害九儿的颜面,反而给她增加了几分美丽”,显然,这种美丽判定是因为她懂事、坚强的品格——在包扎伤口的时候一声都没有哭。她不避学习和生产的辛苦,积极参与,这些都为她赢得了肯定。在外部世界中,遵从现实操作原则的九儿自幼年时候就被夸赞、怜惜;在内心世界里,依据现实原则做出选择使九儿觉得明快平静。青年九儿回到六儿的村子,曾经经历选择的挣扎:六儿是她童年的伴侣,但六儿与小满儿一起服从快乐原则行事;四儿与她可谓志同道合,但他们没有深厚的童年友谊。最终,九儿放弃了童年时候的快乐伙伴,决意面对现实做出选择。做出这样选择的她感觉到了夜的宁静与美丽:“今天夜里,天晴得很好,月亮很圆,很明净,九儿在院里停站了一会儿,听了听,父亲在吹灯躺下以后,并没有像往常那样咳嗽。她的心情也明快平静下来,她觉得她现在的心境,无愧于冬夜的晴空,也无愧于当头的明月。她定睛观望,好像是第一次看清了圆月里那只小兔儿的可爱的活泼的姿态。”

小满儿与九儿分别有自己的原则选择,选择的不同导致她们截然不同的生存境遇和生命方式,这种“不同”让人深思,同时,叙述者在生存原则选择上的立场与情感态度也颇耐人寻味。

三、含混的叙述者

20世纪小说研究的重要理论贡献之一是提醒研究者注意叙述者。小说叙述比较常见的是第一人称叙述和第三人称叙述，还有比较特殊的第二人称叙述。《铁木前传》采用的是第三人称叙述。除了保持第三人称叙述者全知全能的特点外，《铁木前传》中的叙述者在关于生存原则选择的立场与情感态度方面表现出独立意识，成为九儿、小满儿之外的第三个让人关注的人物。

（一）美的形象与“皆善”的生存原则

在《铁木前传》的叙事中，叙述者将小满儿和九儿都放置到“美的形象”当中。小说中有四个惹人注意的女性：黎大傻的老婆、大壮媳妇、九儿、小满儿，四个女性形象分成“丑”与“美”两个系列。

黎大傻的老婆、大壮媳妇属于丑系列，并且这“丑”分出了层级与梯队。黎大傻的老婆可谓“丑中之丑”。她的相貌丑且怪，“右脚往里勾着，黑麻脸，左眼从小瞎了，有一大块萝卜花向外冒突着。”性情品行方面，小说这样描述：“她的性情很是刁泼，在新社会里，也长期改造不好，又非常好吃，为了满足她那馋嘴，她会想出一些奇奇怪怪别人绝想不到的办法。”与六儿合伙卖包子，“就是和面擀皮儿这些极为轻微的工作，黎大傻的老婆也是不愿意担负的”。可见，她不仅极馋而且极懒。《铁木前传》运用大量行动描写塑造小满儿和黎大傻的老婆这姐妹两个，行动描写中的小满儿美丽至极，黎大傻的老婆行动起来则蠢笨至极。她的妹妹小满儿被人当街指桑骂槐，她跑来维护妹妹，小说中写道：“她之奔赴这里来，就像抢救水火一样迫切。因为肥胖，因为她的一只脚有点毛病，特别因为她的视力不能集中，她那奔跑的姿势，就像足球场上，带着球奋勇突击的前锋一样：一时曲偻着上身，一时弯架着胳膊，一时左右脚交攀着，一时在地下滚动着……她举着大棍，奔向大壮媳妇，大壮媳妇以逸待劳，接住棍头，往怀里一带，黎大傻的老婆就来了个嘴啃地。”

大壮媳妇虽不似黎大傻的老婆那样极丑，但仍然难脱丑与蠢笨：她的喊叫声“凌厉吓人”；她训起人来“敌友不分，一律混杂”。小满儿个性极强，但是并不肯当街打闹吵骂。大壮媳妇与黎大傻的老婆当街吵闹叫骂，还动起手来，尽管没有似黎大傻的老婆那样在动手中丑态百出，然而还是毫无美感可言。

黎大傻的老婆、大壮媳妇构成了丑、笨系列，她们的丑与笨表现为极丑与一般的层级分别，九儿与小满儿是“美”的代表，她们的美也有不同，只是这不同似乎不是高下的分别，而是葱绿配桃红式的参差对照。在容貌性情上，九儿淳朴、平和，显出一种静美。长大后的九儿随着父亲长途跋涉到六儿村里，她穿的衣服很破旧，脸蛋儿很是干瘦，头发上挂满尘土，鞋面儿已经飞裂，但是她那一对大眼睛里射出纯洁亲热的光芒。与九儿的静美完全不同，小满儿明丽媚人、眉眼十分飞动，她“走动起来，真像招展的花枝”。除了容貌性情上的美，九儿勤劳，小满儿伶俐。更重要的是，她们懂得思考、有自己的思想，有一种小说中其他女性没有的理性之美。

无论是在弗洛伊德的理论中，还是在日常现实中，现实原则与快乐原则都是对立的两种心理倾向。叙述者把遵从不同原则的九儿与小满儿都放置到美的形象当中，表明其在生存原则选择上的含混立场与情感态度。这种含混态度不仅体现在人物形象的美丑安置上，在“童年”意象中也有充分体现。

（二）快乐童年与诗意回望

关于童年的书写贯穿《铁木前传》整篇，这种描写承担着多种功能，如开篇由农村孩童对于铁匠活、木匠活的兴趣导引出铁匠傅老刚与木匠黎老东两家的故事。除了引出故事、推进故事等功能外，童年书写中隐在着叙述者关于生存原则选择的矛盾态度。

《铁木前传》叙写的童年洋溢着欢乐。农村文化匮乏，孩子们的童年却不缺少新奇与欢乐，他们在村外的田野、坟堆、破窑、柳杆子地寻到了快乐，木匠活、铁匠活让他们觉得新奇，他们对这些平常的手艺活充满了兴趣，劳动的场面在他们那里完全是“审美”，如木匠刨平木材在他们的眼中，木花“像绸条一样”，在“不断推进的刨子上面飞卷起来，落到板凳下面”；刨子刨木材的“嗞嗞的声音”，在他们听来是：“多么引诱人！”；木匠的手艺，在他们看来是：“多么可爱啊！”

如此快乐的童年属于谁？在情节展开中，九儿、六儿与童年书写的关系最为直接。他们童年时候就结识，并成为亲密的伙伴，一同拾柴，一同玩耍。小说较为详细地叙述了他们童年时候的交往。长成青年的九儿时常回忆起童年。所以,童年是九儿的童年、六儿的童年。除了这种确指外,内倾性的童年书写还让人觉得那也是叙述者的童年,如叙述者叙述道:农村里长大的孩子,“除去村外的田野、坟堆、破窑和柳杆子地,孩子们就没有多少可以留恋的地方了。在谁家院里,叮叮当当的斧凿的声音,吸引了他们”。“留恋”与“吸引”是指向内心的内倾性书写。留恋的物事、被吸引的心境,如果不是曾经的经历很难叙述出来。再如:看到木匠做活,叙述者叙述道:“在童年时候,常常就有这样一个可笑的想法:我们家什么时候也能叫一个木匠来做活呢?”这种叙述彻底“泄露”了秘密:叙述者也是孩子的一员。尽管接下来的叙述还是以“孩子们”为行动主体,但是遮掩不住叙述者的曾经“身在其中”。其实不必遮掩,因为关于童年的叙述不是一处表明那是我们“大家”的童年。

所有人的童年都是快乐的,这种快乐源于追求快乐的心理倾向,童年时候追求快乐、按照快乐原则行事在社会中被理解和宽容。在弗洛伊德的理论中,他认为个体成长史中存在完全无意识的阶段,快乐原则是完全无意识阶段唯一的心理倾向。其后,个体开始接受教育,“教育”的目的是输入文明,这种输入的目的是使个体建立现实原则。将弗洛伊德的理论与个体生存现实结合起来,“童年”是现实原则逐步确立的阶段。在这个阶段,遵从快乐原则、无视现实原则虽然可能会被认为不正当但是会被理解和宽容,因为儿童处于教育的途中,违背教育内容的行为只要不超过某种底线就能够被原谅,如小说中六儿用盐水灌田鼠,六儿如果遭遇到批评那么便是小孩子淘气不懂事,而这样的批评中已经包含了原谅和原谅的充分理由:他还是小孩子,小孩子自然淘气、不懂事,好好教育他就不会再淘气。社会公认或者习惯的想法,小孩子犯错主要的责任人不是小孩子而是他的教育者。

童年时期没有快乐原则与现实原则的分裂以及原则选择的焦虑,童年时候个体主要的心理倾向是追求快乐,这种追求没有遭遇强大压制(最多是大人的几句呵斥),如此种种使童年时期的个体生存少有拘束,充满欢乐,这就是《铁木前传》对于童年的叙述定位。但是,被这样定位的童年始终表现为“回忆”性叙述以及叙述中浓郁的抒情色彩颇值得玩味。

仔细阅读能够发现,小说中的童年书写始终是关于童年的回忆,即便开篇为引出故事的童年书写也表现为回忆性质:“在人们的童年里,什么事物,留下的印象最深刻?如果是在农村里长大的,那时候,农村里的物质生活是穷苦的,文化是匮乏的,几年的时间,才能看到一次大戏,一年中间,也许听不到一次到村里来卖艺的锣鼓声音。”追问人们童年里留下最深刻印象的事物,这是对童年的回望。叙述“几年的时间”“一年中间”的情形,清楚表明叙述的回忆性质。

需要弄清童年回忆的主体。小说中比较显而易见的回忆主体是长成青年的九儿。只是,童年回忆的主体不只是九儿,还有叙述者,这从回忆的情感基调能够辨别出来。长大的九儿回忆童年源于生存原则选择的焦虑:六儿是她童年的玩伴,长大后的六儿抗拒现实操作原则,与落后分子混在一起,自己也极端落后,如何理性抉择是九儿回忆童年的原因,最终她的抉择也是基于生存的理性。九儿的童年回忆充满了理性,《铁木前传》中还有弥漫着诗意抒情的童年回忆,这种类型的童年回忆与九儿完全不相干,它来自叙述者。“诗意”与“回忆”两种要素的交叠使关于童年的叙述意味深长。“诗意抒情”从来都是浪漫的,带有乌托邦的性质。“回忆”意味着时空已然转换。已非彼时,仍然回忆彼时,其中含蕴着对彼时的留恋和向往,甚至还有肯定。

叙述者以饱含诗意的笔调构筑关于童年的回忆性书写,加上他把遵从现实原则的九儿和遵从快乐原则的小满儿皆放置到“美的形象”中,以强化的形式表明了他在生存原则选择上的含混立场和情感态度。

结　语

《铁木前传》通过九儿与小满儿展示出遵从不同生存原则个体的生存境遇与生命方向,通过叙述者寄予了对生存原则选择的关注和情感态度。只是,叙述者的情感态度是含混的,他关注的意义似乎主要是明示出人类的生存困境。现实原则与快乐原则是个体生存结构中的两种基本选择。在弗洛伊德的理论中,现实原则与快乐原则的对立是永恒的,他认为现实原则通过延迟快乐的方式来实现需要的满足。然而,在现实生存中,两种原则的对立并不像弗洛伊德认为的那样温和,现实原则只是在一定范围内以延迟满足的方式满足了人的需求,一些时候、在一些个体那里,要遵从现实原则就必须放弃或者改变追求,如小说中的小满儿,她无法在个体追求与现实操作原则中找到一个有效的出路。因此,快乐原则与现实原则的对立不仅是永恒的,在一些时候和一些个体那里还是不可调和的,对立与不可调和造成了生存的困境。对于这种困境,个体往往如叙述者那样,注视着、迷茫着,就像小说描述孩子们看铁匠做活时的感慨:“在默默地注视里,你们想念的,究竟是一种什么境界?”

铁木前传(节选)①

孙犁

十四

九儿所想的,吸收六儿参加学习或是参加工作,都是很困难的事。他轻易不接近这些集会和活动。干部去找他,他会说现在是生产第一,装模作样地背上一副柴火筐,溜溜达达到地里去了。干部们也曾讨论先从改造小满儿人手。接近小满儿是容易的,但男青年们不愿意去,有的是胆怯,有的是避嫌疑。当然,女同志们也可以和她去谈。女同志去了,小满儿总是热情地招待着,如果抱着小孩,她总得给孩子弄些好吃的东西来,并且要接到怀里,不停地在孩子的脸上亲亲吻吻。任何认生或是任性的孩子,到了小满儿的怀里,也会高兴起来的,孩子的脸也会叫她的充满青春热情的面孔,陪衬得更为出色。她会说,说笑起来,嘴上像擦上油儿似的。在这种场合,女同志们都是有些喜欢她,在批评上,那口气就自然软和多了。

"小满儿,拿着你这样聪明伶俐的人儿,好好学习学习吧;晚上,我来叫你,我们一块到民校听课去。"女同志热心地说服着。

"那很好,"小满儿笑着说,"我盼不能得儿愿意去学习呢。不用大姐来叫,黑灯瞎火,道路又不好走,你抱着个孩子,跌倒怎么办?我自己去吧,这个村子,街道都叫我磨平了,谁家我不认识呀"。

"你可一定去。"女同志又叮咛一句。

"一定。"小满儿把她送到门口,又和孩子招手耍笑着。等到女同志一拐弯儿,她把脸一沉,想了想,到家里换上件衣服,就进城回娘家去了。如果村里有什么运动,连续开会,她会几天几夜不露面儿。有时,她也到民校晃晃。她总是坐在灯光不亮的地方,在讲课刚开始,人们安静不下来的时候,她装作安静地听讲。

① 引自孙犁:《铁木前传》,《孙犁文集》,天津:百花文艺出版社,1981。

当人们渐渐入神的时候,她就偷偷溜出来了。

无论在娘家或是在姐姐家,她好一个人绕到村外去。夜晚,对于她,像对于那些喜欢在夜晚出来活动的飞禽走兽一样。炎夏的夜晚,她像萤火虫儿一样四处飘荡着,难以抑止那时时腾起的幻想和冲动。她拖着沉醉的身子在村庄的围墙外面,在离村很远的沙岗上的丛林里徘徊着。在夜里,她的胆子变得很大,常常有到沙岗上来觅食的狐狸,在她身边跑过,常常有小虫子扑到她的脸上,爬到她的身上,她还是很喜欢地坐在那里,叫凉风吹拂着,叫身子下面的热沙熨帖着。在冬天,狂暴的风,鼓舞着她的奔流的感情,雪片飘落在她的脸上,就像是飘落在烧热烧红的铁片上。

每天,她在夜深人静的时候,才回到家里去。她熟练敏捷地绕过围墙,跳过篱笆,使门窗没有一点儿响动,不惊动家里任何人,回到自己炕上。天明了,她很早就起来,精神饱满地去抱柴做饭,不误工作。她的青春是无限的,抛费着这样宝贵的年华,她在危险的崖岸上回荡着。

而且,她的才能是多方面的,谁都相信,如果是种植在适当的土壤里,她可以结下丰盛的果实。不管多么复杂的花布,多么新鲜的鞋样,她从来一看就会,织做起来又快又好。她的聪明,像春天的薄冰,薄薄的窗纸,一指点就透。高兴的时候,她到菜园里生产,浇起园来,可以和最壮实的小伙子竞赛,一个早晨把井水浇干。她可以担八十斤的豆角儿走出十里去上市。在这个时候,连村里一些老年人,都称赞她,希望有一种力量,能把她引纳到人生的正轨上来。今年,村里宣传婚姻法的时候,这女孩子忽然积极起来。她自动地到会,请人读报给她听,正正经经地沉默着,思想着。在那些文件上说明:女人和男人是平等的,她们已经做了很多工作,将来还会对国家有更大更多的贡献。但后来听到有些人,想把问题引到检查村里的男女关系,她就退了出来,恢复了自己的放荡的生活方式。因此,副村长向青年们提议,把那位高级干部带到黎大傻的家里。

这一天,她的母亲来了。这是一位到了五十多岁年纪,还在热心打扮的女人。可以看出在探看女儿的这次行动上,她曾经在头面上做了很细致的准备。她见到小满儿,就说:

“满儿,你男人快回来了,你婆婆找到咱家去,眼下就过年,你该到人家那里去住些时候了。”

“我不去。”小满儿说，“婚姻是你和姐姐包办的，你们应该包办到底，男人既然要回来，你们就快拾掇拾掇上车走吧。”

“你他妈的说的这是什么话？”母亲说，“你在这村里疯跑，人家有闲话哩”。

“既是闲话，”小满儿坐在炕沿上低着头整理着鞋袜说，“我管它干什么，叫他们吃了饭没事，瞎嚼去吧！”

“名声不好听哩，”母亲拍着巴掌，“我的小祖宗。”

“名声不好听，”小满儿跳下炕来对着镜子梳理着头发，直眉立眼地说，“也不是从我开始，是你们留给我的好榜样呀！”

她这样和母亲冲突，使得姐姐也不高兴了，姐姐说：

“小满儿，你不要胡说八道，谁给你留下的榜样？你够得上当我的徒弟吗！看你和小六儿，恋了一冬天，连条新棉裤也穿不上，还有脸犟嘴哩！”

“你先去挣一条来给我穿吧！”小满儿打整好，一摔门帘出去了。

她一个人走到她姐姐家的菜园子里，这个菜园子紧靠村西的大沙岗，因为黎大傻一家人懒惰，年久失修，那沙岗已经侵占了菜园的一半，园子里有一棵小桃树，也叫流沙压得弯弯地倒在地上。小满儿用手刨了刨沙土，叫小桃树直起腰来，然后找了些干草，把树身包裹起来。她在沙岗的避风处坐了下来，有一只大公鸡在沙岗上高声啼叫，干枯的白杨叶子，落到她的怀里。她忽然觉得很难过，一个人掩着脸，啼哭起来。在这一时刻，她了解自己，可怜自己，也痛恨自己。她明白自己的身世：她是没有亲人的，她是要自己走路的。过去的路，是走错了吧？她开始回味着人们对她的批评和劝告。

十五

她看见姐姐送着母亲走出村来，她才绕道儿回到家里去。到家里，看见黎大傻正帮着一个干部收拾屋子，小满儿惊奇了，她知道姐姐家因为落后、肮脏和名声不好，是从来没住过干部的。他们收拾的是东房的里间，这间屋里堆着一些乱七八糟的东西，外间，喂着一匹很小的毛驴。

她看见姐夫在这位干部面前，表现了很大的敬畏和不安，他好像不明白为什么村干部忽然领了这样一位上级来在他的家里下榻。他不断向干部请示，手足不知所措地搬运着东西。

小满儿看来，这位干部的穿着和举止，都和她要住的这间屋子不相称。从他的服装看来，至少是从保定下来的。他对清洁卫生要求很严格，自己弯腰搜索着扫除那万年没人动过的地方。小满儿不知道为什么忽然愿意帮帮他的忙，她用自己的花洗脸盆打来水，用手在那尘土飞扬的地上泼洒。

“你是这家的什么人？”那位干部直起身来问。

“她是我的小姨子。”黎大傻站在一边有些得意又有些害怕地说。

“啊，你就是小满同志。”干部注视着她说，“村干部刚才向我介绍过了。”

“他们怎样介绍我？”小满儿低头扫着地问。

“简单的介绍，还不能全面地说明一个人。”干部说，“我住在这里，我们就成了一家人，慢慢会互相了解的。”

干部在炕上铺好行李，小满儿抱来茅柴，把锅台扫净，把锅刷好，然后添上水，说：

“这屋里长年不住人，很冷。我给你烧烧炕吧。”

“我来烧。”黎大傻站在她身边说。

小满儿没有理他。她把水烧热了，淘在洗脸盆里，又到北屋里取来自己的胰子，送进里间：

“洗脸，你自己带着毛巾吧？”

晚上，干部出去开会，回来已经夜深了，进屋看见，小小的擦抹得很干净的炕桌上面，放着灌得满满的一个热水瓶；一盏洋油灯，罩子擦得很亮，捻小了灯头。摸了摸炕，也很暖和。

他听见北屋的房门在响。黎大傻的老婆，掩着怀走进屋来。她说：

“同志，以后出去开会，要早些回来才好。我们家的门子向来严紧，给你留着门儿，我不敢放心睡觉。”

说完，就用力带上门子走了。

干部利用小桌和油灯，在本子上记了些什么。他正要安排着睡觉，小满儿没有一点儿响动地来到屋里。她头上箍着一块新花毛巾，一朵大牡丹花正罩在她

的前额上。在灯光下,她的脸色有些苍白,她好像很疲乏,靠着隔山墙坐在炕沿上,笑着说:

“同志,倒给我一碗水。”

“这样晚,你还没有睡?”干部倒了一碗水递过去说。

“没有。”小满儿笑着说,“我想问问你,你是做什么工作的?是领导生产的吗?”“我是来了解人的。”干部说。

“这很新鲜。”小满儿笑着说,“领导生产的干部,到村里来,整年价像走马灯一样。他们只看谷子和麦子的产量,你要看些什么呢?”

干部笑了笑没有讲话。他望着这位青年女人,在这样夜深人静,男女相处,普通人会引为重大嫌疑的时候,她的脸上的表情是纯洁的,眼睛是天真的,在她的身上看不出一点儿邪恶。他想:了解一个人是困难的,至少现在,他就不能完全猜出这位女人的心情。

“喝完水去睡觉吧!”他说,“你姐姐还在等你哩。”

“她们早吹灯睡了。”小满儿说,“我很累,你这炕头儿上暖和,我要多坐一会儿。”

干部拿起一张报纸,在灯下阅读着。他不知道,这位女人是像村里人所说的那样,随随便便,不顾羞耻,用一种手段在他面前讨好,避免批评呢?还是出于幼年好奇和乐于帮助别人的无私的心。

“你来了解人,”小满儿托着水碗说,“怎么不到那些积极分子和模范们的家里,反倒来在这样一个混乱地方”。

“怎样混乱?”干部问。

“你住在这里,就像在粮堆草垛旁边安上了一只夹子,那些鸟儿们都飞开,不敢到这里来吃食儿了。”小满儿说,“平日这里可没有这样安静。平日,每到晚上,我姐姐的屋里,是挤倒屋子压塌炕的。”

“这样说,是我妨碍了你们的生活。”干部说,“明天我搬家吧。”

“随便。”小满儿说,“我不是杨卯儿,并没有撵你的意思。我是说,你了解人不能像看画儿一样,只是坐在这里。短时间也是不行的。有些人,他们可以装扮起来,可以在你的面前说得很好听;有些人,他就什么也可以不讲,听候你来主观的判断。”

她先是声音颤抖着，忍着眼泪，终于抽咽着，哭了起来，泪珠接连落在她的衩襟上。

干部惊异地放下报纸。但是小满儿再也没讲什么，扯下毛巾擦干了眼泪，稳重地放下水碗，转身走了。

整个夜里，黎大傻并不来给小毛驴添草，小毛驴饿了，号叫着，踢着墙角，啃着槽帮。耗子们因为屋里暖和了还是因为添了新的客人，也活动起来，在箱子上，桌面上，炕头和窗台上吱叫着游行。

干部长久失眠。醒来的时候；天还很早，小满儿跑了进来。她好像正在洗脸，只穿一件红毛线衣，挽着领子和袖口，脸上脖子上都带着水珠，她俯着身子在干部头起翻腾着，她的胸部时时摩贴在干部的脸上，一阵阵发散着温暖的香气。然后抓起她那胰子盒儿跑出去了。

十九

每天，九儿回到家里，傅老刚已经做好了饭。知道女儿做的是重活，老人还是按照打铁时的习惯，做小米干饭。每天，父女两个坐在里间炕上，守着一盏小煤油灯吃着晚饭。

这两天，父亲注意到女儿很少说话，他以为她是太疲累了。他说：

“今天，有几个互助组，给我们拿来一些工钱，这些日子，我帮他们拾掇了一些零碎活儿。我不要，他们说我们出门在外，又没有园子地里的收成，只凭着手艺生活，一定要我收下。我想眼下就要过年了，你也该添些衣裳。”

“不添也可以。”女儿低着头说，“过年，我把旧衣裳拆洗拆洗就行了。爹的棉袄太破了，应该换一件。”

“我老了，更不要好看。”父亲说，“村长和我说，他们几个互助组，明年就要合并成合作社。村长愿意我们也加入，说是社里短不了铁匠活儿。我说等你回来商量商量，你帮我想想，是加入好，还是不加入好。”

“我愿意加入。”女儿笑着说，“这是最好不过的事。”

“我也是这么想。”父亲兴奋地说，“当然我们可以回老家去参加。可是，这里的工作更靠前一步，我们和这个村子又有感情，就在这里参加也好。村长还说，他们也希望六儿家参加，那样，社里有铁匠也有木匠，工作方便得多。可是黎老东正迷着赶大车，不乐意参加。这些日子，我总见不到六儿，你见到他了吗？”

女儿没有说话。

“你不舒服吗？”父亲注意地问，“怎么看你吃不下？”

“不。”女儿说，“我只是有点儿累。”

她到外间去收拾锅碗。

“我和黎老东吵翻了。”父亲在里间说，“这只是一人一家的问题，只是两个老头子的问题，算不了什么。你不要把这件事情放在心上。”

“我没有放在心上。”九儿说，“今年冬天，我看着爹的身体不大结实，我希望爹多休息休息。”

“你不要惦记我。”老人笑着说，“我这病到春天就会好起来的。今天晚上不开会，收拾好了，你早点睡觉去吧！”

九儿给父亲铺好炕，带上屋门，到女伴们那里去。

今天夜里，天晴得很好，月亮很圆，很明净，九儿在院里停站了一会儿，听了听，父亲在吹灯躺下以后，并没有像往常那样咳嗽。她的心情也明快平静下来，她觉得她现在的心境，无愧于这冬夜的晴空，也无愧于当头的明月。她定睛观望，好像是第一次看清了圆月里那只小兔儿的可爱的活泼的姿态。

二十

童年啊，你的整个经历，毫无疑问，像航行在春水涨满的河流里的一只小船。回忆起来，人们的心情永远是畅快活泼的。然而，在你那鼓胀的白帆上，就没有经过风雨冲击的痕迹？或是你那昂奋前进的船头，就没有遇到过逆流礁石的阻碍吗？有关你的回忆，就像你的负载一样，有时是轻松的，有时也是沉重的啊！

但是，你的青春的火力是无穷无尽的，你的舵手的经验也越来越丰富了，你正在满有信心地，负载着千斤的重量，奔赴万里的途程！你希望的不应该只是一帆风顺，你希望的是要具备了冲破惊涛骇浪、在任何艰难的情况下也不会迷失方向的那一种力量。

第三节　农民叙事中"农民"身份的伦理内涵

——蒋子龙《农民帝国》文本分析[①]

未加控制的爱欲，同其对立面死亡本能一样，是命运攸关的。[②]

——马尔库塞《爱欲与文明》

《农民帝国》是蒋子龙首部农民题材长篇小说，获得第八届茅盾文学奖。据蒋子龙本人讲，《农民帝国》是他下功夫最大也是最看重的长篇小说[③]；是迄今最让他耗神的一部长篇小说，是他建构自己的"小说帝国"而"命中注定、非写不可的作品"[④]。《农民帝国》是一部现实主义作品，主人公郭存先和他所在的郭家店都有现实原型。现实主义文学的功能之一是再现现实、记录社会生活。然而，经典的现实主义文学作品从不止于"记录"，现实主义文学的创作者也有着记录之外的、高于记录的野心。蒋子龙是这类现实主义作家之一，他这样理解现实主义文学："现实对人一直都在进行着雕刻乃至扭曲，因此现实主义文学也不是简单地复制现实。作家对现实生活的探索和发现，应该符合现实生活本身的规律，又

---

① 蒋子龙(1941～)，河北沧县人，天津市作协专业作家。著有长篇小说《蛇神》《子午流注》《人气》《空洞》，中篇小说《锅碗瓢盆交响曲》，短篇小说《三个起重工》，《蒋子龙选集》(三卷)，《蒋子龙文集》(八卷)等。作品被译成英、法、德、俄、日、西班牙等十几种文字。

② [美]赫伯特·马尔库塞:《爱欲与文明——对弗洛伊德思想的哲学批判》，黄勇，薛民译，上海:上海译文出版社，1987.第3页。

③ 蒋子龙:《蒋子龙文集5:农民帝国·后记》，北京:人民文学出版社，2013.

④ 蒋子龙:《蒋子龙文集5:农民帝国·序言》，北京:人民文学出版社，2013.

折射出作家对现实的人文关怀和深邃的理性思考,表达人性的要求与灵魂的渴望。我心目中的文学主体,就该以这种现实主义的魄力和勇气,敏锐地忠实地多方位地表现当代社会的生活真实,呈现出一种开阔、凝重的品格。"[①]《农民帝国》的经典性除了"记录现实",还有蒋子龙现实文学创作"野心"在文本中的实现。

就主人公郭存先的人生而言,《农民帝国》是一部农民悲剧。鲁迅《再论雷峰塔的倒掉》中关于悲剧有个著名的论断:"悲剧是将人生有价值的东西毁灭给人看,喜剧是将那无价值的东西撕破给人看。"如果悬置"价值"有无,那么《农民帝国》这部悲剧把那些经历岁月往复淘洗的农民的生命撕破开来,让人看到了他们荒芜的精神世界。伦理使"精神"诞生,个体因伦理而从自然存在成为精神存在。郭存先是农民中的佼佼者,令人震惊和可悲的是,这佼佼者在积累了巨额财富之后仍然没有从一个"自然的存在"成为"精神的存在"。伦理几近空白、"精神"无从诞生,物质生活丰富后兽性极具膨胀,悲剧因此降临。

一、挣扎、苦痛与奋斗:一切因于本能一切为了本能

人既异于动物,又与动物有相同之处,这相同之处通常被称为生物性本能。《礼记·礼运》有言:"饮食男女,人之大欲存焉。"食求饱、居求安、性欲、休息等是人体各种器官和机能的需要,都属于生物性本能范畴。所有活的生命体,都会在本能的驱动下施行某些活动,人也不例外。从这个意义上讲,生物性本能是人的行为动因之一。无须讳言本能行为的必要和重要。生物性本能关系到人的基本生存和种族的延续。以食求饱为例,如果食不果腹,那么生命存在就会受到威胁,根本无从论及其他。《农民帝国》中农民的挣扎、苦痛与奋斗因于本能、为了本能,未超出本能范围。

郭存先发动村里人奋斗的口号是"不再贫穷"。"贫穷"是一个相对的词汇。开夏利车的在开宝马的面前会认为自己贫穷,蜗居在几十平方米房子里的人在住别墅的人面前会认为自己贫穷。然而,郭家店农民的贫穷是本能需求尚未得

---

① 蒋子龙:《蒋子龙文集5:农民帝国·序言》,北京:人民文学出版社,2013.

到满足，这种本能需求是关乎生命存在和种族繁衍的吃饱和娶妻。

文本叙述中农民遭受的饥饿让人触目惊心。主人公郭存先一出场就在琢磨如何解决饥饿问题。处于饥饿当中的不是郭存先一人、一家，而是全村。这饥饿不是因为人好吃懒做，事实上，农民以他们能够想到、做到的方式自救：

> 村上的老人孩子，凡适合讨饭的差不多都出去了，不管怎么说走出去总还有一线生机。而剩下的人，却天天倚墙根、蹲门口、猫炕窝，赖在一个地方就能一天天的不动弹，认为不活动就可以少消耗，肚子里没食能多扛些时候，即便饿着半挂肠子也会容易些。①

青黄不接的时候吃食欠缺，这个时候过去就不会再有欠缺，但郭家店农民饿得那样绝望。地里“光秃秃一望无际”“去年村里像抽风一样组织了大锨队”“将土地深翻三尺，把阴土翻了上来，反把阳土埋到地下，结果不但不长庄稼，就连千百年来生命力最强盛的杂草，也都长得半死不活赖吧啦叽，如今已所剩无几。再加上今年大旱，寸草不生，地里白花花很干净”。村里死气沉沉：“西天还剩下一抹残红，郭家店若明若暗，昏昏沉沉。按理说这正是羊回家、鸡进窝和猪叫食的时刻，家家户户都在做晚饭，已经做熟了饭的人家，男人和孩子们也喜欢端着饭碗到大街上或蹲在门口吃，边吃边跟邻人扯闲篇……傍晚的农村是最热闹、最温馨的时候。而此时的郭家店，竟看不到炊烟，大街上连猪羊鸡狗的影子都看不到，也很少碰到走动的人。整座村子孤孤清清，一片死寂。”饥饿程度之深让农民的行为无法理喻。村民王顺讲他偷吃牲口料：“当时我饿得快不行了，讨饭已经讨不到吃的了，身上就剩下一把干骨头，后来看到一个村子的牲口还不错，就知道他们可能会给牲口槽里加点料，夜里就用水投牲口槽子，划拉槽子底上的那点料末儿吃。”饥饿难耐的农民偷吃政府发放的被视为“全村人的命根子”的红薯苗，按照村人的说法，“这红薯秧子过去连猪都不吃，若不是饿得蓝了眼，怎么会偷吃这玩意儿”。

---

① 蒋子龙：《农民帝国》，北京：人民文学出版社，2008. 第12页。

除了填不饱肚子，郭家店农民还娶不上媳妇。郭家店有臭名昭著的“光棍堂”，光棍们聚集在光棍堂里闲扯。村中娶上媳妇的，也多不是通过正常的方式，他们或是换或是买。所谓换媳妇，就是以自家的姑娘换来一个媳妇。地主出身的刘玉梅就想若哥哥娶不上媳妇，就用自己给哥哥换个媳妇。郭存先娶妻也带有“换”的性质，尽管他的媳妇雪珍表示自己同意。郭存先带领全村人改革年入百万，他改革的动因、吸引农民、能够对农民形成激励的不外吃饱和娶媳妇。调查组来郭家店调查，郭存先说自己改革“就图个为农民争口气！穷莫穷于无能，贱莫贱于无志，不能再让我们的孩子们从小就演习怎么出去讨饭”。郭存先拆了村里的光棍堂，告诉村民“下一个目标就是消灭光棍儿，以后郭家店不能再有光棍”“凡三十岁以上的光棍儿能娶上媳妇的，村里奖励五百元”。

如果说郭存先改革的最初动因没有脱离食与性这两种生物性本能，那么当他改革成功、富裕之后，他和郭家店的农民仍然没有脱离生物性本能的驱使。改革之初，吃饱停留在不致饿死，娶上媳妇停留在满足原始性欲和传宗接代上；改革成功之后，他们的生物性需求泛滥。吃得奢华，住得奢华，性关系混乱。差别只是需求满足的程度不同，本质上都属于生物性本能。

哲学与宗教探讨人的本质，关注人的生物性本能，但是很少停留在生物性本能上。从生存现实看，生物性本能左右下的人与人生常常表现为自我堕落和对他人的侵害。郭存先改革成功之后的疯狂与极端，让人看到一个沦陷于本能而伦理感薄弱乃至缺位的不健全的人。

二、伦理缺失与精神荒野

生物性本能之于人只是行为动因，伦理则不然。伦理不仅是人的行为动因，而且具有规范的作用。迄今为止，伦理还没有一个统一的概念。本文中的伦理着眼于伦理这样的功能：伦理为人提供行为规范和行为价值判断的标准。在这个意义上，伦理除了包括道德伦理，还包括法制伦理，西季威克在他著名的《伦理学方法》中申明了这一点，他在区别伦理学和政治学的关系中言道：“我们必须分清两个问题：(1)一个人此地此时对正当行为的确定，应在何种程度上受实证的法律以及政府实际制订的其他命令的影响;以及(2)它应在何种程度上受有关政府的职能与结构应当如何的政治理论的影响。前一个问题,即确定服从政府的理由和界限,显然属于伦理学。”①在社会生活当中,法律规范人的行为,提供关于行为是否正当的标准。

伦理对于社会和个体都具有正面积极的作用。对于社会而言,伦理建立秩序,维护正义,呼唤友爱和尊重。伦理是社会文明的产物,伦理也建立、维护、推进社会文明。伦理对于个体的作用通过理性实现,如弗洛姆所说:“正确的伦理规范是由理性、并且只能由理性所构成。人能够依靠理性,正确地辨别和评价价值判断,就像人能够用理性评判所有其他事物一样。”②道德伦理辨别何所谓善,何所谓恶,劝导善行、贬斥恶行,借以成就人的美德与美行。法律伦理明确界分出合法的和不合法的,通过强制性的惩戒规范人的行为。博登海默的《法理学法律哲学与法律方法》指出若没有规范,制定法律的目的就无从实现,“规范(norm)这一术语源出于拉丁文 norma 一词,它意指规则、标准或尺度。规范的特征——从这个概念同法律过程相关的意义上讲——乃在于它含有一种允许、命令、禁止或调整人的行为与行动的概括性声明或指令”③。不管是道德伦理,还是法律伦理,都以“理性”的方式提供个体行为正当(应当)与否的标准和尺度。

伦理对于个体的人是以对本能的压制为代价的,它限制、规范本能行为。马尔库塞《爱欲与文明》言道:“人类的文明史,也就是人类的爱欲被压抑的历史。这就是说,爱欲之被压抑有其生物学上的必然性:它本身就具有反社会的性质。因此不是压抑爱欲,便是毁灭文明。非压抑性的文明是不可能建立的。”④尽管马尔库塞提出非压抑性文明的可能性,但从事实角度看,那只是一种美好的可能性。道德伦理要求的不是关爱自己,而是关爱他人;法律伦理,对抗个体欲望的膨胀,遏制个体专制。

---

① [英]亨利·西季威克:《伦理学方法》,廖申白译,北京:中国社会科学出版社,1993. 第 41 页。

② [英]埃·弗洛姆:《为自己的人》,孙依依译,北京:生活·读书·新知三联书店,1988. 第 26 页。

③ [美]E·博登海默:《法理学:法律哲学与法律方法》,邓正来译,北京:中国政法大学出版社,1999. 第 234 页。

④ [美]赫伯特·马尔库塞:《爱欲与文明——对弗洛伊德思想的哲学批判·译者的话》,黄勇,薛民译,上海:上海译文出版社,1987. 第 6 页。

对于个体的人,生物性本能与生俱来,并且只要肉身存在,就无法摆脱生物性本能。伦理则是后天习得、接受的,它在个体的人或者阶层当中存在薄弱甚至空白缺失的状况。“农民帝国”建立之因、郭存先的悲剧之因,伦理感与伦理观念的薄弱乃至缺失是关键。

中国文化以儒家为主导的道德伦理倡导仁爱,主张比照个体自身的情感去关爱别人,如“老吾老以及人之老,幼吾幼以及人之幼”,如“己所不欲,勿施于人”;重视品德节操,为保持道德情操不惜身死,如饿死于首阳山的伯夷叔齐,如投江的屈原,如史上不惧身死直谏之臣,都被儒家树为典范。儒家将道德置于生命之上。在中国的农村社会,乡绅是道德伦理的守护者、践行者。乡绅主要由科举及第未仕或落第士子、当地较有文化的中小地主、退休回乡或长期赋闲居乡养病的中小官吏、宗族元老等一批在农村社会有影响的人物构成。然而,在后来的岁月里,这些道德伦理的守护者、践行者受到批判,传统的道德伦理在农村几近崩塌。

郭家店只有一个地主刘春亭,这个唯一的地主的子孙中忠实恪守传统伦理道德的是他的长子刘玉朴。刘玉朴“识文断字,见人不笑不张嘴,张嘴也是轻声细语”“在没有运动的时候他曾被招进学校教过书,运动一来又被赶出学校”。偷红薯苗事件中,“这样一个斯文而软弱的平时谁都可以欺负的人”“无论怎样挨揍,就是不承认自己偷吃了红薯苗”。他坦诚地讲自己为什么没吃:“因为我出身不好,所以不敢吃,并不是我不想吃”,他不惜以生命为代价证明自己没吃:“我请求你们用刀剖开我的肚子,如果里边有一根红薯苗,算我活该。如果里面没有红薯苗,我也不怪你们,只请求你们向全村人说清楚,刘玉朴没有偷吃红薯苗。”中国民间自有一套油滑的生存策略,如胆大的乡亲劝刘玉朴:“好汉不吃眼前亏,服个软又算嘛呀。”不吃眼前亏、违心的服软就是这套油滑的生存策略之一。然而,刘玉朴说:“我可不是好汉,眼前亏倒是吃的无计其数了。我们哥仨是吃着亏才活到今天……我真是吃够了,再也吃不下,熬不住了。今天好不容易有这么个机会,想做回人,好体面地走啊。”刘玉朴要做回“人”,显然,他观念中的人是有人格和尊严的,这种人格和尊严属于伦理范畴。刘玉朴最终上吊自杀,郭家店的乡民感叹他斯文却刚烈、仁义(不就近在村人视为神一样的大树下自杀,远远到坟地里自杀)。

刘玉朴的刚烈与仁义属于也来自传统道德伦理的训教,他的死亡意味着郭家店传统伦理道德的绝迹,他活着时候的处境则生动表明道德伦理从历史上被尊崇、仰望的地位沦落到被践踏的地位。小说中这样描写他的处境:"在父亲被镇压,母亲也相继病死后,由他带着弟弟、妹妹,在歧视和重压下扭结曲折地长到了这么大""不管是什么运动来了,他总是村里一成不变的反面典型……这样的一个主儿还会有谁家的姑娘敢嫁呢?所以放下三十往四十上奔的人了,至今还打着光棍儿。"随着文化人被批判、被践踏,传统伦理道德失去了守护者、践行者、推行者,以致农村中传统道德伦理的薄弱甚至荒芜,而法治伦理在郭存先那一代农民的观念中根本没有被真正理解。

郭存先对执法机构派出所的理解是:派出所是管人的。他想在郭家店建立一个派出所,但不能由公安局来建,他认为,如果那样做,"那等于请别人来管自己,岂不是找病"。郭家店的派出所给他带来一种特别的权威感,这种权威感来自"枪",在他的想法中,"枪这玩意儿壮胆、避邪",他对枪的理解、对他所处的行政职务的理解混杂着对历史和某些观念的一知半解:"过去人们都说,只要有了印把子和枪杆子,就什么都不怕,稳坐江山。"由于这种理解,派出所成了郭存先肆意行动的保障,他"成立了自己的电视台和秘书处,由自己控制舆论,制造舆论"。博登海默指出:"法律在本质上是对专断权力之行使的一种限制。"①所谓专断权力,是"根据其自由的无限制的意志及其偶然兴致或一时的情绪颁布命令和禁令"②。在郭存先的意识世界中,法律伦理基本处于缺位状态,这种状态如博登海默指出的,他走向个人的极权,执法机构成为他极权统治的工具。

传统道德伦理的缺失会让人缺乏仁爱,更不要妄谈节操;法律伦理缺失导致专断极权的泛滥。郭存先——这个农民中的佼佼者,有胆气、魄力,却因为伦理的缺失而行为失范,如他对蓝新及其父亲蓝守义事件的处理。郭存勇的坟墓被

---

① [美]E·博登海默:《法理学:法律哲学与法律方法》,邓正来译,北京:中国政法大学出版社,1999.第233页。

② [美]E·博登海默:《法理学:法律哲学与法律方法》,邓正来译,北京:中国政法大学出版社,1999.第231页。

盗,其妻欧华英找到郭存先认为是蓝新所为。郭存先的处理方法是叫人去蓝家抄家,“抓了蓝新”,严刑拷打蓝新,并隔离了蓝家人。蓝新的父亲蓝守义恐怕蓝新被打死,万般无奈去求郭存先。而郭存先的办公大楼并非一般人能进去,他只好到办公大楼前喊冤,惹得人们围观,几个村里的老人也帮蓝守义喊冤。这种人命关天、万般无奈的举动居然“激怒”了郭存先,他骂道:“这些没良心的,到了用他们的时候就掉链子,不帮着做工作倒火上浇油,跟党委不保持一致。”他认为喊冤的老人“纯粹就是激火”,向他示威,要他好看。事实上,如果跟党委保持一致,帮着做工作,就是任凭蓝新被打。而之所以在楼前喊冤,是因为郭存先把他的办公大楼修得跟铁桶一般,蓝守义等人根本进不去。郭存先的办公大楼外有保安,而“保安即使不阻拦,让所有来找郭存先的人随便进,也没有一个人能找得到他的办公室”。文本中介绍:

> 这幢大楼从外面看是六层,到里面看却只有五层,楼道只到五层就好像到顶了。五楼有贵宾厅、大会议厅、小会议厅、荣誉室,把着大楼东南方金角的是总经理办公室。分里外两大间,坐在里间的是总经理办公室主任林美棠。她身后有一个暗门,通过暗门可以看到一个小楼梯,直通六楼。
>
> 六楼的整个一层就全部都属于郭存先,有办公室、卧室、洗浴按摩室、小餐厅、小会客室等,家具全部是紫檀木的,餐具都是银的,水龙头是镀金的,他那张大得出奇的办公桌上的电话号码是98888888——“就是发发发……”①

对于蓝守义等人喊冤,郭存先心里愤怒,他吩咐人:“蓝守义这是在找难看,他还没完没了啦?既然他不嫌丢人,不嫌害臊,那就拉到街上拿唾沫啐他,寒碜寒碜他。你们要穿上警服,别忘了是派出所在办案。”②中国传统儒家道德讲究仁爱,更加敬老,所谓“老吾老以及人之老”,郭存先的处理方法完全无道德可言,而让

① 蒋子龙:《农民帝国》,北京:人民文学出版社,2008. 第492-493页。
② 蒋子龙:《农民帝国》,北京:人民文学出版社,2008. 第528页。

人穿上警服、以派出所办案的名义去做，更是毫无法律伦理可言。结果羞辱转变成毒打，但郭存先的淫威竟使“暴行吸引了二百多人围观，无一人敢上前阻拦”，因为出嫁而躲避了被关押的蓝守义的女儿想送被打得奄奄一息的老人去医院，“郭家店有数百辆汽车，却没有一个司机敢管这件事”，没办法的女儿“只借得一辆手推平板车，将老人送到村卫生院，卫生院的医生竟不敢认真抢救，草三了四地应付一下就将老人推进了停尸房”“本来还有一口气的蓝守义，在停尸房里又被冻了几个小时之后，就真的变成了一具尸体”。①

法律伦理缺位导致个人专断，权力没有限制，执法机构成为其权力运用的工具，进而造成对他人安全与自由的践踏。郭存先这个走在时代前列的农民缺失法律伦理，其他农民更不必说。对权力、金钱、美女的贪婪以至为子孙后代的物质上的谋划只是纯粹本能欲望的满足。郭存先的奋斗是因为本能，因为伦理的缺位，他奋斗成功后始终没有超出本能。因为伦理缺失，他无从获得本能以外的行为动因和行为目的，而伦理的薄弱与缺失并非都是郭存先这些农民自身原因导致。

三、“农民”的伦理训导

伦理诞生“精神”，使人从生物性存在转变为精神存在。精神存在自主、理性。生物性本质不能区分人和兽，宗教与哲学很多从人的精神去定义人的本质。伦理使人以一种异于动物的方式存在。由伦理诞生的“精神”，让人在本能需求得到满足、基本生存不再受到威胁的时候不致茫然无向，在价值追求与肯定中获得生命的充实、愉悦感。符合伦理规范的行为让人收获幸福和快乐。虽然这很大程度上可能或者就是观念的建构，如亚里士多德提出最好的行为与最大的快乐不可分离，中国儒家颜回在艰苦物质条件中“不改其乐”，但是，人们普遍接受这种观念，并以此为幸福和快乐。伦理使人与他人、与社会之间建立和谐的关系，伦理的人与他者以至社会不是矛盾对抗的关系，不会遭遇外来的否定和压

---

① 蒋子龙：《农民帝国》，北京：人民文学出版社，2008. 第528－529页。

抑。内宇宙的充实愉悦与外宇宙的和谐使个体生命愉悦、安全、拥有了价值感。从某种意义上,伦理使人成为“人”,在这种成为中实现了安居。个体对“人”这种本质和安居有一种渴望。郭存先在本能需求获得满足后也萌生了这种渴望。

郭存先是聪明的,甚至可以说是睿智的。在发家致富后,他希望自己“生产思想”,用“思想”去“征服人的精神”。他意识到,“不能再说那些寡淡无味的平常话,必须苦思冥想出一些警句格言和能逗趣的顺口溜,以应付领导、群众和媒体。从他嘴里说出的所有话都是指令和规章制度,甚至是金科玉律……让下边的人负责制造产品去赚大钱,他最主要的职责是生产思想,征服人的精神”,他明白郭家店的名气,靠的不是“精神,而是钱多”。或许他对于“思想”的渴求有诸多因素,这种渴求带有本能性质,但他萌生了对思想、对精神的渴望,希望用“思想”换取他人的信服与尊重,其中蕴含着试图超越本能的更高一级的“伦理”的渴望。然而,他的渴望最终没有得到满足,他因此感到孤独、寂寞、矛盾。他“用心的孤独,换得心的自由”,这是变相地让自己不被本能需求左右。对于封厚、张才千这些曾经为他指明奋斗的方向、带有精神导师意味的人,他“肚子里怨恨他们,可有时又真想他们”。想念与怨恨根本上缘于他的精神迷茫——他对本能需求满足之后该走向何方迷茫困惑。

郭存先需要封厚、张才千式的人物给予他进一步的指点,然而,在风光喧嚣中,这些人都不再去郭家店。封厚、张才千的“不再去”有社会因素。郭存先带领郭家店的人走向富裕,而“富裕”是他所处的时代、社会的主流评判标准,换言之,主流评判标准中物质标准淹没了伦理精神维度。郭存先因为致富成功被赞扬,被各种肯定式的行为包围。小说中写道:“领导像走马灯似的你来我走,围着他转。领导一围着他转,权力就围着他转。”他“‘啪’一下子”,成了全国人大代表,“每年要到北京人民大会堂里去参国家之政、议天下大事”“这个协会要请他当会长,那个组织想让他当理事,邀他参加这个活动,接他出席那个盛典”“更让他以前做梦都不敢想的是公社改乡,想叫他去当乡长”“后来又传出风来,上边想让他去宽河县当个副县长”,银行贷款给他“只谈贷不谈还,还款的事以后再说,仿佛银行把钱贷给他就算是支持了改革”。从某种意义上说,郭存先所处的时代因为各种原因导致主流评判标准伦理内涵的薄弱抑或旁置。

从个体到群体伦理训导缺失也有历史原因。小说中有一个“可笑”的细节，一个“国民党残渣余虐”无论怎样都拒绝顶着写有错字的大帽子。

造反派们正一个个地从县政府里向外提拉批斗对象，其中有一个戴着瓶子底儿眼镜的糟老头子，看热闹的人哄笑的就是他。

有人介绍说，这个老家伙原是国民党军队的一个中校，后来投诚被改编为解放军，新中国成立后退役在县政府当协理员，除“四害”的时候胡说八道，说人才是“四害”，害得不打粮食。被赶出办公室，在大门口当了一名收发员。运动一来被造反派定性为“历史反革命”。今天批斗会造反派给他糊了顶尖帽子，上面又给他定了个新罪名：“国民党残渣余虐”。

他竟然拒绝戴这顶大帽子，说“虐”字写错了。不是虐待的虐，是分蘖的蘖。多穗高粱分蘖，一颗种子分蘖出四五根杆，结四五个穗。我可以被批斗，但脑袋上不能顶着个错字，这会给整个宽河县丢人。

郭存先在心里暗挑大拇哥，到底是县城，嘛人都有。人家显然是疼痒不在乎，死活不含糊，你要我也跟你要了。大概当年在枪林弹雨里钻过，从死人堆里爬过，权把造反派这一套当成闹着玩儿的把戏了。①

在人身安全都无法保证的情况下，这个人还以顶着写错字的帽子为耻辱，其对知识的尊重、坚持知识与人格尊严之间存在紧密联系到了无以复加的程度。然而，这样的一种人、一种行为在当时非但没有收获赞叹，反而引起人们的哄笑。叙述者称其人为“糟老头子”，看客称其为“老家伙”，这些都是极为不尊重、蔑视的称谓。郭存先对这个人是佩服的，但他认为这个老人是在和造反派“要”，就像民间文化中那些“英雄”以“无赖”的方式对付欺压者一样。不理解、觉得“可笑”反映出能够造就、接受伦理观念的心灵与外在环境的缺失。

郭存先没有亦无从接受伦理训导，本能需求极大满足后，他为“制造思想”而痛苦，内心陷入孤独和迷茫。

---

① 蒋子龙：《农民帝国》，北京：人民文学出版社，2008. 第 167 页。

结　语

郭存先属于“农民”群体，并且是农民群体中聪明甚至是智慧的。在为本能需求奋斗的过程中，他取得了成功。然而，他的聪明没有使他接受“伦理”的训导，成为拥有“精神”、不为本能束缚、超越本能的“人”，最终酿成了他人的悲剧和他自己的悲剧。《农民帝国》展示了农民的伦理薄弱及其悲剧性后果，不知作者是否具有这样的创作“野心”，但这种展示确乎值得思索。

第六章　走进天津关于存在的人与人的存在的经典文本

第一节 “病态”知识分子的病态生存

——方纪《来访者》文本分析[1]

> 我们必须以宽容对待人们的每一愚蠢、缺陷和恶行；时刻谨记我们眼前所见的就只是我们自己的愚蠢、缺陷和恶行，因为这些东西不外乎就是我们所属人类的弱点和缺陷。所以，我们的身上也有所有这些弱点和缺陷，我们现在对这些弱点如此愤慨只是因为它们此刻并没有在我们身上出现而已。也就是说，它们没有表现在表面上，而是躲藏于深处。[2]
>
> ——叔本华

“认识你自己”，据说是镌刻在古希腊德尔斐神庙门楣上的名言，苏格拉底将其作为自己哲学原则的宣言。人不同于动物，不仅能够外观世界，而且能够内观自身，人基于各种原因亦有强烈了解自身的愿望。方纪的《来访者》展示了知识分子这一特殊群体的某些具有典型性的性格，并观照到非知识分子群体对这种性格的评判。更为可贵的是，文本探入知识分子典型性格背后的复杂心理。

《来访者》创作于20世纪50年代，有着鲜明的时代色彩。文本以“我”转述

---

① 方纪(1919～1998)，原名冯骥，河北束鹿人。曾任天津日报社文艺部主任，天津文联党组书记等职。著有长篇小说《老桑树底下的故事》，中篇小说《不连续的故事》，长诗《大江东去》《不尽长江滚滚来》，散文《挥手之间》，文学评论集《学剑集》，诗集《为孩子们写的诗》等。

② ［德］叔本华：《论生存的痛苦与虚无》，《叔本华思想随笔》，上海：上海人民出版社，2014．第372页。

康敏夫话语的方式呈现他的心理和他的故事。在“我”的转述中,康敏夫自述他的故事,“我”基本处于沉默倾听的状态。因为这种叙述方式,“我”之时代意识没有渗透到故事当中,更没有左右叙述,由此,文本得以客观、完整地呈现一个具有典型性的知识分子以及他的复杂心理。

一、感性赞美与感性沉沦

康敏夫的故事以其自述的形式呈现,“自述”的叙述形式使其内心得到充分展现。观其内心,他在恋爱与婚姻上是一个极为感性的人。康敏夫不但感性,而且痴求一种纯粹的美与善。

康敏夫的感性与他对理性抽象的无意义感密切相关。存在与存在之名,前者是感性的,后者是理性的抽象。理性抽象赋予人类社会以意义和秩序,然而,一些宗教和哲学思想认为理性抽象遮蔽了存在的丰富性,无法与存在本身等同。康敏夫不愿意说出爱人的名字,因为他认为“名字是没有意义的”,他说道:“在我的记忆里,就是这个人,她的存在,她的一切;而不是名字。”康敏夫拒绝理性抽象,他对爱人的迷恋停留在感性层面,也缘于感性。

康敏夫“第一次看见她,听她唱,就激动了”,这激动源于对她声音和眼睛的审美。他叙述她的眼睛:“她并不漂亮,不是吗?但她那一双眼睛,你瞧瞧吧,能一下看到她心里!多么坦白,又多么深沉。”坦白和深沉本是矛盾语,坦白无以深沉,深沉无以坦白。既坦白又深沉是康敏夫的主观感受。“她一开口,她眼睛里面那一切善良、光明的东西,就都随着她的声音唱出来了。这声音,清澈,明朗,就像秋天小溪的流水……”眼睛里的善良和光明与声音的清澈和明朗,亦都是康敏夫的主观感受。在康敏夫的眼中,“她”仿佛是一件艺术品,任他自由地发挥想象形成自己的感受,也因于此,康敏夫对她的眼睛和声音形成那样唯美的观感。这样一种纯粹感性的审视在两人相处的过程中反复出现,如康敏夫第二次看她演出,看到的还是“坦白而深沉的眼睛”;第二次去天津找她,所看所感还是她的眼睛和声音:“眼睛仍旧是那么坦白、深沉;声音还是那样清澈、明亮。”他迷恋她眼睛和声音的美好,眼睛与灵魂在特殊的个体或者情境中还有某种关联,但是纯粹天然的音色与灵魂完全无关。康敏夫热烈而痴狂的爱起于感性审美，收束于感性审美，也失败于感性审美。

同样是基于感性，康敏夫由她养母的眼睛和声音产生出恶感。他第一次见到她的养母，觉得她说话时候浓重的鼻音“给人一种不洁净的感觉”；第二次见她的养母，他这样形容养母的声音：“还是那么沙哑而尖厉，给人一种不洁净的感觉。”她的养母在他面前哭泣，尽管他觉得她哭得像真的一样，然而，还是“只觉得一阵阵恶心”。在康敏夫的感受中，养母的声音“不洁净”，养母的眼睛让人不寒而栗：“真的，至今我想起她那样的目光，还觉得浑身发冷。如她说的，像毒蛇一样，虚伪，贪婪，冷酷……”

康敏夫不但根据感性而爱或厌恶，而且痴求一种完全不可能的纯粹无染的善与美。他第一次看她演出，一些观众起哄，在他的反应中，那是对她的“污辱”，并对此气愤至极。

> 我的激动是正当的。这就是说，她的演出是成功的，她有作为演员的天才。但是别的人呢？他们同样喜欢她，却是——起哄！至少在我看来是这样。而我觉得，这是对她的一种污辱，也是对我的……我气愤，简直气坏了，我一直跑到后台。

两人恋爱以及结婚后，他视她养母的家、她从事演艺工作的地方是“肮脏地方”，她从事演艺事业是在过一种“不名誉的生活”，他坚定地认为她应该离开那种地方，脱离那种生活。这种想法产生的重要原因之一是台下观众对她的一些不堪的议论。尽管他知道那是无中生有，然而，在他的想法中，这种议论和观众起哄一样“污染”了她。基于这样的想法，她所处的地方、她所接触的人，但凡有些许他认为的不好，他都会觉得是一种污染，并会因此愤怒至极。

康敏夫似乎只有一颗感性的心，至少在恋爱和婚姻上，他的行为缺少甚至是完全没有理性约束和分析。文中多次叙述他基于感性冲动而行动，之后却不明白自己究竟要干什么。如他第一次看她演出时一些观众起哄，他的反应是：

> 我气愤，简直气坏了，我一直跑到后台。可是等见到她，——真可笑！我却不知道自己来干什么！我恭恭敬敬地向她鞠躬，道歉，安慰她，总之，没头没脑地说了许多赞扬她的话。……
>
> 可是，她听着我的那些话，却摇摇头，简直莫名其妙。接着，她笑了，说：
>
> “谢谢你同志。多谢你关照。可是你有什么事吗？这是后台，同志，还是请便吧！”

他第一次跑去她家里时内心的迷茫：

> 当我在沈阳戏园子里跑到后台去看她，那时候，我只不过出于一种激动。以后到天津来，找她，我也并不明白，究竟是一种什么力量推动我。只觉得，我要来；而且，她约了我……但是，当我推开她家的门，喊着她的名字，她应声跑出来，站在我面前的时候，我却不明白自己来做什么。

由于行为缺乏理性约束和分析，不但她莫名其妙，就是他自己也无法解释自己的行为，以致他自己都“不明白自己来做什么”。抢孩子的行为虽然没有明确叙述道出康敏夫当时的心理，但是推测起来也应是出于感性冲动。

康敏夫是个极为感性的人，他的感性或者说追求的感性带有某种只有在艺术世界中才有的纯粹和浪漫。他肯定、赞美感性，顺从感性，任自己在感性中沉沦。这种沉沦造成了世人眼中的“病态”，也是他被挫败以至自我放逐的重要原因之一。

二、心灵的自我沉陷

知识分子往往有丰富、细腻、敏感的内心，他们能够在内心中实现一种别样的、想要的生存，所以知识分子的自我意识往往明确且强烈。康敏夫的内心不失于细腻和敏感，并且，他深深沉陷于自我的内心。

康敏夫被自我意识笼罩、主宰以致无法正确理解他人，他对一些自我意识之外的言行无比惊异。第一次看她演出，他跑到后台，她出于礼貌和对于自己演艺事业的考虑，客套地邀请他如果到天津，就“顺便”看她的演出。康敏夫完全没有理解她的邀请，贸贸然跑到她家里去看她。文中叙述当时的场景：

> 我站在院里喊了一声，她便迎出来。当她发现是我的时候，她那惊异的样子，使我也惊异起来了。她先是不认识似的看着我，以后大约是记起来了，但又仿佛不相信自己的眼睛。接着，脸红了，笑了，笑得非常好看。——和在沈阳后台对我的笑，完全不一样——至少我自己觉得这样。
>
> 她慌忙地把我让进自己住的那间小房子里；慌忙地给我掸干净一张凳子，让我坐下，又慌忙地给我倒茶，然后，站在旁边，看着我，像是自言自语般轻悄悄地对我说道：
>
> “真想不到，你会找来……”
>
> 现在想起来，我对她当时的这种情形，以及这种话，也是没有理解的，就像我完全没有理解，她在沈阳后台对我说的话一样。

不理解沈阳后台她的话、不理解她当时的情形，最直接原因是理性考量的缺失，而沉湎于自我的情感与想法是导致理性分析缺失的重要原因。在康敏夫的叙述中，经常出现与引文中“至少我自己觉得这样”意思相同的表达，这种表达本身就表明那是“康敏夫自己”的理解。

康敏夫在谈婚论嫁时对她养母言行的惊异凸显出自我沉陷当是他的常态。谈婚论嫁时，他起初误以为她的养母关心他们结婚后的生活，当他知道她的养母只是关心自己会有什么好处的时候，他无比惊异。在康敏夫追求善与美的感性内心中，没有这样无情自私的人情世故，而他的眼睛似乎从没有望向心外，故此，才有那样的惊异。

由于沉陷于自我，康敏夫坚持自己认为正确的想法。婚后，他坦白地对她说，她应该习惯一种新生活，完全忘记过去，并且永远不要再打算“上园子”。他不明白她喜欢唱大鼓，喜欢和观众在一起。他的坚定与坚持是“因为我这样想，我认定是这样”。“我”的霸权不是因为康敏夫蛮横或者独断，而是因为他认定那是正确的,而这种认定和坚持造成与蛮横和独断无二的行为。

康敏夫沉陷于自我,无比自尊。第一次看她演出,他认为观众起哄“污辱”了她,也污辱了他。面对她的养母,他屡次感觉受到了侮辱。他去她家,她的养母说他们“挂上了”,其后她养母去而复返、仔细打量他,他觉得受了侮辱,夺门而去;他二次登门,她的养母威吓他,说她们卖艺不卖身,他“一下子”全身发抖起来,愤怒至极,显然,他再次感觉受到了侮辱抑或“污辱”。与自尊自爱相伴随的是自怜自伤。康敏夫遇到不符合自己判断或不顺自己意愿的事情时便自伤自怜。他第一次看她演出,贸然跑到后台,说了些让她莫名其妙的话,她礼貌地表示感谢并请他回去,这时康敏夫的感受是:“我完全没有明白她的意思。她呢,也根本没有听懂我的话。我觉得自己受了委屈,差一点哭出来。赶紧朝外走。”感情破裂后,康敏夫服用大量安眠药试图自杀,他叫了一辆三轮车。面对憎恶而愤怒的三轮车夫,他的反应是“害怕了,又可怜起自己来”。

康敏夫的自我沉陷与自我肯定密切相关,而自我沉陷既是他的另一种典型性格,又是他病态生存以致人生悲剧的另一重要原因。

三、行动的怯懦与无能者的报复

知识分子群体有家国关怀,但是脱离现实也是他们的标签之一。知识分子的“脱离现实”有多种具体内容,有的近于不入流俗的美德,有的则是对人情世故相当无知,危困时或诉诸理想主义兼带有某种浪漫主义的自残自伤,或表现得极为怯懦无能,内心无比愤怒,然而行为上软弱屈服。康敏夫形象演绎了知识分子的后一种脱离现实。

她的养母是康敏夫与她的婚恋中的障碍人物。康敏夫厌恶她的养母,也十分“害怕”她的养母。他几次叙述这种恐惧。第一次见到她的养母:“她出去了,却立刻又回来。站在门口,仔仔细细地朝我看了一眼,才慢慢走出去。这一眼,真太可怕了,我一辈子也不会忘记。当她眼睛完全张开来,不再眯缝着的时候,里面便闪着一种像刀锋一样、冰冷的、令人战栗的光!”婚后她失踪,他去她养母处找她。面对她的养母,“她又眯缝起眼睛来了,她脸上浮现一种奇怪的笑,我心里不由得打了一个冷战”。谈婚论嫁时，面对她养母的要求，康敏夫觉得极其无理，但是他的反应是懦弱地屈服：

> “你们怎么生活，”她说道，“这不与我相干。我问的是，你带走我的姑娘，留多少钱给我？”
>
> 怎么？她会说出这样的话来！我浑身发冷，头发晕，在她面前，我竟变得这样软弱无力。我对她说：这种要求是无理的，非法的，违反了婚姻自由。……但是我的声音，仿佛连自己也听不见，空空洞洞。

面对她养母的威胁恐吓和蛮横勒索，康敏夫最后竟然是“不知为了什么，竟在这位妈妈后面，偷偷地跪下”，谈判的结果是将每月收入的大半寄给她的养母，可见其怯懦到何种程度！

康敏夫因为失去她而有自杀的勇气，却没有向她的养母详细询问进而找回她的胆量。婚后她失踪，他去她养母处寻找，面对她的养母，他是“有点害怕”，并最终被她逼退，还在内心给自己找逃跑的理由。面对她养母的姘夫——小杂货铺的王掌柜，康敏夫再现了民间“秀才遇上兵”的惧怕和狼狈：“我不敢看他，掉过头去，望着她跑去的方向。这时，在我身后，忽然响起一阵笑声——你听到过半夜猫头鹰的笑吗？据说听到这样的笑要死人的！一点不错，我听到了，而且比那还可怕。他笑得我心里发冷，浑身打战，连骨头都软了，站都站不住了。他却笑着，走开去了；走进他那间杂货铺。”

康敏夫似乎恐惧任何力量型的人物。当她变得坚强独立的时候，他不敢直视她。第一次自杀被解救之后，她来看他，表示要自己一个人生活，文本中写道：

> 她看着我——那是怎样的眼睛呵！坦白，深沉，像往常一样；但是我完全不认识了，是那样坚强，有力，一下子就看到了我的心里！我连忙闭上眼，蜷缩在床上。她那样看了我多久，我不知道。等我慢慢睁开眼的时候，她已经不见了。

怯懦无能者的报复可恨而又可悲。在爱人面前,康敏夫很想充当一个强大的保护者。当初他娶她,便带有某种英雄骑士拯救美人的心理。当她要摆脱对他的依赖独立生活的时候,他感到失落,热烈地想恢复自己原来强大的形象。然而,他的方式是流氓式的跟踪、每天到戏园子“蹬地板,叫倒好,吹口哨,以及诸如此类”。

自古知识分子有为大义据理力争、不惜身死者,亦有似康敏夫这样内心丰富敏感而行动怯懦者。让人悲伤的事实是似乎前者寥寥而后者众多。

三、结语:何以生存

似康敏夫那样的知识分子有其奇怪之处。他们恐惧世故的他者,怯懦得无力保护自己以及亲人、爱人,却有极大的勇气对自己以至亲人、爱人残忍,尽管内心当中无比热爱怜惜。康敏夫给她造成了严重伤害,他自己自杀两次。自杀两次都被抢救过来,他主动要求去劳动教养。“劳动教养”显然是末路之后的自我放逐,他无法正常而自然的生活。被蔑视、被憎恶等来自他者的评判和对待具有超时代性。然而,康敏夫式的知识分子,他们的内心是美好和善良的,他们带有理想主义和浪漫主义色彩的对美和善的欣赏以及纯粹性追求不仅无可指摘,而且是人类文明中美好的一面。只是在个体生存层面,自我沉陷、感性沉沦以及面对“力量型”他者怯懦无能,却是“病态”以至“恶”的根源,而恶的性格又导致恶的生存。

康敏夫不只是某一类知识分子的典型代表,从他身上也能看到人性的复杂和人的各种矛盾心理。如对爱人的独占心理,“你所渴望的,心爱的,只能属于你的东西,却被所有的人爱上,喜欢——你怎么想?”如进行流氓式报复时候的复杂感受:“我痛苦!当我这样做的时候,我的心又痛苦又满足——因为我尝到了一种报复的快乐!”如为自己的怯懦找理由,如实质上已经明白了真相又不愿意相信的矛盾摇摆:第一次跑去她家里,她在客套话说完后对他仔细打量,当时他认为她爱他,后来分手的时候,她告诉他那不是爱而是出于一种感激,对于他的真心、热情,不远千里去看她,对于他自己的认定和她后来的坦白,康敏夫摇摆不定:“我有时想,也许她是对的……但是,也许她是为了安慰我——欺骗我,才这样说的。在我们最后要分开的时候,她要我忘记她,不再想她,甚至,恨她,来减轻我的痛苦?”

《来访者》通过主人公的“自述”展示出知识分子看似病态或恶的行径背后心理以及人性的复杂和多面。评论阐释无以穷尽文本,这或许是由展露内心的叙述方式所决定,也或许正是其经典价值之所在。复杂、多面的人性与心理难以付之于明确、有秩序和有意义的语言。

第二节 “末人”的生存与文学叙述的情感张力

——吴若增《盲点》文本经典性分析①

我要对他们讲述最该轻蔑的人:这就是末等人。

“爱是什么?创造是什么?渴望是什么?星是什么?”——末等人这样问着,眨眨眼睛。②

——尼采《查拉图斯特拉如是说》

在西方,关于文学有这样一种观点:文学永远只凭着理性获得价值和光芒。韦勒克、沃伦所著的《文学理论》对此表达了不同意见,该书指出,虽然一些诗人受到哲学家的影响,或者他们本身就是思辨哲学家,但是,“诗不是哲学的替代品,它有它自己的评判标准和宗旨”③。如韦勒克、沃伦强调的,诗,或者更广泛地说,文学有自己的评判标准和宗旨,它与哲学界限分明。然而,一些经典文学文本确实有着哲学灵魂,讨论它们的经典性无法无视或绕开它的哲学内涵。吴若增的《盲点》同一些存在主义哲学家有着类似的视域,它关注人的生存,这种关注

---

① 吴若增(1943~2020),黑龙江尚志人,天津作协专业作家。1983年加入中国作家协会。文学创作一级。著有长篇小说《离异》,短篇小说集《翡翠烟嘴》《吴若增小说选》,中短篇小说集《脸皮招领启事》,中篇小说集《兽孩》,杂文随笔集《吴若增杂文随笔自选集》《吴若增曰》《孤独的诉说》,散文集《晴空里有一只大鸟》等。

② [德]尼采:《查拉图斯特拉如是说》,钱春绮译,北京:生活·读书·新知三联书店,2014.第12-13页。

③ [美]勒内·韦勒克、[美]奥斯汀·沃伦:《文学理论》,刘象愚、邢培明、陈圣生、李哲明译,南京:江苏教育出版社,2005.第139页。

以及唯文学文本才具有的关注形式是其经典性的要因之一。

一、《盲点》的哲学视域:“末人”的生存

《盲点》关注平凡人和平凡人的生存。小说的引子写道:“黑妞死了。她是一辈子生活在偏远农村的农村妇女。她的一生,实在是极平凡的,既没有叱咤风云的伟绩,也没有牵动情肠的爱史。对她这样的人的研究,或许是个‘盲点’吧。其实,她也是有故事的,尽管不那么生动。”①黑妞是一个平凡人,她这样的平凡人很少进入文学家的视野。文学家视野中活跃的多是英雄伟人或才子佳人,因为这两类人个性鲜明,往往有着不同寻常的人生轨迹和动人的故事。文学家关注他们,他们亦是历史家的爱宠。黑妞这样的平凡人是文学书写和历史叙述的盲点,在哲学中状况却不同。一些存在主义哲学家关注人的生存,揭示其生存结构,由于那是普遍层面的关注,故而包括平凡人的生存。从关注平凡人和平凡人的生存角度看,《盲点》有着与存在主义哲学家类似的视域。只是,黑妞作为平凡人,她还有另一种代表性,借用尼采哲学中的概念讲,她是平凡人中的“末人”②。

尼采在宣称“上帝死了”之后呼唤“超人”。在尼采哲学中,与超人形成强烈反差的是“末人”。跳出尼采的超人哲学,平凡人中亦有所谓“末人”,他们在创造性、意志力、个人魅力等方面居于平凡人之末,黑妞即属此类。为参加庆祝高级农业社成立的盛大庆典,村里组建了秧歌队。秧歌队选人,“除了生产上实在离不开的人外,男女老少一律参加”“稍微像点样的都选上了”,但是,黑妞没有被选上。黑妞不是生产上离不开的人,她没选上是因为她连“稍微像点样”的人都算不上,由此一点便能充分看出黑妞在她所在的村中何其微末低下。

黑妞虽是平凡人中的末人,但她并未出离平凡人群体,她与其他平凡人共同在此,这使得共在性中他人之于自我的消极作用在她身上发挥到了最大限度。许多存在主义哲学家指出在共在的生存论结构中他人之于自我的消极作用。海

---

① 吴若增:《盲点》,《人民文学》,1980 年第 9 期。本节所引《盲点》中的内容皆出于该版本。

② 尼采所谓的“末人”有其特殊内涵。此处取该词的字面意思,即末等人。

德格尔指出，自我在日常共在中异化和沉沦，消散在共在中。而自我的异化和沉沦是因为他人从自我身上把存在拿走了。克尔凯郭尔认为人存在的本质是基于自身的主观性成为自己、选择自己，大众是使人无法成为自己的消极物。萨特提出，人自我意识的建立以他人为前提，只有他人意识出现，自我意识才出现。而在他人的生存论意义上的注视中，自我的主体性会移位和失落。马丁·布伯指出，在自我与他人的共在中，自我被他人客体化，他人亦被我客体化，这种丧失亲切与关爱的“我—他”关系，使他人成为“我”的地狱。

与黑妞共在的他人之于黑妞的消极作用，最突出的表现是他人对于黑妞的“末人”定性。因为这种末人定性，致使黑妞一进入他们的视野便遭遇否定、鄙视。更多的时候黑妞并不在他们的视野之中，她被他们忽视、遗忘。小说这样叙述黑妞没有被选入秧歌队：“当然，谁也不曾想到让黑妞参加秧歌队——她不配！”显然，这是与黑妞共在的“他人”的想法。在他人眼中，黑妞不配进入秧歌队，“不配”一语表明他人对于黑妞能力的评定处于无可再低的最低点。如果说“不配”只是一种能力的估价，那么“不配”后面重重的“！”昭示出他人对黑妞的情感态度，其中不仅有对自我估价的自信，还有强烈的否定和坚决的鄙弃。持有这种想法和情感态度的并非某一个，“谁”表明“他人”在数量上不是某一个或某几个而是全部。“当然”一语的感情色彩更是浓烈，它表明黑妞的被鄙弃在众人心中合情合理、顺理成章。当无可选择下想要用黑妞来补足秧歌队临时在人数上出现的缺口的时候，小说描述他人的反应：“有的说别赶鸭子上架啦，有的说不妨就试试，当然，也有起哄的。”“不妨就试试”是最倾向于肯定的反应，但是其中的怀疑也显而易见。秧歌队正式演出，在表演的队伍中看到黑妞，人们的反应是：“怎么还有她？”认得她的，“都露出了惊讶的神色”。“八十个人的秧歌队，如果按照长相和舞姿来排队的话，黑妞是只能排在第八十位的”，即便是这样，人们的反应仍然是“没想到”。

在“他人”的意识中，黑妞是极卑下的一个。这种意识不仅左右着他人对黑妞的态度和行为，而且对黑妞的自我意识与行为产生重要影响。黑妞无比喜欢秧歌，特别渴望参加秧歌队。没被选上，她便去看秧歌队排练，“每天去看，早早地去，晚晚地回来”。别人看是评论、欢笑，她的看是：“总是躲在人们的背后，或是某个角落，默默地站在那里，看。她不说，也不笑，只是把眼睛瞪得大大的。”这种躲在人后、默默无声的观看方式，显然是她一贯的生存方式：他人遗忘她，她也尽量不进入他人的视野，除非他人特别寻视才有可能发现她。如此畏怯的生存方式固然可能与性别、个性有关，然而，可以想见，他人之于她的存在压迫与她对他人意识的接受应是主要原因。

黑妞的自我意识以及生存活动随他人意识转移。秧歌队表演结束后，人们兴味未消谈论秧歌队，黑妞也成为他们的谈资之一，其中不乏肯定和称赞。对于人们的议论以及称赞，黑妞的反应是：“感到幸福而自豪。她是很少听见人们谈论她的，何况还有那么多赞扬的话。她也插进去，参与评论，声音很大，而且逢到笑时，也笑得响。记得平时，每当在一旁听见别人谈话，而她忽然想说上一两句自己的看法时，心里总是咚咚地乱跳，终于没有勇气说出口。今天怪了，她似乎并未意识到需要胆量，就和别人一样地说笑起来了。”从这一段能够看出黑妞的日常存在状态：他人否定她、忽视她，她也没有成为自己本真存在的勇气和力量，她躲在角落、退缩到人后；他人谈论她，给她些肯定，她便有了成为自己的主观性，这样的生存状态完全是以自我意识遵从他人意识。最终加入秧歌队属于黑妞本真存在的一次实现，然而，这种实现与其说是出于她成为自己的主观性，不如说是他人意识难得同她的自我意识相一致从而使她获得了成为自我、选择本真生存的机会。在日常存在中，黑妞根本没有所谓的自我意识，她陷落在与她共在的他人意识中，他人剥夺了她的本真存在。黑妞的这种共在状态用《存在与时间》中的一段描述非常恰切：“不是他自己存在；他人从它身上把存在拿去了。他人高兴怎样，就怎样拥有此在这各种日常的存在可能性。”①

二、模仿性叙述的情感张力

作为文学文本，《盲点》对平凡人的关注在深刻性和丰富度上自然无法与哲

---

① ［德］马丁·海德格尔：《存在与时间》，陈嘉映、王庆节合译，北京：生活·读书·新知三联书店，2006．第147页。

学文本相比，但其中蕴涵的唯文学文本方具有的情感张力表现出震撼的力量。

《盲点》的情感张力缘于它的模仿性叙述。叙事学中关于叙述有以柏拉图模仿说为基础的模式划分，这种划分将叙述分为“简单的叙述”和“模仿性叙述”：“诗人用他自己的声音对话，直接讲述故事，像是一个人对其他人说话，或者像是上帝直接发话，这是‘简单的叙述’。当诗人假扮另外一个人并模仿他的声音说话时，就出现了模仿性叙述。”①依据这个叙述模式划分，《盲点》乍看上去似属于简单的叙述。叙述者一开始宣称叙述的展开是基于“研究”的目的，这样，叙述者的自我定位就是一个研究者。研究者的特点是他对他的研究对象进行冷静的观察和客观的呈现，这种揭示真理的姿态与上帝很接近。《盲点》通篇采用第三人称叙述，所有似乎都出自一人之眼一人之心。然而，恰如希利斯·米勒所指出的，“无论作家如何真心实意地力争保持简单叙述”，“模仿——这种诗人习以为常的谎言——从一开始就不可避免地成为诗歌的内在属性”。② 从事实层面论，文学叙述根本不存在纯粹的简单叙述，模仿是作者不可能避开的行为。《盲点》中论及黑妞没被选上秧歌队，“她不配”云云是叙述者对他人的模仿，秧歌队表演中黑妞的感受是叙述者对黑妞的模仿。

叙述中是否存在模仿，牵涉的是叙述的可靠性问题。在柏拉图的哲学中，模仿意味着谎言。在他看来，模仿只要一起步，就会从对女性的模仿开始，快速往越来越低级的形式走。在柏拉图的思想中，女人天生会撒谎，擅长说掩饰和误导性质的话。跳开柏拉图关于模仿的论断，则模仿未必就是谎言，但是模仿会引发是否可靠的疑问，《盲点》简单叙述中间杂的模仿性叙述自然有同样的问题。可靠性疑问的实践主体是读者。读者有各种各样的类型，模仿性叙述是否可靠在不同读者那里会有不同看法。有的读者可能完全相信《盲点》的叙述者，有的读者可能因为叙述者对人物的模仿而质疑叙述是否真实可靠。无论哪一种看法，《盲点》对平凡人生存的文学式关注和呈现都显示出独特的效果。

先看认为叙述者可靠的情形。如果认为叙述者可靠，那么就会相信他对所

---

① ［美］J. 希利斯·米勒：《解读叙事》，申丹译，北京：北京大学出版社，2003. 第 122 页。

② ［美］J. 希利斯·米勒：《解读叙事》，申丹译，北京：北京大学出版社，2003. 第 126 页。

叙述人物的行为与心理的呈现就是真实的。在行为方面,与黑妞共同在此的“他人”剥夺了黑妞选择自己、成为自己的主观性,使她沦为被忽视、被遗忘的末人,叙述可靠意味着这种行为的真实。在心理方面,叙述可靠意味着叙述者叙述的人物心理是真实的。《盲点》中的人物心理有与黑妞共在的他人心理和黑妞的心理。首先看叙述者对他人心理的呈现。黑妞没有被选上秧歌队,小说写道:“当然,谁也不曾想到让黑妞参加秧歌队——她不配!”如前文指出的,“她不配”的心灵源出不是叙述者,而是与黑妞共在的他人。叙述者模仿“他人”的口吻,将他人的想法明示出来。这种模仿在叙述者的叙述完全可靠的状况中衡量,他人对于黑妞的冷酷昭昭然:他们不只是否定黑妞的能力,而且带有人格上的降低和鄙视。对于他人冷酷的体验能让人联想到自身。海德格尔关于共在生存论结构中的他人有这样的说明:“‘他人’并不等于说在我之外的全体余数,而这个我则从这全部余数中兀然特立;他人倒是我们本身多半与之无别、我们也在其中的那些人。”①“我”在“他人”之中,“他人”的行为、思想、心灵也是“我”的行为、思想、心灵。《盲点》中与黑妞共在的他人鄙弃黑妞、对她的存在造成压迫,剥夺她选择自己、成为自己的主观性,而“我”也是如是的“他人”! 其次看叙述者对黑妞心理的呈现。秧歌队表演中,看到人们投射来惊喜的目光,黑妞的感受是:

> 看到人们惊喜的目光,听到人们鼓励的叹语,黑妞的心里,生平第一次涌起了幸福的浪涛。这浪涛又化作了轻纱般的雾,把她包围了起来。黑妞恍恍惚惚地感到,她在这梦一般的雾中升腾了,在一个充满着悦耳的音响和炫目的光彩的空间,她舒展地甜美地舞蹈!

如果叙述者的叙述可靠,那么黑妞有着丰富细腻的感受力,她内心敏感,渴望美、渴望关注。这样一个拥有丰富美好内心的人被鄙弃是多么残忍、冷酷的事情!

再看认为模仿性叙述不可靠的情形。叙述中的模仿因为被模仿者的不在场

---

① ［美］马丁·海德格尔:《存在与时间》,陈嘉映、王庆节合译,北京:生活·读书·新知三联书店,2006.第137页。

会导引出叙述是否可靠的问题，恰如希利斯·米勒所说："模仿之所以有问题，是因为它在一个特定的意义上属于谎言。它缺乏一个处于说话者意识或自我之中的实实在在的父性源头。可以说，它是飘浮在空中的语言，与任何直接在场的起源相分离。这样的语言会衍生出无穷无尽的谎言或者杜撰。"①《盲点》中秧歌队表演结束后，黑妞听到人们议论她，小说叙述黑妞听到人们议论她"感到幸福而自豪"。黑妞的心理感受来自叙述者对黑妞的模仿。叙述者模仿黑妞，黑妞不在场，叙述者也不在场，他模仿了先前在场的自我，这段叙述缺乏一个实实在在的父性源头或母性源头，与任何直接在场的起源相分离的叙述，它存在是否可靠的问题。

对于叙述可靠性的质疑往往倾向于否定的态度。秧歌队选人黑妞被排斥在外，叙述者模仿与黑妞共在的他人的口吻说明排斥的原因："她不配！"如果认为其可靠，则意味着读者相信叙述者，黑妞被排斥的原因就是人们认为她不配。如果追问其是否可靠，则意味着追问者清楚认识到这是叙述者对"他人"的模仿，模仿中，语言与产生它的心灵相分离，叙述者可能"错解"或者"误解"被模仿人。这种以对可靠性的不确信为前提的质疑往往导向对叙述不可靠性的认定。如果《盲点》中"她不配"的叙述不可靠，那么黑妞被排斥的原因便不是人们对她的否定和鄙视。在黑妞的共在状态中，能够导致黑妞不被选上的原因除了"她不配"这种想法之外，还有他人对她的遗忘。不是因为"她不配"，那么原因就是他人遗忘了她。没有伴随任何主观评判的否定性行为完全是一种无意识，在无意识中剥夺黑妞选择自己的机会，拿走她的存在，这种无意识的残忍让人震撼。

叙述者对于黑妞的模仿同样也存在是否可靠的问题。秧歌队表演中，面对别人投来惊喜的目光，小说描述黑妞的感受，说她生平第一次涌上了幸福的浪涛，"这浪涛又化作了轻纱般的雾，把她包围了起来，她在这梦一般的雾中升腾了，在一个充满着悦耳的音响和炫目的光彩的空间，她舒展地甜美地舞蹈！"黑妞的感受极富诗性和美感。在那个文化极度匮乏的偏远山村长大的黑妞，纵然她非常渴望扭秧歌，在这种渴望变为现实的时候无比兴奋，但是，能否有那样的诗

---

① [美]J. 希利斯·米勒：《解读叙事》，申丹译，北京：北京大学出版社，2003. 第123页。

性感受仍不免让人怀疑。追究这种感受源出的心灵，更像出自关注人和人的存在、具有研究能力和文学技能的叙述者，而非黑妞。如果叙述者以诗性笔法叙述的黑妞的感受是叙述者基于自身的阅历与内心揣测的黑妞的可能感受，那么那种感受便不属于黑妞。跳出叙述者对于黑妞的主观臆想，黑妞真实的状况可能是：她并不细腻、敏感，她极平凡，静默得近乎迟钝，不鲜活、不生动近乎干瘪。而这样的黑妞或许就是真实的平常人中的末人！

回到关于《盲点》经典性文本成因的追问，对末人生存的关注和书写是基础，而最终成就其经典性的是文本的情感维度，以及这种维度下文学叙述形式含蕴的激发多重情感体验的潜势，这些是文学文本所特有的。

盲　点[1]

吴若增

黑妞死了。她是一辈子生活在偏远乡村的农村妇女。她的一生,实在是极平凡的,既没有叱咤风云的伟绩,也没有牵动情肠的爱史。对她这样的人的研究,或许是个“盲点”吧。其实,她也是有故事的,尽管不那么生动。

一

她的故事是从一九五五年开始的。那年她十六岁。这可是个大事儿,十天前,各村就接到通知:高级社成立那天,要组织盛大的庆典。除了生产上实在离不开的人外,男女老少一律参加,而且,要载歌载舞,热热闹闹……

一个偏僻的穷村,许多人一辈子都没看见过电影、戏剧、歌舞、曲艺……能搞得出什么好节目?

只有扭秧歌了。扭秧歌是蔡庄世代相传的并几乎是唯一的欢庆形式;同时,在当地人眼中,那也是最高级的歌舞表演了!于是,支书指示:成立一支秧歌队,要舍得用工,舍得花钱,要搞得有气派,要显眼、露脸!

秧歌队成立了,男女青年各四十名,一个个精精神神透着喜气、灵气。好样儿的!行头呢?买了几十丈各色彩绸。这边派人连夜赶制,那边就先忙着排练。当然,谁也不曾想到让黑妞去参加秧歌队——她不配!

“呛呛七呛七!呛呛七呛七!”村前的空场上,响起了震人心扉的锣鼓声。傍晚,收工后,那些略有空闲的人都挤上来看,而且评论,欢笑。一些因为忙而不能一饱眼福的人们,也在望着,听着,谈论着。这样,一向默无声息的荒村,仿佛被这锣鼓搅得有了生气!锣献声中,树叶子更绿了,土坯房更亮了!

黑妞呢?总是躲在人们的背后,或是某个角落,默默地站在那里看。她不

---

① 引自吴若增:《盲点》,《人民文学》,1980年第九期。

说，也不笑，只是把眼睛瞪得大大的。她每天去看，早早地去，晚晚地回来。

这天傍晚，黑妞回到家，把满满的一筐青草往院里一摊，转身就要走。

“黑妞，又走？心里长草啦！”她娘站在灶间地上，厉声地说。

黑妞站住了。

“十七八的大闺女啦，也不知道帮家干点啥，就知道出去野！”

黑妞低着头，嗫嚅着说：“娘，俺想去……”

“咋？俺就知道你要去干啥。你去看那个有啥用！你也想去扭啊？啊？”

黑妞低下头，再不说话。娘也低下头去，忙着锅里的饭。这样地，僵了一会儿。娘叹了口气，从锅里抓出个热腾腾的饼子，走过来，递给她：“喏，看去吧。死丫头！”

黑妞接过饼子，撒开腿，跑去了。

秧歌队的排练，早已开始了。

“哟，黑妞，今儿个咋来晚啦？”一个十来岁的调皮丫头看见她跑来，嘲讽地问。

黑妞不理她。

“黑妞，进去扭呀！愣在这干啥？”另一个稍大一点的丫头一边揶揄地说，一边往里推她。

黑妞急忙往后挣：“闹啥……闹啥……”

“嗳，别不好意思啦！去吧，去吧！”几个调皮丫头一齐过来，使劲地往里推她。

黑妞被推得趺趺撞撞，急红了脸，使劲往后挺身子，喊：“别……别……”

秧歌队队长听得背后闹哄哄地，不由得气冲冲地转了过来：“去去去！闹什么！”

那几个丫头跑得快，又在后边，结果竟是黑妞首当其冲。队长急步过来，毫不客气地一搡：“走，远着点儿！”

黑妞被搡了个大趔趄。但她并没有说什么，只是揉了揉潮红了的眼睛，低着头，走了。

后来的两天，她没有去看排练。

二

关键性的日子来到了。村里组织起了两个队伍:前面是秧歌队,花花绿绿的,真鲜亮!后面是群众队,只拿着喊口号用的三角纸旗。

“呛呛七呛七!呛呛七呛七!”

锣鼓奏起来了!队伍集合齐了!出发的时刻到了!然而——秧歌队的一个女队员居然临时病倒了!整齐的队形出现了一个难看的缺口,多叫人丧气!

“凑合着点吧。”队长为难地说。然而,支书不同意:“咋,凑合着?快着找个人顶上去,位置换到中间,动作能跟上就行!”

可是,谈何容易呀!稍微像点样儿的早就挑上去了,再说,还得现学现练…后面群众队里的人听说了,也跟着发急——各村都有秧歌队,费了这么大的劲,可不能比下去呀!

就在人们嗡嗡议论的这会儿,一位心直口快的大嫂,忽然发现站在身边的黑妞有些异样:厚厚的嘴唇不停地嗡一张,黑黑的脸膛泛出了红润的光……

“黑妞,你……”大嫂奇怪地问。

“俺……俺……”黑妞局促起来,喃喃地说,并用眼角瞟了一眼刚刚从这里走过去的队长。

大嫂看了看,似有所悟。她忽地想起:昨天锄地的时候,曾看见黑妞一个人躲在玉米地里,一边扭来扭去,一边嘴里还“呛呛七呛七”地唱……

“黑妞,你是想去扭秧歌,是吗?”

黑妞立刻涨红了脸,埋下了头。

“啊呀,那不正好吗?”大嫂猛地一拍手,叫了起来:“队长,这有一个!”

队长跑来了,周围的人们也都把目光集中到了黑妞的身上。黑妞把头更深地埋了下去,同时感到,正有几支鼓槌在咚咚地敲着她的心。

是黑妞?队长皱了皱眉,但没有放弃考虑。周围的人,有的说别赶鸭子上架啦,有的说不妨就试试,当然,也有起哄的。

结果黑妞跟着队长走了,虽然扭扭捏捏,但那正是她用来表示同意的方式

“来,一——二——三——四!”队长把黑妞领到了一堆干草垛后,一边做着

动作，一边叫黑妞跟他学。

黑妞没有跟他学，她说："俺会。"

"嗯？会？那你走走看！"队长感到意外，闪到了一边。

黑妞抬起头来，迈开了秧歌步。开头，她似乎未能摆脱胆怯、慌乱和羞涩，显得不大自然。但，很快地，黑妞就抬起了头，放开了脚，甩开了手，扭动了腰……好像是润滑油注进了她的四肢，她的动作渐渐舒展了开来。她真的会扭！

"啊哈，行，就是你啦！"队长惊喜过望，急忙叫黑妞去大队部打脸、换装去。

"呛呛七呛七！呛呛七呛七！"

队伍出发了。秧歌队扭起来了。姑娘、小伙子们穿着彩绸衣服，扎着长长的红绸带子，踩着戴点，兴冲冲地扭着、舞着。嘿，多么美！

"呛呛七呛七！呛呛七呛七！"

大会会场到了。三村四屯的人们都呼啦地站了起来，争着，挤着，看蔡庄秧歌队。

嗬，真够气派呀！人们一个个伸长了脖子朝前看，同时，还比比画画地议论：哪个扭得美啦，哪个脸打得重啦，哪个模样长得俊啦，哪个…哎，黑妞？怎么还有她？

邻近的两个村，有认得黑妞的，此时都露出了惊讶的神色。

他们看到：黑妞的脸上涂着两圈红红的油彩，身上穿着一套嫩绿的绸裤褂，腰间扎着大红的长绸子，居然也扭得挺带劲！这是那个一向寡言少语、不爱说不爱笑的黑妞吗？

"她扭得还不赖呀！"

"没想到…"

八十个人的秧歌队，如果按照长相和舞姿来排队的话，黑妞是只能排在第八十位的。但人们此时的目光，却几乎是一齐射向了这第八十位！黑妞的娘更是连眼都不眨地盯住了自己的闺女！

看到人们惊喜的目光，听到人们鼓励的叹语，黑妞的心里，生平第一次涌起了幸福的浪涛。这浪涛仿佛又化作了轻纱般的雾，把她包围了起来。黑妞恍恍惚惚地感到，她在这梦一般的雾中升腾了，在一个充满着悦耳的音响和炫目的光彩的空间，她舒展地甜美地舞蹈！

“一二三四！一二三四！”啊，这是多么优美的舞步！

“呛呛七呛七！呛呛七呛七！”啊，这是多么醉人的音乐！

难道世界上还有比扭秧歌更美的舞蹈吗？难道寰宇间还有比敞锣鼓更美的音乐吗？

没有了！

黑妞陶醉了！

三

庆祝典礼结束了，秧歌队也就解散。蔡庄的秧歌队获得了好评，村干部和队员们自然兴高采烈。但，对此最为兴奋的，莫过于黑妞了。

“呛呛七呛七！呛呛七呛七！”开完总结会回来，黑妞蹦蹦跳跳地迈进了家门。

正在忙活晚饭的娘笑了：“黑妞，饿了吧？洗洗脸，吃饭吧。”

黑妞哪会饿呢？她早就美饱啦！她一边用嘴奏着锣鼓点，一边把臂那么美地一扬，说：“娘，俺扭得行吗？”娘笑着，使劲点了点头：“行！行！”

“呛呛七呛七！呛呛七呛七！”黑妞舞动着，跳进了里屋，急着去照镜子。那镜子的年龄比她都大，而且有两处裂纹，只能模糊地照见人影。黑妞平时不大照镜子，一向不在乎它的破旧，但今天，她却巴不得家里能有一个又大又亮的镜子！

黑妞跳到了桌上镜子的前面，忽而向前、忽而后退地照。可惜，她照不见自己的全身。她去看镜子里的脸：“哟，那是俺黑妞吗？一对红脸蛋儿，一对黑眉毛……哼，瞧这打脸，多精神儿！”

她又去看身上的绸衣裳，红绸带：“哟，人是衣裳马是鞍，一点不假！俺要是打扮打扮，哼……”

娘站在门槛边，望着颜影自怜的闺女，只是笑。

黑妞转过身来，问：“娘，俺，俺这衣裳……好看吗？”

“好看！好看！”娘说的是由衷的话，“快脱下来吧，小心给弄脏啦。”

“唉，还得脱下来！”黑妞不高兴地想，同时，坐到了炕边，解开了带子，松开了纽袢，慢慢地脱下了那套衣裳。

娘打来了热水。黑妞望着脸盆，实在不愿意去洗。

她没有彻底地洗下去，留下了脸上淡淡的一圈儿红晕……

夜里，黑妞失眠了。她一闭上眼睛，就听见那锣鼓声，就看见那秧歌舞……大约到了后半夜，黑妞终于睡着了。娘听见她在梦中唱，看见她在梦中笑……

第二天一早，她照旧起来下地干活。但，她不再是默默地干活了。她有说有笑，而且扎群儿。

地头休息的时候，她主动地回村去挑来了两桶开水。

远远地，她就扬起了手中的葫芦瓢，大喊："喝水喽！喝水喽！"

人们一边喝水、抽烟，一边叽叽嘎嘎地说笑了起来。

像蔡庄这样的村子，人们的文化生活，是和他们的饮食、穿着成同一比例的——单调而少变，所以，倘有了什么新鲜事，那就要长久地谈论和不断地回味，直到下一个新鲜事出现。依这惯例，胙天的庆典和秧歌，就自然地成为人们的中心议题。议论是很细致的，常常表现为友好地品头评足。人们也说到了黑妞。黑妞听见人们议论她，感到幸福而自豪。她是很少听见人们谈论她的，何况还有那么多赞扬的话。她也插进去，参与评论，声音很大，而且逢到笑时，也笑得响。记得平时，每当在一旁听见别人谈话，而她忽然想说上一两句自己的看法时，心里总是咚咚地乱跳，没有勇气说出口。今天怪了，她似乎并未意识到需要胆量，就和别人样地说笑起来了。

"黑妞，你咋就好意思去了呢？"

"黑妞，那么些人看着，你不心慌吗？"

黑妞笑了，说："俺也不知咋着，看见人家扭，俺也想扭扭起来，就啥也不顾啦……"说着，不自觉地把一束黄色的野花，插在了头上。

四

可惜，这幸福是短暂的。从那以后，欢天喜地扭秧歌的日子，没有再来过。渐渐地，人们也忘记了黑妞的舞姿。

后来，黑妞出嫁了，嫁到了三十里外的另一个村。两口子都很憨厚，结婚后，用心过日子，倒很美满。只是说话不多，逢到说话时，只要眼睛和声音够得着，就不用任何称谓；实在够不着，叫一声“嗳”，然后再说要说的话。

不久，他们有了孩子，同时，他们的称谓也就方便了些——“他爹”或“他娘”。

孩子周岁了，能够让大人扶着走路了。这天，他爹收工回来，推开院门，看见他娘正扶着孩儿练习走步。

“呛呛七呛七！呛呛七呛七！”他娘嘴里奏着锣鼓点，一前一后、一左一右地挪动着孩儿的小腿，同时，扭动那胖胖的小腰身。孩儿笑得咯咯的。

他爹痴痴地，望得呆了——他娘竟会用这样美的法子哄孩儿！

“呛呛七呛七！呛呛七呛七！”在夕阳的金光里，孩儿扎撒着两只小手，一蹦一跳地，美极啦！再看他娘吧，弓着身子，半蹲半站地，两只胳膊一上一下地摆动着，划出了多么美的圈儿呀！

他爹笑了，他娘的“呛呛七呛七”敲动了他的心！他抖抖地动着嘴唇，说：“你，你，你真——行啊！”

第二天傍晚，黑妞因为有什么事，出去了一会儿。等她回到家院附近时，忽听得他爹在院里唱着秧歌点儿，孩儿在咯咯地笑。咦？黑妞的心，腾地一下涌起了一团火苗，那火苗一下子就烧红了她的脸！

黑妞不由得站住了。她听了听，笑了，然后，俯身在门缝处，往里瞧：“呛呛七呛七！呛呛七呛七！”嗬，他爹正学着她的样儿，教孩儿扭秧歌呢！你看他，笨手笨脚地，正扭动着孩儿的腰身，挪动着孩儿的小脚……儿在笑，爹也在笑……，真是的！一个老爷儿们，也这样……

可是，他爹的步法不对呀！这哪是扭秧歌呀，简直是士兵在上操！

“哼，你寻思着那么容易哪！俺那年是偷偷地练了好几天，才学会的呢！”黑妞嗔怪地想着，“吱呀”一下推开了院门。

他爹看到她进来，蓦地红了脸。然而，黑妞似乎没有看见，径自走了过来：“嗳，不是这么着的，是这样……”

“呛呛七呛七！呛呛七呛七！”黑妞接过孩儿，让孩儿按照正规的秧歌步，扭了起来：“看着，是先上左脚，从右边滑过去；再上右脚，这么一滑，迈到这儿……”

夫妻两个，一个是学而不厌，一个是诲人不倦；一个是初得美感，一个是喜忆当年……

孩儿呢，只是一个劲儿地笑，喀咯地笑！不管是他爹的笨笨拉拉的动作，还是他娘的轻轻松松的舞步，他都只是感到——美！

谁能想到，这种最最简单的舞蹈，竟会给这一家人带来了那么多的笑！

五

后来，不知怎的，黑妞得了难以治愈的风湿性心脏病。到了今年初夏，她的病忽然急剧恶化，竟然是百般医治也不见效了。

他爹和已长成大小伙子的孩儿，日夜守在她的身旁熬红了眼。亲友们看着不好，也赶来了，都发愁。

黑妞躺在炕上，闭着眼睛，呼哧呼哧喘粗气。忽然，她听见窗外传来了锣鼓声！

“呛呛七呛七！呛呛七呛七！”

咦？这是哪儿来的秧歌队？黑妞那昏昏沉沉的眼睛忽地睁开了，而且，放出了炙人的光彩！

“快……快……”黑妞使劲地叫，挣扎着要坐起来。

“咋啦？”他爹和孩儿，还有几个正在探望她的亲友都吃惊地问。

“秧……歌……俺要……看……”

“没有秧歌，是你听错啦。”

“不，不，是……是……”

他爹急出了汗，下意识地俯身上前，扶起了黑妞。孩儿急忙去帮他。

“哎呀，不能让她下地呀！”

“动不得呀！”

几个亲友慌忙上前拦住。

黑妞急了：“快！俺要……看！”

他爹看见黑妞眼里滴出了恳求的泪，不禁也湿了两眼，他给孩儿递了一个眼色，两人便一边一个地扶着黑妞下了地。

“小心风吹着哇！”

亲友们还要阻拦，他爹却毫不理睬：只有他才最知道黑妞的心！

黑妞在他爷俩儿的搀扶下,艰难地挪到了大门口。但,哪里有什么秧歌队呀!

黑妞四处张望了一回,深深地叹了一口气:"俺咋……听见……是扭,扭秧歌的呢?"

几天后,黑妞的病势加剧了,他爹和孩儿都伏在床边哭。然而,黑妞却似乎并不悲伤,甚至还时而笑上一笑。人们谁也猜不透,她这是笑什么。

上了年纪的娘端了一碗热蛋汤,送到黑妞的眼前:"喏,起来,喝点吧。"

黑妞见了,拒绝地闭上了眼睛。

娘叹了口气,慢慢地端着碗出去了,同时,轻轻地触了他爹一下。

过了一会儿,他爹进来,靠近黑妞耳边,说:"你还想说啥?说吧。"

黑妞睁开眼,看着他爹,想说什么,忽然又转开眼睛,扫视了一下其他的人们。在她迟凝而羞涩的目光中,人们看出她的心思,便都躲了出去。

等到屋子里只剩下他俩的时候,黑妞说话了:"俺那箱子底下,有,有一块红绸子……"

他爹赶忙去箱子翻找,终于在最底层,找到了一块艳红艳红的长绸子,叠得那么整齐,藏得那么珍贵,好像传世的珍宝。

"拿来啦。"他爹用双手捧着那红绸子,止不住哭声地说。

黑妞转过脸,看见了笑了,放在胸前。她用手,抖抖地抚摸着它,感觉到了幸福—它,就是二十多年前的那次幸福经历的纪念品。她当时是藏起来了,没有上交。

"呛……七……呛……七!"她那青灰色的脸,涌上了血色;她那干皱皱的唇,迸出了心灵的歌!

她看了一会儿,摸了一会儿,又示意他爹,帮着把红绸子展开,再看了一会儿……

最后,她说:"嗳,你……帮俺……扎上!"

他爹流着泪费了好大的劲,帮她翻动身子,给她——扎上了红绸子。

"行啦,"她慢慢地躺下,把胳膊向下伸平,放在了那两条红绸子上,嘴角现出了舒心的笑,满意地接着说:"等俺咽了气,你就这样……把俺……"

(全文完)

参考文献

1. 勒内·韦勒克、奥斯汀·沃伦:《文学理论》,刘象愚、邢培明、陈圣生、李哲明译,江苏教育出版社 2005 年版

2. W. C. 布斯:《小说修辞学》,华明等译,北京大学出版社 1987 年版

3. 什克洛夫斯基等:《俄国形式主义文论选》,方珊等译,生活·读书·新知三联书店 1992 年版

4. 赵毅衡编选:《"新批评"文集》,中国社会科学出版社 1998 年版

5. J. 希利斯·米勒:《解读叙事》,申丹译,北京大学出版社 2003 年版

6. 诺斯罗普·弗莱:《批评的解剖》,陈慧、袁宪军、吴伟仁译,百花文艺出版社 2006 年版

7. 哈罗德·布鲁姆:《西方正典:伟大作家和不朽作品》,江宁康译,译林出版社 2005 年版

8. 弗拉基米尔·纳博科夫:《文学讲稿》,申慧辉等译,上海三联书店 2005 年版

9. F. R. 利维斯:《伟大的传统》,袁伟译,生活·读书·新知三联书店 2002 年版

10. 苏珊·斯图亚特:《诗与感觉的命运》,史惠风译,上海外语教育出版社 2014 年版

11. M. H. 艾布拉姆斯:《镜与灯:浪漫主义文论及批评传统》,郦稚牛、张照进、童庆生译,北京大学出版社 2015 年版

12. 陈波:《悖论研究》,北京大学出版社 2017 年版

13. 弗洛伊德:《弗洛伊德著作选》,贺明明译,四川人民出版社 1986 年版

14. 马尔库塞:《爱欲与文明》,黄勇、薛民译,上海译文出版社 1987 年版

15. 阿多诺:《否定的辩证法》,重庆出版社 1993 年版

16. 罗兰·巴特著:《罗兰·巴特随笔选》,怀宇译,百花文艺出版社 1996 年版

17. 米歇尔·福柯:《性史》,姬旭升译,青海人民出版社 1999 版

18. 黑格尔:《精神哲学》,韦卓民译,华中师范大学出版社 2006 年版

19. 马丁·海德格尔:《存在与时间》,陈嘉映、王庆节合译,生活·读书·新知三联书店 2006 年版

20. 尼采:《查拉图斯特拉如是说》,钱春绮译,生活·读书·新知三联书店 2014 年版

21. 许慎:《说文解字》,中华书局 1963 年版

22. 王先谦:《荀子集解》,沈啸寰、王星贤点校,中华书局 1988 年版

23. 郭庆藩:《庄子集释》,中华书局 1985 年版

24. 俞剑华编著:《中国画论类编》,人民美术出版社 1986 年版

25. 潘运告编注:《中国历代书论选》,湖南美术出版社 2010 年版

26. 刘俐俐:《外国经典短篇小说文本分析》,北京大学出版社 2004 年版

27. 刘俐俐:《中国现代经典短篇小说文本分析》,北京大学出版社 2006 年版

后 记

什么是“经典”？经典的定义多元而又开放。在不同的语境中它被赋予多种不同的含义。譬如“有趣的”“重要的”，在某个领域、某个时代“伟大的”。文学是一个自由和平等的领域，读者可以根据自己的喜好发表任何评断。有些被誉为经典的作家或者作品过去曾被一些读者嗤之以鼻，未来也可能会有同样的遭遇，包括像《红楼梦》这样经典定位已经没有疑义的作品。在一些读者的阅读体验中，《红楼梦》真的很无趣，而随之而来的质疑就是：那么无趣，如何能算得上经典？类似的情况比比皆是，如一些读者把某个时代“伟大的”的作品与超时代的“永恒经典”比较，由此鄙夷其“经典”定性，怀疑这种经典定性来自文学以外的因素。总之，围绕“经典”存在各种评断和争议。本书选择的“天津经典文学文本”，可以想见在所选是否为经典上必然也会存在争议。于此，只能望来日有机会尽可能完善。

出于某些考虑，本书选择的作品不一定是该作家的代表作品，如赵玫的《朗园》。之所以选入《朗园》，是因为它可称为“小洋楼文学”。小洋楼是天津的标志性景观，其间曾发生过各种情感纠葛和人事往来，是文学的绝佳素材。然而，天津的“小洋楼文学”并不发达。本书由此存着一丝或许本不必存又不愿意放弃的希望，希望天津能够出现更多更好的“小洋楼文学”。因此，本书选择了在一些评论家看来并非赵玫代表作品的《朗园》来分析。

和许多人一样，我相信在民族层面，文学存在一种民族个性；在地域层面，文学存在一种地域个性。也许天津文学的地域个性还不那么成熟，或者被阐释者局限于某种只能包含部分作家和作品的“味道”，但是，它必定存在着，而且随着文学的发展将逐渐走向成熟。T. S. 艾略特曾说：“只要我们还处于一种文学之内，说同一种语言，而且根本上还拥有产生了过去文学的同一文化时，我们希望能保持两样东西：对我们在文学上已经取得的成就的自豪感，对它未来仍能做出成就的信心。如果我们不再相信未来，过去就不再完全是我们的过去；它将成为一个死亡文明的过去。”天津有着特异的地域文化和地域性格，应该对天津文学取得的成就抱有自豪感——这种自豪感和对它的批判具有同样的功效，并相信天津文学未来会不断进步。作者队伍的壮大、读者群的增加、阐释与批评的积极介入，都是推动天津文学未来进步的积极力量。愿本书能够为天津文学未来的发展与进步贡献些许力量。

最后，感谢天津社会科学院对本项研究的资助；感谢我的博士导师刘俐俐教授在文本分析方面的教导和示范，因为有教授的文本分析专著珠玉在前，才有我现今的木椟之作；感谢天津社会科学院出版社张博社长及诸位编辑在本书出版方面的支持和辛苦工作。

乙亥年五月记于天津